夜行仙 著

弥天记

MI TIAN JI

①

浙江文艺出版社
Zhejiang Literature & Art Publishing House

目录

引　子 —— 妖兽现 /001

第一章 —— 弥天大陆 /005

第二章 —— 青梅竹马 /016

第三章 —— 红鸾 /025

第四章 —— 灵魅暗袭 /035

第五章 —— 坟墓 /046

第六章 —— 跳海 /054

第七章 —— 指挥官选拔赛 /062

第八章 —— 黑白棋 /076

第九章 —— 洗髓 /087

第十章 —— 就到这里吧 /099

第十一章 —— 走后门儿 /109

第十二章 —— 部长人选 /120

第十三章 —— 梵音报到 /134

第十四章 —— 北境豪饮 /151

第十五章 —— 聆龙 /159

第十六章 —— 有姓第五的吗 /170

第十七章 —— 九霄人 /178

第十八章 —— 冷彻 /187

第十九章 —— 九霄第五家 /199

第二十章 —— 梵音修炼 /210

第二十一章 —— 熊掌、药引、救命 /220

第二十二章 —— 年关将至 /230

第二十三章 —— 夜宴（上）/243

第二十四章 —— 夜宴（下）/253

第二十五章 —— 地球初觉醒 /270

引子
妖兽现

莫小白踉跄着从床上起来,还没睡醒,一头糟乱的短发没个女孩子样。

"小白!起床了!听见没有?要迟到了!"夜雨在外面大喊着女儿的名字,透着一股子不耐烦的劲儿。

"听见了……"莫小白踢里踏拉走出了房门,脑袋栽在脸盆里随便胡噜了一把完事儿,戴上她"啤酒瓶底"的眼镜准备上学去。

"把药喝了,饭吃了。"莫清扬一手给女儿端着药碗,一手给女儿端着牛奶,黑白配。莫小白一口一碗,痛快搞定。

"今天怎么样,耳朵听得见吗?"莫清扬追问。

"听得见,听得见!听得耳朵都起茧子了!老爸老妈拜拜,我走了啊!"莫小白招呼了一声,冲出了家门,蹬上自行车就跑了。

一路上寒风凛冽,星光惨淡,乌漆墨黑。南阳市这个名字真是起反了,深冬腊月,冻得要死。莫小白想着什么时候放寒假,忽然一刹车,一只脚踩在了地上,停了下来。离家一公里外的树林是莫小白每天上学的必经之路。

莫小白摘下了眼镜,摁下一个眼镜片,一个锋利的薄刃顺着莫小白手指的方向朝林中射去。噗,一团血花爆裂在地。莫小白唰的一个闪身,来到林中,俯身看去。又是这个恶心的东西!莫小白心中一顿咒骂,蹙起眉来。只见一个铁锅大的东西浑身长满了棱刺,足有半米多长。莫小白心下一狠,徒手朝棱刺拔去,连皮带肉扯了下来。那怪物的模样陷在刺里,莫小白看不清楚。三天之中,这是她杀死的第二只怪物。怪物身上的刺根根像刀,可莫小白抓在手里,分毫不受影响。当莫小白薅去它大半面棱刺后,怪物的样子显现了出来。

两条狭长的眼睛竟是黑缝,鼻孔冲天,嘴的地方像个沟,被莫小白刚刚掷过来的镜片打穿了,一股恶臭从怪物口中传来,是血腥味。忽然,噗的一声,怪物泄了气,瘪了下去,变成了猫狗大小。

小白循着这气息,眉头再次深陷下去。为什么,这东西身上的气息和自己的那样像?见鬼!正是有了这气息的存在,莫小白才能轻而易举将这怪物斩杀。

"什么人!"突然,莫小白大喊一声,回头向林子远处看去。

"梵音……"一个颤抖的声音从远处传来,那人听见莫小白的厉喝,愣在了那里。可下一秒,那人冲莫小白飞奔了过来,一下抱住了她。

莫小白一惊,扑通坐在地上。她慌忙推开那人,忽而眼神一怔,道:"张一凡?"眼下抱住莫小白的瘦弱女孩不正是她高二隔壁班的女孩张一凡吗?

"小音……小音,你伤到没有……"张一凡说着,哭了起来。莫小白看到她正在发抖,不知是紧张还是害怕。

"你喊谁呢?"莫小白奇怪地看着眼前的张一凡,警惕心已起。

这时,倏地闪过一道人影,一个人悄然无息地来到莫小白身后。莫小白戾气横生,回手就朝身后划去,另一片眼镜片在她手中也化成了利器。只见那人眼明手快,比莫小白还利落半分,噌地按住了她的手腕。莫小白猛然回头,眼射寒光。

"你!"莫小白一怔。眼前这个男孩浓眉大眼,皮肤白皙,和颜悦色,手里同样提着一只怪物。莫小白盯着他,身体猛然一晃,晕了过去。

"快带梵音走!"男孩对张一凡道,话落,警醒地看向莫小白来时的方向。

半日过后,莫小白悠悠转醒,望着洁白的天花板,不知此处是哪里。

"小音,你醒了?"一个人在她眼前晃,莫小白听不到。

"天阔,小音醒了!你快来啊!"

莫小白眼睛微动,发现是张一凡在说话。"天阔,这个名字似曾相识。"她默念道,眼睛读着张一凡的唇语。很快地,男孩赶了进来,俯身看向莫小白。莫小白吓了一跳,噌地坐了起来。

"你谁啊!"莫小白不乐意道。

"还不记得我?"天阔冲她笑道。

"天阔,张一凡?"莫小白说着,二人都是她高中隔壁班同学,平日没什么交往,连话都没说过。

"还有吗?"天阔说着,轻轻把手抚向莫小白手臂。一丝灵动的气力瞬间打通莫小白浑身的气道。莫小白猛然撒手,凶道:"干吗呢?男女授受不亲,不知道啊!"

忽然,她胸口一顿,呼吸将滞,天阔登时紧张起来。

"啊!"张一凡尖叫一声,跟着将一根银针插入莫小白胸口。莫小白半晌回过神来,看到张一凡正紧张地看着她,怒视着天阔,而天阔守在一旁,不敢造次。张一凡还想开口询问,只见莫小白薄唇轻启,对着天阔道:"天阔……"等莫小白再看向张一凡时,憋得脸颊通红,泣不成声,她再道:"崖雅?"

"小音!"张一凡猛然扑进莫小白怀里,号啕起来。

"这……这是怎么回事……我,我们在哪儿?"莫小白彻底蒙了。梵音,第五梵音,她的名字,然而这个名字太遥远了,她早就忘了。

"我们从弥天来到这里,十七年了。"天阔道。

莫小白看着天阔,恍如隔世。

眼前这个男孩名叫北唐天阔,与第五梵音也就是此刻发蒙的莫小白,还有他们共同的朋友崖雅来自同一个地方,一个与地球平行的世界,名叫弥天大陆。

十七年前,弥天大陆上的东菱国发生了一场祸乱,三人同时被卷进了这场灾祸之中。祸乱打通了两个世界的缺口,三人被裹挟着重生一回,只待灵力恢复,记忆渐起,再次团聚。

莫小白感受着身体的变化,十七年中,她虚弱不堪,若不是有父亲莫清扬这个医生的悉心照料,怕是早就死了。随着年龄的增长,莫小白的身体日益健壮,可就是一双耳朵自小失聪。莫清扬为了女儿的耳疾,四处求医,也是时好时坏,不算灵光。莫清扬夫妇从没隐瞒过莫小白是抱养来的女儿,一家人感情极深,比得过骨肉亲情,血浓于水。直到两年前,莫小白发现自己的身体异于常人,一股气流经常在她体内穿梭。两年中,这种气力越来越强,她曾偷偷跑到山中击碎过巨石。然而这变化,她从未与父母提起,既然是好的,又何必再让他们操劳?为了她,莫家夫妇已经付出了全部心血。

莫小白听着天阔的讲述,然而她的大脑一片空白,失忆了一般,零星的片段在脑海中闪回,却记得不是很真切。

"我怎么了?为何什么也不记得?"莫小白道。

"你从弥天过来时,受到重创,恢复起来也需要时间。"天阔解释道。

"你们两个早就好了?"莫小白道。

"天阔比我早些,我也是最近半年才想起来的。觉醒后本想着第一时间来和你相认,可天阔不让我那样做,说那会激发你灵力暴涨,你的身体会扛不住的。"崖雅道。他说得没错,就在刚刚天阔试图进一步唤醒梵音时,她晕倒了。

"看来我伤得不轻。"莫小白自言自语道。崖雅与天阔对视一眼,没有说话。

"梵音,我之所以提前来找你,是因为我要通知你,咱们要尽快离开南阳。"天阔道。

"为什么?"莫小白不明白,梵音这个名字终究还是让她不习惯。

"噜噜找上来了,缺口再次被打通了,我们不能多做逗留。"天阔道。

噜噜,那怪物的名字。莫小白犹豫了。

"我不想走。我父母还在这里,我哪儿都不去。"

天阔眉头一蹙,崖雅望向了他。显然,眼前的梵音还不是她以前的样子,他们说的话,她一知半解。

"若不走,你父母一家定会被你牵连。"天阔忽然严厉道,"这次来的是噜噜,若下次来的是灵魅,照目前的状况,你我联手也未必赢得了。"天阔突然一把抓住莫小白的胳膊,灵力瞬间被激发。莫小白踉跄吸气,记忆鱼贯进入她的大脑,她想起来了。

第一章
弥天大陆

十几年前,弥天大陆上的东菱国附近有个游人村。

秋高气爽,林间溪旁,白色石子岸边躺着一个小女孩。她穿着宽大的白色上衣和灰麻色长裤,乱蓬蓬的黑色短发下面藏着一张稚嫩的脸,鼻梁秀挺,菱角薄唇,下巴中央有道美人沟,透出几分英朗锐气。林间小鸟叽喳不停,女孩闭着双眼,充耳不闻。清风拂面,百鸟成群地飞向天空。忽地,女孩睁开眼望着远处,嘴唇轻动:

"一、二、三、四……"

啪嗒,一颗小石子从溪对岸掷过来,落在小女孩旁边,女孩开口道:

"我不过去啦,你们自己去玩吧,别伤着红鸾,我看见有四只红鸾混在鸟群里,你们今天千万不能猎鸟打闹啊。"说罢,女孩又闭起眼睛,看不出是睡是醒。

对岸的孩子们显然很听小女孩的话。几天前大家无意间听说有红鸾灵兽来到这片林子里栖息,都想看看这上古仙鸟的样子,兴奋不已。但红鸾鸟天性警觉机敏,幼年时正是它们最其貌不扬的阶段,形似麻雀,一身棕灰羽,唯有头顶长着一小撮暗红羽毛,时常会混杂在别的鸟群中,常人难以辨别。

"都怪雷落这个多嘴的家伙!早知道连他都不告诉了。"女孩心里埋怨着。

孩子们一溜烟儿地跑进林子,溪边只剩下女孩一人。

"呃……那个……你是梵音吗?"一个怯生生的声音从女孩身后几米处传来,说话的也是一个小女孩,看上去五六岁的样子。圆乎乎的白嫩小脸儿涨得通红,一双水汪汪的大眼睛显得有些不知所措,眼角略略向下,一副有点委屈又乖巧的可爱模样。显然主动开口说话,让她用尽了所有的力气。

没人应答。

小女孩又往前走了几步,离躺着的小女孩更近了,几乎到了她身旁。

"你好……你是梵音吗?"这次的声音更小了,还有一些害怕紧张。

"你是谁啊?"女孩睁开眼睛看着旁边的陌生面孔,懒懒说道。

"我叫崖雅,刚搬到这个镇子上来。爸爸在收拾新房屋,我没有地方去,隔壁的叔叔让我来小溪旁找小朋友一起玩,他说可以找一个叫第五梵音的小女孩。"

"我就是。"

四目相对,不知该说些什么,梵音显然懒得动弹,依旧呆呆望着天空。小女孩尴尬得不知该做些什么,站在一旁手足无措。

"你从哪里来呢?"梵音双手撑着身子,坐了起来,一双清澈动人的杏核眼水光潋滟。

小女孩看呆了,半天不说话。

"问你话呢,怎么不说话?"梵音提醒道。

"哦!"小女孩回神道,"我也不知道,从很远的地方来。"小女孩扎着干净可爱的马尾,和同龄的孩子相比身材有些单薄矮小。

"这么说你们也是游人喽?"梵音问道。

"什么是游人?"

梵音挑挑眉毛回答道:"游人就是没有固定国籍、地域、住所的人啊。大家投缘,于是就定居在一起喽,慢慢变成了村落。"

"我也不知道,我只和爸爸生活在一起,"小女孩停顿了一下,继续道,"没有什么其他人。"

两个人又呆呆的,不知该说些什么,静静地过了一些时间。

"回去吗,还是去河对岸?那边有很多小伙伴。"

"我想爸爸了。"

"那我陪你回去。"

"谢谢。"

两个女孩走在村子中央的石子小路上,石子一颗颗都是精心挑选过的,被夕阳晒得很漂亮。道路不远处站着两个男子,熟络地攀谈着。

往前走了一会儿,小女孩加快步伐。

"爸爸。"崖雅开心地叫了出来。

其中一个男子回过头,青衣长袍,面容清雅,一身整洁略显古旧的打扮,对着女儿温暖地笑着。

"回来啦。"崖雅跑到爸爸身边,开心地拉起爸爸的手。

另一个男子也同时回过头,鼻梁直挺,菱角薄唇,身姿修长,英俊非凡。他身着简单的白色上衣,干净利落的灰麻色长裤。他对着梵音,嘴唇轻动,紧接着笑了出来。

"懒丫头。"

梵音用手胡噜了一通乱蓬蓬的短发,从上面拽下来几根草苗,对他吐了吐舌头,没有说话。

"梵音,这位是崖青山叔叔,崖雅是他的女儿。"待梵音走近,男子为她介绍道。

"您好。"

"青山,这就是我的女儿梵音。"梵音安静地站在父亲身边。

"逍遥兄,令千金真有你的风范啊,小小年纪却能看出一身伶俐英气,长得也是像极了你和嫂夫人,真是讨人喜欢。"青山温和地夸赞着梵音,打心底喜欢这个初次见面的灵巧侄女。

"这个丫头,平日自由散漫惯了,哪像崖雅这样乖巧懂事,你可别夸她了。"第五逍遥道。

"你们别在外面聊了,孩子们都该饿了,快回屋吃饭了!"一个漂亮的年轻女人从屋里走出来,正是梵音的妈妈林悦儿。柔和的波浪长发,衬极了她的圆润小脸,母女俩发中都有一个精致的美人尖。

几个人有说有笑进到了屋内。整个村子里的房屋都用木材搭建而成,颜色深浅不一,错落有致,家家户户的阁楼上都种着鲜花绿草。

饭后大人们在叙旧,两个孩子来到庭院前的空地上休息,彼此都没话说,一起看星星。

"妈妈,崖雅是没有妈妈了吗?"等青山父女离开,妈妈在收拾碗筷,梵音跑过来问道。

"是啊,可怜的孩子。"

"她妈妈是怎么没的?"

"听说是生病不在了。小孩子别管那么多,快上楼睡觉吧。"

"妈,我不小了,马上九岁了。"说完,嗖地蹿上楼去。林悦儿笑而不语。

路过书房时,她看见里面的灯亮着,逍遥正在书架旁翻看着一本旧书。梵音蹑手蹑脚走了进去。逍遥身子微侧,嘴角轻动。

"音儿。"

"又被发现了!"梵音嘟着嘴,不服气道。

"想瞒过我,再等个二三十年吧!"逍遥的脸长得极为俊朗,小麦肤色,棱角分明。

梵音虽只有八岁，但已经能看出相貌跟父亲极为相像，尤其是那带着美人沟的下巴，与众不同。"不过你这读唇的本领越发精湛了！"父亲回头夸奖道。

梵音下巴一扬，得意起来。她的灵眸与生俱来，父母都没有。

"你上来找我有什么事啊？"

"我没有，就是看见房门开着，过来瞧瞧而已。"

"想问崖雅妈妈的事？"知女莫若父。

"嗯……"梵音难为情地吞吐道。

"等你们变成要好的朋友时，自己问她吧。好吗？"

梵音看着爸爸的眼睛，点了点头，回屋睡觉去了。

夜色已深，梵音在阁楼上的小房间里翻了个身。一个黑影从她家的屋前走过。她噌的一下从床上坐了起来，跑到窗户边向外望去。梵音小小年纪，灵力却已超群。

"爸爸？这么晚了，爸爸要去哪儿？"梵音灵眸一转，飞速穿好衣服，打开窗，纵身一跃，从二楼跳了下去。脚尖落地，如蜻蜓点水，静谧无声。左闪右避，跟在了爸爸后面。

第五逍遥很快出了村，往远处的山间走去。梵音紧追不舍，眼看被落下了，还好她天生灵眸鹰眼，观千米，辨万物，即便被父亲落下，也不甚慌张。

第五逍遥脚下生风，快若行云，眨眼间来到深山老林。他停下脚步，长身立于月色之下。只见他轻启牙关，沉声道："滚出来！"

恍然间，丛林轻动，片刻后一庞然大物从林中走出，长八米，高丈余，威风凛凛。

"好灵法！"第五逍遥心念。如此大物行若无人，当真厉害。

"第五逍遥！我看你是活腻了！敢管我的闲事！"那大物隆隆开口道。

第五逍遥冷笑一声："狼形畜生罢了！"全不把那巨兽放在眼里。

"你说什么！混蛋！"那狼兽恼羞成怒，抬爪往第五逍遥身前挥来。

第五逍遥手腕一翻，一柄两米长的巨型寒冰刺棱刃瞬间幻于掌中。猛然一挥，狼爪刺出的三分尖刺被削掉了！

狼兽吓得缩身回首，向后跳去。

第五逍遥二话不说，一个纵身来到狼兽面前，跟着又挥出三刀，狼兽瞬间被砍下三缕钢刃狼毫。眼看着狼兽浑身鬃毛参起，变成根根钢刃，第五逍遥的寒冰刺棱刃却削铁如泥，狼兽大为震惊！

第五逍遥一个飞身，已越过狼兽头顶三米处，赫然挥剑当空，向下砍去。狼兽避之不及，绷起强壮身躯，钢刃狼毫根根刺出，一个转身，把第五逍遥甩了出去。

"爸爸！"梵音穿过树林，看到眼下这惊悚一幕，骇然叫出声来！

狼兽荧绿眸光一收,嗖的一下消失在了原地。梵音愣在当下,狼兽移动的速度太快了,她的鹰眼竟也没有看到!

就在她眨眼间,狼兽已俯身到她身前,龇出獠牙,垂下恶涎,一个头颅就是她小小身躯的数倍大。梵音吓得身体僵硬。

眼见狼兽张口叼来,骤然间,只听山林间呼啸一声,好似狂兽来袭。一柄手刀寒器抵住了狼兽的下颚,第五逍遥用力一挥,狂啸一声,巨头怪兽竟被他砍飞了出去,下颚鲜血喷涌。只见第五逍遥寒冰满身,利牙尖齿,凤目斜扬,换了模样。梵音被他抱在怀里,分毫未伤。

"爸爸……"梵音有些惊慌。眼前的爸爸换了模样,好似一尊冰雕,牙尖嘴利,参差错落,透着森森鬼气,有种说不出的冷魅。

"别怕,没事!到雷落身后去!"父亲话音刚落,便把女儿轻轻抛向身后。

梵音未落地,已被人接住。

"雷落,看好小音,我去帮你五叔!"一个粗糙的声音划过梵音耳边,身形已远。

"知道了!"少年有力地应道。

"啊!雷落!快放我下来,咱们得去帮我爸爸和雷叔!"

"你别乱动!刚才险些伤着你,吓死我了!"少年厉声说道,神情焦急,"要不是我五叔快,我……"少年紧张地看着怀里的梵音。

"我知道了!我爸和雷叔已经跟那个怪兽打上了,咱们赶紧过去吧!我跟着你会小心的!"梵音在少年怀里使劲扭动着。梵音在同龄人里算得上有蛮力,可眼前这个比她大两岁的古铜肤色、虎头虎脑的壮实少年更是了不得,小小年纪力大如牛。梵音硬是挣脱不开。

"哎呀!我都说会跟着你啦,咱们快过去吧!"梵音着急道。

少年倏地已经抱起梵音往林中奔去。梵音抓紧少年脖颈。终于,二人潜伏在树丛里,雷落不让梵音讲话,也坚决不肯放下她。

第五梵音的父亲和雷落的父亲雷鼎正与巨兽缠斗。只见在冰雷两种灵力交错相攻下,狼兽毫无还手之力。

"第五逍遥!崖青山的闲事你别管,不然没你活路!"

"修罗!你害我兄弟家破人亡,不宰了你,难消我心头怒火!"

"就凭你?一介村民!还当自己是军政部的人呢!"

"我呸!"第五逍遥啐了一口,挥刀砍去。

手刀和寒刃齐下,第五逍遥只攻不守!钢刃狼毫与之相撞,震得林中铮铮作响。梵音和雷落躲在树丛里,亦是被震得耳膜生疼。梵音一只手捂着自己的耳朵,一只手捂着雷落的耳朵,雷落抱着她腾不出手来。

修罗的狼毫被一缕缕砍了下来,根根扎入大地,好像尖锥坠落,砸得大地开裂,山土晃动。修罗大惊,他堂堂狼王,一身铜皮铁骨,钢刃狼毫,天下至坚,竟被第五逍遥连削带打砍了去!

忽地修罗朝后急闪,逍遥和雷鼎都扑了个空。待再一回头,见修罗已鼓起胸膛,四肢抓地,身形越发膨胀。轰然一声嘶吼破空而出,直冲云霄!

"夜丧!"第五逍遥大声道。

霎时间,他一个翻云覆雨手,两掌朝前猛推,只见百尺寒冰拔地而起,纵横而去,赫然一道冰幕挡住了夜丧的攻击。可夜丧之声久久不绝,百林欲毁。雷鼎一个纵越,飞身七八丈,对准第五逍遥的冰幕挥掌击去。

暗夜森林,星光点点。霍然间,数百道湛蓝雷电从雷鼎掌心击出,环绕着第五逍遥的冰幕飞展开来,雷鸣万钧之声顿时震天动地,林中百物被照得耀蓝一片。冰雷两重天,愈演愈烈。夜丧呼号之力被生生压了下去。

"雷师!"修罗大惊,不再硬拼,趁着夜丧之力未衰,掉转方向,奔着森林深处跑去,稍纵即逝。

待夜丧之力完全消除,第五逍遥和雷鼎才收了灵力。

"雷兄,多谢你前来出手相助!"

"五弟,你跟我客气个啥!"雷鼎身形健壮,圆寸头,古铜肤色,炯炯有神,一副好汉模样,粗声粗气道。

"都是因为小弟有个朋友碰上了点麻烦,才惹出这番乱子。给大哥添麻烦了。"

"你这说的哪里话!五弟你的哥们儿可不就是我雷鼎的哥们儿嘛!"

"谢大哥了。"

"不过,到底咋回事啊?你哪个朋友,咋就惹上狼族了?"

"我那个朋友以前也和大哥提过,名叫崖青山,是个灵枢。"

原来,崖青山是个游人灵枢,足迹遍布世界各地,只为精进药学。他和第五逍遥二人年少云游四海时相识,崖青山灵力不高,灵法薄弱,却是个医病救人的灵枢奇才,立志要医天下病,解天下毒。正因为这样,崖青山经常孤身踏足极境之地,寻百宝草药,年少热忱的第五逍遥为他解决过不少麻烦。

后来二人分开,各自行走,各自成家。崖青山为人沉默寡言,不善结交,只有第五逍遥这么一个朋友。虽说分开千里,崖青山也经常托人给第五逍遥捎来他在世界各地寻得的良药珍草,二人感情深厚。

几年前,崖青山开始钻研破解狼毒之法,踏足辽地。不幸妻子中毒,几年后不治身亡。狼族也视崖青山为眼中钉,必欲除之。崖青山走投无路,这才带着孤女投奔第五逍遥。若不是为了女儿安危,以崖青山的固执性格,就算死,也不会为朋友带来麻烦。

雷鼎大为感叹,与逍遥说定,明天就去看看这位朋友,还嘱咐逍遥以后就让他们父女在村子里安心住下。

"得了,咱边走边说,先过去看看那两个孩子吧。估计都吓傻了。"雷鼎粗声道。

两个男人转身往身后树林找去。梵音和雷落看见两位父亲刚才杀伐狠绝的模样,和平时大相径庭,早已呆住,大气不敢出。

"爸爸!"梵音看见父亲过来,赶忙从雷落身上跳下来,冲父亲跑了过去。她一个弹跳,蹿到爸爸身上。第五逍遥抱住了她,笑道:"刚才吓到了没?"

看着模样已变回以往那般、周身寒芒褪去的父亲,梵音用小手捏着爸爸的脸,又揪了揪爸爸的鼻子,扒开他的嘴看:"咦,爸爸身上的冰呢?"

"啊!啊!啊!"梵音冲爸爸张圆了小嘴,示意他把嘴张开,让她看看他刚才不知怎么变化出的利牙尖齿。逍遥被女儿弄得咯咯直笑。

"咋啦,傻小子!吓着了?"雷鼎对着傻站在一边的雷落说道。

雷落木讷地看了他一会儿,忽然大笑道:"可以啊,老爹!"他炯炯有神的眼睛中是抑制不住的兴奋,圆圆的鼻头算不得秀气,却透着一股小男子汉天不怕地不怕的闯劲,咧着大嘴一直对父亲傻笑。

"怎么说话呢!没大没小!"雷鼎捶了雷落的脑袋瓜一拳,紧接着昂首挺胸道,"那当然,也不看你老爹是谁!这十里八乡,谁不认得你老爹!"

梵音在旁边听着那对父子一唱一和,咯咯直乐。

"不是让你看好小音吗?谁让你抱着她跟上来的!"雷鼎突然冲着儿子吼道,吓了他一大跳。

说到这里,第五逍遥也看向了女儿,俊眸一挑,温和中带着责备,嘴角却是上扬的。其实梵音悄悄跟出来时,第五逍遥第一时间便察觉到了。只是那时狼王修罗已在不远处,第五逍遥不能让狼兽进村,以免引起骚动,必须把它拦截在村外不远的森林中。他便没时间折返回来护送女儿。

"他!""她!"两个小孩异口同声地大叫道,手指着对方。

"臭小子,还敢指着小音!我还不知道你,有热闹你能不看!"

"哎哟!"雷落的脑袋瓜又被打了一记!"这雷我可不能一个人顶!"雷落抱着大脑袋哇哇叫着,跑到第五逍遥旁边。

"是不是你硬要跟来,扭着雷落不放?"逍遥在梵音秀挺的小鼻子上刮了一下,又拍了一旁雷落的脑袋。

梵音探出头有些抱歉地看着雷落。

"不疼啦!"雷落欢蹦乱跳地跑了出来。

梵音还是看着他。雷落回过头冲她一乐,她这才又笑了。

四个人回到村里已是半夜,家家户户都还安静地睡着。第五逍遥家的客厅里亮着一盏柔和的橘黄灯,崖青山抱着女儿崖雅站在窗口不停向外望去。崖雅惊慌的小眼神在四处打转,小手死死捏着爸爸的衣襟。

"爸爸……是狼吗……是狼来了吗?"孩子眼眶里有眼泪在打转,不敢掉下来,不敢哭出声。狼兽五感通灵,任何尘飞草动都能引起他们的注意。崖雅这些年随父母躲避灾祸,早就被锻炼得时刻谨小慎微,如履薄冰,大气不喘。

崖青山紧紧抱着女儿。他知道他最重要的朋友正为自己出生入死,他不能骗她说"没事,没事"。

"青山,你过来坐下,我给你们熬了一点红豆粥,你给崖雅喝一点。这么晚了,孩子不睡,要饿了。"林悦儿从厨房里端出一碗粥,轻声道。她秀眉微蹙,轻手轻脚去看崖青山怀里吓得早已面色发青的小崖雅,心疼不已。

崖青山一言不发,像块石碑立在那里。忽然,他转过身,对林悦儿道:"嫂子,我这就走了。"

林悦儿一听,登时吓出一身汗,赶忙道:"你去哪儿?"

"我这就离开游人村!"崖青山恨道,"去找逍遥!"

"不行!你给我坐下!"林悦儿看劝不住,一把拉住了他,"逍遥一会儿就能回来,你给我老实坐下!"

"我不能害了我兄弟!"

"你给我坐下!"林悦儿话音还没落,只听大门吱扭一声开了。屋里三人齐刷刷往门外看去。第五逍遥扛着梵音,梵音已经骑到了他的肩膀上。父女俩有说有笑地走了进来,只听雷落在大门外吼道:

"小音,我先回去睡觉了啊,明天过来找你玩!"

"你小子会不会小点声,没看人家都睡觉了吗!"雷鼎这一声怒吼,震得十里八街都听到了。雷落冲父亲翻了个白眼。雷鼎拿粗手指比在嘴前嘘了一声。

"雷大哥来啦,进来喝点粥吧,我刚熬好的,快进来快进来。落儿,你妈妈这个时候肯定还睡着呢,快来阿姨家吃点东西再回去。"林悦儿热情地招呼着院子外的父子俩,干脆走了出去。

"爸,悦儿姨喊我呢!"雷落高兴得很,三步并作两步跟上了第五逍遥。

"快进来吧，大哥。"逍遥也笑道。

"你这小子，真是。"雷鼎轻斥了一句。跟着肚子咕噜噜响了起来，他低头看看，爽快道："那我也吃点吧。弟妹，给我也整一碗啊。我们家那个睡得跟啥似的，根本不知道我出来了。"说着，雷鼎大步走来，嘿嘿笑道。

崖青山见到第五逍遥回来，浑身紧绷的神经终于可以稍稍缓解了些。他快步向前，冲口而出道："逍遥，没事吧？怎么小音也跟着去了？"

看崖青山面色焦急，第五逍遥赶忙道："没事没事！你放心吧，修罗被我和雷大哥一起打走了。来，我给你们介绍。"说着，第五逍遥给双方做了简单的介绍。

"多谢雷大哥了！大恩大德，我崖青山……"说到这儿，一向性情执拗、少言寡语的崖青山哽咽了。他抱着女儿，再难开口。崖雅伸出小手，捂着爸爸的脸，乖乖靠在了他的身上。

"青山老弟，以后你的事，就是我们秋满山游人村的事！从今往后，你就给我安心住下，那个姓修的畜生不敢再来！"

"别不同意啊！你不同意，我老雷第一个不同意啊！"还没等崖青山拒绝，雷鼎已经挥着手拒绝道。

秋满山游人村，正是第五逍遥一家安居乐业的游人村的村名。弥天大陆之上，像这样的游人村有很多，他们各自独立经营着安逸的生活，不属于任何一个国家的领土范围。弥天大陆上的人们都是具有灵力的灵能者，但灵力强弱悬殊，大部分百姓都过着普通平常的生活。一部分灵力优越的灵能者会选择到各自国家的机关军队工作，例如军政部、聆讯部、通信部等。

在这个弥天大陆里，同样存在着诸多国家和部落，其中最负盛名的三个国家是东菱国、九霄国、西番国，被称为弥天大陆三巨头。三个国家领土浩瀚，相隔数千里。东菱、九霄分别在东西两半球，西番从西半球东部横跨到东半球。

千百年来，不少国家的人们各自出行，脱离原有国籍，与志同道合的亲人朋友相聚在一起，来到世外桃源生活，组建了一个又一个游人村。不受他国干政，不参加种族斗争，立场中立，自给自足，逍遥自在。秋满山游人村就是众多游人村中的一个，名字朴实，指的就是村外秋满山。这里到了秋季，落叶如金，美不胜收。

"放心吧青山，安心住下。有我和雷大哥在，你踏踏实实就好。"逍遥也笑应道。

这时一只小手抓住了崖雅凉透了的小手，崖雅紧张地回过头来，她还在爸爸怀里。只见梵音踮着脚，抬着头，拉着她的手道："你别怕，有我呢。"

小崖雅的眼泪扑簌簌掉了下来，手心儿也热乎起来。

"以后，你和小音都由我罩着，啥都不用怕！"雷落坐在餐桌旁，一边吸溜着红豆粥,一边大声道,"喏,快吃吧,粥都凉了。"雷落比梵音大两岁,今年十岁了,个头却和梵音差不多高。他从椅子上跳下来,捧着粥碗,举过头顶,想递给崖青山。

崖青山低着头,看着眼前两个拥有赤忱之心的孩子,落下泪来,温声道:"谢谢。"

夜深了,崖青山父女和雷鼎父子各自离开。第五逍遥把女儿抱回了房间,坐在她旁边,等她睡熟了才走。今天这一遭,虽说女儿无碍,但这是梵音长这么大以来,第一次见到异族入侵,还是当今弥天大陆之上第一凶族狼兽的首领狼王修罗。单是他异于熊虎猛兽的偌大身躯,就足以威慑世人。

狼族不仅是凶兽,更是灵兽。强大灵力和筋骨与生俱来,甚至不用后天修炼就已经得到。他们世代修习了人语,对人的习性也是知之甚多。狼王修罗一族对人语的掌握更是炉火纯青。

第五逍遥走出女儿房间,面色稍凝。今日和狼王一战,虽说是狼王修罗扫兴而归,可第五逍遥看得清楚,修罗的灵力绝非今日所展示。他遇强敌,不愿死斗,更不愿灵力尽显。即便修罗知道,崖青山就在这个小小的游人村内,也不肯多冒险一步。心思之沉静,可见一斑。

此时,狼王修罗已经越过秋满山,一路向东南走,准备越过东菱国南部水域,再往东北四千里,到达狼族领地——辽地。他一路潜行一路愤骂:"第五逍遥算个什么东西,敢坏我的事!没了九霄军政部做靠山,他姓第五的还敢这么嚣张!有了个雷师相助,以为如虎添翼?臭虫!"狼族辱骂人类的卑贱身躯为"臭虫",人类在他们眼里就犹如一只贱命臭虫般,可轻易被踩死。

可他们越是这般夸张地贬损人类,越是无法掩盖人类是他们狼族的眼中钉肉中刺这一事实。人类住着他们瞧不起的"臭虫窝",那窝里布置得花花绿绿,有床有桌,连吃个饭也要用"食盆",和家狗用的一样。他们有衣有鞋,有歌有田。他们做着一切狼族身为狼兽不屑一顾的多余的"蠢事"。可这些蠢事不知为何,莫名让号称第一凶族的狼兽大为不爽!

修罗一路向东南,如果他不南下越海,直接往东北方向奔去,会省下大半时间,到达辽地。然而,他没办法那样做。再往东一千里就是东菱国国界,那里士兵岗哨甚严,他一个狼兽是无论如何都不能轻易踏足人类国土的。想到这里,修罗又是一阵盛怒。

忽而,修罗停下急奔脚步,狼爪轻挥,一棵枯树枝被他从爪缝中甩了出来,飘悠悠悬到半空。枯树枝瞬间展开,叶片像破败黑黄的枯叶蝶一般,上面慢慢浮现出一行墨迹歪斜的字:你递的消息我收到了,人已抓到,为我所用。作为酬劳,我会帮你得到你想要的,但你要把那块石头找到才行。

修罗看着枯叶蝶上传递过来的信息,墨绿莹亮的狼瞳一闪,映着月光,射出幽冥之光,窃窃道:"那人真的为他所用了!"他的神情渐渐兴奋起来。

　　"这样说来我不用着急北上了。"修罗喜不自胜,掉转狼头,威风赫赫地往西南方向奔去,"第五逍遥,你也给我走着瞧!"

第二章
青梅竹马

十日后,夜晚。第五逍遥等女儿熟睡了才回到自己的卧室。

"怎么了,还在担心小音吗?"林悦儿看出了丈夫的心思。那一日,梵音追着父亲出去,平生第一次看见了狼兽。狼兽,那只是在学校课本里才会学到的物种,不要说梵音,就连妻子林悦儿也是没有见过的。

人狼世代交恶,普通人类根本无法对抗狼兽的灵力。哪怕是那些长年在军队里的士兵,很多人也不是狼兽的对手。可人类的数量毕竟多过狼兽千倍,狼兽便也不轻易来骚扰人类的生活。

然而第五逍遥发现,这些天女儿的反应很是镇静。回来后她也未与母亲多说当时父亲与狼兽的战况,想来是担心母亲害怕。因为父母二人都是洒脱性子的缘故,第五梵音从小就无拘无束,自由散漫,几乎是被父母放养长大的。

女儿小小年纪就有这般表现,第五逍遥既震惊,又欣喜。

他思来想去对妻子说:"悦儿,从明天开始我想亲自教梵音灵法了。"

"你来教?那孩子还上学吗?"

"如果她想去,当然随她喜欢;如果她不想去,我自己教也没问题。"

"小音才八岁,怎么……"悦儿有些担心地看着丈夫。

"昨天我收到了北唐大哥的来信。"

"北唐大哥?"

第五逍遥所说的北唐大哥,名叫北唐穆仁,是当今弥天大陆上最强盛的国家之一东菱国军政部的主将,战功赫赫,声望极高,三十九岁正当年。北唐穆仁比第五逍遥年长六七岁,二人私交甚深。早在第五逍遥成亲之前,二人就已是八拜之交。

"本来不想和你说的,可是……"逍遥看了看妻子,只见妻子秀美的杏眼中闪过一丝凌厉。第五逍遥一龇牙,尴尬一乐。他是个妻管严。

昨天深夜,第五逍遥独自在书房看书。忽然他书桌前一株种在花盆里的长信草,其晶莹透明向上生长的藤蔓上开出了一片酷似长方形纸片的浅黄色花瓣。花瓣长五寸、宽三寸,韧性极佳。

逍遥摘下这片长方形"纸片"花瓣。只见花瓣到了逍遥手中,慢慢向下翻折延展,最后竟展成了一封信。

长信草,是生长在弥天大陆上的一种工具型灵植,结出的长方形花瓣被称作"信卡",是人们平常用来传递信息时使用的工具。只需要一点灵力,信卡便会通过灵纹识别,传递信息给对方。灵纹是每个人独一无二的灵力特征。陌生人通过互换记录自己灵纹的空白信卡进行联络。

此时第五逍遥看着手中的短信,上面写道:

逍遥吾弟:
　　深夜叨扰,实在抱歉,还请见谅。但最近有些异事发生,为兄不放心贤弟,务请一谈。看到此信,速回。
　　　　　　　　　　　　　　　　　　兄:北唐穆仁

第五逍遥接到北唐穆仁的短信,急忙回了过去。不一会儿,信纸上再次出现讯息,已然换了口吻。

老弟:
　　近日我收到军情来报,西番国军政部太叔公之子太叔玄无故失踪,下落不明,至今已经半年有余。太叔公与我东菱军政部向来交集甚少,此番变动,他也是请我帮忙,探察太叔玄下落。然而,依旧无所获。

第五逍遥速读着北唐穆仁给他的短信,心中快速思忖。

太叔玄,西番军政部主将太叔公独子,三十出头,灵法甚高,在同一辈大国军政部中,除了北唐穆仁可与之匹敌,几乎无人可敌,是当之无愧的青年才俊。如此人物,莫名失踪长达半年,绝非好事。第五逍遥眉头一蹙,即刻回道:

"大哥是担心太叔玄失踪与灵魅有关?"

"没错,以我看来,能凭一己之力拿下太叔玄的,几乎没有。更何况,此事做得滴水不漏,没留下一点蛛丝马迹。"

第五逍遥用手轻点着木桌,反复思量,斟酌用词道:"距离上次灵魅大肆抓捕时空术士一事,已有十年。这十年间,灵魅悄无声息,大哥那边一切都还安好吧?"

"我这边无事,你放心。"

听到北唐穆仁这样回答,第五逍遥略微宽心。没有了时空术士,灵魅那暗中想做的不明勾当,也就成不了气候。

相传灵魅是具有强大灵力的人类在死后怀存极深重的恶念,意志残存,最终肉体幻灭后所产生的怨灵。时空术士据说拥有扭转时间和空间的能力,但无从考证。十年前被灵魅大肆捕杀之后,已经灭绝。

"五弟,即便没有了时空术士,可大巫和铸灵师还存在。"北唐穆仁再道。

"大巫?那个据说培育出具有灵魂草植的大巫一族?大哥的意思是,你怀疑,大巫一族没有灭绝?"

"百年前,大巫一族多达万人,医术一度超过绝顶灵枢。虽说被灵魅大肆捕杀囚禁,可不至于全族覆灭。他们不像时空术士那样,整个弥天大陆之上不过寥寥几人。"

"大哥说得没错,"第五逍遥同意道,"百年一战后,大巫从大荒芜销声匿迹。专做伤天害理、以命填命下作勾当的大巫,几乎和灵魅一样不受人类待见,但不代表他们就此灭绝。"

一百年前人类和灵魅殊死一战,人类取得胜利后,灵魅一族消失在极北大荒芜之地,后人称之为百年一战。

"大巫一族在混战时摆脱了灵魅的囚禁,消失在人类视野里,就此隐姓埋名。"北唐穆仁道。

"这样说来,剩下的就是铸灵师了……当年灵魅拼命搜捕的三大灵能者:时空术士、大巫和铸灵师,如今只是少了时空术士而已……"第五逍遥顺着北唐穆仁的思路一直思索。

铸灵师早在几百年前就想方设法逃离了灵魅的控制。虽说铸灵师也被人类排斥了长达百年,但他们积极融入人们的生活,通过铸造兵器、灵器、刀枪剑戟的至纯手法,重回人类视野,再次得到信任。在近百年间,更是被诸国拉拢,成为军队中不可或缺的角色。

"大哥,你查到灵魅十年前重返内陆,到底为何一定要抓捕时空术士了吗?当然,还有大巫和铸灵师。"第五逍遥补充道。

"没有。"北唐穆仁失望道,"两百年前,诸国不知派出多少死士进入极北大荒芜搜捕灵魅的下落,可都是有去无回。直到最近一百年,东菱、九霄、西番三国国力日益强盛,并且再次联合下达了'禁区令',不允许任何一个国家的人民在没有得到许可的情况下擅自进入大荒芜。尤其是三国中的军队,若没有得到其他两国的允许,绝对不可再次踏足大荒芜,以免将来受到池鱼之殃。所以,这些年来,我们对灵魅的探知,几乎一无所获。"

十年前北唐穆仁与其父北唐关山在征得三国联署同意后,率东菱军政部亲征至大荒芜边境,驱赶了当时大肆搜捕时空术士的灵魅。虽然最后没能救下时空术士一族,但总算护住了诸国安全。

百年一战后,三国颁发禁区令,在当时看来是护国安民的政策,可照现在的状况来讲,各国军部对灵魅的情况越知越少,实则忧患甚多。

"大哥,实不相瞒,几天前,我遭遇了狼王修罗。"第五逍遥思来想去,还是告诉了北唐穆仁。先前怕兄长为他担心,可照现在的状况看来,这一件件事层出不穷,都有关联。时空术士灭绝、太叔玄失踪、狼族突现,虽说表面毫不相干,但暗中有着千丝万缕的联系。

"狼族!狼族找你麻烦了?"

随后第五逍遥告诉了北唐穆仁有关崖青山的事,二人交谈甚久。狼族这些年低调行事,不曾招惹人类,但自古和灵魅一族关系暧昧不清。如此明目张胆地来到游人村只为一个灵枢,未免兴师动众了些。

"五弟,前有大巫、铸灵师,后有时空术士。灵魅十年来暗中不动,我总觉得这次太叔玄失踪,背后绝非小事。"

"太叔公今年六十有余,如果太叔玄真的有何不测,那西番军政部真是……"第五逍遥思忖道。

"太叔玄是太叔公独子,这等同断了太叔公唯一的血脉。"北唐穆仁一针见血,毫无避讳,"五弟,这次我特意找你商议此事,为的就是告诉你,无论什么时候你第五一家的灵法修习万不能懈怠。虽说第五一族与九霄国断绝多年,但有些事,你不找人家,人家未必会忘了你。此番狼族上门挑衅,根本就是摸清了你的底细。"

第五逍遥沉思良久,终道:"大哥放心,我定不懈怠!"

"还有,你有什么事,千万记得与我说!就像这次狼族找你麻烦,怎么都不知会我一声呢?还把我当大哥吗!"说到最后,北唐穆仁竟是有些恼火了。

"大哥别恼,我这不是没什么事嘛。"

"你别以为我不知道,自从我五年前当上军政部主将,你与我联系日渐变少,不就是怕你的身份影响到我吗?"两国军界高层过从甚密对北唐穆仁来讲,不是好事。

何况，三大国之间向来走动不多，如此一来，更加招眼。

"没有的事！我哪有什么身份，那都是祖辈的事了，到我这里，谁还记得？"第五逍遥赶紧兜了个圈，让兄长熄火。

北唐穆仁暗笑，他这个异姓兄弟，心思缜密，才华横溢，多为人考虑。他也不再多说。

"你嫂子可惦记你了，常跟我说，要你来菱都做客。你总是爽约。"二人唠起了家常。

"是啊，多年没见晓风姐了，"第五逍遥算着时间，也有十年了，"我这不是总说等女儿大点，再带她出远门嘛。家里有个孩子你又不是不知道，忙得很呢。"

"我怎么没觉得，我儿子平时也不用我管啊。你净是借口，不与你说了，回头你不来菱都，我抽空带着一家去看你们。侄女这么大了，我这个当大伯的还没见过呢！是我的不是！"

"北冥今年六岁了吧？比我家梵音小两岁。"

二人又简单说了几句，各自嘱咐，便休息了。

第五逍遥听了北唐穆仁的话，觉着甚是有理。他计划，从明天开始就亲自教习女儿灵法。这世道，你不招别人，别人未必会忘了你。更何况，大丈夫有所为有所不为，就像之前崖青山的事，做兄弟的定要一马当先，出手相帮。说是离开了九霄国不问世事，可第五逍遥骨子里炽烈正直的性子却无法改变。他这就计划着与妻子商量让梵音修习灵法的事。

北唐穆仁放下与第五逍遥的通信，休息了一会儿便离开了书房。今日他特意没在军部过夜，而是回到家中休息，为的就是方便与第五逍遥通话。当北唐穆仁路过二楼儿子北唐北冥的房间，准备回卧室休息时，突然感到北冥屋内的磁场不对。

他停了下来，耳朵贴近儿子的房门倾听，生怕打扰了儿子休息。他一个月在家待不了几天，平时与儿子交流也不多。北唐北冥和他爷爷北唐关山的关系，可比和他这个老爸要好千万倍。北冥的一身灵法也是老爷子手把手教的，至于他这个老爸，平时父子俩说的最多的话就是："回来啦。再见。"

因为儿子的事，北唐晓风，也就是北唐穆仁的妻子，没少和他发脾气。

此时，北唐穆仁觉着儿子房间里似乎散发着极其沉厚的灵力，不像是人在睡觉。然而这灵力含蓄有力，收敛甚深，又不像是在练习灵法。这孩子，大晚上干什么呢？北唐穆仁心里打鼓。"咳咳，"北唐穆仁小声清了清嗓子，"北冥，你干吗呢？"这声音说出来登时显得滑稽，像个贴缝的小蚊子，哪像以往他气势骇人，声如洪钟的样子。"北冥？"见儿子没动静，北唐穆仁又说了一句。等了半天，还是没声。

北唐穆仁越想越不对，大晚上的，儿子别自己胡乱调动灵力，走火入魔了！他自知儿子天生灵力醇厚，别一个不小心坏了事。

"儿子！"北唐穆仁二话不说，猛地推开了儿子房间的门。

只听房门里传来哎哟一声，一个小小的身影咣当一下掉在了木地板上。

北唐穆仁吓了一跳。就在他推开门的一瞬间，只见一根粗麻绳从儿子卧室正中央垂了下来，上面拴着个小不点。黑灯瞎火的，北唐穆仁眼神儿一晃，才将将看清，原来是北冥用绳子拴着自己的脚踝，倒挂金钟似的吊在自己卧室里，身子悬在半空。

北冥听到忽然有人进来，吓了一跳，身子一晃，脚踝从绳扣里脱了出来，摔在了地上。此时他从地上爬起来，盘腿坐着，双手捂着脑袋，疼得直龇牙。

"你，你干吗呢？大晚上的。"北唐穆仁见状，赶忙打开灯，只见北冥没理他，他有点生气了，"老爸跟你说话呢。"

"你怎么回来了？大半夜的。"北冥捂着自己的后脑勺，抬头盯着父亲。虽说只有六岁，但一双俊眸生得漂亮，薄薄的嘴唇竟也有了小男子汉的劲头，皮肤净白，一副好相貌。看来，他没随了父亲这般刚毅的长相，而是生得更像母亲。

"我回来有点事。"北唐穆仁张口回答，忽又觉出不对，"我问你话呢，怎么反过来问我了！"

北冥从地上站了起来，六岁的小男孩个头还没超过父亲大腿，开口道："我在洗髓，被你打断了。"北冥说着，往自己床上爬去。

"洗髓……洗髓！你才六岁就开始洗髓了？谁教你的？"北唐穆仁听闻，大惊道。

"爷爷。还有，我四岁就开始洗髓了。老爹晚安，帮我把灯关一下。"北冥已经钻进了自己的被窝躺好了。

"你四岁就开始洗髓了？我怎么不知道。"北唐穆仁强压着震惊，努力憋着放低声音道。一个壮汉难得缓声说话，可吃惊的样子还是遮都遮不住。

洗髓，灵能者修习灵力的一种方法，只有灵力达到一定等级时，才会使用的修习手段。在学校里老师是不会教学生洗髓这种灵法的。此种灵法，大都是专攻修习灵能力的人才会学习的。通常，军人、狱司，还有少数聆讯部的官员会学习这种灵法。参加普通工作的人们是不会涉及这些高等灵法的。

洗髓，是把全身灵力聚于丹田，缓缓向身体的各个部位输出灵力。洗髓期间，灵能者断食断水，隔绝外物，只靠自身的灵力维持基本的生命需求。这种灵法极大提升了灵能者操控灵力的能力，更有甚者称洗髓为"不死法"。许多灵能者为了追求登峰造极的灵力修为，在极其严苛的环境下修习这种灵法，只有不死是唯一条件，坚持得越久，灵力越发醇厚，对灵力的操控力也愈加强大。

北唐穆仁给儿子关上门,心想:即便是军政部征收的士兵,也没有可以驾驭洗髓这一近乎残酷的灵力修行方法的。能够真正达到所谓洗髓,断食断水只用灵力维持生命体征的,至少要到纵队长一级,才能达到。

　　"纵队长……"放眼军政部十万人,除了九大分部的部长外,剩下的纵队长不过几十人。北唐穆仁在儿子屋外盘算着,忽又推开儿子的房门,粗声道:"儿子,你洗髓持续了几天了?"

　　只听屋里传来一个小孩的呼吸声,那声音绵长有力,直达丹田。

　　"臭小子,睡着了。"北唐穆仁笑着关上了北冥的房门。

　　春去秋来,几度寒暑,转眼已是四年后。

　　秋满山游人村村外的秋满山上,树林繁茂,早就遮住了太阳,林中一片绿荫。只见有两个人倒挂在山中一棵二十几米高的棕冠大树之上。这要是从上掉下来可不得了。

　　倒挂的二人,一个长身玉立,风度翩翩。一个眉清目秀,甜美可人。他们都穿着干净的白色上衣,灰麻色长裤,脚踝处绑着一根粗麻绳。

　　男人睡醒了一觉,慵懒地活动了一下筋骨,回头看看旁边的女儿,发现她还正打着小鼾,细长分明的睫毛上慢慢挂出水珠。第五逍遥不受扰乱,挂在一旁。

　　不一会儿,梵音的菱角弯嘴越闭越紧,很快抿成了一条缝。细密的汗水从她的额头渗了出来,紧接着,大颗大颗的汗珠从细颈开始倒流了下来,顺着她圆润的下巴,滑过细腻的面庞簌簌簌地朝大地掉了下去。

　　只见梵音眉尖轻蹙,天灵上蒸出热气,灵力凝聚,一触即发。梵音开始大口吸气,大口吐气,丹田起伏,越发不稳。梵音霍地睁开眼睛,灵眸一凝,利气划过眉间,英气乍显。几年间,第五梵音已经出落得越发干练。

　　"应该还可以的,怎么又这样!明明还剩下这么多灵力,怎么就撑不住了呢?"梵音心中较劲,却是到了瓶颈。

　　忽地,只听她大喝一声,双掌齐发,两股至纯灵力朝天空打去。绿叶枝头唰唰唰地落了下来,像是下了密密叶雨。梵音的脸都被盖住了,清新的味道让她很是喜欢。她闭着眼,恨不得把掉下来的树叶全部吃掉。她已经十天没有吃饭了,饿得要死。

　　"老爸!怎么又是这样啊?"梵音在一旁嘟囔着,噘着小嘴,老大不乐意了。

　　"人到了绝境的时候,都会激起自我保护的欲望。你已经洗髓十天,身体几乎达到极限,即使你自己不乐意,你的身体也会反抗。潜在的危机意识让你的灵力迸发而出,所以……"第五逍遥耐心地辅导着女儿,忽然他的话被打断了。

"所以,你就别生气啦!生气也没用,回头接着练!"一个嬉皮笑脸的声音传了过来,嗖的一下一道身影飞身而上,一跃十丈,用脚一钩,倒挂在了梵音对面的树枝上,正对着她。

梵音忽地睁开眼睛嗷嗷道:"我看你是皮痒了!雷落,你给我等着!"说着,梵音忽地扬起半身,悬挂空中,弓着身子解着自己脚踝上的绳扣。

男孩看梵音猛地翻起身来,差点用头磕着他的下巴,赶忙朝旁边打了个旋,避了过去,单手抓住树枝,看着梵音直乐。

"你给我等着!"梵音边解边气呼呼道。

"五叔,咱下回能不能不这么训练小音了?"雷落在一边悠哉地说着,嘴里啃着苹果。第五逍遥不紧不慢,挺身回正,已经单脚直直"站"在锁扣里。绳索纹丝不动,他身形仿若银针,笔直挺拔。

"厉害!"雷落大叫道,"五叔,你听我说话了吗?咱以后能不能不这么训练小音啦?"雷落话锋一转,又回来了。

第五逍遥回头看了他一眼,小伙子今年已经十四岁,比梵音年长两岁。浓眉炯目,神采奕奕,方正脸庞,短平头发,身形健硕,古铜皮肤,是一个活力四射的少年。

只听雷落话音没落,啊的一声,又一嗓子叫了出来。第五逍遥轻笑,跟着轻身落下。

梵音指尖一挥,一枚寒冰细刃掷了出去,瞬间打断了雷落站的树枝,雷落尖叫着从树上掉了下去。梵音松开抓着麻绳的手,倏地垂直落下,脚尖轻点着地,腿微弓,站了起来。看着一旁护着自己胸口的雷落,咯咯笑了起来。

"让你以后再说我!"

"我那不是为了你好嘛,省得你成天练功那么累。"雷落撇着嘴道,"喏!累了吧,吃个苹果。"说着,雷落向梵音抛出一个红苹果。

"你上次洗髓撑了几天?"梵音边吃边问着,雷落又向逍遥扔出一个苹果。三人往村里走去。

"十四天。"

"十四天?十四天!你有十四天!"梵音瞪大了眼睛,一边嚼着苹果,一边大声道。

"哎呀!女孩子家家的,苹果都要喷出来了!"雷落突然抿起嘴,缩起脖子,假装用手掩着,嘲笑着梵音。

"我怎么才十天,我怎么才十天……"梵音皱着眉头,低着脑袋,边吃边叨叨,越想越生气,越想越不甘心。

"哟！五弟,陪小音洗髓回来啦!"快到村口时,雷鼎正扛着两包大米往村里走去,他今天一早去附近集市买的,赶便宜,"我说这小子今天怎么都不陪我去买东西了呢,敢情是来接小音回家啊。"

"怎么样,老爹!我说小音扛不过十天吧,你还不信,打赌输了吧!"雷落朝雷鼎竖起大拇指,得意道。

这话让梵音一听,头发根儿都立了起来,噌的一下蹿到雷落肩膀上,骑着他,狠狠掐着他的粗脖子:"你这个家伙竟敢看不起我!你再说一遍!"

雷落被梵音掐得眼泪直流,摇头晃脑,苹果也扔了。

"这小子就是欠收拾!小音,替雷伯伯好好收拾收拾他!"两个大人在旁边看着热闹,直高兴。

可梵音没掐一会儿就累了,双手摊开,垂了下来。洗髓过后,她的体力根本吃不消。雷落稍一定神,肩膀一送,梵音被抛了起来。梵音双腿在空中一并,屁股稳稳地落在雷落的一个肩膀上。梵音坐在上面,继续悠哉游哉地吃着东西,吃完了苹果,雷落又给她抛上来一壶水。雷落身材健硕,肩膀宽厚,足够乘下一个身材小巧的梵音。

"五叔,咱以后能不能别让小音这么个练法了?都累坏了!"雷落看梵音累成这样,忍不住抱怨道,"您让她练那么苦干吗?凡事不都有我嘛,有我在,谁都不敢欺负小音!"

第五逍遥听雷落这般说着,心里甚是高兴。雷鼎也在一旁直乐。这两个孩子从小一起长大,青梅竹马。自打梵音会坐着起,雷落就经常过来背着梵音,把梵音放在自己的肩膀上。在这个世上,除了第五逍遥,梵音坐得最多的就是雷落的肩膀。

久而久之,就算年龄一天天增大,梵音和雷落还是这般亲近,没有避讳,感情甚笃。

第三章
红鸾

洗髓过后的几天,梵音一直在家休息。这一日,她正坐在自己二层阁楼房间的床上看书,突然,一个白色小石子从窗外被扔了进来,不偏不倚丢进了窗户正对面白墙边的棕木小盒子内。盒子里一半装着白色小石子,还有几个松塔,都是从溪边捡来的。

梵音合上书,从窗外探出头去。

"我今天投准了吗,小音?"一个扎着黑色细软马尾辫的小女孩正仰头朝梵音窗户望来,清瘦的小脸上血色不足。说话的正是崖雅。

"今天表现很好,投得很准!"

"真的?投准啦?"崖雅喜出望外,欢快得小脚来回蹦跶。

梵音一个轻跃,从二层阁楼跳了下去,落在崖雅身前。崖雅用崇拜的眼神看着她,小嘴张得圆圆的。这样的表情,她足足做了四年,即便梵音做的只是同一个动作,可转脸儿,她急道:"小音,你刚洗髓完,要多休息!"

"我没事。"

话说间,崖雅已经把手搭在了梵音的手腕上,轻轻点着。

"你真是青山叔亲生的,小小年纪都有职业病了。"梵音调笑道。

"哎呀!"崖雅被说得红了脸,"你哪有病啦!净乱讲!"

"怎么,你今天学校没课吗?这么早过来找我。"

早在几年前,梵音和雷落就不在学校里面上课了。

"今天星期六。本来你一洗髓完我就想过来看你的,可是爸爸说你需要休息几天,我不敢过来打扰你。"

"今天我有空,要我陪你去山上练习一会儿灵法吗?"

"可以吗?"崖雅用期盼的眼神看着梵音,赶忙又道,"不行,你要多休息,你刚……"

"好啦,我和你与青山叔不一样,调用灵力是家常便饭。再说,你刚才不也给我号过脉了嘛。"

"话是这么说,可是……"

"别可是了,走吧。"

梵音边说着,边带崖雅上了山。这些年崖雅的灵法一直修习不好,无论她多用功,多刻苦,长进终究很慢。其实村子上灵法平平的孩子是大多数,而且,即便灵法平平也不碍事。毕竟,不是什么职业都需要强大灵法的。就像灵枢,崖雅学得如鱼得水。

可梵音发现崖雅对灵法的执着超过了她的认知,几年前她从崖雅那里问到了答案。

"这样我就不用和爸爸东躲西藏的了。"梵音看着崖雅稚嫩又坚持的脸,从此便开始尽心尽力地教她。即便梵音每次看她练得满头大汗,即便梵音早早就知道崖雅的局限性,知道她不属于灵力深厚的体质,也没有擅控灵法的能力,可她还是愿意帮她,为了她的坚持和执着。

二人在山上练习了一会儿,崖雅掷物的准头和力道越来越好。最后一颗石子掷出时,已经可以清脆地打断一指粗的树枝了。

"小音,我打断树枝了!"崖雅开心地使劲蹦着,也没有蹦起太高。梵音笑着对她点点头:"今天就到这儿,该回去了。"

"好!"崖雅的声音比平时大了些。

刚刚走出两步,梵音止步,对崖雅比了个噤声的动作。崖雅立刻警惕起来,连忙往梵音身边靠去。只见梵音杏眸一凝,眉心微蹙,往不远处一棵三十几米高的大榕树看去,那榕树枝叶甚茂,绿荫之处竟有半亩之大,足够容纳两三百人在树下纳凉。绿叶更有万数之多,片片相依,束束相叠,一眼看去,密不透风。

"小音,怎么了?"崖雅不敢出声,只是嘴唇轻动。

梵音略一扫,便知其意:"有红鸾。"梵音与生俱来就有一双鹰眼灵眸,观千米,探八方,识唇语,辨万物。随着年龄的增长,梵音这双鹰眼愈来愈灵,愈来愈明,视物已远不止千米之内,飞花鸟羽只在她倾眸一瞬间。她灵力与日俱增,对鹰眼的控制就愈加纯熟,收放自如,然而外人并不知道。

"什么红鸾啊?"崖雅一脸困惑。

梵音看见崖雅如此一问，方才想到，常人根本不知道红鸾是何物，即便有所耳闻也不知道其长相形态到底如何。红鸾乃是上古仙鸟，千百年间从不为人所见。四年前，梵音无意中发现红鸾竟来到秋满山栖息，可也只不过十天有余。在那之后，秋满山上再无红鸾踪迹。关于红鸾的记载，只在少量的杂文广记中偶有几句，却也是描述得不清不楚。到底这世上有没有这种仙鸟，人们都不确定。

而梵音之所以知道红鸾的存在，是因为父亲的一本手抄书。按书中所说，百年前，有一位时空术士试图调动灵法，撕裂空间，扭转时空，穿越宇宙，去弥天大陆外的另一个世界看看。然而中途灵法失效，穿越宇宙失败，他重新从时空隧道坠入弥天大陆。可就在这时，他遇到了红鸾出世，一夜羽化惊天变、万紫千红欺艳阳的奇观。他瞬时记录下了这一切，而红鸾顷刻便又消失在了广袤大地之上。任时空术士如何追寻，也终是了无痕迹，宛如一场美梦。

崖雅听梵音娓娓道来，更是万分惊诧，忍不住低声问道："时空术士！这世界上当真有这种术士存在？"崖雅对于时空术士存在的惊异，不亚于对红鸾惊现的震撼。

不仅是她，梵音当年读到父亲束之高阁的这本手抄书时也是诧异不止，忙不迭地追问：这世上真有时空术士一族？

第五逍遥告诉梵音，时空术士确实存在，只不过能力没有我们想象中的那般强大。当今世界上能成功穿梭几个时辰的术师已属罕见，一天之内则是灵法大家，实属罕见。但早在多年前，灵魅大肆搜捕时空术士一族，把原本就为数不多的他们清剿殆尽。从此时空术士彻底消失在了弥天大陆之上。

梵音听过后，不免觉得惋惜。父亲告诉她，时空术士还有一个好听的名头，叫"穿云者"。梵音听之，不禁悠然向往。

崖雅听后瞠目结舌，神思游离。

"崖雅。"梵音轻唤了一声她的名字，她方才回神。

"小音，你说红鸾在哪儿？"

"就在咱们面前这棵大榕树上。"

"我的天！你看到了？"崖雅一眼望去，只觉绿荫蔽日，茫茫一片。

梵音点头，轻身上前："还是四只！"

"什么？"崖雅费解。

"树上这四只红鸾，就是四年前你来村子的时候，在此歇脚的那四只。"

"你不是说没羽化的红鸾和小麻雀一样吗？你怎么认出来的？"

"他们头顶有片暗红羽，现在正一点点长大，发光，变红！"

此时二人已经挪步来到树下，梵音用手指了指头顶。只见四只好似麻雀的小鸟站在枝头,乍看上去,别无异样。这棵参天巨榕之上除了这四只小鸟,再无其他。

四只小鸟紧凑成团,瑟瑟发抖,梵音看在眼里,皱起眉头。一旁的崖雅大气都不敢出,双手捂着嘴巴,看到梵音冷峻的表情,不知道要发生什么。梵音看出四只小鸟越抖越厉害,其中三只竟在流泪,另一只似乎奄奄一息。

"它们要羽化了!"梵音大惊,崖雅也跟着瞪圆了眼睛!

骤然间,狂风大作,乌云蔽日,尘沙飞走。电光火石间三只幼鸟振开双翼,犹如烈火赤焰,整片森林被照得仿佛陷入火海,红鸾之火欲夺艳阳之光,刺得人眼根本无法睁开,更别说看清红鸾羽化了。

崖雅早已吓得紧闭双眼,牢牢抓住梵音,而此刻的梵音,双眼竟丝毫不受影响,一抹璀璨冰晶布上她的美瞳,华彩灵眸乍现,好似冰钻。梵音抬头看着惊人的一幕:

三只红鸾顷刻羽化,鸟羽倏展,振翅高飞,臂展百米,犹如弥天大物。每一片羽毛都似燃烧的烈焰,辉煌摇曳,撩动苍穹,天被点燃了!它们的鸾冠下镶嵌着有着太阳般光辉的金灿赤瞳,惊世骇俗。

"好一个红鸾仙鸟!"梵音不禁脱口豪赞!

就在三只红鸾腾飞之时,独自留在树枝上的那只开始猛烈战抖,紧接着一声划破天际的高亢悲鸣从那只幼鸟的身体中迸发出来。

"不好!"梵音叫道。

只见幼鸟身体越发鼓胀,由内而外透出红光,悲鸣声愈加凄厉。

"崖雅,你自己俯下身体,用双手紧抱住头,我要去看看那只红鸾!"

"好!"崖雅大声应和道,"小音,你小心点!"

风驰电掣间,梵音已跃上二十米高的枝丫,来到幼鸟旁。只见幼鸟体内红光异常,不似刚才的火焰羽翼。

"难道这只红鸾要自燃殒身吗?"梵音默念。

它的身体由于极速鼓胀,已经变得火红透明。由不得梵音多想,她张开双手,霎时间两团寒冰灵力从她掌心轰然而出,倾泻而至,瞬间笼罩住整棵巨树。绿榕变得白团一片,寒气缭绕,好似一颗巨型棉花糖,幼鸟的身体也被包裹住了,悲鸣略缓和,可须臾之间又开始膨胀。

梵音极力大喝一声,灵力急收,凝结成冰,冻住了幼鸟。梵音呼吸急促,汗水顺着细腻的面庞流下。

她丝毫不敢松懈地盯着幼鸟,很快地,冰壁出现细碎裂痕。梵音深吸一口气,预备用尽最后一丝力气,封住幼鸟自爆。

只听噗的一声,冰壁破了,一只尖尖脚踹了出来。

接连几声清脆的碎裂,尖脚、小翅、嘴喙都露出了冰壁。红色,没错是红色。灰色幼鸟变成了红色,不再膨胀,也没有羽化。

它用嘴喙啄开冰壁,一个燃烧的浑圆小火球滚了出来,在树枝上蹦跳起来,叽叽喳喳地叫个不停。梵音两手僵在半空,不敢置信地看着眼前这个上蹿下跳的小火球,生怕它再有什么变故。

原本在天空驻留未远去的三只红鸾看见幼鸟平安,高兴得在天空盘旋飞舞。正当它们要俯身冲下之时,幼鸟突然举起了一个小翅尖,上面还似蹲着小火苗,甚是有力。幼鸟制止了它们,它点头向同伴示意,以表平安,接着又挥了挥小翅。

鸟儿们心意相通,没再逗留。只听啸傲鸾鸣响彻天际,穿云裂石。阳光照射,金光漫天,火染云霄,世间美景,就此降临秋满村天空之上。村里所有人都看到了这天下奇观,叹为观止。

就在梵音还没明白过来的时候,小红鸾突然一蹦,跳到她的头上,摊开小翅细脚躺在了上面,看样子像是在休息。梵音周身寒气未散,小红鸾甚是惬意。梵音纵身一跃,从树上跳了下来,唰地落地。

崖雅张大眼睛,盯着梵音的头顶,半天说不出话来。

"它在干吗?"梵音看不到小鸟。

"它,它,它好像在睡觉。"

崖雅仍不敢相信自己的眼睛,梵音的头顶好像着了火。

"你的脑袋看上去像着火了!"崖雅略带惊慌,撇着小嘴道,"烫不烫啊?"

"没感觉啊。看样子它是不打算下来了,把我脑袋当窝了吧?"

"啊。"崖雅在一旁傻傻点头。

就在这时,只听远处传来一个大吼大叫的声音:"梵音,你在哪儿呢?梵音!梵音!梵音!"

"我在这儿呢!别喊啦!"

"在哪儿呢?"那人还扯着嗓子大叫着,原本粗憨的声音听上去更难听了,像是在杀猪!

"别叫啦!我在前面!"

只见那人由远及近,三百米外的身影嗖的一下消失了,转瞬来到梵音身前,崖雅吓得一个哆嗦:"哎呀!"

"你没事吧!"雷落还是止不住大吼着,梵音的脑袋都要被雷落的口风吹歪了。十四岁的雷落已经比梵音高出半个脑袋,是个正儿八经的健壮少年郎。

忽地,梵音脖子向后一仰,像被什么东西蹬翻了一样。她踉跄半步,只见一团烈火突然朝雷落喷了出去。雷落一时无措,躲闪不及,半边头发被燎着了!

紧接着又是几道烈火朝他喷涌出去,雷落右手一抬,霎时间数十道雷电从掌心激射而出,本要冲那攻击自己的火焰打去,可当下心念一闪,梵音还在火焰后面,别伤着她!

于是即刻转攻为守,只见十几道雷电瞬间张开,变成一面雷电壁,挡在他身前。火焰不能突破。这时,只听几声刺耳的尖叫从火焰后面蹿了出来。小红鸾耷着膀子,扯着尖喙,眼睛里恨不能冒出大火,愤愤地看着雷电壁后面的雷落。

"这是啥东西!"雷落突然扯着嗓子大号道。别看他长得结实,但胆子还是很小的,见到奇奇怪怪的生物在自己眼前乱晃,不由吓了好几跳。

"这是红鸾!"梵音在对面也扯着嗓子和他对喊,好像两个人隔着十万八千里似的,其实也就三五米……

红鸾头顶立起来的火羽焰冠突然往旁边一倒。它在空中扑扇着三五寸长的短翅膀,扭过头来看看梵音,又扭过头去看看雷落,眼皮一眨,晃了两三下,慢悠悠朝梵音飞了过去,落在了她的头上。

"它要干吗?"雷落惊恐地抬起一只脚,准备随时逃跑,"它要烤了你!"

"它没有……"梵音白了雷落一眼,"快把你的雷电壁撤了。"

"你俩认识?"雷落的嘴巴拧出了一个夸张的形状,像是一条噘嘴的鱼。

"啊……"解释起来话就长了,梵音哈哈着。

"这小不点就是红鸾?咋又跑咱们村儿来了?"

"我怎么知道?"

雷落小心地走到梵音身边,试图低头悄悄近观一下红鸾的时候,红鸾尖喙上的两个孔猛地又喷出热气。

"天雷地火,我看你还是别招它了。"梵音分析道。

"八成是!你分析得对,回头得问问我五叔去!"

二人说了半天,忽然发现好像少了一人。二人齐齐往旁边看去,只见崖雅远远地笔直地站着,用手捂着嘴,两只圆眼睛不停地眨。

"这小不点怎么了?"雷落冲她走了过去,揪了揪她的小辫子,道,"吓着啦?"

崖雅拼命地点点头,半天道出一句:"你们为什么……都那么厉害……"

"这小不点吓傻了,走啦,回家啦!"三人推推搡搡地往村子走去。

岂料梵音回到家中,红鸾对梵音的爸妈瞧都不瞧。妈妈准备了一些吃的给红鸾,不料它看到后直接从梵音脑袋上蹦下来,用脚踢翻装着坚果的精致小碟,样子滑稽可笑。几次三番下来,爸妈也是无奈,只好不去管它。

等到了晚餐时间,梵音准备吃饭,没想到红鸾先她一步,吃光了她碗里的饭菜,而且只要梵音不夹菜,它就不吃,必须等梵音把饭菜盛到自己碗里,它才下口。

本想着它吃饱喝足又回到自己头顶歇着的时候,去换一副新的碗筷吃饭,可梵音突然感觉自己的头顶热了起来。她意识到如果真的换了新的,自己的头发应该会被烧焦。

从这一天起,梵音和小红鸾同吃同住,形影不离。

"咱们给它起个名儿吧!"第二天一大早,雷落就兴奋地来找梵音看红鸾了。

"胖墩儿?"梵音睡眼惺忪,蓬乱的短发像个草窝,上面还插着不少鸟羽,婴儿肥的小圆脸在一早甚是可爱。

雷落靠在她的房门前,看她穿着大褂子盘腿坐在床上,阳光从二楼窗子打了进来,滑过她秀挺的小鼻尖。雷落的心突然蹿了一下。

"喂?"梵音喊了一句。

"啊?"雷落慌了神。

"跟你说话呢。"

"叫什么?"

"胖墩儿。"梵音话音刚落,就被红鸾踹了一脑袋,"哎哟!"

雷落看着直乐:"这小不点,还听得出什么不是好词儿了。"

梵音坐在那里,撅着嘴,故意哼了一声,扭过去不理他俩。红鸾觉着不对劲,从梵音脑袋顶爬到她的脑门儿,探着头瞅着她。梵音紧接着又小声哼了一下。

这一下,红鸾可听清楚了,小脑袋跟着一缩,赶紧走回刚才踹她的地方,用小翅膀胡噜着她的头。胡噜了两下,又跑到脑门儿跟前看看梵音。梵音还是不理它。

这下红鸾可急了,顺着梵音鼻梁扑腾下来,扭动身子,看着她。梵音突然对着它的小脸亲了一口,笑道:"就叫红鸾吧!我们就叫红鸾!"

红鸾开心地用小喙轻轻在梵音鼻尖啄了一下,又用头蹭了蹭梵音的眼睛,一人一鸟,甚是亲昵。

站在门边的雷落看着梵音一嗔一笑的样子,心脏怦怦怦直跳。

"呼!"一团小火苗又冲雷落喷了过来。

雷落瞬间惊醒,忙用胳膊胡乱摆弄着,等扇灭火苗,脸已被熏得黑乎乎的,逗得梵音忍不住大笑,红鸾也在半空直兜圈,乐得翻跟头。

就这样,梵音和仙鸟红鸾还有自己的伙伴们在游人村又过了两年自由自在的日子。父亲照常督促她练功,她也非常喜欢学习灵法,可总是比雷落差一些。而崖雅则已经完全放弃了修习灵法,因为她终于承认自己完全不是练功那块料,但是她的医术随着父亲精进神速。

这一日,红鸾陪着梵音和雷落在山里练功回来。两个孩子个头见长,可红鸾还是麻雀般大小,一点没变,像个小火球似的站在梵音肩膀上哼哼着不知道哪里学的小曲儿。

"红鸾是不是哼你唱的歌呢?"梵音问道。

"什么歌?没听出来啊。我的歌那么多,这小不点耳濡目染啦。"雷落得意道。十六岁的雷落已经长成了个大小伙子,个子足比梵音高出一头。他平时除了喜欢练习灵法,还有一个最大的爱好,就是唱歌,而且是自己编的歌。别看他长得壮实,虎头虎脑,可在音乐方面特别敏锐。

听到梵音他们的话,红鸾突然脑袋一歪,又赶紧挺直腰板儿,更加卖力地哼哼起来,红彤彤的小胸脯一拱一拱的。

"你看你看,真的在哼哼。你听!"梵音秀眉一挑,乐道。

"什么啊?"雷落纳闷。

"哈哈,是你写的情歌!"梵音突然大声道,吓得雷落一个激灵。

"你胡说什么呢!"雷落的脸唰的一下子红了,赶紧看向别处。

"就是上次,你为了乐乐姐过生日,特意给她写的啊。在篝火旁,你想唱,结果没好意思唱的那个。"梵音认真道。她记得,就是前不久的事。张乐乐,秋满山游人村的一个美丽女孩,前些日子刚过完十九岁生日。

有一次,雷落在家里认真地哼着一首自己新编的歌,正哼得有滋有味,突然梵音蹿了进去,冲他大吼一声:"干什么呢?"

雷落吓得扑通一声从自己椅子上摔了下去,啊地大叫了一声。

梵音和红鸾看见他那副狼狈相,乐得咯咯直笑。红鸾更是跳到雷落脑袋上,夹着翅膀,使劲蹦。红鸾平时最爱做的事就是挑衅雷落,当真应了梵音那句话:天雷地火,一撞就炸。

有一次,红鸾闲得半夜睡不着觉,竟然偷偷飞来雷落家,从窗户溜进他的卧室,对着他的脑袋"当头一喷火",然后撒丫子就跑。回到梵音身边后,自己还咯咯咯乐了一夜。

第二天一早,梵音和红鸾看到了雷落灰头土脸的样子,一起笑得差点晕了过去。正因为这样,雷落的灵感力和防御术与日俱增,真是托了红鸾的"福"。

"唱什么歌呢?那么认真,又不好听!"梵音打趣道。

"没,没什么啊……"雷落慢吞吞地从地上站起来,假模假样地拍着身上的灰。

"你难为情什么?"梵音惊讶道,像是发现了新大陆,小脸倏地凑到雷落面前。雷落的脸登时红得像个茄子,紫里透红。"你刚才唱的什么什么,你是我的秘密什么什么,什么我好想告诉你,什么什么……"梵音细长的食指边学边转。"谁啊?"她突然扭过头,认真地问着雷落,"你有什么秘密是我不知道的啊?"

"啊!"雷落满眼惊慌失措,眼睛直往一边瞟。

"哦,我知道了,你写给乐乐姐的!是不是?哈哈,被我猜对了!"

"什么?"雷落一脸错愕。

"乐乐姐要过生日了,咱们村每个孩子过生日,你不都死乞白赖地给人家写歌,让人家学着唱嘛。"梵音说到这里,又开始想笑,捂着肚子,不好意思乐出声。

"啊?"

"啊什么啊!是不是?"

"不是。"雷落小声否认道。

"就是!骗人!"听梵音这么一说,雷落更紧张了。"你放心吧,我不会告诉她的,等你给她惊喜。"说着梵音还冲雷落眨了下眼睛,一副要替他死守秘密的样子。

结果,到了张乐乐生日会的那天,雷落比谁都安静,一反常态。张乐乐失望极了,不一会儿就往雷落身边瞟来。雷落和梵音、崖雅坐在一起,一言不发,头都不抬。

"喂,乐乐姐看你呢。"梵音小声哼唧道,"现在可以了。"还用手推了推雷落后背。谁知雷落坐得僵硬,梵音推不动。

"咳咳,乐乐姐又看你了啊。"梵音一晚上替雷落观察了七八次有余,结果他一声没吭。梵音一脸迷糊,不知这是什么情况。崖雅还是个十一岁的小不点,只知道吃吃喝喝,更不在意。

"就是那首歌,红鸾哼的就是那首歌。喏,你听,是不是?"梵音双手插兜,悠哉地走在路上,"这首歌还真好听,怪不得红鸾也喜欢。叫什么名字啊?"

"《你是我的秘密》。"雷落在一旁认真道。

"《你是我的秘密》,"梵音随他念了一遍,"好听,是你编得最好听的一首。你唱唱,我也想学一下。"

"你想学?"雷落停下了脚步。

"嗯。"梵音应着,发现雷落停下了,她回头道,"怎么了?不行吗?难道只能乐乐姐学?"

"我说了不是给她的!"雷落突然道。

雷落这个态度让梵音有些意外,他从来不这样严厉地和自己说话,严肃起来还真有些怕人,"知道了,不是就不是嘛……发什么脾气呢……"

见雷落憋着半天不说话,梵音强撑着道了句:"那你教不教啊?"

"教。"雷落沉声道。

二人有一搭无一搭地唱了一路,一个教得心不在焉,一个学得别别扭扭。

到了梵音家门口,雷落停下脚步,梵音奇怪道:"不去我家吃晚饭了?"

"不去了。"

"哦。"

雷落却没有要走的意思。梵音看着他,不知道他想干吗。

"落儿,阿姨刚做好了饭,赶紧进来一块吃。"梵音妈妈突然从家里探出头,冲雷落脆声喊道。

"今天不了,悦儿姨,我先回去了。"说罢,雷落转身往前走去,"明天我和老爹出趟远门儿,过几天回来,你等我。"

"哦。"梵音听话应声,摸不清雷落今天怎么了。

梵音看着他的背影,没进屋。直到雷落的背影远了些,见他举起手挥了挥,没回头,这才返回屋子。

"落儿今天怎么了?"梵音妈妈问道。

"不知道。"梵音决定替朋友保守秘密。情歌加反常,那应该是因为乐乐姐,梵音笃定。

"爸爸呢?"

"楼上吧,我也没看到。"

第五逍遥没有下来吃饭,说是有书没看完,先不吃了。

"怎么了,亲爱的?你今天怎么总是心神不宁的。"晚上休息时,悦儿问着逍遥。

"最近和北唐大哥通信,他说灵魅活动甚是频繁,让我也小心提防。"

"灵魅?这都多少年了,怎么又出来了?"听丈夫一说,悦儿也有些紧张。

"大哥说,他认为灵魅一直在寻找某种方法,来达到它不可告人的目的,但……"逍遥欲言又止,他看到梵音站在门口。

"梵音。"

"爸爸,我能进来吗?"

"当然,宝贝。"

"你们在说什么呢?"

"没什么,宝贝。"妈妈笑着让梵音坐到自己身边。

"梵音,爸爸有些话想对你说。"

第四章
灵魅暗袭

显然妈妈和梵音都没有想到爸爸会是这样的回答。

"嗯。"梵音点了点头。

看着女儿认真的眼神,逍遥万分怜爱。

"我的女儿已经不是一般的小女孩儿了。"逍遥无限宠爱地看着女儿。

梵音笑笑。

"梵音,刚才爸爸说的话你都听到了吧?"

"嗯,爸爸说的灵魅是不是三指?"梵音伸出手比画着自己的三个指头。

逍遥笑道:"没错,就是三指。"三指是人们给灵魅起的外号,在孩子们中间广为流传。

"爸爸,世界上真的有三指吗?"梵音说着有点害怕,往逍遥怀里蹭了蹭。

"雷落又吓唬你啦?""才没有!我才不怕!"梵音嘴硬道,逍遥笑了起来。"那个,爸爸,三指真的是鬼吗……"梵音突然小声问道。

"当然不是了,这世上哪里有鬼。"

"真的不是吗?那,那他们是什么呢?他们真的只有三个指头吗?"

"音儿,"逍遥一把将梵音抱进自己怀里,温柔道,"爸爸今天就是想和你说这个事,你不要害怕,有爸爸在,听爸爸给你慢慢讲,好不好?"逍遥握着梵音有点发凉的手,梵音乖巧地点点头。

"虽然很多人都说灵魅是恶灵的魂魄,但爸爸对此说法有所保留。他们确实拥有一种类似水和烟雾的流动形态,脸上的五官大约有,大约又没有。每个灵魅都不大一样,我觉得有些像熔岩流动过后凝固了的样子,像是泄了气的皮囊。"逍遥给梵音扮了个鬼脸,拉了拉脸皮,吐了吐舌头,原本听着有些害怕的梵音笑了出来。"他们通体是黑色的,外面披着一个黑色碎布斗篷。每个灵魅都有两个手掌,每个手掌上只有三根指头。"逍遥比画道,梵音心中一紧。"这三根手指你以后千万要小心防备,它们随时随地都可以集聚暗黑灵力,对人们发起进攻。掌心更能射出黑刺,重伤人类。"逍遥认真道,"我觉得,灵魅更像是一个拥有强大暗黑灵力的灵物。"

"灵物?"梵音道。

"弥天大陆之上万物皆有灵,灵力、灵兽、灵植。而这行迹诡谲的灵魅更像是与生俱来的灵。"逍遥边说边思索着,梵音听得又奇又怕。

"像水和烟雾一样的东西,难不成是水里烟里生出来的怪物?"梵音道。

"也许吧,"逍遥看着女儿心情缓和了许多,又温柔下来,抚着她的脑袋,"他们到底怎么来的,我也不完全了解。灵魅与人类自古不睦。近百年间,灵魅的数量陡然增加,不得不引起我们的关注。爸爸在东菱国的朋友告诉我说,最近灵魅活动异常,让我小心防范。"

"爸爸。"梵音看出爸爸担忧的神情,握紧爸爸的手。

逍遥虽不想吓到女儿,但有些事不得不防。

"梵音,爸爸也不想让你担心,但是有些事不能不告诉你。"

梵音点点头,她总是能看透别人的心思。

"梵音,在这个镇子上,除了爸爸和几个年长的叔伯,你现在的灵法也是数一数二的。如果镇子遇到什么事情,你一定要保护好你自己,帮着大家离开。"

"离开?"梵音茫然地看着父亲。

父亲抱紧女儿,抚摸着她的头。妻子忧心忡忡地看着,她从未见过丈夫如此不安。

梵音躺在自己的床上辗转反侧,她能体会到父亲的焦虑。虽然父亲常告诉她,人外有人,天外有天,但她一直相信父亲是灵法最厉害的人,她坚信没有父亲办不到的事情。

几日后的夜晚。

"梵音!"父亲仓促地唤着女儿的名字。

此时的梵音还没有入睡,但仍然被父亲吓了一跳,慌忙从床上坐起来。

"爸爸!"

"快起来!"逍遥打开家中的壁灯。

"梵音,快走,到楼下去!"妈妈慌忙帮梵音拿上衣服,边走边换。

刚到楼下,只听一声炸响,一家三口冲出房门,看到村子的最南边被什么东西袭击了,灰烟四起。此时家家户户的灯都亮了起来。动作迅速的大人们冲到街上,人人慌张。

"梵音,快和妈妈往东去,去东菱国,一直往东走,叫上临街的孩子们!"第五逍遥大声嘱咐道。

"你呢,爸爸?"

"村子南边还有人,我要赶过去看看。你们先走,我随后就去找你们!快走!"

"逍遥,你要小心啊!"林悦儿道。

"知道!快走!"逍遥话音未落,人已在百米外。

梵音叫上临街的人一起往镇外跑去。崖青山本想追上逍遥,但被梵音妈妈拦住——现在没有什么比孩子们的安全更重要,他必须留在孩子们身边。村子上灵法高些的大人都赶去南边支援了,青山便带着孩子们急忙往镇外奔去。

刚刚出村,只听镇里轰鸣炸响,硝烟四起,众人顾不得再回头,一路往东奔去,踩过溪水,冲进树林。

此时梵音感到身后一阵恶寒,是父亲有危险!

她猛然停下脚步,回头望去。这一看,让她心惊胆战,镇子已被夷为平地,父亲跃在半空,与人相搏。那人说人不像,说物不实,庞然之躯大过父亲数十倍,一团黑雾更浓,正与父亲缠斗。梵音猛然回身,往回奔去,却被母亲一把抓住。

"梵音!你不能回去,快带着他们走,我回去帮你父亲!"悦儿大声吼道。

"妈妈!"梵音骇然。

妈妈用尽全力抱着梵音,在她额头上深深吻了下去。

"宝贝,快走!"说罢,箭也似的离开。

青山叔拉着梵音向林中跑去。

忽然,一道灵力从梵音身后直扎过来。梵音一把护住身旁的长发紫裙少女:"乐乐姐小心!"

铮的一声,梵音手中化出一柄寒冰剑,一个回砍,打断了暗袭而来的那道诡异灵力。梵音低头看去,那是两节断掉的由黑色灵力幻化成的类似长矛又像长刺的东西,周遭还附着暗黑灵力。

"黑刺!"梵音认出这是爸爸告诉过她的,灵魅一族用暗黑灵力幻化出的武器"黑刺"。

"不好!灵魅突破了村里的包围圈赶上来了,快走!"梵音冲着伙伴们大喊道。

紧接着又是几道黑刺袭来,梵音浑身上下的毛孔张开,这是她有生以来第一次实战!几个剑身过去,所有黑刺都被梵音挡了下来。她的鹰眼快速闪烁着,袭击而来的黑刺根本赶不上她的速度。

就在她转身准备拉起同伴一起逃命时,背脊寒芒四起。她猛然转头望向天空,看到黑刺像落雨一般从几百米外飞了过来。

"防御术!"梵音厉声大叫道。突然,她才意识到,她身边的伙伴们没有一个会施展防御术,他们都是普通的孩子,只拥有一般的灵力。所有人惊恐地看向梵音,不知所措。

梵音看着伙伴们,双眸一凝,深提一口气,转身迎向落雨般的黑刺,大喝道:"都到我身后去!"

只见她掌心一收,寒冰剑消失了,转而一面十米见方的冰盾赫然出现。她双手向天空一抵,砰砰砰砰,无数黑刺砸了下来,根根重击却剟在她的冰盾之上。

梵音灵力下沉,双腿扎稳,抵着冰盾,半分未退。她细小的手臂承受着一次次重击,然而眉心未拧,面不改色。

"小音……"一个怯懦的声音在梵音身边响起。

"没事!"梵音没回头,安慰着崖雅。

时间一分一秒过去了,落雨不停,梵音的手臂开始酸痛。忽地,她眸光一闪,划过紧张。

"不好,灵魅追上来了!"她远远看去,成群灵魅的黑影已在百米外。

梵音用力一顿,冰盾斜插在大地上,挡住黑刺,她一个闪身,冲出冰盾。

"小音!"崖雅惊恐尖叫道。

梵音瞬步来到灵魅身前,这是她第一次见到灵魅。缥缈的身躯如黑水一般流动,黑雾一般虚浮,僵冷的面容上眼睛鼻子都看不清,好像凝固住了,脖子下面系着一件黑色斗篷,那斗篷不像是布织的,更像一件灵器。容不得多想,她已左右开弓,挥动灵剑,数十灵魅被梵音瞬间格挡。

灵魅群立刻发现梵音的灵力极强,瞬间蜂拥而至!梵音被包围了起来。黑压压的灵魅让她难以呼吸,手中灵剑飞旋,却打之不尽。

喘息空当,她身形一晃,脚步不稳,向一旁倒了下去,手掌却不放松,跟着砍出一剑。只听雷鸣之声凭空炸响,梵音跟着抬头望去,发现前方灵魅顿散,无数雷电坠在她身前一尺。

"雷落!"梵音大喜。话落,她已经被拽了起来!

"伤着没有?"雷落万分焦急,眼睛在梵音身上快速搜索。

"没事!"梵音笑看着雷落,好像吃了一颗定心丸。

"回来晚了!"雷落道。

"刚好!"梵音大声道。

说话间,梵音的脸色忽然沉了下去,雷落亦是一样。二人朝来路看去,前面是黑压压一片。

"一千……两千……"梵音的嘴张合着,不知道自己在说些什么,"几千……"

雷落看不到远处,但他的灵感力超过梵音,早有估算。

"你先走。"雷落沉声道。

"什么?"梵音茫然地看着身旁的雷落。

"你先走。"这次,雷落的声音柔了下来。他正低头看着梵音,脸上突然展露出一个温暖的微笑。

"不。"梵音木讷地摇着头,嘴唇轻动。

"听话。"雷落话声未落,人已经在原地消失。

"雷落!"正当梵音想追上去时,一双有力的大手揽住了她。梵音猛然回头望去:"雷叔!"

只见雷鼎一身重伤地从远处赶来,原来回来的路上他和雷落遭到了灵魅的埋伏。雷鼎挡住灵魅,让雷落先冲来救援,此时他方才赶到。

"丫头,往东边去! 快!"雷鼎怒吼一声,把梵音往身后推去:"青山,带着丫头走,快,去东菱!"

崖青山一把接过梵音,怔怔地看着雷鼎,只见他浑身是伤,不断在往外喷血。"雷大哥!"崖青山欲要上前为他治疗。"走!"雷鼎目光如电,与崖青山对视。崖青山看着他,心中一阵悲痛,拽着梵音就走。

"我不! 不!"梵音只觉不对,不听崖青山的。

然而,雷鼎也已消失在了原地。梵音的眼睛穿林越谷,看着数百米外雷鼎和雷落的身影已和猛攻而来的灵魅打成一片。她怔住了:"几千……几千……上万……"她第一次不敢相信自己的眼睛,上万灵魅……上万……怎么可能……怎么可能?

远处的雷鸣惊天动地,整个秋满山都被照亮了。梵音看着一群群灵魅被击退下去,又有一群群灵魅蜂拥上来。她的脚生了根,走不动。

雷鼎的防御术雷电壁被突破了,灵魅冲了过来。

只剩五十米。

轰然一声巨响,又一个雷电壁拔地而起,电闪雷鸣。

"走啊!"一声大吼传到梵音耳朵里,她浑身战抖,看着不远处。雷落膀间、腰身已净是伤口,血染全身。他冲梵音大声喊着。他又看见她了,刚刚在几百米外,他看不到她。

"不……"梵音喊着,死死盯着雷落,拼命地想挣脱崖青山的手。崖雅死命拽着她,还有张乐乐和其他孩子。

"走!"雷落回过身来,看着梵音,满脸污迹,却一身虎胆,无所畏惧,豪气凛凛。

噗一声闷响,穿破了梵音的耳膜,穿破了她的心脏。

"雷落!"梵音疯也似的号叫出来,"啊!"

雷落的手臂被人砍了下来,甩向了天空。他双眼登时睁大,牙关咬碎,心脏骤凝。

"雷落!"梵音嘶喊着,眼泪夺眶而出,双手拼命向他抓去。

"走!"雷落再次怒声道,他知道梵音根本不会听他的,"青山叔,带梵音走!乐乐,把梵音给我拖走!"张乐乐也已经瘫软在地,听到雷落的呼喊后,恢复了意识。"把梵音给我带走!"

"雷落!雷落!雷落!啊!"梵音面孔狰狞,已经崩溃。人们拉扯着梵音,一步步拽着她。她终于被撬动,往远处一寸寸被拖去。

"有我在,没人能伤得了你!"雷落用尽所有力气盖过身后战场尘嚣,狂啸道。

他挥动单臂,似雷霆万丈,湛蓝耀月,向身后激射而去。只听身后一声凄厉悲鸣,响彻天际,随雷鸣之声冲破云霄。红鸾站在梵音头顶,夯起火红小翅,看着雷落的方向双目噙泪。

"小家伙儿!"雷落唇间轻动,嘴角勾笑。他转回身来,梵音已离他百米外。他看着她即将消失的方向,唇齿轻启。

"你是我的秘密。"他知道她还看着自己,她还看得见自己。

梵音的眼泪像流水一样,断不开,停不下,一双灵眸守着雷落,片刻不移。"你是我的秘密。"她学着雷落的话念着,却听不懂,只知道直直地看着他。

"雷师不好对付!倒了一个,还有一个!"无数鬼祟声音从雷落身后传了过来。他凛然回身,冲进灵海。雷鸣不断,电闪再起。

噗!又一声闷响,一个东西划过天际,无数黑刺朝那个不肯罢休的身影砍去,上面还攥着雷火。

"雷落!"梵音撕心裂肺般喊着,一口鲜血从她口中咳涌而出。紧接着,两团鲜红血花从她双耳喷溅出来。雷落的另一只手臂也被砍了下来。

崖青山拉着梵音跑着,潸然泪下。

身后的轰鸣没有停歇,人声悲切。梵音不知道自己跑了多久,跑不动了。她抬眼看向同伴,大家早已精疲力竭,没有一个孩子还能站起来。她望着来路,之前同行的大人几乎全都返回去阻挡了,可战势没有停止的意思,一直在她身后蔓延。

她走不动了,愕然望着半空。几千米外,父亲被那黑雾牢牢卡住,那雾幻化成的人形面目狰狞,五官虽已垮塌,却也看得清眼耳口鼻了,像是一个将融未融的人,三根可以伸长的手指卷过来死死勒住逍遥的脖子。那妖物在说话,别人听不到,但梵音一双鹰眼看得真切。

"第五逍遥,我当你什么角色,却也不堪一击!"

"你灵魅之主为何找上我,又灭我游人村?"逍遥愤怒不已。

"拿你再试试。"灵主轻蔑地摇着头。此时它已经彻底幻化成形,腐朽不堪,森森之气弥漫在它"身体"的缝隙中。

"你的目标是东菱?"

灵主笑而不语,慢道:"北唐……不知道和你哪个好。"他雾口咀嚼着,吞噬了黑夜,啃食着梵音的心。她听不到,却看得清,心已沉没。

"梵音,看着爸爸和你说的话。"逍遥用极快的唇语向梵音传信,他相信女儿一定读得到。

"快去东菱找北唐一族,他能保你周全。父亲送你至此,你以后一定要照顾好自己!爸爸妈妈永远护你左右,我们爱你,我的宝贝!"

逍遥的嘴唇不再轻动,女儿再读不到一句。

"爸爸……"梵音失魂般地念着。

就在此时,第五逍遥仰天狂啸,灵力剧增,双拳紧握,一声怒号,震得灵主双手松懈。逍遥反扣住灵主,寒冰万刃幻化而出,锥扎在夜空之上,骤然而聚,蜂拥刺向灵主,其来势强悍,灵主根本无法脱身。一声哀嚎,陡然刺破暗夜,形影四散,逍遥也坠落而下。逍遥与其同归于尽!无数冰刃扎向地面,地面上的灵魅四散而逃,尖叫不断。

"爸爸!"梵音的喉咙喊破了,嘴角裂出血痕。

青山拉着梵音,头也不回地往前疾走。梵音行尸走肉般,再没停过。一行几十人昼夜不间断,奔命往前赶路。灵主已灭,鬼祟灵魅却不断侵扰,众人拼命抵挡,精疲力竭。

梵音已不知过了几天几夜,一直不眠不休。夜晚,她在队伍最后,以防再有人落下。青山在前寻路,崖雅陪在梵音身边。

一阵叶动,后方来袭。梵音反应极快,还不等崖雅回头,已将崖雅推至身后数十米外,顾不得是否有人接应。灵魅已近身。

"梵音!"崖雅大叫一声,不知自己已被人接住。

"爸爸,快救梵音!"青山腿下一软,竟也站不起来。

"部长!"只听一男人的声音从崖雅身旁传来。崖雅这才发现自己已被人接住。

年轻男子一身戎装,像是在唤一个人,但崖雅并没有看见青年身边再有他人。

梵音身后迎来数十灵魅,此时她已全无知觉,只凭意念控制身体。她双手锁住一灵魅,冰封其双臂,用力一斩,灵魅四散。紧接着另一灵魅攻其身,她已无力招架,腹部硬生生挨了一击,往身后跟跄倒去,本心灰意冷准备拼死一搏,谁料竟被接住了。

忽然间,梵音身旁划过一道强烈的白炽灵力,瞬间劈斩而去。大地开裂,漫漫长夜霍然骤亮。梵音一个激灵,登时清醒。

是敌是友?如此狠绝炽烈的强大灵力让梵音一时间失去了判断。

那人揽着她的腰身,她死死抓着他的手臂。又一波灵魅冲了过来,崖青山一路上给大家隐藏踪迹撒的"驱灵粉末"已经彻底用尽,大波灵魅循着他们的灵力,再次追了上来。

数百灵魅瞬息将至,那人一手揽着梵音,一手挥刃而去。又一道白炽灵力劈空而去,像把百尺大刀,分林伐木,顷刻间杀了一片!

是友!梵音看清了,然而只消片刻,数百灵魅又从远处纷至沓来。梵音看去,松了手臂。她身子伤重,不能拖人后腿!

拉着她的人登时一惊!只见梵音身子已向地面倒去,地上全是被打断打散的灵魅黑刺。前方数百灵魅也已逼至眼前。

倏地,那人倾身来到梵音背后,一把将她揽入怀中。只见那人背后霍然展出一面灵化防御盾甲,黑刺被尽数避挡在外,触到结界的黑刺顷刻崩碎消散。只见那人为接住梵音,背与地面相距不过数寸,他腰腹陡然加力,抱着怀里的梵音,噌地立了起来,单手一挥,扑面而来的恶灵瞬息消亡。

梵音在他怀里,神志被再次激醒。她看到他手中并无兵器,只凭犀利纯粹的灵力斩杀灵魅。

"灵化者……"梵音心中念过。她侧头看向远方,近千灵魅余孽全部追赶了上来。她又回过头,看向抱着她的那人,登时大惊!

一个男孩!梵音不敢置信,个头和她差不多一般高,不过一米六。

只见男孩目光凌厉,锋芒乍现!他单手揽紧梵音,向前冲破数十米,右手抬起,冲着远处百米外未至的灵魅凌空手刀急速砍去。梵音顺着他的方向灵眸端凝,只见数百道灵力霎时间迸发而出,全速斩去,风声暴起,皆是被男孩手中挥斩出的灵力所带。

梵音惊得低呼一声。

"别怕!"男孩开了口,手臂收紧,梵音看他唇间轻动。

近千灵魅，溃散而逃。

"百斩！"跟在男孩身后的戎装年轻男人赶了上来，惊道。年轻人安顿好了崖雅，把她交给崖青山，这一来一回间，不过数秒，眼前大敌已被男孩斩尽杀绝。年轻人看到男孩如此强悍的灵法，心中不禁赞叹！

"颜童，把他们给我灭了！一个不留！"男孩厉声下令，铿锵有力！

"是，部长！"随后，年轻人带着两百名士兵追杀而去。

"邢真，把豹羚拿出来，让避难者上去！"男孩再道。只见刚刚跟在颜童身边的一个身量不高，但身手稳健的年轻军官即刻接令。

"是，部长！"邢真对后方三十名士兵隔空打了个手势。

士兵们即刻从腰间佩戴的灰牛皮小袋中取出一金丝兽笼。兽笼拳掌大小，里面似有一东西在奔跑，小兔般大小。士兵们打开兽笼，霍地，三十只豹羚幻形而出，人高马大，两米有余，威风凛凛。

豹羚们抖动着深棕色的傲气长颈与羚羊头角，那向上高挑的冲天羚角足有一米长，身子却不再是羚羊模样，而是强壮有力的金钱豹身，粗壮好似蛮牛，却又矫捷劲健，斑纹闪烁，豹尾摇甩，气派非常。

每只豹羚身后都拉着一个厚重结实的木制车厢，那车厢正是由铸灵师打造，可随时幻形，易收易放。

"谁是崖先生？"男孩再次开口问道，转身往避难人群看去，目光锐利。

崖青山带着女儿崖雅，踉跄赶了过来，虽不知是何情况，却也慌忙道："我是崖青山，请问你是？"崖青山看着眼前这个男孩，冷峻肤白，神色凛冽，利落干练，一身深红戎装，金丝虎头绣肩，黑皮紧靴。"东菱人？"崖青山暗道。

"我是东菱军政部北唐北冥，接应你们来迟，深感有愧。你们现在即刻到车中休息安顿，剩下的事情我来处理。"男孩面有愧意，言简意赅，全看不出只有十几岁。

"部长，避难者一共六十八人。"邢真来报。

"安排大家先行上车，灵枢去每个车厢查看。"

"是。"

"崖先生，随我来。"北冥对崖青山道。崖青山抱着崖雅，刚想接过北冥怀里神志渐弱的梵音，北冥一个抬手，把梵音凌空抱了起来。看着眼前两个孩子差不多身量和年龄，此时崖青山却有些恍惚了。

张乐乐一家和崖青山父女一起上了眼前的一辆豹羚车。

"北唐先生……你……"崖青山不由自主地这般称呼北冥道。

"您叫我北冥就行，北唐穆仁是我父亲，他这几日公务在身，远在东菱北境，不在菱都,赶不及折返回城搭救第五叔叔一家。"说到这儿,北唐北冥神情黯然,低头看向怀里的梵音,轻语道:"对不起,我来晚了。"

车内空间巨大,上下近乎两米,可容十人有余,像个移动房屋,有桌椅可供休息。

"您先在这里休息,我去看看其他人还有没有受伤的。"北冥道。

"没了……"一个小小的声音在北冥身边响起,他抱着梵音还没有放下。小女孩伸手拉住梵音的手,眼泪扑簌簌掉下来:"一路上,都是她一个人……都是她一个人……保护我们。"说到这里,崖雅泣不成声。

北冥再次低头看向怀里的梵音,灰乱的短发,满脸污渍,衣衫褴褛,浑身上下全是伤痕。血已经被止住了,想必是崖青山治疗的,不然被灵魅黑刺所伤,伤口喷血不止,灵力不济者,会片刻失血身亡。

梵音孱弱地呼吸着,早就没了力气,靠在北冥怀里,勉强抬起头来,强撑着问道:"你是谁啊?"

这时北冥看到了梵音双耳旁留下的血痕,他眉心一凝:"刚刚我说的话,她都没有听到。"

"我是东菱国的北唐北冥,你们已经安全了,放心吧。"

"北唐?"梵音小声重复着,这微弱的声音只有他们两个才听得到。

梵音心里默念着:北唐?父亲说的东菱的北唐吗?看样子是个和我差不多大的小男孩儿啊?不对啊,父亲让我找的人不应该是个孩子啊。

"北唐……"梵音再也支撑不住了,晕在男孩怀里。

"小音!"崖雅吓道。

"她没事,只是昏睡过去了。"自北冥接住梵音那一刻起,他就知道这个人灵力不凡,非常深厚。

"她已经四天四夜没有合眼了……"崖雅把小脸靠在梵音手臂上,呜呜哭着。

"她四天没有睡觉了吗!"北冥大惊。

"嗯。"崖雅轻泣。

北冥准备把梵音放在长椅上休息,谁知他一松手,梵音立刻下意识地揪紧他的衣衫,呜咽一声,便要睁眼。

"小音,我们安全了。你别紧张,小音。"崖雅守在她旁边,焦急道。哪知梵音不听,跟着就要醒来。

"小音。"崖青山抚着梵音额头,眼泪也是不听使唤,噼里啪啦掉了下来。张乐乐一家亦是守在她身旁。崖青山尽量安抚她,往她嘴里送去药汁。

只见梵音眉头紧锁,双拳渐紧,牙关紧闭。

"我来吧!"说着,北冥轻手一翻,还未等众人看清,他已把梵音安安稳稳地放在了自己背上,背着她走了出去。

果不其然,梵音在北冥背上趴着,呼吸渐渐平稳下来,难过地哼了一声,便睡去了。北冥脱去军装,给她披上,自己穿着一件干净的白色衬衫。

不久后,颜童带兵赶了回来,灵魅余孽尽数被清剿。

"让豹羚慢些走,大家都受惊不小,路上注意照顾。"北冥吩咐道。

"是,"颜童应声,"部长,这……"他往北冥背上的梵音看去。

"我背回去。"

第五章
坟墓

白茫茫一片,四下无声,远处有微微的气浪涌过来,看不见抓不到,只有裤脚在脚踝边轻轻飘动。梵音一个人站在原地。这周围的混沌让她不安,她慢慢蹲下用手感知气浪涌来的方向,只是这极轻的气息甚至让人怀疑是不是自己的错觉。梵音用手在地上来回摸索,试图抓到现在唯一能给她感知,让她肯定自己是个活物的信息。汗珠从她的额头慢慢渗出来,双腿已经跪在地上,胸口剧烈起伏竭力地呼吸着。那仅有的一些气流也变得微弱起来,这空荡的荒景让梵音快要窒息了。

"爸爸!爸爸!爸爸!"梵音惊恐地睁开双眼,她感觉不到身处何地,眼前混乱无比。她的头要炸开了,太疼了,但是她不能让自己睡过去。她看不清,只觉得自己在移动,不知怎么回事。

"妈妈,这个孩子伤得不算重,但现在极度疲累,要赶紧休息一下。"梵音好像看到有人唇齿在动,不知是梦是醒。

"我可怜的孩子,快抱到你的房间去。"一个女人站在一旁,是谁呢?

梵音感觉自己停了下来,被小心翼翼地放在了床上。有人帮她擦脸。她艰难开口道:

"东菱国的北唐家吗?"

"是的,孩子。你到了东菱国北唐家,你放心吧,你现在很安全。"女人开口说道。

"我的朋友们都在吗?"

"在,都在。"女人的样子很温和。

"都在吗……"梵音张着嘴,大脑一片空白。

女人说不出话了,哽咽着:"孩子,你把很多人都平安地带了过来,你休息吧,别再说话了。"女人哭了。

梵音晕了过去,再没有意识。仿佛睡了几个世纪,很沉很酸痛,梵音的大脑里全是嘈杂声。一片叫喊声,一片狼藉,一片轰鸣,她想让它们停下来,统统都停下来,但停不下来了。

梵音在一声痛苦的呜咽过后,再一次睁开了眼睛。她盯着眼前的一切,高高的屋顶,精致的砖墙,温暖的鹅黄色,虽富贵但简约。很好的房子,很好的地方,不是游人村,不是家。

她看着屋顶,一动不动,半张着嘴。

"孩子,醒了吗?"一个女人在她旁边柔声道,声虽低,但藏着抑制不住的关切。

"小音,小音!你醒啦?"崖雅坐在梵音床边,大叫道,"爸爸,爸爸,小音醒了!"

"小音!"崖青山赶忙从椅子上站起来,身体一打晃,将将定住,冲了过来。他坐在那里三天三夜,像个木头人,除了不停给梵音喂药喂食,一句话也没说过。

"小音!看见叔叔了吗?看见叔叔了吗?"崖青山站在崖雅身后,躬着身,看着梵音。这一眼,他怕了!行医多年,生死心死他见得多了,梵音现在形同蜡纸,残存微弱气息。崖青山猛然背过身,哀咳一声,哭了出来。

崖雅一双瘦弱的小手紧紧抓着她的胳膊,以至于把她的手臂都掐青了,二人却都不知。梵音的眼睛直勾勾的,一动不动。

房门打开,进来一人。

"哥,他好像醒了。"一个小男孩轻手轻脚地走了进来,身后还跟着一个人。

"小点声!"女人突然出声制止道,整个人神经紧绷,即便小男孩的声音本就放得很小很轻。

"对不起,大伯母。"小男孩很乖巧,圆圆的眼睛机灵活现,慢慢走了过来,"这个小哥哥醒了吗?"话音未落,小男孩突然发现自己好像讲错了话,赶忙住嘴,慌张地看向身后跟着他的那人。"哥?"小男孩满脸疑惑地看着身后的北冥,语带询问。

北冥亦是一怔,愣在当下。

一张甜美可爱的脸出现在众人面前,没了先前的血渍污秽,清清透透,虽然面容憔悴,却也不难看出是个清秀的小女孩,只是分明的轮廓中透着英气。北冥赶忙拉住弟弟连连往后退去。

"哪里来的什么小男孩,你们两个是傻子不成?"女人轻声嗔道,温柔的脸上布上一层愠色。她埋怨地瞥了儿子一眼,北冥抱歉地低头,是他弄错了。

北冥再一次抬头看向躺在自己床上的梵音。那日,他背她回来,怕她伤重,扯动伤口,经不起颠簸劳累,时走时歇,足足花了四天四夜。他只道背上的孩子伤痕累累,风尘掩面,但灵法甚好,绝非常人。他竟下意识地误判所救之人是个男孩,全然忘了父母常提起的,第五叔叔家有个女儿。

女人再次回过头,轻声在梵音耳边道:"小音,喝点水好不好?"她看着梵音半张小嘴,沉重地呼吸着,嘴皮全暴了起来,就忍不住又掉下眼泪。

北冥缓步走到妈妈身边,用手轻轻抚着她的背。她亦是坐在这里三天三夜没有动过了,除了哭就是看着梵音。

梵音的眼睛忽然转了一下。

"嗨,"北冥轻声道,"你看得到我吗?"

梵音的眼睛再次动了下,却又没了反应。

噔噔噔,楼道里传来沉重急促的脚步声,房门霍地被打开了。

"孩子呢?"一个浑厚有力的声音传了进来。

"在这儿。"女人道。

一个威武有力、身姿挺拔、一身戎装的中年男人大步来到梵音床前,双目通红,胡茬满面,拳暴青筋,正是北唐穆仁。

"孩子!"北唐穆仁迫切喊出。

梵音的眼睛忽地转动两下,眼皮僵硬,木讷地看向北唐穆仁,哑声道了一句:

"北唐穆仁……"她的声音干得像被烈日灼伤的黄土地,卡在嗓子里,"叔叔……"

"是我!是我!"北唐穆仁七尺壮汉,听到这一句,眼泪瞬间喷涌而出,"梵音,是叔叔!"

"我爸爸……没了……"梵音双目无神道。

众人愕然。北唐穆仁痛心疾首,待要开口,梵音再次出声:"他临走前,让我找到您……我……找到了……"

"第五逍遥,我当你什么角色,却也不堪一击!"

"你灵魅之主为何找上我?又灭我游人村?"

"拿你再试试。"

"你的目标是东菱?"

"北唐……不知道和你哪个好。"

…………

梵音不断重复这五句话,眼神空洞,好像不打算停下来了。

"我的孩子啊!"北唐穆仁伏在梵音床边,用手臂抱住她的脑袋,哭了出来。酸涩的眼泪从梵音眼睛里掉了下来。她闭上了眼睛,不再说话。

许久,北唐穆仁和妻子北唐晓风离开房间,北冥跟在他二人身后。

北唐穆仁转过长廊,来到没人看见的地方,一拳打在坚实的墙壁上。三尺厚的石墙被他穿了个洞。

"妖货!我不杀你,誓不为人!"北唐穆仁咆哮道,震彻整个军政部。擎天大厦,纵横百丈,十六层军防,万人起首,陡然敬立!

晓风靠在丈夫怀里,痛哭出来:"十几年前,要是没有五弟,要是没有五弟……我们……"她一把抱住丈夫再也说不出话。北唐穆仁紧拥着妻子,亦是泪流满面。

北冥站在他们身后,心中亦是跟着难过。他不认识第五逍遥,也不认识第五梵音。自两年前爷爷过世后,他便没有这般难受过。北冥皱起眉头,转身离开。

接下来的两三天,梵音时睡时醒,不下床,也不吃东西,睁开眼就看着天花板,不说话。

这一日上午,屋里没人。她一人缓缓起身,走到窗边,灵眸微动,推开了窗。红鸾见她醒来,高兴得不得了。这几天梵音昏昏沉沉,红鸾只乖乖蜷伏在她耳边,一动不动,偶尔看看她的耳朵,也不啄她,见她无动静,就贴得更紧些。

红鸾在她颈间缠腻了好一会儿,又飞起来靠在梵音消瘦的面庞边。红鸾身上暖暖的。

"我没事。"梵音开了口。红鸾机灵的金瞳一转,赶忙扑棱棱飞到梵音耳边,用小嘴轻轻啄着她薄薄的耳垂。梵音杏眼轻眨,用手摸了摸红鸾的脑袋,没说话。红鸾用头轻轻蹭着梵音的耳朵,鸾羽落寞垂下。梵音看着窗外,一动不动。

不一会儿,房门开了,晓风和崖雅一同走了进来。崖雅看见梵音下了床,控制不住大叫一声,朝她跑了过来:"小音!你起来了?"一把抓住梵音的手。

梵音回过头,看着身边个子小小的崖雅,半天应了句:"嗯。"

"小音,你起来了。"北唐晓风欣喜道。

梵音抬头,看向她,轻道:"您是……"

"我是北唐晓风,北唐穆仁的妻子,你可以叫我晓风阿姨。"晓风急忙走到梵音身前自我介绍。她想抱抱这孩子,可是在看清梵音的样子后,停下了。

梵音眼眸低垂,眼神游离,尽量靠着墙边,就连崖雅拉着她的手,她都在不经意间抽了回来。北唐晓风心中一阵难过。

"咱们吃点东西,好不好?"她岔开话题。

梵音坐在床上,抱着碗,低头吃着。崖青山他们进来,她尽量再靠得离床头近些。

不一会儿,北冥进来告诉母亲,他要去国正厅议事,晚些回来。临出房门时,北冥看了一眼梵音,她整个人已经背对着他,面朝床头墙壁。

半夜,北冥睡在梵音隔壁的客房,辗转几次都不成眠。梵音今天的样子在北冥脑海中挥之不去:"她在躲什么?"

忽地,北冥从床上坐起,快步来到梵音房门前,敲门道:"梵音,你在吗?"没人应声。"梵音,你在吗?"北冥急了,推门进去。月光洒进来,窗户大敞,窗帘飞扬。

"不好!"北冥急忙往里屋走去,只见床卜空空如也,梵音不见了。

东菱城外,一个轻薄的身影在夜间穿梭,行动极快。梵音眼若繁星,搜索着归途。红鸢站在她头顶,立起鸢羽红冠。梵音拼命奔跑着,灵力聚于足底,胸口猛烈起伏着,她的身体状况糟透了,但还好,总算活过来了。

"红鸢,是这边吗?"梵音说道。红鸢发出清鸣,示意梵音方向。她要赶回家去!

梵音脚下不停地跑了一天一夜。奔跑期间,她一边洗髓,灵力缓缓流动在骨髓血肉之间。断食断水,只有这样,她才能坚持得够久。即便按照她现在的状况强行进入灵法洗髓阶段,最多坚持不过三天,但也要赶回去!

"再坚持一下就到了!"梵音心中暗喜,马上就到游人村了。三天后,梵音前面就是秋满山。

第三日傍晚前,她终于冲进秋满山,衣衫早就湿透,虚汗不止。她整整奔跑了六十几个小时。

"雷落!雷落应该就在前面!"梵音喜悦地大叫道。红鸢也跟着她蹦了起来,发出数声清鸣,那声音亦是在叫雷落。

可就在冲进秋满山后,梵音亢奋的笑容渐渐变得僵硬,一点点垮了下来。一股股烧焦的味道冲进她的鼻子,大片林子被毁,树成焦炭。

"雷火,是雷落的雷火。"梵音道。"你在哪儿?你在哪儿?"梵音焦急地寻找着,眼睛搜索了一遍又一遍,可是没有雷落的身影。

"雷落,你在吗?"梵音叫了出来,声音很小,"雷落,你在吗?"没人应她。

梵音越跑越累,筋疲力尽。灵力崩了,缓缓丧失,洗髓停止。她没了力气,但还是咬牙边跑边喊:"雷落,你在吗?雷落,你在吗?"最后,梵音一个人在林子里疯狂地大喊大叫,边叫边哭:"雷落,你在哪儿呢?"

忽然,红鸢鸢羽一耸,梵音停了下来:"在哪儿?"

红鸢颤抖地指了一个方向,梵音猛地奔跑过去:"在哪儿啊?在哪儿啊?我没看到啊!"她哭喊着,埋怨着。

就在这时,梵音的声音停住了。她双眸微合,冲一个东西跑了过去。

"这是什么?"她扑通一下跪倒在地,"这是什么……这是什么,红鸢……"她不敢伸手触碰。

一个腐坏的、充满血污的手臂出现在梵音面前。蓝色的衣袖上面有个金扣子，是梵音送给雷落十六岁的小礼物。梵音一点点拿过手臂，轻轻翻了过来，她想她应该认识雷落的手掌，就像认识他的脸一样。扣子，不作数的，总得看看手心才知道是不是他。

就在梵音翻过断臂的一刹那间，一声哀号冲破夜林。"啊！"梵音痛哭出来。抱着雷落的断臂，不管它是不是已经腐坏了，她都心疼爱护犹如自己的生命。"雷落！"梵音喊着雷落的名字，他再也回不来了。

她口中发出阵阵闷哼，压下一口气，抱起雷落的断臂，站了起来。梵音收敛哭声，不停气喘，眼睛在四周拼命搜寻。"还有一只，还有一只……"她默念着。

在不远处，她又找到了雷落的另一只断臂，这是他第二次被砍下的，已经七零八落，梵音在土里扒了好久才拼凑齐全。

"身子呢，身子呢，身子呢……"梵音的嘴里不停念叨着，神情呆滞。直到午夜，她跑得跪倒在地，才算停下。没有找到雷落的身子。上万灵魅碾压而过，不仅是雷落，雷伯伯同样残存不剩。

梵音抱着雷落的两只残臂，往村子里走去。

"爸爸、妈妈，爸爸、妈妈，爸爸、妈妈……"她一路跑一路念，跌跌撞撞，终于走出了秋满山。秋满山从来都不算大，可这次下山，几乎要了她的命。

梵音来到村口，腿已经软了，张着大嘴，双眼微突。"爸、妈……"一片狼藉，秋满山游人村几乎被夷为平地。梵音一步一步地往前走着，嘴里不停念道："爸、妈，爸、妈……"

她穿过小街小巷，来回搜索着。没有人，她往村西头跑去。她记得，爸爸最后和灵魅战斗的方向就在前面。

"爸爸应该在那里，爸爸应该在那里……"梵音自言自语道，怀里紧紧抱着雷落的断臂。

爸爸妈妈，我就要到了。前面好像有东西，梵音的眼睛疲劳过度，看不清了。她跑了过去，呆住了。

村子的最西头，有个东西立在了那里，上面写着：

　　吾弟
　　第五逍遥与其爱妻林悦儿之墓
　　兄 北唐穆仁　立

"什么鬼东西……什么鬼东西！"梵音看着父亲母亲的墓碑，由呆变痴，由痴变怒，最后竟咆哮起来，"什么鬼东西！"

梵音冲上前去，一把抱住墓碑，便要用力拔起。哪知用了九牛二虎之力，墓碑纹丝未动。这墓碑是北唐穆仁所立。当时他从东菱北境赶来游人村，为时已晚，心中悲愤，发狠为第五夫妇立了此碑。北唐穆仁是何等功力，怎许得别人轻易动摇他兄弟之墓。

梵音边哭边拔，边拔边怒，最后匍匐在地上，用手拼命挖着坟地。

"不会的，我爸爸不会死的！我妈妈不会死的！"梵音双目干瞪，强撑着一股气力，用一双软柔的小手不停挖着。她一鼓作气，发癫发狂，生生挖出两米深的坑。

她指尖一停，碰到了柔软的东西。她抹了一把眼泪，定睛看去。淡粉色的衣袖上面蒙了灰，手指溃烂，还有一枚精致的纽带金色戒指戴在无名指上。那是爸爸亲手给妈妈做的。

"妈……"梵音的声音怯弱颤抖，眼泪大颗大颗地掉着。她伸着血肉模糊的小手轻轻向妈妈的手臂摸去。是妈妈的手臂，即使变了样子，也是妈妈的手臂。梵音再也扛不住了，咣当一声一头栽在地上，失声痛哭起来。

"还有爸爸……还有爸爸……爸爸在哪儿……"梵音头抵着地，身体躬着，全身僵硬，手还在一边不停刨着，可是挖了好久，还是没有找到。

梵音低泣着，默念："爸爸……"爸爸是与灵魅同归于尽的，万刃穿身，哪里还有什么遗骸，都没了。

想到这儿，梵音仰天哀号，粗哑破败的声音从胸腔中迸发出来，痛彻心扉。她嘶吼着，似要喊破自己的一副喉咙，一副风烛残躯。梵音哭得眼看就要断了气，却还不停，一双眼睛怒视苍天，声声狠绝。不知过了多久，终于气若游丝，奄奄一息。

红鸾急得绕着梵音四处飞转，哀鸣不止。

忽而，一只手从梵音身后穿过，慢慢遮住了她的眼睛。

梵音眼前突然被遮住了，她的声音缓了下来。又一只手揽了上来，从背后裹住了她的肩膀，让梵音靠在了自己身上。

慢慢地，一股醇厚的灵力从她身边缓缓延展而去。从大地到天空，一个无限扩大的防御结界包围了她，方圆百米，隔开了这暗夜极苦，梵音的世界安静下来。

她坐在地上，喘息着，靠在了那个人身上。那个人没比她高多少，却脊梁挺直，正是赶来的北唐北冥。就这样，两个小孩相依了一夜。

清晨，太阳升了起来。北冥还是不敢放手，被泪水打湿了一夜的手刚刚才干。

忽而他感觉手心有些痒,原来梵音在眨眼睛,细长的睫毛触到了他的手心。

梵音靠在北冥身上,看着面前升起的太阳,嘴角咧了一下,又往他身后靠了靠,北冥纹丝不动。

过了一会儿,北冥侧过身看着她。梵音下意识地想往一旁躲,可旁边是妈妈的手臂,还有雷落的手臂,她碰到了,心中又是一悸,猛地哆嗦了一下。

"我帮你把他们安顿好,好不好?"北冥在旁边轻声说,原本冷峻的小脸现在变得很温柔,是个与一般人无二的孩子。

梵音低着头,不知道该看哪里。北冥慢慢把手伸到她面前,红鸾站在他手心上,仰着头,担心地看着梵音。梵音看着红鸾,半天,用头抵住了红鸾的小脑袋。红鸾头顶立起的火红鸾羽收了起来,拂顺下去。两颗灼热的眼泪从红鸾眼睛里掉了出来,滴在北冥手上。梵音低头看着它,也哭了,冰凉的眼泪亦掉在北冥手心。梵音点了点头。

北冥帮梵音把父母的墓地填好,又在旁边立了雷落的墓碑。

"我想回家……"十几天来,梵音第一次主动开口,说了自己想说的话。

第六章
跳海

"好,我陪你回去。"北冥应道。

梵音勉强站了起来,却又踉跄几步,眼看要摔倒。还没等她站稳,北冥已经俯身背起了她。

"往这边走吗?"他问道。梵音发现自己听不到,趴在北冥背上,小嘴张了张,过了一会儿,伸手给北冥指了方向。

北冥背着梵音在破败的小路上找着,梵音来回转着头,左顾右盼。房屋都塌了,哪还有路,哪还有原来的样子,最后梵音把头埋在北冥背上又哭了起来。

北冥小声问着:"红鸾,是这里吗?"

红鸾从梵音头顶飞了下来,帮北冥在前面带路。北冥在一处全塌的小屋前停了下来。不见梵音有动静,北冥便背着她往废墟走去。

他低头搜索着,在一堆瓦砾下找到一张照片,俯身捡了起来,上面有个小女孩和她的爸爸妈妈。北冥心中突然酸楚至极,眼泪掉了下来。他后背用力向上一托,把梵音背得更稳些。他认真地掀起每一块碎石残壁。

梵音慢慢从北冥背上直起身来,北冥把她放下,递给她照片。梵音把照片贴在胸口,又转身往废墟走去。北冥和她分头找着,又捡起一张照片,上面有个男孩儿,看样子比自己大几岁,个头大一点,肩膀上坐着个小女孩,笑得开心。

两个小孩在废墟里默不作声,整整找了一天,不吃不喝。傍晚,秋风微起,有些凉意。梵音从远处跑了过来,靠在北冥身边,她有点害怕。北冥见她呼吸急促,眼神闪烁,便拉起了她的小手道:"别怕,有我呢。"梵音点了点头,又靠他近了些。

"要吃东西吗?"北冥小声问道,不确定她听不听得到。梵音没应声。

"要休息一会儿吗?"北冥再试探道。

"要坐一会儿吗?"北冥歪着脑袋,看着她,"要……要喝水吗?"好半天才想出这么一句。梵音点了点头。

"呃……我没有带水壶……"北冥突然呆头呆脑道,"我去给你舀一些过来,你等着。"北冥说着要走,梵音突然往前急跟两步,抓住了他的衣角,小手在抖。

"我带你一起去。"

夜晚,二人坐在废墟外。梵音浑浑噩噩,北冥把衣服披到她身上。梵音累了,倒头睡去。北冥把她的头放在了自己腿上。

见梵音睡着,北冥从衣兜拿出一张信卡,拈在手中,用灵力一点,上面写出一行小字:"过几天我带梵音回去,你们不用找来。"讯息传了出去,信卡恢复空白。

北冥发完讯息,低头看看梵音,又仰头看看天空,伸手摸向自己军装腰带上的一个金属环扣。这是爷爷六年前给他的,他从不离身。

早上,梵音醒来,茫然看着眼前的一切。

"跟我走好不好?"北冥开口道。梵音眨着眼,不知如何回答。"跟我回家好不好?"北冥认真地看着梵音,"以后我的家就是你的家。"

半晌,梵音小声道:"我想把我的家带走……"

北冥看着她,俯下身,捡起一块石头,放在梵音手心,说道:"给,拿着这个,还有这个。"北冥又从口袋里拿出一块白色鹅卵石,那是以前梵音放在自己卧室墙边装饰用的,雷落和崖雅都经常会从外面掷上一颗石子。

"我可以多拿几颗吗?"说着,梵音又啪嗒啪嗒掉下眼泪。

"好。"不一会儿,二人装了一大包回来。

二人迎着太阳往村东面走去,梵音一步一回头,要出村口时已泣不成声,没了力气。

"如果你想回来,我随时陪你回来。"北冥说完这句话,一个回身,已把梵音稳稳地放在了背上,正色道,"走吧。"

梵音一手攥着石子袋子,一手攥着装了照片的口袋,脑袋耷拉在北冥肩膀上,死气沉沉,任凭他带自己去哪儿,眼泪没完没了地流。北冥任肩头一直湿着,沉默寡言。

穿过月色,梵音伏在北冥身上睡着了,时而凝噎,时而呓语。

北冥日夜兼程,赶回东菱。梵音先前挂在他肩膀上的手臂,不知何时已经慢慢拥紧了他的脖子,呼吸也平缓起来。

"你醒了。"北冥边走边说。梵音眨着眼,好久才说了一句:"我听不到了,聋了……"

"以后会好的。"北冥正经说着。梵音一时听不到了,却认真看着他的背影,停了一会儿,又安静地靠了上去。

快到菱都城外时,梵音轻声道:"我可以下去了……自己走。"

"好。"北冥放下了她。

夕阳下,两个孩子第一次认真地看清了对方的脸,都是花猫。一个满脸汗水,一个满脸泪痕。

"嗨,我叫北唐北冥。"北冥说完,嘴唇向上弯起,笑得又甜又俊。

"我叫第五梵音。"梵音声音虽小,可看着北冥丰神俊朗的脸,也变得勇敢起来。菱角般的小嘴,不弯也是翘的。

"以后我的家就是你的家。别怕,有我在。"

梵音看着北冥坚定真挚的眼睛,鼻子一酸,扑了上去,抱住了北冥。

"呃!"北冥猛地一怔,俊眸睁大,小身板僵直,两只手臂向两边张开。梵音把头埋在他胸口,哭得急,抱得紧。北冥忽然只觉自己心脏跳得厉害。怎么回事?他很紧张!

从小到大只有妈妈这般亲热地抱过他,连父亲和爷爷都不曾这样过。在军队生活,他身边全是男孩。这突如其来的一抱,让北冥有些晕头转向。

"不,不哭了……不哭了……"北冥慢慢抬起手臂,轻轻拍着梵音的背,哄着她。慢慢地,她就哭得没有那么凶了。

待二人回到军政部后,休息了一日,没有人去打扰梵音。北冥也在隔壁呼呼大睡。

几日后,梵音精神渐好,崖雅过来陪她出去走走。

这是她第一次好好看东菱军政部的样子。这里好大,四方的格局。从一头到另一头大概有几百米,中间空旷,从屋顶直通地面,每一层都看得清清楚楚,厚重的木材极为扎实。她没有坐代步梯,从十五层走到了一层,竟觉得有点累了。

"崖雅,这里有人少的地方吗?"

"有,从这里出去,大概走半个小时就能看到海。你要是精神好的话,一会儿就能到。咱们走得慢一些,那里还有很高的岩石和崖壁,我带你过去走走吧。"军政部耸立在东菱国都城菱都东面的东菱山上,山巅崖壁之下便是东菱海。

"好。"

两个人安静地走着,不一会儿就看到了大海。崖雅用手拉了拉梵音说道:"北冥和天阔他们在后面,咱们要等等他们吗?"果然,两个男孩就跟在不远处。北冥也是一大早刚起。

"嗯。"梵音道。

崖雅松开梵音,她听见天阔在叫自己。天阔是北冥的堂弟,军政部副将北唐穆西的儿子。崖雅转过身和他挥挥手。这些天天阔经常去看崖雅,陪她说话,他们两个一般年纪。梵音继续往前走去。

"你在这里等他们,我想自己先过去看看。"

"好。"

梵音一人来到崖边,海浪敲击着岩石,轰隆作响,她听不到,却看得清。海水肆无忌惮地击打着礁石,看得人痛快淋漓,无所牵绊。突然,梵音纵身一跳!

北冥飞也似的冲向崖边,以至于身边的天阔和崖雅根本不知道发生了什么,等回过神来才看到梵音一头栽了下去。只一瞬,北冥的手已经碰到了梵音的指尖,但还是晚了一步,梵音掉了下去。

一切都结束了,她突然这么想。在看到大海断崖的一瞬间,她突然有了想追随而去的冲动。

"嘭!"闷声入海。

梵音在大海中随波逐流,顺漩涡下坠,那感觉好极了,什么都不用再想了。她没有新家也不会再有从前,死了,挺好。

暗流急转,梵音神魂颠倒。"宝贝,你要好好地活下去!宝贝,爸爸妈妈爱你!"突然,爸妈的话惊现在梵音耳边。"天啊!我在干什么!"她猛然吸了口气,咸涩的海水呛了进来,鼻腔涩痛难耐,喉咙中又灌满了海水。"啊!"她突然开始惊慌起来,她要干什么!她在干什么!"我不能死!"梵音猛然挣扎,想要抱住什么东西,脑中却已经空白,她拼命地乱抓,抱住了一条大鱼!

大鱼好像在带她往水面游去。四周全是岩石碎砾,水的力道又大得惊人,暗流不断,一个闪失就会被撞上去。她抱着大鱼,又害怕又无措,身体根本不受自己控制。她觉得真的要断气了。

"嘭!"大鱼一跃,冲出水面!

梵音死死抓着鱼鳍,大口喘着气,靠在大鱼身上。活过来了,死里逃生,她闭着眼,随便大鱼带她去哪里吧。不一会儿,大鱼就把梵音驮到了岸边。

梵音抓着大鱼说道:"大鱼,谢谢你了,没有你我就死定了,虽然我刚刚也不想活了。"梵音连说带喘,话不利落,"还好有你救了我,还好有你!谢谢你,大鱼,谢谢你!"

"大鱼,已经到岸边了,你快回去吧,我自己能爬过去。等等,你先别走,我看看你长什么样子。"梵音摇摇晃晃地松开手,揉揉已经哭得乱七八糟的眼睛,摸着身边的大鱼。

"大鱼……你……大鱼……啊!"梵音号叫一声,吓得"大鱼"一哆嗦。

"你!你!你!你是谁啊?"梵音惊慌地尖叫着,那尖厉的叫声足以穿人耳膜,她都不知道自己在尖叫。

"你!你……你?"梵音一脑袋糨糊,傻呆呆地看着"大鱼",半天蹦出几个字来。

"北唐吗?"

只见北冥浑身湿透,双手抱着梵音,正一步步往岸边走去。他一言不发,脸色极其难看,眼中露出凌厉之色,早没了之前陪梵音跋山涉水回家寻途时的温和。

梵音猛然看见他这个样子,吓得一哆嗦。这一下好像叫醒了北冥,北冥低头冲怀里的梵音看来,厉气未减,见她没事,就又抬步往岸边走去。海潮劲力极大,冲得人根本无法靠岸,北冥却如履平地,毫不受阻。

梵音看见他这个样子有些害怕,老实待在他怀里,一动不敢动。

到了岸边,北冥把梵音放到地上。梵音站好,看着他,又不太敢看他,小眼神四处乱晃。

"你刚才在干什么!"北冥突然对着梵音厉声训斥道。

梵音激灵一下。殊不知,刚才梵音那纵身一跃,吓得北冥心惊肉跳,六神无主,跟着她就跳了下来。此时此刻,他还没缓过劲来,头皮发麻,忍不住呵斥道。

"我……我刚才……我刚才……"梵音亦是被北冥这般凶煞的样子吓得不轻,话也不敢跟他说。

"你知不知道这样跳下去有多危险!"北冥态度还不见缓。

"我……我……对不起……我知道……"

"知道还往下跳!要干什么!"

梵音委屈地撇撇嘴,却也不敢解释。

"你!"北冥还想发脾气,可看见梵音这个样子又不忍心了,缓了半天,终于压下火气问道,"摔疼了没有?"

梵音看看北冥,突然低下头,使劲摇了摇头,哭了起来。

呃!北冥当下一惊,心想:坏了,刚才没压住火,把梵音训哭了。他连忙道:"你,你别哭啊,我没有责备你。我只是着急才说你的,那样跳下去太危险了!"

梵音摇了摇头,还在小声抽泣。北冥开始局促道:"那个,梵音,我就是担心你受伤,没别的意思。你别哭了,是我态度不好。"

北冥说到这儿,梵音哇的一声大哭起来,越哭声越大。北冥彻底呆掉了,现在换作他不敢动了。

梵音哭了好一会儿,抽抽搭搭地停了下来,嘴里磨叨道:"谢谢……谢谢你……"呜,又是一阵哭泣。

"那个,不是,我……"北冥结结巴巴。

北冥见她身上全湿了,想替她烤烤火,摸索着身上的火信子。这时,红鸾飞了过来,来来回回看着北冥和梵音。只见它忽然半眯缝着眼睛飞向北冥,耷拉着小膀子,似要与他开战的样子。

"不,不,不,我不是故意惹她哭的。"北冥看见红鸾这个样子,急忙抬手解释道。

刚才红鸾跟着梵音一起俯冲下去,钻进水底,可水流太大,红鸾又不识水性,被乱流冲得七荤八素。突然,一股灵力包围住了红鸾,把它送出水面,它才得以冲飞出去,正是北冥救了它。现在它刚缓过神儿,朝梵音飞了回来。

红鸾又上下打量了北冥半天,忽而掉转方向,冲着不远处的空地张口呼喝一声。只见一大团火球凭空燃烧起来,瞬间驱散了海水的冷意。

北冥看着红鸾,大吃一惊,红鸾得意地冲他仰了仰头。不借外物,红鸾就可凭空幻火,且焰火不息,简直比火焰术士还要高明。

"别哭了,我带你过去烤烤火,好不好?"北冥试探着问道。见梵音不抬头,他轻轻拍了拍梵音肩膀。梵音看看他,嘴角又向下撇了撇。北冥手足无措,慌忙用手挠了挠后脑勺:"别哭了,刚才是我不好,不应该凶你。我知道你心情不好,所以,我们现在去烤烤火好不好?"

梵音呆呆地看着北冥,也不说话,把北冥看蒙了。北冥试探地伸出手,拉起梵音:"我带你过去。"歪着脑袋,看看梵音反应,见梵音好像没有拒绝,他便带着她到火焰边上,坐了下来。

梵音坐在火焰旁,红鸾在他们四周飞着。过了好久,梵音喃喃道:"你说,我死了能找到爸爸妈妈吗?"这话一出,听得北冥瞬间汗毛直竖,猛地朝梵音看了过来。"可他们不让我死。"

北冥凝眉蹙目,想了一会儿,走到梵音身边,对坐在地上的她认真说道:"我想,应该可以。"梵音听到北冥这样说,眼睛里忽地闪过花火,将将直起身板,想听他继续讲下去。"但是如果你死了,他们肯定很难过,难过得比你现在还难过。第五叔叔和悦儿阿姨一定想让你好好活着,他们拼出性命为的就是让他们的宝贝女儿好好活下去。我想,你们一定能再见面的,一定可以。"

"什么时候?"梵音瞪大眼睛,充满期望地看着北冥。

"等有一天,你也会去到他们的世界,但不是现在,现在他们想让你好好活着,先别急着去找他们。你得先帮他们实现这个愿望。"北冥话语坚定,直视梵音。梵音在那一刻好像接收到了他给自己的力量,仰着头看着他。北冥突然伸出手去,在她柔滑的小脸上轻轻拂了一下:"别哭了。"他知道她的伤痛。

梵音看着他,哀伤的心情好像慢慢平复了一些,想哭又想忍住。北冥坐下来,对她道:"难过,就再哭一会儿。"

梵音嘴角一动,扑在了北冥怀里。"嗯!"一边哭,一边点头。北冥看着怀里的女孩,心中跟着她一阵阵难过,便不由自主地抱住了她。

过了好久,梵音直起身来,擦了擦眼睛,看着身边的北冥,突然对他笑了。一双动人的杏核眼像是水做的,细长的睫毛上还挂着泪珠,秀挺的小鼻子哭得粉红,菱角般的薄薄小嘴轻轻向上弯着,模样可爱极了。北冥看着她,突然呆了,缓过神来,赶紧把眼睛瞥向一边。

"你今年几岁了?"北冥开口问道。之前他们两个完全不认识,虽然共同经历了那么多天,可一共也没说过几句话。

"十四。"梵音回道,"你呢?"

"十二。"

梵音愕然地看着北冥:"你只有十二岁?"

"嗯。"北冥点点头。

"你的灵法怎么那样好?"

"从小就练。"

梵音点点头,北冥说什么,她就听什么,理所当然的样子。后来一想,不对,她应该是姐姐,这些天来,她一直让一个比自己小两岁的弟弟照顾,心里顿时羞愧难当,过意不去。她看着北冥,想跟他说抱歉。

可当她看向他时,却说不出口了。一张清冷的面孔第一次清晰地映入她的眼帘,眼若寒星,鼻骨俊挺,薄唇似刃,明朗利落的黑色短发下露出干净的额头,皮肤白皙。原本稚嫩的脸庞因为清冽的气质变得棱角分明,俨然有了成熟的风骨。

这段日子,梵音一直活得如行尸走肉一般,全不顾身旁发生的事。只记得她从灵魅手中逃出后便一直紧跟着一个人,但凡那人要离开半步,她就慌乱不安。那人在黑暗中给她带来强大的安全感,她却全不知那人的样子。今天她才第一次清楚地意识到,那个一直背着她陪着她的人正是北冥。

"怎么了?"北冥见梵音盯着他不说话,问道。

"没什么,我觉得我应该是姐姐,这些天却一直麻烦你照顾我了,很抱歉。"梵音自己说得都很没底气。

"姐姐?"

"我比你大两岁。"梵音小声强调了一下。

北冥突然走到梵音身边,用手比画了一下他俩的身高,一本正经道:"没关系,明年就比你高了。"

"我不是那个意思。"

"差不多。"北冥执意道。

说罢,他低下头在岸边认真摸索。梵音看着他,不明所以:"你在找什么?"

他找了半天,在岸边捡起一块被海水冲刷得晶莹剔透的白色石头,用衣服擦干净,递给梵音:"这个给你,以后这里就是你的家。"

梵音看着石头发呆,好久道了一句:"谢谢。"眼中又现泪花,悲伤却已是淡了很多。

忽然,北冥诧道:"你能听见了?"他这才发现,这半天来梵音一直与他对答如流。

梵音摇了摇头,寥寥道:"我会读唇语,我的眼睛蛮好用的。耳朵,聋了就聋了吧。"阳光照在梵音麦色的脸上,暖暖的,北冥看着她,不知不觉呆了。

第七章
指挥官选拔赛

梵音和崖青山父女在军政部又住了些时日，梵音便主动向北唐穆仁夫妇提出要搬出去住。东菱国的都城叫作菱都，北唐家管辖的军政部就镇守在菱都城最东边的东菱山之上。此前游人村的难民们已经都被北唐穆仁妥善安顿在菱都城里一个叫友友街的地方。

梵音想搬过去和他们一起住。北唐夫妇这些日子对梵音关怀备至，更是再三挽留，但她还是婉言谢绝，决定离开。

自从梵音跟北冥从海上回来以后，她的情绪就稳定了许多。北冥见她再无大碍，也就没多加照看，之后便去了菱都城外一分部军营驻扎。东菱军政部内只有各个分部少数的指挥官和士兵驻守在此，大部分作战部队都分布在菱都城外各处还有东菱国远境。

因为梵音的缘故，北冥许久没去城外分部巡视，部里一应事务全由他的一纵队队长颜童分管。别看北冥年纪不大，但灵法极盛，军中难找敌手。由他分管的一分部士兵，灵法由他一人当教头，功力日渐强大。此一去，北冥许久未回。

这一日，北冥回到军政部，发现梵音和崖青山一家已经搬走。先前梵音住的他的房间，已经被打扫干净。

床头柜前用鹅卵石压着一张信纸，上面写道：

"谢谢。"

北唐晓风告诉北冥，他的被褥都是梵音自己洗干净给他换上的。晓风原说不用那么麻烦，用净衣池就好了，梵音却执意这样做。净衣池是一种可以自动清洗各种衣物用具的清洗池，礼仪部发明的灵具，很方便。

北冥看着干净的被褥,把信纸和鹅卵石都好好地收在了自己的床头抽屉里。

梵音在东菱一住就是三个月。这里的人都很友善,游人村的朋友们刚到友友街时多有不便,都是街坊们照应,村民很是感激。崖青山父女和梵音住在一起,他一直照料梵音的身体,可梵音的耳朵始终不见好。

这一天梵音和崖雅上街闲逛。大家早已认识了她们,见面时都会热情地打招呼。梵音看到很多人都往街心走去,不知道发生了什么事,便走到花时店询问老板。

"大叔,前面这么热闹,是在干什么啊?"

"哦,梵音啊,前面是几年一次的指挥官选拔赛。瞧热闹的人可多啦。"

"指挥官选拔赛?"

"嗯,军政部的指挥官选拔赛,隔些年就有一次,但是在什么时候不一定,要看军政部几大分部是不是缺人手了,或者之前的指挥官是不是要卸任了。"

"这些看热闹的人,难不成是去报名的吗?"崖雅在一旁问道。

"不是啦,指挥官可不是一般人能胜任的。军政部一共有九大分部,每个分部的指挥官都是相当厉害的人物,大家过去只不过是看个热闹而已。而且指挥官一般会从军政部原有的官员士兵中选拔出来,很少有外面的人可以通过选拔的。灵力好的小伙子早早就去了军政部,哪还会等到现在。前面的这些通知只是对年轻人的鼓励,但十有八九是没戏的。"

"小伙子?大叔,报名的只能是男孩子吗?"梵音问道。

"我的傻丫头,什么男孩子。我说的是灵力好的人在年轻时早就去了军政部,等到了指挥官的级别怎么也要是中年人了,哪还会是什么男孩儿。"

"那军政部大部分都是男士咯?"崖雅天真地问道。

"当然了,女孩子的灵力怎么会厉害到在军政部谋个一官半职啊!不过军政部有个分部是招募灵枢的,那里是有女孩子的。"

"谢谢大叔啦,我们也过去看看。"

"好的。哎,等等,我说漏了,这些年确实有个年轻人当上了一分部的指挥官。不对不对,都不能算是年……"

"北唐北冥吗?"梵音打断了大叔的话。

"对对对,是北唐家的公子。那个小子才十几岁,但据说灵力超凡,也是,北唐家的人没有一个不厉害的。"大叔自己感叹道。

"大叔,我们先走啦。"

"好嘞!今天街上人多,你们两个路上慢点啊。"

"知道啦。"崖雅回应着。

"梵音,你要过去看看吗?"

"嗯。"

"我不想让你去。"

"为什么?"梵音好奇地回头看着崖雅。

"军政部,听着就知道是个不安安稳稳生活的地方,我不想你去。"

"呵呵,傻丫头。我只是去看看通知上写的什么,再说我哪有那么大的本事可以入选呢。"

一旁的崖雅默不作声,两个人继续往前走。

"你别想骗我。"崖雅不开心地说道,没有停下脚步。

"崖雅,我不想像现在这样生活。我们以后会在东菱住下去,大概一辈子也不会再搬走了,我们这几十个人能搬去哪里呢。游人村已经没有了,我不想就这样下去,总觉得有所亏欠。我们毕竟是外来人,亏欠谁我也说不好。他们接纳了我们,但我不知道是不是所有人都这样想,而我自己,又总觉得欠了北唐家的人情,即使对于他们来说,咱们这些人不算什么麻烦事。"梵音说到一半停了下来,想着怎么说后面的话。

"崖雅,现在的我太单薄了,但我不能再让你们有什么闪失,你知道吗?"

"我知道,我陪你去吧。"崖雅看着梵音,她总是能读懂她要说的话。

"好。"梵音开心地笑了,如释重负。

"我的意思是,我陪你去军政部。"

"什么?"

"我去灵枢的部门寻个差事做吧。"

"胡说,你跟着我干什么?再说了,叔叔也不能同意啊。你跟着叔叔好好学本事不就行了,根本用不着去军政部啊。菱都也有灵枢所啊,你以后去那里工作就好了,哪个灵枢会有叔叔厉害?"

"你别再劝我了,我爸爸一定会同意我和你一起去的,跟着你,我才放心!"崖雅坚定地看着梵音。

梵音知道拗不过崖雅,也只能随她。两个人看完通知,便回家商量要怎么准备。几天后选拔大赛正式开始。

军政部在菱都城以东的东菱山崖顶,傍倚海角,地处险峻,一览众山小,四方微动全在它的掌控之中。军政部以巨石为基,由千年灵木搭建而成,气势磅礴,坚不可摧。旁人无故不允许踏入其内,关卡守卫森严。指挥官选拔赛吸引众多民众围观,竞赛场设定在山间一巨大露台之上，足以容纳万人。这也是军政部难得对民众开放的日子，让民众可以亲眼所见、亲耳所闻，以示军政部无可撼动的地位。

报名参观的民众太多，以至于有很多人都没有机会入内。小孩子在一旁哭闹嬉嚷，士兵也一筹莫展，抱歉地安抚没有得到入场券的人们。梵音和崖雅早早就来报名参观，已经拿到入场券。

"梵音，那边是报名选拔指挥官的地方，你要过去看看吗？"

"不用了，我已经看到了。"

人山人海，到处都是报名看比赛的人，只有一处颇为冷清，正是报名参赛的地方，可以说那里根本没有人，士兵也在东张西望，无所事事。梵音早已看到贴出的参赛名单，也就是说真正的参赛者几乎全部来自军政部内部。

"这么远！当然，你什么都看得到，那你看报名的人多吗？"

"不多。"

"那你现在要去报名吗？"

"选拔赛有三天，不着急，我最后一天去报名也来得及。咱们先进去看看吧。"

两个人进入场内，巨大的看台中座无虚席，正对面坐着军政部高层，以及东菱国国主姬仲，聆训部总司端镜泊和各大职能部署官员。场地四个方向分别由通信部架起巨大屏幕，屏幕由长信草的经络织成，实时播报场内赛况。长信草经络晶莹剔透，细如蚕丝，无影像播出时，轻盈摆动。

待北唐穆仁做了简短发言后，比赛正式开始。军政部内人才辈出，几个回合下来，已有不少人崭露头角。赛场中，摇旗呐喊声更是排山倒海。这次选拔赛是因为二分部的指挥官年事已高，卸任此职位，才有了空缺，各个分部的纵队长都想一展所长拿下这宝贵的职位。

一连两天梵音只字未说，眼神极速游走在各路高手的招式灵法间，丝毫不留休息的时间。坐在一旁的崖雅不敢打扰梵音，只得安静地观赛。第三天，比赛刚刚开始两个回合，梵音从看台上站了起来。

"你去哪里？"崖雅惊讶地问道。

"报名。"

没等崖雅开口，梵音已转身走出座位，她现在需要全神贯注。当她走出过道，回头再次看向看台时，发现下面有个熟悉的身影。这几天她心无旁骛一心观战，根本没有留意周遭的一切，此时才看到那人正是许久未见的北唐北冥。

北冥以一分部指挥官的身份站在台下观战，更主要的原因是防止比赛发生意外。几大分部的指挥官都在台下，确保观众安全，万无一失。当梵音发现北冥时，北

冥也恰巧看向她的位置,只见北冥唇间微动,未发出声音,但依旧被梵音清楚地读到:

"你要参赛?"

梵音点头示意,转身离开。

报名点的两名士兵无聊闲谈着,未发现一个小女孩正向他们走来。梵音来到他们面前,开口道:"你好,我要报名参赛。"

两名年轻的士兵显然不敢相信自己听到的,睁大了眼睛。

"我说,我要报名。这里报名不限制年龄和性别吧?"

"不,不限制。你是说,你要报名吗?你自己吗?你报名?"一名士兵吞吞吐吐道。

"是的,我自己要报名。我叫第五梵音,今年十四岁,性别女。"

两个士兵显然从未见过这种状况,一时间不知道怎么办才好,商量着要问哪名队长或者哪名指挥官。可是现在大家都在观看比赛,打扰谁都不合适,这可难住了他们。

"既然报名没有限制,你们就先帮我报上去吧,不然就要耽误我的参赛了。反正进场前应该先去见你们的某位指挥官吧,到时候有什么不妥,他们自会处理,不是吗?"梵音有条不紊地说着。士兵听着她的话也觉得有道理,就帮她报了上去。

梵音待在等候区,不一会儿有一个身材胖胖、个子不高的男士向她走过来,脸上架着一副圆形眼镜。他开口道:"小姑娘,是你要报名吗?"声音听上去和他的长相一样,很是憨厚。

"是的,请问您是面试我的考核官吗?"梵音有礼貌地问道。

"嗯,是我,我叫唐西,五分部的副参谋长。参谋长是北唐穆西,他是军政部主将北唐穆仁的弟弟。我姓唐不是北唐,和他们不是亲戚关系,好多人容易弄错,所以我解释一下。"唐西慢条斯理地絮叨着,时不时推一下自己的眼镜。

"嗯。"梵音在一旁乖巧地听着。

"你为什么要来军政部呢?你以前在哪个学校学习呢?现在的灵力是什么状况呢?和你同龄的同学比你的优势在哪里呢?我的意思是,我没有见过你这个年纪来报名的孩子。你是女孩子,怎么会想到来报名参赛呢?军政部从来没有女士来报名参赛的,你知道吗?等等,好像有过,但是也都被淘汰了,应该是都没能通过面试,不然我的资料库一定可以查到。"

唐西好像没有要停下讲话的意思,梵音只得试着打断他。

"您好,我可以打断一下吗?"梵音说话的声音有点小,显然对方没有听见,继续照例提着问题。

"您好,我打断您一下可以吗?"梵音提高了嗓门。

"哦,你说。"唐酉看着手中的资料,推了推眼镜。

"您能不能尽快帮我报名呢?我想现在那场比赛应该快结束了,如果再晚的话,我可能没有上场机会了。我的情况有些复杂,但我绝不是什么坏人,可以麻烦您请示一下北唐穆西先生吗?他应该会同意的。好吗?拜托您了。"梵音有些局促,她不知道原来报名的审核官需要问这么多问题。她这几天全神贯注在选手身上,忘了这件事。

"直接问参谋长吗?不好吧?"

"您听场上的欢呼声,比赛真的要结束了,时间不多了。"

"好吧,那我帮你问一下吧。"看唐酉的长相,就是那种蛮好说话的前辈。

"麻烦您了。"

唐酉从上衣口袋里拿出一张信卡,用灵力在上面写下要传递给参谋长的话。信卡捏在指尖,轻轻一晃,讯息传了过去,字迹随后在信卡上消失了。

不一会儿,唐酉指尖上的信卡再次显示出讯息,一行小字出现在上面,他认真看着。

"参谋长说积分赛已经结束了,你报名的时间晚了。"

"不晚,我不报名积分赛,我直接挑战获胜者。"梵音道。

"什么?你要报名挑战赛?你知不知道获胜者都是有资格成为分部指挥官的人选,你有那么大把握上来就对垒吗?这样太危险了!我们的积分赛是按初步测算的灵力大小来分组的,至少不会因实力悬殊而误伤啊!"

"没关系,您再帮我通报一下参谋长吧,谢谢了。"

梵音在一旁安静地等待着,她知道没有哪条规定是不允许她这样做的,她只要得到允许就好。果然,参谋长没有再反对,梵音顺利到达备战区。此时的比赛已经结束,积分结果马上出炉,梵音口中默念着一个名字。

"贺拔赤鲁。"

果然大屏幕赫然出现四个大字,贺拔赤鲁。他是二分部二纵队的队长,此次选拔赛以积分第一的身份荣登榜首。站在台下观战的他的部下为他摇旗呐喊,欢呼雀跃,正当大家预备庆祝时,大屏幕上突然换上新字:

挑战赛。

场下顿时寂静,大家不敢相信竟有人参加挑战赛,片刻后排山倒海的呐喊声震彻全场。大屏幕再次显示:

贺拔赤鲁——第五梵音。

有哪个获胜者喜欢被挑战呢？在大家眼中这就是公然的挑衅，当然挑战者最后是英雄还是狗熊，谁都说不好。只见一个身材魁梧、长相粗犷的年轻男人已经站到场地中央，至于他是什么时候上去的根本没有人看清。他的脸上有些不悦，或者说不耐烦。

"谁是第五梵音啊？女里女气的名字，快点上来。"贺拔赤鲁大声说道，声音洪亮，中气十足。

"你往下看，我已经来了。"梵音仰着头，对高大的贺拔说道。

贺拔显然惊了一下，一低头，看到梵音，更是瞪大了眼睛。

"你，你，你……你是个女孩儿？"

梵音冲他点点头。

"开什么玩笑？谁家的孩子，赶紧领回家！"

在场观众哄堂大笑。

"你管北唐北冥也叫孩子吗？"梵音压低了声音说道，仅让他们两个听见。

此话一出，贺拔赤鲁顿时一个激灵。

"你小点声，我可没这么说，我哪敢说本部长呢。"说罢，他把目光投向台下的北冥，并立刻报以憨笑。北冥一脸茫然，不知道他们在嘀咕些什么。

"这就是了。"

即使听梵音这么说，贺拔也是一脸不耐烦。此时主持赛场的裁判员开始讲话，一位来自参谋部的年轻指挥官喊道："双方致意，准备完毕，举手示意，比赛开始！"指挥官说话铿锵有力，看台上再一次沸腾起来。

二人走到赛场中央，恭敬地向对方鞠躬致意。接着他们挺直背脊向天空的方向举起右臂，伸直，握拳，示意指挥官准备完毕。

"挑战赛乃三战两胜制，第一回合，实战赛，正式开始！"

贺拔并未像之前比赛中一样先发制人，下手猛攻。虽然已经提醒自己要谨慎行事，但面对一个小女孩，他这个大男人心里还是说不出的不爽。二人就这样笔直地站在场地上一动未动，现场出奇地安静，那气氛都让人不由得尴尬起来。

而梵音从小到大都未参加过这样的比赛，其实不要说参加，就连看也是头一遭。她不像军政部的指挥官和士兵们那样热血沸腾斗志昂扬，只一脸静默地站在原地，等待贺拔先出手。

果然还是贺拔忍不住了，他倒不是什么亢奋迎战，而是想赶快结束这荒唐的对垒。别看贺拔五大三粗，不像个心细之人，其实在站着的这一会儿空当里，他早就开始思考对策了。他认为对付这样一个小女孩用什么灵力实在是说不过去,先不说会不会重伤了对方,单凭此举就已经非常有失男子汉大丈夫的风度,他打心底都厌恶那样的人。如此想来,就只有一个办法了。

正当观众们等得有些着急,想要催战时,只见贺拔纵身跨步上前,一个直拳冲着梵音肩膀袭来,招数简单明了。梵音抬手一挡,右手出拳,可显然她比贺拔的身量小了一半不止,即便出拳也够不到贺拔身上。正当贺拔觉得此次对抗犹如玩闹一般时,梵音一个近身,脚下迅捷移动,竟在攻击看似停顿之时,倏然向前直击贺拔腹部。

贺拔大意之下先是一惊,可就在将被击中的毫厘之间,猛然撤步半个身位。梵音攻势并未停止,贺拔左手下压按住梵音手臂,谁料梵音劲力充盈,他使出的二分力道竟止不住梵音的拳势,结结实实地挨了梵音一击。

要知道,贺拔不仅身法在军政部位列在前,力道更是无穷之大,他的二分力足以和平常的士兵较量。虽说挨了这一拳未伤他筋骨,却足以让他丢失颜面。他随即展开身法攻势与梵音相斗。

贺拔体形虽大,身法却精练有速,拳脚相加游刃有余,此间二人已经过了数十招。贺拔在不知不觉中加快了自己的攻势,更让他意外的是,梵音解招出招的速度竟丝毫不慢于自己,更有越打越畅之势。

二人力道逐渐加大,速度愈来愈快,纯是以身对抗,并未夹杂半分灵力。贺拔不想再和一个女孩如此缠斗下去,以他一开始的计划,本想用简单的身法了结这次比赛的。在他看来,对方使出灵力是可以勉强招架他的进攻的,虽不会重伤其身,也可使她落败知难而退。

可眼下这个状况,二人均是越战越勇,对方更是没有落败的迹象。贺拔干脆一横心,拆了梵音刚刚攻过来的十字交叉拳路数,霎时间气沉丹田,收了右臂,拳拳紧握,冲着梵音撤步回去的方向重重一击。

这一次他足足使出了五分力,士兵受他这一击也会丢去半条性命,所谓一拳打死猛虎也和这种力道相差无几了。

在刚才的较量中,他早已明白第五梵音不是等闲之辈,不出此招将其击倒,还会有不少的麻烦。他已经没有这个耐心了,逼出这个女孩使用灵力挡下这一重拳,就结束了吧。

贺拔拳势刚劲,虎虎生风,台下为他摇旗呐喊的属下们看到队长这种强劲攻势均是心中一震,屏息凝视。只见贺拔强势来袭,站在他对面数米开外的梵音静下心脉,凝起心神,陡然间眉头深锁,眸光下沉,脚下发力。只听一声闷响,众人还未反应过来发生了什么,梵音已果断迎上。

就在她刚刚离开的地方出现了一个脚掌般大小的坑洞,四周的石板已经被她踏裂。她同样是右臂发力,血脉狂涌。只听轰然一声响,两拳生生相撞,骨缝交错裂脆之声震得人心惊胆战。

众人随着闷雷般的滚滚回音,穿过层层乱烟迷尘,看到屏幕上渐渐显出清晰的擂台画面。二人双拳相撞毫无闪避,以血肉之躯抗衡,擂台中央二人对峙都未退后半步。贺拔大惊,一切远超乎他的预料。

他看着眼前的梵音,对方的身法力量让他骨节作痛。不要说这是个女孩,就算是军政部任何一位指挥官也难有让他拜服的身法,他一时间根本无法回神。就在此时,未等众人喘息,只听一个振聋发聩之声赫然响起!

"八!"

"九!"

"十!"

随着一个个数字被洪亮地喊出,清晰地传到每个人的耳朵里,大家看到梵音早已离开了原地。她双脚用力,腾空而起,瞬时移动到贺拔身侧,对准他出拳的右膀凌空反脚一踢,足足用了她八成力道。

贺拔的庞然大躯竟被踢得飞了出去!还未等他落地做出反应,梵音已来到他的身前,对准他的腹部就是一掌,这一掌直接把贺拔打得飞向天去。

"九"字方落,"十"字一念出,梵音跃向空中,离地面数丈有余。她的速度快过贺拔,此时已来到贺拔上方,对准他的背心就是一记猛攻。

就在她要打中贺拔时,贺拔突然凭空消失了,屏幕上也没了他的影子。只见梵音嘴角微微上扬,似是开心又是痛快,更像是预料之内。

眨眼间,贺拔已出现在梵音身后。他怒目而视,双眼通红,双拳紧握,对着梵音腰部就是一击。只听梵音大喊一声:

"十成十!"

她凌空发力,陡然翻越,一个回旋踢,直打贺拔颈部。随即贺拔的重拳也同时袭来,她避无可避,硬生生接了这一招。原本要打中她腰部的拳头,随着她的转身已攻向软腹,梵音堪堪来得及用双手挡住重拳。

二人都受了对方重创,往擂台的相反方向轰然坠地。二人倒地之时,擂台被砸出两个深坑。一时间,赛场内外鸦雀无声。

又等了片刻,两个身影从擂台上笔挺地站了起来。贺拔摸着自己的脖子,显然刚刚那一击正中他的软肋,让他吃痛不已。对面的梵音也已经站了起来,身姿挺拔,殊不知她刚刚一系列的身法已经用尽平身所学和全身之力。此时她双手发麻,双臂无力，早已超过她能承受的极限，要不是在临危之际用灵力挡下那一拳，后果不堪设想。

贺拔看着对面比他矮两头的女孩，心似狂潮，好战之心熊熊燃起，再难压制。他手扶腰间，从身侧拔出一把匕首。匕首挥过身前之时，赫然幻成一把巨刃利剑，正是他平日使用的武器。

梵音看着贺拔的兵器面色沉着。这几日她观战之时已见过他用此兵器，只是在来东菱之前，很少见到这种实战兵器——用灵力操控，通过兵器本身的部分介质幻化出完全实体化的兵刃。

最常见的介质如剑柄、匕首、短弓等。这种兵器往往是各国的军人们才会配备。显然对面的贺拔已经斗志昂扬，如此一来正合梵音心意，接下来只能全力一搏，别无他法。

梵音漆黑顺直的短发从额头左边向上分拢开来，贴于耳侧，没有多余的青丝留在额间，露出整张甜美凌厉的面庞，劲直的发丝透出她坚毅的性格。

只见梵音举起双手，放到发间，一股寒气聚于掌心。她把脸颊两侧的短发向后拢去，瞬间发丝凝霜，凛凛清面，早就换了旧时的模样。

贺拔提剑而来一路狂奔，已经忘了对面的挑战者是个女孩了。此时在他心中，这个人就是他必须要打倒的对手，不惜使出浑身解数。

台下的北冥握紧了双拳，不似方才的从容淡定。天阔已经早早来到崖雅身边，崖雅早已哭花了脸，身体不停颤抖着。

眼见贺拔奔过中场，挥剑朝梵音砍来，他甚至没考虑到梵音是一个普通女孩，没有配备军人一样的武器。正当剑锋落向她头顶之时，梵音双手猛然发力，挥向半空，铮铮光亮的一柄冰刃重剑出现在她手中！

说是重剑，实则更像冷酷严寒、万年不化的巨大冰锥棱柱，比她的纤细手臂足足粗上数倍！冰锥重剑，身无棱，锥入骨，手持剑柄之处炸开无数刺棱，寒芒射眼，摄人心魄。

她双手握剑，如皓月莹雪，奋力挡住从头顶袭来的重击。两剑相撞，铮铮作响，二人均是虎口发麻。贺拔瞪大双眼，始料未及。他从没见过此种灵具，他的手就像是挥舞着钢斧生生凿在了万丈冰湖之上，了无痕迹，手掌却几欲震裂，疼痛不已。

场内观众更是对此灵法叹为观止，就连东菱国各部高层指挥官也都不禁往前探直了身子，想要一探究竟。

梵音将将挡住这一杀招，可是她力道不足，加之贺拔灵力充盈，片刻后她的双臂开始颤抖。她骤然撤剑，反手攻其软肋。二人均是动用周身灵力，与对方缠斗。随着战事拉开,双方浅伤重创不断,梵音知道自己的身法灵力都在急速下降,如此下去,撑不了多久。

见贺拔灵法剑势刚猛,梵音招招迅捷,不再像开战之初那样与他硬碰硬,现在能避则避。贺拔见势已起,更是越战越勇。一阵猛攻过后,梵音终于避无可避。两刃相撞,贺拔将灵力加剧凝于剑柄,只听一声劲脆,梵音的冰刃出现裂痕。她已经没有足够的灵力支撑如此强大的灵器。

贺拔加力,梵音胸口发出闷响,冰刃裂口加深,顷刻间分崩离析!梵音被震得向后倒退几米,贺拔乘胜追击,挥开右剑,左手一拳,灵力十足,向梵音击去。梵音双掌一推,霎时间出现一道冰层封住攻势,又一个跃起,来到上方。冰层顺势而至,梵音大喝一声,双掌下压,生生把这股强大灵力击向地面,地面顷刻间被轰出巨大坑洞。

贺拔没有就此罢手,他用尽灵力朝梵音挥下一拳。军人出身的他勇猛冲锋已成常态,最后关头鹿死谁手,就看这一招了。当他此拳一出,梵音便知再无法抗衡,拼劲气力,双臂交叉挡于身前,霍然闪身。可为时已晚,贺拔的灵法如雷霆之速,拳风打出的灵力还是擦到了梵音的肩膀。仅这一下,梵音顿时感到自己的左肩膀剧痛无比,身子朝场外飞了出去。

贺拔的灵力没有就此消散,而是直接狂猛地冲击到观众席的方向。站在场内的各分部部长都已做好准备,替观众挡下这一强烈攻势。

只见北唐北冥身形一闪,已经来到数百米外被攻击的观众席正前方。众人惊骇,尖叫四起!北冥赫然发力,抬手向天,用力一挡!只听铮的一声,方圆百米的天空中顷刻间出现了一面巨型灵化盾甲,悬如明镜,把天空一分为二,格挡开来!贺拔虎啸般的巨大灵力轰然撞在了北冥的灵化防御盾甲上,整个竞技场被震得摇摇欲动。

北冥抬手一攥,大喝一声!

"嗬!"

刹那间,贺拔的灵力被尽数撞碎了。会场上骤然安静下来,众人一个个睁大了眼睛看着台下的北冥。只见北唐北冥的身影比贺拔小,可那一身刚猛灵力,就连贺拔的全盛之击,也轻易毁之,直叫人心惊胆寒,大气亦不敢多喘半分。

观赛台上,一双深邃的眼睛朝北唐北冥看了过来,那人正是聆讯部的总司端镜泊。北冥刚刚用的那招灵法便是他们的看家本领防御术中的一招,灵化防御盾甲。北冥此番抵挡的力量,怕是比聆讯部中任何一位部长都要强过数倍不止了。端镜泊掂量着,表情难看。

梵音朝场外飞去,身子不受控地向地面坠下。她咬紧牙关,勉强让双脚落地,可巨大的冲击还是让她不停后退。她俯下身去单手扶地,右手指尖滑过青石板地面,拖出长长一段后才稳住重心,停了下来。

梵音喘着粗气,汗如雨下。她缓缓直起身来,乌黑的发丝垂了下来,落在耳边。她看向赛场,贺拔仍然站在上面,此时裁判员已经可以念出获胜者的名字了,因为她已经不在场上了。

这就是东菱军政部的实力,这就是可以胜任部长指挥官的实力,梵音默念着,眉眼低垂。良久,她的嘴角牵动,扯出的苦涩和卑微再也无法隐藏。她找到了,她终于找到了一个对她来说合适的借口和出口。她输了,无论是现在还是以前,她都输了。她输给了东菱,输给了灵魅,输了比赛,也输了父亲母亲。

她用这残忍而真实的方式告诉自己,这一切是不是可以不用再责怪自己了?她是真的不够强大,她不如贺拔不如北冥不如灵魅。她真的救不回自己的父母,就算她心衰力竭,百转千回,亦不能行。

她沉默着,凌乱的发丝挡住了她的眼睛,那片刻对她来说已是万年。露出的笑容中,酸楚地小心翼翼地藏着一丝留给自己的释怀。

胸口起伏两下,她抬起头准备和观众一起恭喜贺拔获胜,却见贺拔对着裁判席做了一个嘘声的手势,随后健步走下赛场,冲自己走来。

"你没事吧?"贺拔来到梵音面前,低下头看着她,粗着嗓子问道。

"没事。"梵音用右手扶着自己的左肩。

贺拔皱起眉头,看着她左边下沉的肩膀说道:"肩膀伤着了还说没事,赶紧叫灵枢给你看看。"说着他回头看向灵枢部的人,挥手示意让他们赶紧过来。

梵音没有说话。她把头偏向左边,看着受伤的肩膀,忽然右手发力,一摁一推。只听骨头咔嚓一声,她把脱臼的手臂自己接了回去,衣服上留下她指尖的血痕。

她咬紧牙关,拧眉,一滴汗水从清澈的眼睛上淌了过去。她抬手用胳膊拭去额头上的汗水,然后轻轻地活动着左臂,又绕了两圈,方才抬头看向贺拔,开口道:"没关系的。"她说话干脆,贺拔看着她镇定的眼神心下佩服。

"你快上去吧,要宣布你赢了。"说完,梵音嘴角露出点点笑意,那样子简简单单的,仿佛与刚才换了一个人。

"咱俩一起上去。"贺拔坚定道,大男人模样尽显。梵音想了想说道:"那走吧。"说罢,她准备和贺拔一起上去。

可是贺拔没有立刻动身,而是看向梵音身后,极为恭敬地开口道:"部长,我们先上去了,刚才真是麻烦您了。"梵音回头看去,才发现身后数米外北唐北冥站在那里。

"你们上去吧。"北冥说道。

刚刚的激斗中,梵音根本没察觉北冥是何时来到了她的身后。她看着北冥把话说完便转身和贺拔一起往赛场走去,没走出两步,又回头看了看他,只见北冥郑重地对她点了点头,以示肯定。梵音看过心里更坚定,走了上去。

二人来到场中,裁判员大声宣布挑战赛第一场贺拔胜。排山倒海的欢呼声震彻赛场,贺拔的名字被军政部的同僚们大声呼喊着。原本应该开心庆祝的贺拔却显得有些局促,他看向梵音。刚刚不只是梵音一个人的激战,对他来说,那又何尝不是一场恶斗,甚至要在最后关头奋力一搏。此刻的他灵力也是所剩无几。

当他看向梵音时,梵音也正在看着他。她眼中的从容和坚定让贺拔彻底明白,那是他接下来要全力以赴对待的对手,不容怠慢。还没等他做出动作,只见梵音已经伸出了自己的右手,贺拔刚想伸手与她相握,却又顿住了,他看着因为与地面摩擦而受伤还在往外渗着血的她的手。

梵音发现了他的眼神,低头看见自己血迹斑斑的手,慌张地撤了回来,在自己的衣角上按了按。

贺拔连忙摆手道:"我不是那个意思!"他窘得面色发红。

"好了。"梵音扬起脸,再一次伸出手。

贺拔也伸出自己的大手,用力与她握了握,心里很是畅快。只见梵音咧了下嘴角,眼睛也抽搐地眨了一下,显然贺拔一时高兴用力太大了。他连忙松开手,使劲点头道:"对不起啊,对不起,我忘了你受伤了。"看着面前这个彪形大汉,梵音不禁被他憨厚的样子逗笑了。"没事。"她爽快地说道。台下的观众也都毫不吝啬地为梵音喝彩。周围军政部的同僚开始叽叽喳喳起来。

"贺拔,放开人家小姑娘的手。"

"这个小姑娘是不是之前来过部里?"

"是吗?我没见过啊。"

"好像是的,前一阵子好像见过。"

"我的天啊,这个小姑娘也太厉害了吧,和贺拔那个家伙打成这样。"

"可不是嘛,你看看贺拔最后都用杀手锏了!"

"这个小姑娘的身法也太好了吧。"

"别总叫人家小姑娘小姑娘的了,说得好像你能打过人家一样。就她的身法,你我再练个几年也不是对手。"

"你能不说大实话吗!"

"她怎么能扛下贺拔那一剑的?"

"她刚才手里拿的是平常的兵器吗?没看见介质啊,她凭空幻化出来的吗?这也太不可思议了。"

"她刚才直接接了贺拔队长的重拳吗?"

"嗯!"

"接住了?"

"嗯!"

"天啊!我都不敢相信自己的眼睛!"

大家七嘴八舌地议论着,没有了平时军人严谨肃穆的样子。

比赛结束,裁判员宣布第二场比赛是军事赛,于五天后开赛。如果梵音输了,第三场就不用再比。她独自转身离开赛场,在出口处看见崖雅和崖青山早已等在那里。她走到他们面前,扬起头说道:"咱们回去吧。"她看着满脸泪珠的崖雅说道:"我没事,别哭啦。"

"让我看看你的伤。"崖青山说道。

"不碍事,青山叔,就是脱臼了,不过手上还真有点疼。"梵音看着火辣辣的手指,冲崖青山吐吐舌头。

"我带着药水呢,现在就给你涂上,马上就好。"崖青山从一个青色挎包里拿出一个小药瓶,把药水洒在了梵音手上。梵音皱着眉,不敢看,马上又发觉自己手指冰冰凉凉的,一点都不痛了。

"哥,我去送送他们吧。"天阔站在北冥身边,比赛结束时他就回来了,现在正询问着哥哥的意见。

"别过去了,这几天你也先不要去找他们。"北冥说道,他知道现在这个时候梵音没有心思见任何外人。天阔明白他的意思,便不再多说。

梵音回到家中闭门不出,连饭菜都是崖雅端去她房间的,只见她整天用笔在纸上写写画画,嘴中念念有词,手上不停盘算。

第八章
黑白棋

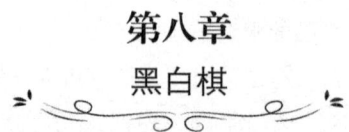

　　崖青山父女也不多问。直到比赛的那一天，梵音才打理好从自己的房间走出来，她身着紧衣黑裤，中间系着一排暗红色束腹腰带，身姿挺拔，袖口和脚踝分别用浅色和暗色缎带绑好，全身上下没有一处多余的衣料。三人来到赛场，梵音便和父女二人分开，独自来到等候区，等待裁判员的指示。

　　赛场的等候区分布在赛场两侧，梵音独自一人在房间里面静坐，屋外的嘈杂声对她没有任何影响，反正她也听不到。进屋之前她并没有留意贺拔在什么地方，此时只是端坐着，眼睛微合。大约半个小时以后，有工作人员通知她可以入场比赛了，她起身往场内走去。

　　今天的赛场内除了和以往一样四周布满大屏幕外，赛场中央也赫然架起一个巨型屏幕，高十余米，刚好把场中一分为二。现在屏幕上还没有任何图像，长信草透明的经络在缓缓浮动着。

　　梵音从半透明的屏幕后面看见了贺拔的身影，二人纵身一跃来到场中，静立等待裁判席的指示。不一会儿裁判席传来声音，这次讲话的是北唐穆西，北唐穆仁的弟弟，军政部的副将，也是参谋部的参谋长。

　　北唐穆西身形挺拔，不似哥哥那般魁梧，相貌英俊，温文儒雅，显得颇为年轻。他开始发言，句句掷地有声，不怒自威，立刻让嘈杂的现场安静下来。士兵们皆是肃然起敬，端正身姿。

　　"各位到场的朋友大家好，今天是军政部指挥官选拔挑战赛第二回合、军事赛的比赛现场。现在请参赛双方向对方致意。"话落，北唐穆西冲通信部做了一个手势。只见赛场上的大屏幕瞬间消失，梵音和贺拔可以清楚地看到对方，二人均向对方鞠躬致意。北唐穆西继续道：

"今天的军事赛通过黑白棋一决胜负，现在请裁判员拿掷筒让比赛双方抽取各自执棋的颜色。"说罢，裁判员已经来到场上。他手持两个一模一样的竹制签筒，里面分别放有两根一模一样的竹签。裁判员先走到贺拔身前，贺拔伸手抽签，他抽到的签底颜色为黑色。

裁判员转而来到梵音身边，梵音抽到的签底颜色为白色。裁判员抬头向北唐穆西示意抽签完毕，可以开赛。

北唐穆西朗声道："准备开赛。希望两位选手都有出色的表现。"北唐穆西话落，赛场瞬间掌声雷动，人们挥舞着手中的旗子，吹着彩色小喇叭。这次的欢呼相较以往任何一次都更加震耳欲聋，人们似要在这个时候倾囊相送，为选手们一次加油叫好个够。因为在接下来直至比赛结束，赛场上不允许再发出任何响动，以免影响选手比赛。

黑白棋是一种军事比赛。平日里人们在家中也可以买到简单的黑白棋进行游戏，但是这种模拟作战时的黑白棋军事赛，要比普通的游戏复杂千百倍，军政部的军官们也会经常下棋锻炼脑力。

黑白棋虽说是棋，其实是对这种模拟军事的简称，因为比赛双方要各持一种作战地势、阵形、人数等，黑白棋只是持方的简称。如果双方拿到同样颜色的棋子，那么作战双方的地势、阵形、兵力等是完全一样的，反之则不然。

北唐穆西再次对通信部做出指示，刚刚消失于赛场中央的大屏幕又霍然亮起。其实它一直都在原地，只是方才通信部让它变得透明而已，以便选手致意。现在大屏幕再次出现，但和开场前的样子完全不同了，它上面不再是晶莹斑驳的经络，变成了军事阵地实战图，上面山川河流、沟洼低壑、平原木林无不尽显，令人如身临其境。

看台上的观众们禁不住发出一声惊呼。屏幕的阵地中间有一条明显的界线，那是双方阵营的分界线。因为梵音和贺拔抽到了不同颜色的棋子，他们的阵地样貌也就完全不同了。

二人此时被屏幕阻隔，已经完全看不到对方的影子。二人静立在前，身旁都摆着一张宽大的书桌，上面布着纸笔，还有一盒棋子和一个竹筒。

不一会儿，二人的书案上出现了一张长信草制成的薄纸，上面简简单单地写着几个字，正是这次己方的兵力人数。他们是不知对方兵力的。

所有准备已经完毕，二人正式开赛。已知的条件只有这张大屏幕上的模拟地势图，还有己方的兵力部署，剩下的就要靠他们自己的脑子了。双方作战，任何一方主将阵亡，则对方获胜；任何一方兵力锐减至五分之一，则对方获胜。

二人各自思考着，毫无干涉。梵音看着桌案上缩小版的阵地图，心中默念着自己的兵力部署。良久，她一动未动。少时，贺拔拿起案几上一枚黑色棋子，在手中攥了一会儿，随即往竹筒里一掷。

　　片刻，只见大屏幕上贺拔的阵地板块亮了一下，也就是说他开始行动了。可他具体做了什么别人是看不到的，因为只有双方正式交火时阵地图上才会显示出来，或者一方主动进攻时也会有所显示。刚刚他手中攥着的黑色棋子，其实是一个灵器，它上面记录了使用者部署的阵法、计策、谋略等，把它投到竹筒里，竹筒会自动把一系列部署投射在屏幕上。在不具备显示条件时，屏幕只会提示对方有所行动，其余的暗藏起来，等待指挥者让他们适时地发挥作用。

　　这场比赛与以往的游戏不同，除了阵地图记载着交火双方的战略计划外，此时坐在观战席上的军政部参谋长北唐穆西也是可以详细获悉双方每一步布置的，也就是说他对双方的计划了如指掌。

　　距离贺拔做出第一次行动已经过了一段时间，大屏幕的阵地图上毫无异样。就在这一片沉寂之时，梵音的阵地板块亮了起来，她往自己的竹筒里掷了一枚白棋。

　　不一会儿，在她案几上的一张白纸上，陆陆续续出现一行小字。她掐指盘算着，顺手拿过一张空白纸，快速地涂画计算着。不多时，她又往竹筒里连掷三枚白棋。只见在她阵地的西南角上豁然亮起一片大火，火势凶猛，紧接着厮杀将至，她的兵力与贺拔第一次正面交火。

　　就在她掷出第一颗棋子后，她的探子来报，她安插的五个岗哨中的一个在东南角发现贺拔的三十个先锋兵力。随后她掷出三个棋子，一个火攻围了三十个先锋兵，再派出重兵赶往交战处，厮杀声顿时响起。

　　贺拔随即做出反应，派兵支援先锋队。在敌方阵地被火攻包围，一个不小心就会全军覆没，贺拔不敢滞后，同样是重兵出击。火势不断，先锋营依旧被困，周围又都是矮丛密林，不好突破。梵音重兵把守，等待将贺拔一网打尽。

　　待贺拔派兵穿过分界线，梵音兵马也快赶到。正当两军交战之时，只见分界线上再次燃起大火，这次的火势更强劲，几乎燃尽了整条分界线。屏幕上的火势欲满而出，似要燃尽这赛场，热浪狂涌，奔腾而来直逼凌霄，赛场上方的天空已被火势浸染，艳阳失色！

　　贺拔派来的重兵被完全封锁在梵音的战区内。只见梵音再掷一枚棋子，她的阵地上赫然亮起帅印，将帅不用一个小时便能赶到交战区，看来她要将贺拔的进攻兵力悉数剿灭。在比赛中主将上阵杀敌即可歼灭敌方五分之一的兵力，当然前提是没有中计。

贺拔看到梵音如此嚣张地进攻，顿时头痛不已。她全无保留，一味猛攻，只为吞下他出征的少数兵力，劳师动众，以强制强，实为下策。

可偏这下策对他来说甚为有效。贺拔必不能让自己的将士丧命于此，可林火难灭，贯穿南北，他的兵将需要好大工夫才能穿越封锁线，当他赶到交战区时，已经过了个把小时，那里早已没了梵音的踪影，连敌方士兵也一个不见。

贺拔方知自己中计了！梵音根本没有出兵，那个帅印也是假的，她还在自己的后方阵营。屏幕另一面，贺拔面红耳赤，胸口憋闷！

之前他已经多次警诫自己万不能轻敌，可行动起来还是鲁莽了。现在他不仅暴露了自己的真实位置，就连兵力也被对方知晓，更可气的是到头来是他的兵马疲惫不堪！不过好在没有太多人员伤亡，梵音的火攻只是虚势，利用了丛林易燃的特点而已。极少的士兵纵火成功，随即隐蔽在周围，那看似锣鼓喧天的进攻也是障眼法，为的就是引贺拔出来。

贺拔随即带兵撤回阵地，重新部署。其实这次进攻对贺拔来说并不是徒劳无功，至少他知道了梵音的总部不在当时的交战区，那西北部就被排除在外了。这同样大大减少了他接下来的进攻范围，而梵音没有利用今天的火势展开真正的进攻，在贺拔看来也有些可惜。

他的当务之急就是要保证自己的阵地安然无恙，毕竟之前他率军出征，如果在这个空当梵音安插暗哨进来，他将腹背受敌。随即贺拔往竹筒里掷了一枚黑棋，派出二十个士兵在周围巡逻，半个小时过后，没有发现任何暗哨，他心中稍安。

此时的梵音埋头在案几上快速估算着贺拔的兵力，猜测没有一千也有八百。

二人交战许久，未曾注意时间，不想着已经过了大半日。台下的观众看着屏幕上的战况皆是心惊胆寒，时而热火，时而寒芒！有的抓耳挠腮，等着二人下一步动作；有的看着战局，想着如果是自己该如何应对；有的则和他二人一样，估算兵力。他二人来到自己的案几旁均是一言不发。

随后梵音又多次派兵与贺拔零星交火，起初贺拔还多有应对，后来他发现无论是冲锋陷阵还是安插岗哨，梵音的部署都是虚晃一枪，装腔作势，用疲劳战术耗费他的精力而已，渐渐地也不予理睬。

身为军政部纵队长的贺拔，官阶仅差部长一级，又怎会不知道其中把戏，他一不中计，二不疏于防范，严阵以待。如此一来，倒是梵音的兵力逐步疲软，经不起折腾了。

梵音同样很快地发现自己此行无效，贺拔并不会为此再多加损耗。她身在帐中也是一时无策，过去多时，她的阵地上再没亮过一次。她伏在案上很是疲惫。眼看着天色已晚,星点闪烁,双方仍没有任何动作,台下的观众不免有些骚动,各自在台下支招,分析战局。

"你看那个小姑娘趴在桌子上好久了,看样子是累了。"

"是啊,一个小姑娘坚持到现在也真是不容易。"

"其实她刚才的调虎离山还是很厉害的,可是半程空虚,还是可惜了些。"

"已经不容易了。"

"谁说不是呢。"

"贺拔也真是勇猛,为了自己的属下,倾巢而出,是条汉子。"

"是啊,他肯定想到了对方会安插暗哨的,可还是义无反顾呢。"

"跟他这样的指挥官,也是值了。"

"不过可惜,看刚才的样子,贺拔没有查出暗哨。"

"你这句话是替谁可惜呢?"

台下观众纷纷议论,而观战席上有一个人的目光从未离开二人半分。他眸光柔和却深不见底,洞若观火的眼睛里看似风轻云淡。其他官员都在轻声交谈着,只有北唐穆西安静地坐着,其间有人和他说话,他礼貌地回应,任何人都看不出这位参谋长大人在想着什么,包括端镜泊。

端镜泊那深邃的眼睛隔着几个人不禁瞄了一下北唐穆西,看他神情淡淡,也就别过眼去,再不理睬。

夜幕已深,皓月当空,赛场周围亮起灯火,犹如白昼,屏幕上也渐渐光亮起来。贺拔在纸上圈圈画画,勾勒路线。时间一点点过去了,屏幕上悄无声息,人们吃着早就备好的食物。大家都知道这一战耗时耗力,便耐心等着。

裁判员中途给二人送去了吃食,二人一点没动,只是略微饮了几口水。就在一切静若无人的时候,贺拔放下纸笔,咔嗒一声。响动虽轻,却一石激起千层浪,人们的耳朵纷纷竖了起来!

看向大屏幕,只见贺拔双目紧闭,当他再次睁开眼时,已是神采飞扬。他又确定了一遍纸上的路线,随即坚定地掷出一枚黑棋。随着黑棋叮当入筒,所有人都再次振奋起来,瞪大眼睛盯着屏幕,屏息凝视,好像要把屏幕看穿一样。

贺拔的白纸上清清楚楚地画出一幅地图,正是梵音的阵地图。与他一旁的地形图不同,他的地图上分明地标记出梵音兵力所在地和梵音的帅帐。

之前梵音多次进攻,虚而不实,贺拔却从中慢慢找出端倪。他从梵音每次派兵的多少与出击和撤离的速度准确地判断出梵音主力部队的所在之处。

很多时候梵音都是绕道而行,故意隐藏自己的踪迹,避开真正的栈道,但这细微的差别却被贺拔找到了。当他掷出那一棋时,已是经过千般推敲,胸有成竹。本想着掩人耳目的梵音彻底暴露,贺拔率军直捣梵音大营,打她一个措手不及。战火顷刻燃起!

贺拔的军队急速越过边境线,不给梵音半点反应的时间,他率军强走栈道,尽数而来。只见这时梵音从案几上爬了起来,抬手向竹筒一掷。霍然间栈道上呐喊厮杀震天。她手中何时握着一枚棋子,竟没有一个人看到!

贺拔大惊,在他之前驱敌之时,并未见栈道上有如此多的兵力!此时一出,阵脚方乱。栈道无处不战火连天,飞沙走石,地陷路塌,暗箭难防。

贺拔显然中了埋伏!他在驱敌之时明明探清了每次对方的人数也就零星几十,不足为患,轻易便被己方打得迅速撤离。殊不知梵音的目的根本不在于此。她为的是通过交火,留下自己的士兵,堂而皇之地以做埋伏添设陷阱!

她多次袭击贺拔,假意不敌,退回大营,实则是诱敌深入,让贺拔确信这就是真正的栈道,而她的目的也就是把真正的栈道暴露在贺拔面前。只有这样才会使他坚信不疑,因为这本身就是真的。

在这一切完成之后,所有人只会相信她的每一次掷棋,阵地每一次亮起都是为了进攻,她用进攻掩盖了埋伏。在之后的数小时内,梵音的阵地没有再亮起过一次,所有人也就误以为她无计可施了,其实她早已瞒天过海,看似声东击西,其实早就暗度陈仓,计中生计。

贺拔损失惨重,当即决定不能在此多做逗留。贺拔在此留下一半兵力殊死搏斗,自己则率领小部分兵力全力出击,杀出血路——既然栈道兵力甚多,也就是说梵音大营空巢无人!

正当贺拔拼杀之时,梵音阵地再次亮起。她又掷一棋,霍地帅旗赫然挂出,就在东南方的平原之地,看来她也要正面迎战了。

不多时,贺拔便冲出包围,主将的决杀力本就胜过士兵百倍,如此突围不是难事。他全速前进,欲和梵音决一死战。当贺拔来到梵音大营之时,他顿住了。只见梵音又往竹筒掷了一枚白棋,她的阵地轰然通明,兵力尽显,七百将士全数出战。在场所有人无不惊呼!因为此时贺拔的兵力仅三百寥寥,剩余的全部留在栈道之处。

此时两军人数第一次展现在观众面前,梵音和贺拔均有一千兵马,不相上下。他二人早在交手之际推算出对方兵马人数与己方相差无多,场内为数不多的一些观众也演算了出来。

可现在看来,这一切完全不是贺拔所料,他认为梵音的大部分部署都在栈道,而且那里确也杀声震天。正在这时,梵音突然放声喊话,声音洪亮,让在场所有人为之一惊,也包括对面的贺拔。

"贺拔,你是不是以为我大营内兵力无多?"梵音从案几旁来到了巨大屏幕前。她顿足观望,只见阵地图上战火熊熊。梵音的小脸被映得熠熠生辉,双眸精光无限,锐利难当。

她再次开口:

"我引你来我栈道,想必你已经知道了。"贺拔无话,她继续道:"我此前在栈道整整埋伏数个小时,层层布防,机关暗设,只等你自投罗网,但我在那里兵防不多,只是吼声震天,虚张声势罢了。你之前多次未中计,但我现在已部署妥当,机关重重,你茫然入阵,有所损失,难免乱了方寸,中了我这一施再施的圈套。"

梵音透过屏幕感觉着贺拔此时的状况,略作停顿,继续道:"你方才看我阵地亮了两次,自然知道我又掷了两枚棋子,第一枚就是启用陷阱埋伏,可第二枚的作用你猜错了。"梵音此话故意说得清清淡淡,可直戳人心。她突然感觉到对面的人呼吸一滞,不容对方喘息继续道:

"第二枚你看我亮出帅旗,我是要迎战没错,但是我真正的目的并不是这样!我是要让埋伏在那里的将士故意把你放出来!"梵音朗声话落,字字句句如落石凿在贺拔胸口上,她随即不再多言,静立而待。

好一个请君入瓮!贺拔站在对面,双拳紧握,胸膛起伏不定。他目露凶光,杀意顿起,忍无可忍,再无半句废话,抬手又往竹筒里狠掷一枚棋子。

霎时间,阵地图上战火连天,贺拔彻底暴走对梵音发起总攻。梵音迎面而上,冲锋在前。正在交火之际,她的军队骤然分为两股,她一鼓作气,把敌军一分为二,分割对抗。

原就成倍于敌人火力的她攻打起来自然如行云流水,现在敌军被她打散,更是势单力薄,加之他们刚从栈道拼杀而来,已是锐气大减,不出个把小时,贺拔的兵力所剩无几。本就以逸待劳,又在自家地盘上开战的梵音胜券在握,兵将损失无多,气势高涨。

贺拔寡不敌众,现在更是如强弩之末。他气喘连连,脑海中百转千回,欲等大批兵马突破重围前来支援,可那时无论是谁,都早已疲惫不堪,胜算甚微。

在这难以抉择之时,梵音竟然停止了进攻,她等待着他的决策。一时间,贺拔只觉羞愤难耐,可又无处发泄。最终他艰难地抬起手臂,义无反顾地掷出那最后一棋!

骤然间,梵音阵地上白炽如昼,映得夜空以为天明,然而这次并不是她施展的战术,而是贺拔的。他要将士们全员撤离!这信号一出,全场哗然!如果他们留下殊死一战,也许还有半分获胜的可能,毕竟栈道之上梵音兵马不多,还是可以等来援兵的,只是双方拼杀到最后一刻,贺拔的兵力也会所剩无几。此刻他目光如炬,从容不迫,屹立战场。他要独自留下,为部下挡这最后一击!

"梵音,开始吧!"贺拔豪声道,气吞山河。梵音双拳紧握,迎此一战。

他二人怎会不知,贺拔一战,有来无回,只为将士争分夺秒。梵音暗赞,好一个磊落将帅,既然你全力以赴,我也必当奉陪到底!就在二人开战之时,只听场外一人大声喝道:

"队长,我不会走的!"一个英武男人正冲着台上的贺拔喊话,"队长!我留下来陪你血战到死。"男人看似年轻,二十岁上下,满面通红,目眦欲裂。随着他话声一落,周围的将士们也开始呐喊起来。

"队长,我们不会走的!撤回您刚才的命令吧!"

"队长,您太小看我们了!区区一个栈道,我们马上援军就到!"

"队长!"

声音此起彼伏,群情激昂,贺拔平日的部下一个个高声助威,毫不退缩,竟盖过了阵地上的厮杀声。渐渐地,看台上也有人叫嚷起来。

"贺拔,别撤啊!你能行!"

"就是啊!坚持住!"

"那不过是个外族的小女孩,我堂堂东菱指挥官,怎么会让她打败呢!"此话一出,赛场瞬间燃爆。

"没错,那只是个外族人!"

"贺拔,加油!打败她!"

这排山倒海的呼喊愈演愈烈,竟无休止之意,如万丈巨浪,誓要卷覆梵音!只见梵音立于赛场,岿然不动,但看贺拔如何应对。

一时间,贺拔心有动摇,举棋不定,梵音再等片刻,已是微微摇头。如她不顾念贺拔,早已再掷一棋,在他犹豫之际,把他全军清剿拿下,可梵音没有那样做,她想给这个对手一个机会,但就现在的情况看来,贺拔心智已摧,早就不足为患。

梵音喟然,只看赛场上下喊声不断。她调整状态,深深吸了一口气,只觉丹田浑热。她霍地转身看向台下最初为贺拔打气呐喊的士兵,厉声暴喝!

"你把嘴给我闭上!"她声如洪钟,惊得士兵一怔!瞬间,人群中声量减弱。观众席上一时间不太明了发生了什么,但人们也把目光投了过来。

士兵一怔过后,嘴唇轻动,仍欲说些什么,只听梵音又一厉声,这次竟压过了半场嘈杂。显然她调动了灵力,加持了音量。

"我让你把嘴给我闭上!"梵音声声震天,不仅赛场上众人顿时安静了下来,就连贺拔也从屏幕另一侧走了过来。梵音面若冷霜，朗声道：

"这里的指挥官到底是你，还是他？"梵音挥手一指，正对身后不远处的贺拔。

"你有多少斤两强得过你的主帅？你睁大眼睛给我看清楚，我军势力现在到底强过你们几倍！"说罢，她再一次把手指向自己的阵地图。拼至现在，梵音的兵力多过贺拔三倍不止，而且贺拔的兵将已是强弩之末，伤亡惨重。

"你义无反顾，舍生取义，你们统统不怕牺牲，拼死抗争，你们的命你们不要，但你们不问问他扛不扛得起！"话音尽收，梵音和贺拔二人静立场中，周遭一片哗然。片刻，梵音转身，看向贺拔，再次开口道：

"他的牺牲是让你们活着，不是死去。有这样的主将是你们的幸事，不要枉费他一腔热血。来日方长。"话落，梵音不再多讲一言，她等待着贺拔的回应。

场上早已变得鸦雀无声。观赛台上的官员们此时也目不转睛地看着场下的二人，不知何时大家的情绪已经被这个外族的少女所影响。

端镜泊摆弄着自己指间的戒指，对场上的一切毫不在意，甚至有一丝不屑一顾。他侧脸看见一旁坐着的国主姬仲也在盯着场内的局势，不由嗤笑一声。姬仲听到了端镜泊发出的声响，回过头来，说道：

"怎么，你对这个比赛没兴趣？"姬仲的细软发丝弯曲垂肩，脸形稍长，面额透红。

"乳臭未干，有什么能耐。"

"令公子年纪也不大，却已经是人中龙凤了。"姬仲恭维道，却听端镜泊又是一声嗤笑。姬仲心念一转，方知自己的话并未讨喜，像端镜泊这种心高气傲之人，怎会把自己的儿子与这种不入流的人相提并论，随即他又补上一句：

"不过前几日看你对北唐的儿子也颇为留心呢。如果我没记错，北唐北冥今年才十二岁吧，怎么就当上本部长了？你家的公子端倪今年已经十五岁了吧。"说罢，姬仲不再多言。

一旁的端镜泊颧骨突出，眼窝更显下陷，两腮无肉，嘴唇紧闭，黝黑的头发贴于面颊，有种说不出的阴森。他听姬仲这么一说，嘴唇抿了一下，闭得更紧了。姬仲转头看向赛场，不再理他。

"你手上还有一枚棋子吧？"贺拔开口道。

梵音眼波流动，随即开口道："是。"

"我刚刚犹豫之时，你为何不掷出那枚棋子？"

梵音挑挑眉毛，突然浮现出小女孩的俏皮模样，没有搭话。贺拔看着她，良久，笑出声来，声音愈笑愈大，心脏像是要从胸腔里笑出来。梵音看着他，一时无话。

"刚刚我的手下说话得罪了，你别介意，都是大老爷们不懂事。"贺拔说话的口气好像和梵音很熟一样,粗声大气,毫不见外,爽快至极。

"没事,你有这样的属下是大幸运。"梵音回道。

贺拔看着梵音诚恳的脸,心中不知为何一暖。紧接着贺拔冲裁判席朗声吼道:"比赛结束啦,还不宣判?"

裁判员一脸茫然,大家此时此刻全都在关注着场中二人的一举一动,竟忘了还在比赛。

裁判员看向北唐穆西,等待他的指示,北唐穆西则看向梵音。他的位置距离梵音很远,于数百米开外,居高临下。他们可以通过大屏幕清晰地看到选手们的赛况,但选手们是看不到他们的,只能远远望见一个影子。

不过这对梵音来说不是问题。此时她已经发觉到北唐穆西投向自己的目光,她抬头迎了上去。她轻轻摇了摇头,那动作大概只有北唐穆西才会注意到,说是摇头,其实只有眼睛闪动了一下。北唐穆西接收到她的讯号,对她微微点头,那样的动作也只有梵音才看得清楚。

北唐穆西站了起来,郑重宣布道:"挑战赛第二回合,军事赛,第五梵音胜!"话音将落,现场的观众似乎还没回过神来,北唐穆西已经率先鼓起掌来,北唐穆仁也在一边祝贺。场中稀稀拉拉的掌声实在让人有些尴尬。

只听贺拔对着自己的手下大喝一声:"干吗呢?还不赶紧给人家鼓掌!欺负人家不是本地人吗!"贺拔大声说着,故意避开小女孩三个字。

经过这轮番较量,他早已把她当作对手,小女孩的称呼早已不合时宜。加上他说话直来直往,刚刚那些说梵音是外族人的声音现在也都销声匿迹,大家只觉面目一红,不好多言。

"快点!"贺拔皱起眉头,再喝一声。顿时军中士兵齐齐鼓掌叫好,那声音抑扬顿挫,铿锵有力,瞬间气势恢宏。观众们也被带动起来,纷纷加入队伍,呐喊助威。

贺拔伸出大手,咧开嘴角憨笑着,等着与梵音握手。可梵音一顿,迟迟没有伸出手去。贺拔把手悬在半空问道:"今天你的手也没受伤呀?"他木然地想了想又开口道:"哦,你手里还攥着一枚棋子呢,看我这个人。"贺拔有些不好意思,这颗棋子可是会让他一败涂地呢,他不禁想缩回手去。

"没什么,是我失礼了。"梵音看出贺拔的动作,连忙伸出手去。二人双手一握,相视而笑。

"哎呀,你这个家伙真有意思,怎么还把棋子捏成粉了呢?丢在一边不就好了。不过你的手劲我也是领教过的。"贺拔一边说着,一边忙忙点头。

"家伙?"梵音第一次被人家这么称呼,自觉有趣,嘴角弯弯。

"下一场见!"贺拔松开右手,伸直手臂,攥成拳头,等着梵音迎合。

梵音先是一怔,随后道:"好!"她握拳与他相撞,贺拔笑得很是开心,随即转身准备离开赛场。

梵音垂下手臂,呆呆看着与贺拔相撞的拳头,神情一时恍惚。她缓缓松开拳头,抬手轻掩双眸。贺拔没走两步,回过身来,准备再和梵音道别,却见她站在原地,身形轻盈,神情黯然。贺拔粗糙的神经好像被什么东西刮了一下,他连忙走了过去,问道:"你还好吧?"话落,没人回答,贺拔又说:"你还好吗?是不是累了?"还是不见回应,他又道:"喂,你没事吧,是不是累了?是挺累的,比打了十场实战赛还累!"

贺拔盯着梵音,见她一言不发,于是伸出一个手指轻轻点了点她的肩膀。梵音这才意识到有人和自己讲话,她连忙放下手,看清来人是贺拔便说道:"怎么了?还有什么事吗?"

"嗯,没事,我是看你没走,再和你打个招呼。"

"哦,这样啊,我这就走。"

"那好,回去好好休息,回头见。"

"好的,再见。"

贺拔这次大步流星地走了,梵音看他走远才转身离去。

"贺拔刚才是在和梵音说话吧?"天阔站在北冥身边问道。

"嗯。"

"他大概不知道梵音听不见。"天阔说着,北冥没有搭话。

"我老爹今天有点奇怪呀,哥你发现没?"

"发现了。"

"他怎么迟迟没有让裁判员宣布梵音获胜呢,好像在等着什么。"

"梵音还有棋没下完。"北冥道。

第九章
洗髓

　　梵音从场上下来以后一言不发，径直走出场外，回到家中囫囵吞下一口饭，和崖青山父女简单言语两句便回房间休息了。梵音关上房门，一头栽倒在床上，双眼一闭，睡了过去。

　　此间北冥和天阔已经回到了军政部。北冥简单吃了些东西便回到自己房间准备休息，当他洗完澡光着上半身出来的时候听到有人在敲门，来到房门前顺手把门打开，没等看见对方是谁便转过身去单手用毛巾擦着头发。这时他身后传来一个声音。

　　"哥。"

　　"嗯。"北冥应道。

　　"你还没睡呀？"

　　"睡了谁给你开门。"

　　"哥！"天阔突然提高了一些嗓门，随即把门赶紧关上。

　　"怎么了？"北冥回过头来纳闷道。

　　"你身材越来越好了！"天阔大惊小怪道。

　　北冥继续擦着头发没有理他。

　　"哥，你都有六块腹肌了。"

　　"八块。"北冥默默接了一句。天阔瞬间笑了出来，哥哥在人前总是习惯板着脸，尤其在自己属下面前，永远都是一脸严肃。

　　不过也没办法，谁让他属下士兵最小的也都有十八岁了呢，最矮的部下也比他高出半个头多。但凡他露出一点笑容瞬间就会变回小男孩模样，谁能不觉得奇怪。

堂堂东菱军政部一分部部长是一个十二岁的男孩,这听上去多么荒谬。可天阔知道,以哥哥现在的身手就算对上二分部三分部的部长大叔,也不遑多让。

自从天阔懂事起,就记得爷爷北唐关山每日带着哥哥修习灵法,甚是艰苦。有时天阔跟着学习,可不到一会工夫就灵力不支了。爷爷见他这般,也不多要求,总是笑眯眯地让他休息。

"爷爷,哥哥能休息了吗?"天阔小时候经常这样问。

"你哥没事,再撑半个月也行。"北唐关山悠哉地喝着茶。

天阔看去,只觉哥哥周身灵力内敛不外放,浑厚却平和,与平常校场上的士兵全不一样。天阔看得出神,北唐关山笑中甚慰。

"爷爷,干吗让哥哥这么辛苦?"天阔瞪着圆眼睛看着爷爷,那时他才四岁,心思敏捷已超过了父亲北唐穆西。

"你哥要帮爷爷一个忙。"说着北唐关山亮出手中一个乌黑晶亮的环扣,平日它是系在腰带上的。

"这是什么?"天阔好奇道。

"想什么呢?"北冥见弟弟不说话,开口问道。

"想爷爷了。"天阔想着小时候的事,一时出神。

北唐关山两年前过世,与他兄弟二人感情甚笃。北冥转手扔给弟弟一个苹果。

"哥,那东西你每天都戴着?"

"嗯。"

天阔看着哥哥一副无所谓的样子,突然高兴起来。

"傻乐什么呢,找我什么事?"北冥放下手巾抬头问道。

"哦,哥,你刚才不是说梵音还有棋没下完吗,我觉得也是。"

"嗯。"北冥从来都知道这个弟弟聪慧过人,和自己的叔叔北唐穆西一模一样,只是他年纪小,调皮好动静不下心来而已。而自己只比他大上一岁,但常年随着父亲在军中历练,心智自然比一般人老练些。

"我刚才去问了我老爹,梵音还有哪步棋没下完。"说到这里,天阔笑眯眯地看向哥哥,好像在等待着什么。

"哪步呢?"北冥问。

天阔顿时笑脸盈盈道:"哥哥也想知道啊?我以为哥哥已经猜出来了呢。"

"我又不是叔叔,也不是参谋部的人,脑子哪有那么灵光。过几年你跟着叔叔在参谋部学习,肯定比我脑筋好用。"北冥对弟弟说道。

天阔听哥哥这么一说,心里很是高兴。平日里他有事没事就喜欢跟着哥哥,兄弟俩感情深厚,彼此也最为了解。

"哥,老爸说梵音手里至少还剩下两枚棋。"

"一枚是她要和贺拔一战到底,尽管结局已定,但可能不会留下与他硬拼。不过无论是改变策略还是变换阵形都不重要,重要的是,她最后那枚棋子是干什么用的。"北冥思考着。

"哥哥觉得问题可能出在哪儿?"

"她最初的防火线布得太长,几乎燃尽了整条分界线,完全没有必要,除非她有别的目的。"北冥抬眼看着弟弟,啧了一声,道,"你倒是说呀,大晚上的还让不让我睡觉了?"

"哥哥,你可真厉害!"天阔又准备恭维,被北冥打断了。

"嗯,你要是再这么成天游手好闲下去,再聪明的脑瓜也要变成笨葫芦了,还有你的灵法,你倒是加紧练啊,还有……"

"哥。"

"嗯?"

为避免哥哥继续唠叨下去,天阔识时务地及时打断了哥哥的话。

"问题就出在大火那里。我问了老爸,当时梵音掷出的棋子面上是纵火,其实她是故意拖长战线,掩人耳目,让她的一百兵力趁人不备在远处越过边境,最后隐匿在贺拔排查范围之外阵地后方的密林内。"说到最后,天阔感觉毛骨悚然。

北冥稍思,继续道:"她是想如果贺拔最后不撤军,她就一网打尽;如果撤军,她就在贺拔自己的地盘上攻其不备把他们暗中诛杀。怪不得贺拔第一次出征返回后没有在周遭查到暗哨,她是把部属撤到贺拔阵地以外的密林了。"

"她等的就是贺拔最后撤兵。贺拔以为能保全部下,谁料她要他们一个不留。"天阔几乎是从嘴里挤出的这一句话。

"她安插了一百兵力吗?"北冥问道。

"是的。"

原来如此,北冥想着。一百兵力不多不少,穿越火线不易被发现,围剿重伤残兵却绰绰有余了。

"梵音真是厉害,就是有点吓人。"

"行军打仗,不是你死就是我活,兵者诡道,理应这样。"

天阔听着哥哥的话不禁点头赞同,突然他大悟一声:"啊!怪不得呢!"

"怎么了?"

"怪不得贺拔跟她握手的时候她愣了一下呢,那时候她手里有两枚棋子,她不好让贺拔知道,所以最后捏碎了。她人真好。"北冥看着弟弟自言自语,不由跟着笑了。

"贺拔这家伙到头来还是讨了个大便宜呢!"

"在他们比赛期间你就不要把这件事告诉他了,别影响他比赛。"

"哥。"天阔斜着眼看着哥哥。

"怎么了?"

"你怎么对贺拔这么好,还挺向着他,你不是应该照顾一下梵音吗?她第一场还伤得不轻呢。"

北冥冲弟弟翻了个白眼,说道:"我谁都不向着,这是选拔赛,又不是攀关系。"

天阔看着哥哥古板的样子,不禁叹了口气,道:"知道啦!小老头!"天阔调皮地拿哥哥打趣,北冥却不以为意,天阔见状,撇撇嘴道:

"哥,你很无聊呀!"

天阔冲哥哥吐了吐舌头:"那你的意思是在比赛期间不说,比赛之后可以说喽。"

"比赛之后还是要告诉他的,不然他的兵法布防始终有漏洞,还欠火候。"

"知道了,那我先回屋去睡了。哥哥晚安,你也早点睡吧。"

"好,晚安。"

天阔来到房门口,临出去之前突然转过头来对哥哥说道:"你还是向着贺拔。"随即嗖的一声闪了出去,咣当关上屋门,留下北冥自己站在屋子里。他突然觉得有些发闷,脑子里不禁想起梵音比赛时的样子。他叹了一口气,随即躺在床上,翻了几回身才勉强睡了过去。

接下来的几天里,无论是操课还是休息吃饭时间,贺拔总是有意无意地在北冥眼前晃悠。直到第三天,北冥在部里叫住贺拔问道:"找我有事吗?"

贺拔一怔,愣在那里,半天转过身来,冲着北冥满脸堆笑,嘿嘿说道:"本部长,你怎么知道我找你有事?本部长就是本部长,就是和别人不一样!"别看贺拔平时在部里吆五喝六一副大哥模样,但每次见着北冥总是万分恭敬,就像大哥看见大大哥一样,老虎变猫。

"得了,有什么事说吧。"

"我,我就是,我就是想问问。"贺拔难得扭捏。

"你想问什么?"

贺拔琢磨了半天,终于开口道:"我就是想问问最后一场比赛的诀窍在哪里。"

北冥没有想到贺拔虚心好学到了这个地步。平日里贺拔总是厚着脸皮和北冥讨教一二,就连北冥本部的属下也不太习惯亲近这位长官,唯独他不同。别看他是二分部的队长,他对北冥可算是敬仰万分,自从看过一次部长间的切磋,就知道自己今后的目标就是北冥了!当然那是他自己暗下的决心。从那以后,他就有事没事跟着北冥,能学多少东西是多少,大家都觉着他像一分部的人,不像二分部的。

他还想方设法打听过北冥当年任职时的情况,因为北冥任职时并没有通过任何选拔赛,而是各分部部长统一决定的结果。当然这其中并不是没有经过测试,而是测试的内容只有部长们和北冥自己知道而已。

经过贺拔坚持不懈的多方打探,他知道北冥当年的测试项目中就包含这次第三轮比赛的内容,他是想来取取经的。

他毕恭毕敬地看着北冥。北冥看着他的样子险些笑出声来,要知道贺拔在军政部的实力不容小觑,除了几位部长外,算得上一号人物。士兵们也都相当听这位长官的话,在整个部里他人缘极佳。北冥调整了一下自己的状态,刚要开口,贺拔突然打断了他:

"等一下!本部长!"

北冥被卡得咳嗽了两声。

"对不起,对不起!本部长!"

"咳咳,你倒是挺有本事,还打听出了我的事。"北冥试图掩盖自己咳嗽时的窘样,故意拿出一副腔调。

"不好意思,不好意思!本部长!"贺拔看北冥没有拿眼横他,心中长舒了一口气,庆幸万分,哪还会注意到北冥卡住时的尴尬样子。

"你……"北冥又要开口。

"哎!等等等等!本部长!"贺拔又打断了他,"您先别说话。"贺拔阻止道。

北冥的眉毛抖动了两下。

贺拔赶忙道:"本部长,我没有别的意思!我突然又觉得不应该问您了!"他挺直了身板,一本正经地说着。

"为什么?"

"那样对小音不公平!我一个大男人不能这么做!"

小音?听上去两个人很熟嘛,不是应该叫她第五吗?北冥心里闪过一丝念头。

"我说了我打算告诉你了吗?"

"啊?这样啊!啊哈哈哈!"贺拔站在一边自己傻笑,"那,那,那我没事了。本部长,我先走了,您忙吧!"贺拔说完转身就走。刚抬腿,又转了回来:"那个,本部长啊。"

"又有什么事?"

"您能不能告诉我当时您坚持了几天啊？"

"不能。"

第三天傍晚，梵音迷迷糊糊地从床上爬了起来，她整整睡了三天。此时她感觉自己木木呆呆的，脸也肿了起来。她浑浑噩噩地在床上坐了大半天，头发乱蓬蓬的看上去像个小疯子。这一觉把她睡得七荤八素，颠三倒四，好不容易才清醒过来。

第四天，她使劲伸了个懒腰，感觉骨头都在咔咔作响，哼哼唧唧地从床上爬了下来，趿拉着拖鞋走出房门，睡眼惺忪地来到盥洗室，用温水洗了把脸，刷了刷牙，来到了客厅。

第五天，崖雅和父亲正在随意翻看着影画屏播放的节目。影画屏和赛场上架起的大屏幕一样都是由长信草做的，每家每户都有，只不过尺寸要小得多。这几天影画屏各个频道播放最多的就是指挥官选拔赛，崖青山父女俩一次重播也没有看。

"梵音，你醒啦？"崖青山听见梵音走了过来说道。屋子里的灯火暖暖的，很惬意。

"嗯，我有点饿了，叔叔。"

"这就给你弄吃的去，你先和崖雅待一会儿，喝些水，口渴了吧？睡了这些天。"崖青山总是这样心细。梵音笑着点点头，来到崖雅身边坐下，崖雅把温水拿给她。

"小音，累坏了吧？"崖雅一双可爱的圆眼睛骨碌碌地看着梵音，"现在好点没？"她很心疼梵音，但是现在她也学会尽量控制住自己的情绪，不让梵音操心。

"好多了。"梵音冲她笑笑。

之后的两天里，梵音除了在院子里做些运动，拉伸拉伸自己的筋骨，再就是吃饭休息，放松得很。比赛那天，他们三个人锁好房门，崖青山背着一个大包裹和梵音来到比赛场地。这次的比赛地点不再是之前的竞技场，而是军政部所在的崖顶之上，碧海之端。原本梵音是不让崖青山和崖雅背这些东西上来的，因为她知道这一战耗时甚久，父女二人没必要一直陪在自己身边，她更愿意让他们回家休息几日再过来。当然这个想法被父女俩断然拒绝了。

三人来到崖顶上，那里密密麻麻的，已经来了不少观众，好多人都带了帐篷睡袋，看样子是要陪着选手们奋战到底了。梵音离开父女俩，准备走向备战区，只见崖雅扯着嗓子大叫道："小音，加油！你是最棒的！"崖雅第一次这么大声说话，一张小圆脸憋得通红，两个小拳头攥得死死的，激动地看着梵音。

"你在大叫吗？"梵音扬起一条眉毛问道。

"是的！"崖雅大声回答着。

"我又听不见，你费那个力气干什么？"随后梵音笑靥如花，乐得像朵向日葵，"知道啦,我先走啦,你们赶紧找个好位置吧,不然被人抢空啦。"梵音回过身去,冲他们招招手,大步流星地离开了。这时候已经有不少人向这对姐妹看了过来,大家窃窃私语,似乎不太想让她们听见。可当他们看见这两个小女孩在茫茫人海中伫立时,似乎有一种无名的力量让他们停止了讨论,一个个安静地坐了下来。他们时不时地会对崖雅投去目光,更多的是看向走进备战区的梵音。不少人是带着自己的孩子前来观战的,他们看着身边的孩子,那年龄似乎和梵音她们差不多大,甚至比她们还大些。崖雅身边陆陆续续地来了很多朋友,都是游人村里一起逃出来的乡亲伙伴们,大家围坐在一团彼此依靠着。每个人都带了好大一包东西,他们没有告诉梵音,只想着别影响到她比赛。

"青山、崖雅,你们在这里呀?那我们也坐在这里吧。"说话的是友友街花时店的老板大叔,他带着一家几口前来观战,花时店也被他落下了门脸,看样子是准备等到比赛结束之后才回去。

"您也来啦。"崖青山客气道。

"嗯,前两次都没来,这一次怎么也要来看看啊!"大叔大声说道。崖雅偷偷低下了头,她不知道大叔为什么来,她想大概是为贺拔加油来的吧。崖雅眼眶涩涩地躲了起来。

"咦?崖雅,你们也没准备些加油的东西吗?"大叔冲着低头的崖雅说道,他随手翻弄着自己的包裹,从里面抽出一个条幅:"喏,给你这个。我和我老婆准备了好多,想着是给孩子们用的。"大叔顺手把条幅递给了崖雅。崖雅接了过来,只见红色的条幅上面写着几个金灿灿的大字:"梵音!加油!"崖雅看着,几颗滚烫的泪珠瞬间落了下来,她笑着擦干眼泪对大叔大声说道:"谢谢大叔。"

"不客气!"大叔豪迈地回应道,满是皱纹的脸上挂着善良的笑容。

比赛即将开始,崖顶的绿地上早已坐满了人,这次不仅崖顶两侧架起了大屏幕,更有一块巨大的影画屏凭空出现在悬崖以外的天空上。就像一个巨大的风筝,千方有余,现在它的上面映现着崖顶的所有观众。大家惊奇地看着这张巨大影画屏,兴奋地朝它挥着手晃着旗。

"啊呀呀!这通信部越来越厉害了!小音你看,好看不?"贺拔站在选手场地上和梵音说着话,瞪着大眼,一副没见过世面的样子,还喊着梵音一起看。旁边负责备赛的唐西推了一下滑下鼻梁的眼镜,心里想着真给军政部丢人。不过他也忍不住时不时看向影画屏,偶尔趁人不注意时扭动一下自己胖胖的身子,试图从影画屏上找到自己。梵音看着他们两个一脸好笑。

"啧。"贺拔在一旁轻轻啧了一声,皱起眉头。

"怎么了?"梵音开口道。

"我有点紧张。"

梵音以为自己看错了,一时没有搭话,继续看着贺拔。

"我说我有点紧张,今天这个比赛不适合有人观赛,影响发挥。"贺拔在一旁不情愿地咕哝着。

"没什么啦,反正咱俩在下面也看不到他们,而且海浪那么大,咱们也听不见他们喊话。"梵音安慰道。

贺拔茫然地回过头来看着梵音,半天张开口说道:"你在安慰我吗?"

"是啊,你不是说你紧张吗?"

贺拔突然向下撇了撇嘴角,小声说道:"你人真好……"

梵音冲他笑了笑,没再说话。不一会儿在临时搭建起的裁判席上有人开始讲话,这次讲话的是北唐穆仁,雄风依然,声如洪钟。这是挑战赛的最后一场,他慷慨激昂的宣讲振奋人心。贺拔在一旁听得热血沸腾,跃跃欲试。梵音则静静地站着,不知道在想些什么。北唐穆仁宣讲完毕,裁判员大声宣布:

"挑战赛三战两胜制,最后一回合,洗髓,正式开始!"裁判员的声音都开始颤抖起来,谁都没有想到这两个人的比赛会坚持到最后一场。所有人震天呼喊着,锣鼓喧天,响号齐鸣,天空的飞鸟唰唰散开,海里的鱼群嗖的一下钻回海底。比赛即将开始。

唐酉再三询问两个人的状况,二人都表示没有问题。他便递给二人一人一根绳子。那是一根普通得不能再普通的粗线麻绳,如果两根麻绳卷在一起,就比梵音的胳膊还粗。绳子的一端被牢牢地拴在地上的铁钩上,铁钩深深扎入地底,船锚一般力承万钧。人们看着二人准备时的画面,摸不着头脑。大家至今不太明白二人接下来要比赛的项目是什么,只是听说这场比赛要持续数天。

梵音这一日穿着旧衣,宽大的白色上衣和略微松垮的浅灰色长裤,裤脚处露出她一节细嫩的脚踝。这身衣服上有很多缝补的痕迹,肩膀、手臂、腰间、小腿,十余处不止。可所有地方都被她缝补得非常细致,淳朴得像个农田里干活的小女孩,没了前几日的锋芒,清清淡淡的。只见梵音从身旁的小包裹里面拿出几根布条,浅灰色的。她蹲下身子用布条轻轻把裤脚扎住,这样无论如何动作,裤腿也不会跟着胡乱摆动了。之后她又慢条斯理地轻轻捆住宽大的白色袖口,打结时用嘴巴咬住布条的一端,稍稍使劲便弄好了。她安静地弄着自己的行装,没在意大家是否在看着她。她掂掂手中的麻绳,还真不轻。

"准备好了吗?"贺拔询问着梵音。

"好了。"

"那咱们开始。"

"好的,没问题。"二人互相使了个眼色,感觉默契十足。大家被这"诡异"的气氛影响着,那两人看上去像是要好的朋友。

话落,没等众人反应,只见两丝银线划过地面,平地生雷,天空双响,两根粗长笨重的绳索被二人甩向天空,就像打出清脆的响鞭。他二人已以迅雷不及掩耳之势来到崖边,一个凌空跃起,离开崖边悬于半空。众人惊呼,崖底可是惊涛骇浪,这般下去还看得到人吗!

只见梵音凌空陡然转身,立于天际,手腕加力。再听一声鞭响,正是她手中的粗绳被她拉紧,梵音径直落下,了无痕迹。

贺拔在与她数米开外的地方同样下落。二人坠落半晌才停了下来,手中的绳子被他们牢牢捆于腕间。人们看着屏幕上发生的一切,个个张大嘴巴,有的直接尖叫出来,有的捂住双眼不敢直视,小孩子们直接被家长抱了起来。

"这,这,这是不要命了吗!"人们惊诧地说着。

梵音和贺拔突然放松绳索,均大头冲下,翻了过去!二人把绳索麻利地捆在脚踝,灵巧地做了一个环扣,双脚一钩,倒垂下去。就这样二人相隔不远,倒挂在百米悬崖下,海浪再大一些的话海水几乎可以溅到他们身上。崖底的海风强劲,吹着他俩左右摇晃,在浩渺的大海和高耸的悬崖旁他俩就像两根弱柳,无着无落,随风飘摇。

洗髓是修习身法和灵法的必修课之一,当然这仅限于用在身法和灵法到达一定高度的人身上。洗髓的方法千百种,但万变不离其宗,那就是让身体处于极不平衡的状态,通过灵力调动血脉达到对身体的绝对控制,使其在极长的时间里维持生命的存活,时间越久灵能力自然愈强。

在无限消耗的过程中,洗髓逼迫着灵能者无限激发灵力生长,拔高自己的灵能储备,以提供生命之源。在这期间有着对灵能者近乎残酷的禁食要求,灵能者只可以饮用少量的水作为生命供给,这亦是为了让灵能者达到身体极限。所以洗髓还有一个别名,叫作"不死法"。

但不是所有灵能者都善用其法,可以说,绝大多数灵能者是不会运用洗髓这一灵修方法来提高自身灵力修为的。因为,不死法就是不至死,不方休。人在绝境之时都会产生自我保护的欲望,如果此时停止修行,灵力将不会再被强行唤起,那洗髓的终极目的也就失败了。这一修灵方法可算是对灵能者最为严酷的考验,常人不会用此法修习。

梵音和贺拔就这样倒挂着,别无言语。不一会儿梵音便把两只手臂背在脑后,微合双眼,她的呼吸由轻变缓,由弱变沉,身体渐渐沉寂下去。

　　最初那几天她的身子随风摆荡,像棵孤草。风浪大时,可以把她和贺拔吹起十几丈高,久悬不下。悬崖峭壁,激流勇进,狂风摇摆,随时都会让他们两个头破血流。海水击打着岩石隆隆作响,涛声滚滚,只离他们几丈远。然而每每当二人快要撞到悬崖上时,他们的身体就会陡然偏移,相抗风力,旋离峭壁。若是磕不到悬崖,他们的身体就会随风力吹打,任凭高空低抛,都不做抵抗。那身体,说软如柳,说坚如石,全凭一己灵力掌控。观赛者们看得一阵阵惊呼高喊。

　　前三天的适应,让他们的灵力时放时收,与逆境相抗着实有所耗损。观众们目不转睛地看着,只觉得有趣。平常人家根本不会见到洗髓这一灵法,不要说孩子们,连大人也是第一次看到,兴奋异常。他们互相询问,这二人是否真的不吃不喝,怎么挨着岩石却瞬间避开了。孩子们学着他们的样子倒立起来,没一会儿就开始头晕恶心,大人们看得直呼有趣。

　　可随着梵音和贺拔二人渐渐寂定,三天后,人们的嘈杂议论愈来愈小。他们发现这二人不再像弱柳孤草,这不再是可以任由他们讨论的有趣灵修比赛。在这浩瀚天地间,他二人竟像是乾坤之擎柱,定海之神针,任由风大浪急都一动不再动。

　　这已经是他二人洗髓的第十日。二人粒米未进,只每隔三日有士兵于清晨为他们送饮一些清水,也正是在那个时候人们才知道他们还活着。

　　到了第十日,在场的观众已没有一人说话,士兵们笔挺地站着,比以往任何一班岗都要挺拔,他们的呼吸随着自己的指挥官起停,随着比赛变得更加坚韧。有不少士兵是跟着他们的时间一起开始灵修洗髓的,想看看自己的功力如何。然而,没有一个人可以和他们一样撑过第十日。人们这时才意识到,这是军人们一场无声的拉力赛,直至生命尽头。他们回头再去看那二人时,已能看到他们的脊梁。

　　北唐穆仁立在首席观赛区上,亦是岿然不动。一双灼目,注视着比赛的选手和他的将士们。军人,钢铁之躯,屹立不倒。没有任何一场比赛可以与它比拟,凭一己血肉之躯,铸一世傲立。此间蔓延出的力量悄然扩散,直撼人心,令人肃穆。

　　观赛席上的长官们陆陆续续地离开又陆陆续续地回来,每次回来心中都更加敬畏感慨。这一切让他们清清楚楚地明白军政部在东菱无人可撼动的至高地位。

　　姬仲已经回家数次,当他第十日再来之时刻意避开屏幕而坐,他似乎不想看到选手们的比赛。端镜泊阴郁的面庞下不知道在想些什么。通信部的总司开始有点担心了,他再三询问部下如此大的影画屏第一次坚持这么长时间实时传送画面会不会出现技术故障。礼仪部的总司是个高贵女人,这些天下来她内心是崩溃的,她想知道这场比赛到底什么时候结束，她的身体禁不起这样折腾，尤其是她的脸。其他官员也都各怀心事，坐立不安起来。北唐穆仁长身一立，所有人的躁动瞬间被压制下去。在座都是一部之长、众人之首，理应有他们该有的样子。一个个各存心事的长官随之再次郑重起来，挺直了本应笔挺的身姿。

第十一日，梵音变换了手势，她把双手交叉于胸前，呼吸更加沉重了些。崖雅在观众席上已经几天不说话了，夜晚大家露营在帐篷里的时候，她也是最晚一个进去的，直到双眼发酸犯胀才肯罢休。

第十二日，梵音张开了双眼，所有人都看着她的一举一动，不敢言语，生怕打搅到这个女孩。当她睁开眼时，人们收了呼吸，掩住嘴巴，静静地观望着。细密的汗水已经渐渐渗出梵音的额角。灵力在她体内越涌越急，不好掌控，她强压止住躁动。果然，恶劣的环境远比她以往在森林树梢间来得艰苦。

梵音缓缓地眨着眼睛，想要适应光亮，她的眼球在眼眶里转动着，酸涩疲乏。渐渐地她彻底睁开了双眼，望着头顶的一片空无，盯着不知是远处还是近处在发呆。她的双眼和这天空一样，空空如也。她呼吸着，这是她唯一可以做的事。良久，她感觉身边有人在晃动，她慢慢转过头去，由于长时间的僵持，她的肌肉骨骼已经僵硬了，贸然晃动会让她伤害到自己。

"你终于听到我说话了，我刚才叫了你半天！"贺拔在离梵音不远的地方和她说着话，手舞足蹈。看见梵音喘气儿，他显然很高兴！梵音看着他，没有开口。

"怎么了？还在愣神呢！"贺拔继续道，梵音依旧没有张口。"我也快累死了！不过一直不讲话真有点憋得慌，今天你终于睁开眼睛了，太好了！终于有人陪我说说话儿了！这几日我无聊死了，你倒好，真静得下心！一合眼就是十二天哪！"贺拔看见梵音醒来很激动，又叽里呱啦说道，"我闭了几天眼就坚持不住了！我已经无聊地挂了三四天了，中间喊过你几次，可是你都没答应，我也就没好意思再打搅你，嘿！"贺拔对自己的小贴心很骄傲，冲她一乐。可是渐渐地他发现梵音并没有要开口讲话的意思，他望着她瘦小的身躯不禁停止了讲话。他看着她安静地悬在半空，那感觉似天地间没有她这个人一样，他甚至怀疑她在不在自己身边了。渐渐地他发现让他感到空洞的不只是梵音的"躯壳"，她的双眼没有了以往的神采和锐利，那里面游荡着别的情绪，漫无边际，扩散开来。

"你怎么坚持了这么久？"贺拔安静地问。

梵音转过头去，看着天空，很久。"除了这件事，我别无他事可做。"梵音停顿了一会儿，再一次沉默下来，那样子像是她不会再开口讲话了。

贺拔看到了，他看清了梵音眼睛里飘荡的东西，那是"无望"。可在那"无望"深处,还有一团火焰,那是任何人都不曾察觉的,那是她生存下去的热望。

第十三日,极限!

第十章
就到这里吧

第十三日。

昨日梵音整夜未合眼,也不曾再与贺拔说话。第十三日正午,梵音忽然有了动作,倒挂的身子向上倾起,上身与双腿贴合并拢,她解去绑在脚踝上的布条,换了个位置,绑在了膝盖以上,宽松的裤腿滑落下来,刚好卡在膝盖的位置,露出小腿。跟着,她又松了系在脚上的环扣,从里面抽出左脚,踢了几下,缓解酸乏。做完调整,梵音再次把身子缓缓垂了下去,随即又扯下系在手腕上的布条。她冲下伸直双臂,两手一松,布条滑落下去,飘进海里。

此时她觉得整个人放松极了,把左腿钩回来,盘在右腿的膝盖上,两只手随意摆动了一会儿,然后双手交叉相叠放在脑后,舒服至极。宽大的袖子松开来,堆在手肘处,露出她小麦色的皮肤和稚嫩的手臂。她整个人好像很开心的样子,嘴角慢慢弯了起来,金色的阳光洒在她的脸上,应和着她并不白皙却充满力量的手臂。

贺拔起初还在纳闷梵音在做什么,后来知道她是累了,放松一下自己,可当看到她露出的小腿和手臂时,他那闲来无事的表情渐渐从脸上消退了。一道道触目惊心的伤痕嵌在她的皮肤上,透着淡淡的红色,贺拔的眉毛拧在了一起。梵音在军政部养伤的那些日子贺拔在外执行任务,并不在部里,所以他压根不知道梵音这个女孩是谁,对于她身上发生过的一切也同样一无所知。部里虽然有少数人知道她的存在,但大都也不知内情,加之梵音又离开了,人们也就再没提起这个女孩。

贺拔盯着梵音,心情差到了极点。他的呼吸变得有些紧促,他无法忽略眼前看到的一切。

"贺拔。"十三天来,梵音第一次主动开口说话,贺拔以为自己幻听了,瞪大眼睛看向梵音，等待着她再度开口。不负所望，梵音又开口说话了：

"贺拔，你的心跳从昨天开始就提高了频率，每分钟比之前快了三下。可就在刚刚你的心跳比之前足足快出了二十下。照这样下去，我看你坚持不了几天了。"梵音偏着头看向他，冷静地说着。

"什，什么？你说什么？"贺拔不敢相信自己耳朵听到的话是真的。

"我说你现在的状态不够好，不利于你之后几天的发挥。"梵音解释道。

"我……"贺拔不知道应该怎么接话。

"不用在乎我的伤口，它们早就愈合了，再过段时间连个疤痕都看不到了，皮外伤而已。倒是你，胸椎和腰椎都受过不同程度的损伤，这十三天下来，你的腰椎承受的负荷远远超过我这些看似唬人其实无碍的伤疤，别想太多，心无杂念，专心比赛最重要。"

贺拔愣在那里不知道该说些什么，半天后他开口道：

"你怎么知道我心率加快的？"

"我用眼睛看到的。"

"你有透视眼！"贺拔惊呼道。

梵音被他突如其来的冒失说法逗得哈哈大笑。"我哪有什么透视眼，我，哈哈哈，"梵音笑得合不拢嘴，"我眼神好而已。"

"胡说，我才不信呢，要不你就是骗我的。"

"我骗你干什么，你的心跳比刚才更快了，再加上你没完没了地和我说话，我看你坚持不过五天了。"

"你真的能看见？你说你不是透视眼，那你怎么看到的？"

"我的眼力比一般人好得多，就这样。"梵音可不想花力气解释这件事。

"你说我坚持不过五天是什么意思？那你呢？"贺拔对梵音刚才的话有些不服气。

"如果你再这样心志不定，左顾右盼，肯定是不行的。因为从昨天开始你的心率已经有所变化，你的灵力和体力都开始加速消耗了。至于我，心率已经比之前快出了八拍之多，如果状态允许的话，大概还能再坚持两天。"梵音直言不讳，淡定地说道。

贺拔呆呆地看着梵音，不知道在想些什么，梵音已经闭上了眼睛。过了许久，贺拔还是忍不住开口问道：

"你身上的伤是怎么回事呢？看样子是不久前弄伤的。"许久没有人理他，他回过头去，看见梵音闭着眼睛，心想是不是自己问了不该问的问题。

"那个，你说你还能坚持两天，是不是真的呀？不会是在骗我吧。"贺拔想打破这尴尬的局面——当然是他自认为的，梵音压根没在意他刚刚的话。可是过了半天梵音还是没有理他，他有些着急了，忍不住大了点声，叫道："喂。"不会真的生气了吧？贺拔心里想着，有些不安。"喂，那个，你睡着了吗？"贺拔没话找话，扭捏着身体。

"嗯？你刚才在和我说话吗？"梵音感觉身边一直有动静，便睁开眼转过头问道。

"你终于理我了！我一直在和你说话呀，你没听到吗？你这个小女孩怎么年纪轻轻还耳背呢？哦，对对对，是的是的，之前有几次和你说话你也没听见。"梵音回应了贺拔，这让他如释重负，开心地和梵音大声说话。

梵音没有接话。

"你刚才说你还能坚持两天，是真的吗？"贺拔打趣道。

"大概吧。"

"那你还比？你都说了我还能坚持五天的，结果也是我赢嘛。小女孩家家的，赶快回去休息吧。"贺拔得意地说，不过最后一句他没有半分调侃的意思。他是真诚地想让梵音赶快回去休息，毕竟这个小女孩身上还有伤，他一个大老爷们骨头肌肉什么的疼疼又有什么关系。

"贺拔，你以为咱们两个真的在较量吗？"梵音眼神温和地看着贺拔。这句话却扎扎实实地把贺拔问住了。其实二人的实力扪心自问，他们自己怎么会不知道呢，论灵力和体能，贺拔都高出梵音许多，在这样纯靠耐力取胜的比赛中，梵音又会有几成胜算呢。

"我只是和自己在较量，你亦是如此。那就拼到最后吧。"梵音看似风轻云淡地说。

贺拔感觉自己中了咒，那说不出的奇怪感觉悄然漫布他的全身、他的思想，他感觉自己被操控了。或者应该换一种说法，但他一时半刻还想不到更贴切的形容。他看着梵音渐渐沉默下去，他的心也跟着她慢慢安定了下去。他学着她的样子，合上眼睛，呼吸越来越平缓顺畅自然。

从第十四天凌晨开始，梵音换了动作。她腰腹加力，腿部弯曲，一个蹬劲打直，在半空转身站了起来。她仅右脚踩在环扣里，整个人如银针一般秀劲笔挺地立于山间，毫无摆动。她微合双眼，双手交叉于胸口。月光洒在她脸上，是那样静谧。

十四日天明，人们纷纷从帐篷里出来，看见梵音变换的姿势，各个新鲜地讨论起来。其实前几日梵音和贺拔说话的时候，大家就万分激动地听着看着，不明白他二人的关系为何看上去那么要好，像是朋友一样。他们不应该是对手吗？崖雅问在一旁的天阔：

"小音是不是累了,她怎么站起来了?站起来会轻松一些,对吧?"崖雅这些天夜晚与其说是在睡觉,不如说是一再地翻身,根本安不下心来,总是半夜爬起来看看梵音怎么样了。天阔白天时不时就会过来看望她,不过每次过来他都会和哥哥打招呼。

"嗯,梵音的体力和灵力都开始下降了。不过这样站起来并不会减缓她的消耗,反而会加速她体力上的透支。看起来倒挂的时候很累,其实不然,梵音和贺拔都有强大的灵力做支撑,倒挂时只需要控制好灵力的输出就可以了,体力上不会要求太多。但她现在这样站起来,明显体力会急速消耗,灵能者的灵力储备是远远大于体能支撑的,以这个样子下去,梵音应该不会坚持太久了。"天阔说完这句话立刻后悔了,他平时与哥哥相处习惯了,有什么话都是直截了当说出来,突然面对女孩子一时间转换不过来。他想他刚刚这么说,崖雅一定会难过的,他小心翼翼地看着崖雅的反应。谁想到,崖雅竟然笑了出来。

"太好了!小音终于要回来了!"崖雅眼眶中蓄着泪。

"你不想让她赢得比赛吗?"

"赢什么赢,我不想让她赢,我就想她赶快回来!"崖雅用力地说道。天阔看着崖雅倔强的小脸,愣了一下,随后笑了起来。

就这样,梵音坚持到了第十五日午后。她缓缓睁开眼睛,看着浩渺的大海,久久,她嘴角浅动:"就到这里吧。"她轻轻地念着,长长地呼出一口气,像是累极了,又像是解脱了。

没人注意她唇角的动作,大家只看到她秀眼灵动,唯有一个人默默地关注着一切,确切地知道她累了。北冥在离比赛场地不远的地方站着,他身后是允许观赛的一分部士兵,士兵们笔直地站着,纪律严明。这些天士兵们换了一拨又一拨,他却从未离开过。这场洗髓他陪着她一起站了下来,只是北冥看上去仍旧神清气朗,眉目凛凛,浑不似经过十几天的洗髓。此时的他注意着梵音的一举一动。

梵音转过头看着不远处的贺拔,他的状态还不错,胸口平缓地起伏着,看上去再坚持三天不成问题。贺拔一直没有睁眼,他这几天的沉静远好过之前。

"就到这里了吗?"梵音心中忽地一阵酸痛,"爸爸。"

父亲陪自己朝朝暮暮练功的样子霍然浮现在她眼前。父亲长身玉立,神气清朗,教她灵法,陪她洗髓。父女俩常挂林间闲谈,一聊便是数日,她既不觉苦也不觉累。但父亲慈笑间,却从没给她递过一口水,只教她欢快之余不误磨炼心性。

"人到了绝境都会激发起自我保护的欲望。你已经洗髓十天,身体几乎达到极限,即使你自己不乐意,你的身体也会反抗。潜在的危机意识让你的灵力迸发而出。

洗髓被迫终止。"父亲的话突然涌现在梵音脑海里。她脸颊酸涩，眼皮酸红，心中一阵凄凉。"我还有什么欲望，我还要什么自我保护！"她突然笑出声来，喃喃自语道，"于我，恐惧、死亡都是多余。我终将放弃抵抗。"

霍地，梵音劲力一收！原本欲泻而出的反抗灵力骤然间被梵音再次聚于体内。她心无旁骛，不惧生死，残存的灵力再一次洗贯全身。她身躯弱小，却发出强劲的盈盈灵力。那灵力近乎是她的生命之髓，越发至纯，越发浓烈。海潮将至，却被她周身灵力尽数挡去，于百米之外不近其身。

贺拔猛然间看去，已觉她心神寂定。不仅是梵音周边，就连贺拔那边的劲风猛浪也被梵音悉数挡去了。

"这！"贺拔心下大惊。如此洗髓之力，贺拔从不得见。他只觉梵音似要拼尽性命与他死斗，可那散发出的终极灵力又不像是与人抗衡所用，全无戾气，只让人觉得生命可畏，有容乃大！

崖顶上的看客们本已被十数日的洗髓看得略感乏力，心思不定，坐立不安。梵音这一大变，让在场所有人都为之一动，就连观赛席上的各位长官也不禁一叹。他们的灵力远不是常人可比，对于洗髓更是深知其理，但在座的能匹敌军政部长官的实则甚少。他们定睛朝梵音看去，只觉她周身灵力深厚，周围的空气渐渐凝成一团，缓缓流动，只在她身边萦绕。她被她自己的灵力团完全保护起来了。人们看向她时只觉隔水相望，不清不实，又像隔火相望，火光摇曳。然而她自己却是一动不动，犹如水滴，轻轻弱弱，却终将水滴石穿。

贺拔见状，心中猛然发狠使劲。既然你与我生死一搏，那我贺拔自当奉陪到底！只见贺拔灵力猛然一聚，再无挥耗，心跳骤减，呼吸渐消。众人看得倒吸一口冷气，只觉得他如死了一般，挂于崖底。

他二人，一个无所谓生死，一个不怕生死，誓要力战到底！

再过三日。第十八日。

梵音立于崖底，睁开双眼，看向天空，微微一笑道：

"爸爸，我今天就到这里吧。你改日再来陪我。"

梵音看过自己掌心，已是绵柔无力，再无半分灵力可耗，可心中却是暖暖的。她悄然往贺拔看去，果然如她所想，贺拔灵力甚深，她还未可及。这样下去，贺拔至少可再拼两日，且不算他是否会耗光所有灵力。

她想着尽量不打扰到贺拔，转过身，单手握住麻绳，抬头往崖顶望去。好远，梵音心里想。现在的她已经剩下没多少灵力和力气了。她单手使力，拽住麻绳，身体猛然向上跃去，一纵十几米。果然还是体力消耗太大，她这样是上不到崖顶了。

只见梵音左手往崖壁上一挥,轻重缓急刚刚好,悄然间,一道冰凌从崖壁上刺了出来。梵音脚下轻点,倏地向上急跃。霎时间数根冰凌从崖壁上纷纷探出,梵音几次点踩,飞速向上。

片刻后崖顶一个凌空闪跃,嗒嗒两声,梵音轻点落地。她往前走了几步便停下了。人们看着她,没有掌声没有呼喊,十几天的洗髓,时空里静得像没了人。大家目不转睛地看着梵音,等待着她接下来的动作。

梵音站在地面上,低着头,喘着气,豆大的汗水从她的额头脸颊上冒了出来。少时,只见梵音眉间一凝,左手捂住胸口,右手伸向地面,身子慢慢俯了下去。北冥脚下轻动,欲下一刻就到她身旁,忽地崖底传来轰鸣声。一个壮汉顷刻间出现在梵音身后,未等众人看清,梵音那离地半寸的手突然被抬了起来,下一刻,她已经被人架了起来。安安稳稳地落在他左边肩膀上,梵音心下一怔。只见贺拔对着自己的部下大喝一声:

"水!"他伸出粗壮的手臂,一下接到士兵给他扔过来的水袋,贺拔不作停留地往上一抛,正好被梵音接住。

梵音接过水来,大口喝着。她饮水的速度似乎跟不上额头淌下的汗水的速度,不一会儿就见她两手捧着水袋仰了起来,还没等她喝完,又一只水袋被抛了上来。就这样,梵音一口气连续喝光了三个水袋。她把喝光的水袋丢在地上,手摁着贺拔的肩膀,这感觉怪怪的。她长这么大还未坐过任何一个陌生男子的肩头,以前除了父亲就是雷落。可贺拔显然不能用长辈来称呼,他顶多算得上是一个大哥哥。梵音有些尴尬,或者说很尴尬,但是又有一种莫名的安慰缓缓浮上心头。这感觉很亲切,虽说下一秒是钻心的疼,但她还是笑了。

"好点没有?"贺拔粗着嗓子问道。他的问话当然是得不到任何回应的。贺拔又问了一遍:"你好点没有啊?身体还很虚弱吗?我带你去吃点东西吧。"梵音微微低下头,小声问道:"你在和我说话吗?"

"对啊,我在和你讲话。"

梵音皱皱眉头,说道:"放我下来吧,我没事了,这个样子多不好。"她难得有一些扭捏。她确定贺拔是在说话,可是听不到。

"没事,你坐在我肩膀上歇一会儿吧。看你刚才摇摇晃晃地要去撑地,坐在地上多没面子!"

梵音继续皱着她的眉头,把脑袋低了下去,毛茸茸的短发挡在了她的前面,她小声道:"你放我下来吧,不然你说什么我听不到呀。我真的没事了,真的。"

贺拔一怔,他好像明白了些什么,只见他肩膀一抖,慢慢俯下身去,把梵音送到地面上。梵音轻快地跳了下来,转过身,冲他笑笑:"谢谢你,喝了那么多水,我现在感觉好多了。"

贺拔看着梵音,犹豫着开口问道:"你刚刚说你听不到是什么意思?"他感觉到梵音不应该是耳背这样简单。

"我聋了。"梵音自己尴尬地笑了笑,不知道怎么搪塞好一点,仰头看向贺拔,他实在是太高了。

贺拔看着她,半天没有开口。

"我,"梵音顿了一下,"就到这里了。你为什么上来呢?"

贺拔还是没有说话,他盯着梵音好半天,说不出自己是个什么感觉,就是感觉不太痛快,当然不是为他自己。

"喂,你还好吗?"梵音提醒他。

"你听不到,是吗?"贺拔憋了半天问出口来。

"哎呀,那不重要啦,我会读唇语,没关系的,你别介意。不说这个了,我问你怎么上来了呢,你明明还可以坚持至少三天的,怎么不再坚持一下呢?"

"我不想比了。"现在轮到贺拔别扭道。

梵音显然看出了他的不高兴,用手肘碰了碰贺拔的手臂,继续仰着脖子和他说道:"你怎么了?别这样,你比我厉害那么多,当然我知道和我比也没什么好炫耀的。"

"我不是那个意思!"贺拔连忙道。

梵音一张脸笑眯眯地看着他,说道:"不是就得了呗!"

她在哄他开心。两个人像这样对望着,彼此都笑了起来。

"多可爱的小姑娘啊。"观众席上,有女生轻轻抽泣着。

"是啊,多可爱的小姑娘啊,怎么会听不到呢?"

"那个小女孩听不到声音的吗?我的天啊,怎么会这样?"

"贺拔那个傻大个也有温柔的时候。"

"谁说不是呢,看得我都要哭了。"

"你看那两个人,怎么,怎么那么可爱呢。"又一阵呜咽声。

"我说,你别哭了。"

"不用你管!"一个女士和她的丈夫说道。

"之前你还说那个小女孩嚣张得要命呢。"

"我没有说过!"

"好好好,你没有说过。"

北唐穆仁宣布第三回合贺拔胜。同样的观众,同样的山呼海啸,同样的七嘴八舌,此时却变得热烈而温和。

"恭喜你了。"梵音发自肺腑道。

贺拔和梵音握着手,他没有说谢谢,只是微笑地看着她。

贺拔的部下冲上来为他喝彩,还没经过他允许,已将人抛在了半空。梵音笑着看他们,转过身静静离开了。

她来到崖雅他们这里,看见自己的朋友们全来了。一时间复杂的心情涌了上来,她忍着没哭,只是开心地和朋友们说着话。其实她很累了,可看着朋友们那样有兴致,她不愿破坏罢了。聊了一会儿,她便坐了下来,坐在这松软的草地上。

朋友们七嘴八舌地说着,她的酸楚再一次无比强烈地翻涌上来,几乎要控制不住了。她背过脸去,假装在包里翻找一些东西。在这欢闹的时候少了一个人,他的眉眼像刀子一样刻在自己心里,他强壮的样子其实很像贺拔,只是个头还没有贺拔高罢了。他总是在自己身边的,比任何一个朋友都要亲近,甚至超过崖雅。他闹腾起来可比这里任何一个人都要厉害,如果让他知道有人打败了自己,他可是要冲出来出头的,并且保证在三两下之内就会搞定对方。在他眼里,没有人可以打败自己,在他看来那就是自己受欺负了,那可是千万个不行。他就是雷落。

刚刚在贺拔肩头一坐,几乎让梵音崩溃。如果说父母是她不敢面对的伤痛,那雷落就是她不敢面对的现实,她看着他受伤,看着他离开,看到他消失。她害怕见到过往的朋友,她害怕与他们打招呼,她有时候甚至害怕看见崖雅。他们每一个人都会让她想起雷落,她以前从不知道雷落对自己来讲意味着什么,因为他就在那里啊。每天雷落就在自己的身边,可当她明白的时候已经是那削骨之痛过后,只留下无法磨灭的伤痕。

他是她全部的年少时光,全部的青涩和全部的友情。她痛彻心扉,她对他的亏欠和自责不少于对父母的半分。如果说父母的逝世让梵音充满无力感,那她对雷落则是无尽的愧疚。她像个傻子一样固执地认为她可以救回雷落的,她可以。他们能力相当,自然就要共同进退。

"我的挚友,我永生永世不会忘记你,只要我活着。等我死去,再与你道歉。"梵音看着热闹的伙伴们默念着,这是她想念他的方式。

崖青山和崖雅着急地帮梵音准备食物、药材和补给。梵音呆坐在那里。天阔走了过来,和崖雅开口道:

"这是我哥哥让我拿来给梵音的。"天阔手里拿着一个小瓶子,里面装了一些面糊似的东西。

"好的,谢谢。"崖雅小声说道。

"这个是补充体能的,梵音喝下去会舒服很多。"天阔解释,他看出崖雅小心谨慎的样子,问道,"怎么了?"

"啊?"崖雅不解。

"我问你和梵音都怎么了?"

崖雅别过头去,不想开口,可过了一会儿她又转头喃喃道:"小音大概是想起他了。"

"谁?"

"她最要好的朋友,比和我还要要好。"崖雅有些哽咽,她同样惦念着雷落,只是不及梵音罢了。

"他是谁?"天阔小声问道。

"雷落,和小音从小一起长大的,比小音大两岁。他和小音是村子里灵法最好的孩子。"崖雅停顿了一下,"没能和我们一起逃出来。"

"她也是女孩子吗?"

"男孩儿。"

天阔陪着崖雅收拾东西,没再问下去。

"那个,你好,小姑娘?"一个中年男人朝梵音走了过来,是这些天看比赛的观众,他冲梵音说着话。梵音正在发愣,没有看到他。崖雅过来碰了碰梵音,她才发现有人叫自己。

"您好,有什么事吗?"梵音礼貌地说着,她用双手扶着膝盖,撑了一下,她本想站起来的,可是她太累了。

"别别别,你别动,你坐着休息就好了。"男人有些慌张。

"您有什么事找我吗?"

"我,"男人踌躇了一下,继续道,"我是想来和你道歉的。"

梵音一脸茫然:"什么?"

"之前看你比赛的时候,我带头喊了你是外族人,让贺拔打败你,对不起。"男人尴尬地说着。他显然鼓足了勇气,旁边还跟着几个和他一起观赛的朋友,他们都冲梵音抱歉地点了点头。

"这没什么,我本来就是外族人,您没说错。贺拔的实力强出我许多,他获胜是理所当然。"梵音坦荡地说,眼睛里一片宁静。几个人听了更是汗颜,连连说了抱歉。梵音再三说了没关系,他们才离开,临走时还送给梵音很多礼物,其中有许多毛绒玩具,兔子、狗熊都有。梵音看着它们,嘴角忍不住稍稍勾了起来。

不多时，梵音他们便下山去了。贺拔让自己的属下请梵音到军政部一起吃饭，梵音婉言拒绝了。属下再三强调队长是因为被大家围得抽不开身，才没能自己过来请她的，他一直坚持要自己过来的。梵音道了谢便走了。

回到家中，梵音又是一睡不起，整个人像是陷在了睡床里。她做了好多梦，梦见好多人，说了好多话，边哭边说，最后哭完了也说完了。她终于敢梦见他们了，她终于敢和他们相见了，她终于能和他们相见了。两天后，她醒了，悠悠地睁开眼睛，看着天花板，眼睛眨呀眨。她之前没有留心过这个房间是什么样子，她都不知道天花板是淡黄色的，她不敢看。

梵音躺在那里，觉得身上稍微轻松了一点，便下床走出了房间，匆匆吃了口饭便出去了。崖雅本想跟着，可梵音说她很快就回来，去一趟军政部而已，崖雅也就没再多说。

梵音趁着日落前，来到军政部的山脚下。

第十一章
走后门儿

军政部里部长和各级指挥官还有士兵们都在五层餐厅各自的用餐区用晚餐。就餐的时候大厅非常安静,士兵们军纪严整,从不讲话,只有指挥官的细长条大理石餐桌上会有闲谈的声音传来。主将和副将外出了,北唐北冥坐在左手边第一个位置安静地吃着饭。

他身旁是军机处的部长南宫浩,一个四方脸、极为严肃稳重的中年男人。再下来是灵枢部的部长白槐,一个长相清雅、慢条斯理的男人。他的儿子白泽二十出头,继承了父亲的温润长相,作为副部长,白泽坐在父亲旁边用餐。北冥餐桌对面坐着三分部部长嬴正。东菱军政部总部共设有三个作战部,分别是一、二、三分部,其余的兵属归主将直接管辖。二分部原来的部长已经年满卸任,现在仍是空缺。嬴正年纪稍长些,四十多岁,身形健硕,略微有些发福,为人耿直憨正,也是几位部长里最让人感觉亲近的人。

以往天阔来部里会挨着父亲或者哥哥坐,今天父亲不在,他本想着回家吃饭的,可是走到门口被嬴正大叔喊了回来,大叔让他坐在自己身边就可以了。天阔有些不好意思,毕竟自己还是个小毛孩。他看了看北冥,北冥点头默许了,他才厚着脸皮留了下来。

长桌的后半部分都是各个分部的队长指挥官们,他们喜欢岔开着坐,和谁聊得来,就和谁坐在一起。即便主将在的时候,大家也不会感到拘谨。主将是个很大方随性的人,往往大口吃着饭大口喝着酒,大声和大家聊上几句,一顿饭就吃完了。相反地,他的儿子北唐北冥却话不多。大家私下里讨论过,北冥年纪轻轻就担任了军政部本部第一分部部长的要职,年少老成自是必然,难不成要像他弟弟天阔一样,整天笑眉笑眼的？那也不可能镇得住一帮年轻气盛的士兵啊。

长桌的后半段大家聊得欢实，前面鸦雀无声，北冥只管自己吃着饭，嬴正大叔想和人聊几句，却发现南宫和白槐都十分无趣，只能自己喝点小酒吃点小菜了。喝了两口还是觉得有些无聊，他便开口道：

"北冥，你陪我喝两杯吧。"

北冥抬头看向他，脑子里似乎在想着什么。

"你老爹不在，没人陪我。"

"嬴大叔，"天阔小声在嬴正旁边说道，"我大伯让我哥少喝酒。"

"原来是这样，他年纪小，主将不让他喝酒，是吧？"嬴正大叔好像听见了一个很有趣的可爱笑话，止不住地说了出来。虽然他已经尽量压低了他的粗嗓门儿，可是效果不太明显啊。大家还是唰唰唰冲北冥看了过来，步调出奇地一致！其实每个人心里都还是喜欢看到北冥变成小男孩模样的，大家内心期待接下来的对话，尤其是贺拔，伸长了脖子往这边来回看，嘴上止不住地乐，还故意装出一副努力憋住的样子。

"也不是。"天阔又小声说道。

"那是什么呀？"嬴正继续乐道。

"是……"天阔小心看了一眼北冥，怕自己多嘴说错了话，可是北冥继续低头吃着饭，显然没把这当一回事，心里自然也踏实下来，放胆继续道，"我大伯怕他喝起来控制不住。"

嬴正笑容一呆，耿直问道："控制不住？什么控制不住？哦！是怕他酒劲儿上来，控制不住是吧？"随即开心大笑起来。嬴正心里想着，小孩子还是小孩子，实在可爱。他一向喜欢北唐小兄弟俩，但小孩子这样的字眼在北冥继任后，嬴正从未提过。

贺拔已经捂住了嘴，嘴里的饭还没有咽下去，他怕自己笑出声来。

"不是的。"天阔继续小声道。

"那是什么呀？"嬴正笑问道。

"大伯怕我哥没收敛，把你们都喝趴下。"笑容渐渐浮现在天阔古灵精怪的小脸上，肆无忌惮，显然他的小把戏得逞了。

"啊？"嬴正不敢相信自己的耳朵，连一本正经的南宫浩也冲北冥看过来。

"我哥自小把酒当水喝，从他两岁时误把大伯的酒当水喝以后。"说到这里，天阔耸了耸肩膀，"他任部长以后才收敛的。"现在轮到天阔用力憋着笑了。

贺拔听完，一口饭全喷在了手上，吭吭吭地咳嗽，周围的指挥官真怕他背过气去。坐在他旁边的一个人冲贺拔翻了个白眼，一副嫌弃的样子，抬起胳膊瞥了一眼，看看衣服有没有被贺拔弄脏。这人正是与贺拔同处二分部的同僚,一纵队的队长、二十二岁的冷羿。此人一双凤眸,冷峻至极,整个军政部的男子相貌难出其右。

"我陪您喝两杯?"北冥突然开了口。

"啊,好啊。"赢正还没完全明白过来,已经招呼道。

北冥对身后的士兵做了手势,立刻有人端了两个空碗还有一坛酒上来。

"您看够吗?"北冥客气道。

"差不多。"赢正突然觉得有些头大。他向来知道主将酒量好,自己不是对手,现在北冥这小子出手就是一坛酒,应该不会比他老爹差多少。二人就这样你一碗我一碗地喝了起来。不多时,大家就都继续默默吃饭了。原本想看的小儿醉酒没看到,以为酒量好的赢部长却已经醉了,北冥还和没事人一样继续喝着刚打开的第二坛。

忽然,贺拔大喊一声,喜上眉梢,嘴巴乐得咧上了耳朵。

"啊呀呀。"只听他一边笑嘻嘻地叨叨着,一边擦了擦嘴,咽下最后一口饭,急急忙忙地站了起来,像是有什么高兴事。

"什么事啊?你乐成这个样子。"坐在对面的颜童问道。他是北冥分部的一纵队队长,灵法极高,精妙多变,为人开朗活泼,喜欢讲话,即便和北冥在一起也总能找到话题,平日和北冥的配合更是天衣无缝,办事周到老练,堪称一分部一纵队队长的不二人选。颜童之所以没有参加此次的部长选拔赛完全是因为北冥。二人平时工作极为默契,加之他和北冥的交情甚深,这让他在一分部如鱼得水,逍遥自在,不愿再谋高就。

"有朋友找我来了。"贺拔故意提高调门儿,让所有人都听见。他沾沾自喜的模样让男人们看见,不免有种想揍他的冲动。

"谁啊?"颜童看着他那个德行,还是咬着牙忍不住问了出来。他平日里也是个憋不住话的人,当然那是分事情的。

"小音!"贺拔这次故意拐着调门儿,尖声尖气地说道。

"谁?"颜童看着他一脸嘚瑟的样子,真想给他一拳。

"小音啊,"贺拔美滋滋地重复道,"哦,对了,你们不认识。她在东菱也没什么朋友,除了我之外。"

"啊?"颜童已经开始龇牙了。

"第五梵音吗?人家和你什么时候变成朋友了?"坐在贺拔旁边的冷羿开口道,话落还哧了一声,斜起嘴角。

贺拔看见冷羿那副美男子的面孔,就觉得气不打一处来。谁说男人之间没有嫉妒心了。

"哼!"贺拔扬起了脖子说道,"我为什么要告诉你?"他斜眼看着冷羿,继续道,"我们在比赛的时候就变成朋友了啊,她还关心我的腰伤呢。"贺拔自己说完皱了下眉头,"懒得和你们说了,我得赶紧下去,小音在山下等着我呢。"说完他哼着小曲飞也似的离开了。

冷羿和颜童不约而同地对着贺拔翻了个白眼。看着他那个蠢样,还真把自己当回事了。

这时只见天阔抬头看了哥哥一眼,眼睛里似乎有埋怨的意思。北冥也慢慢放下酒碗,不再动筷。大家也吃得差不多了,纷纷散了。

天阔走到北冥身边,似要开口说话,又忍住了。

"怎么了?"北冥问道。

"都怪哥哥,我就说平时去看看梵音和崖雅她们嘛,你不让我去。现在倒好,人家有新朋友了吧。"

"我什么时候不让你去了?"

"比赛的时候啊!"天阔理直气壮道。

"比赛之前你去得还少吗?"

"我!"天阔难得被哥哥噎了一句。

"再说,梵音在东菱多一些朋友不好吗?"

天阔不想和哥哥争辩了,扭头就走。

"你干吗去?"

"我下山看看崖雅来了没有,来了也不和我先说一声。都怪你,我可是很喜欢这两个新朋友的。"临走,天阔还给哥哥撂下这句话。

此时的山脚下,梵音已经待了好久。其实她早就来了,只是刚到的时候发现还早,正是军政部用晚餐的时候,不便打扰,就一个人安静地在山下等着。站岗的守卫恰好是那天领头给贺拔鼓劲的人,他看见梵音来了心里觉得有些别扭。没等他开口,梵音便说了话:"你好,我想找一下贺拔,你能帮我通知他一声吗?"梵音很有礼貌地说着,紧接着她补充道,"我想他们现在应该在吃饭吧,那我在这里等一下,等差不多的时候再麻烦你帮我通知他一下,可以吗?"梵音的长相本就很甜美可人,加上她现在拜托人,更是温和有礼,完全不像赛场上那个英气逼人、雷厉风行的女子。一双清澈美丽的杏眼等待着对方的回答。

"好,好的。"士兵有些不知所措。

"那天比赛的时候凶你了,对不起啊。"梵音开口道。

"啊。"士兵不知道梵音会这样说,惊讶地看着她。

"我当时有些急躁,抱歉了,希望你原谅。"

"没,没什么。说对不起的应该是我。"士兵吞吞吐吐道,"是我太鲁莽了,搅乱了队长的部署,是我不好。还有,对不起,我不应该说你的,希望你别介意。"

"没关系。贺拔有你这样的属下是他的荣幸。"士兵听她这么一说,精神振奋起来。梵音继续道:"其实换作我是你,也未必会听他的部署离开。"梵音轻轻地笑着。士兵有些不好意思了。

"我可以知道你的名字吗?"

"可以,我叫库戍。"

梵音冲他礼貌地点点头,站得离岗哨远了些。她一个人站在那里安安静静的,不说话也不乱动。过了多半个小时,那个士兵对她小声道:"那个,你好。"

"嗯?"梵音看着他。

"我现在可以帮你通知队长了。"

"没关系,是我来早了,我再等等吧。"梵音看着手腕上的花时,还不到六点。直到快七点的时候,她才让士兵帮忙通知贺拔下来。贺拔接到通知很快便从山上跑下来了。

他看见梵音,兴高采烈地就跑上前去打招呼。

"小音。"他大老远地就开始喊梵音了。

梵音尴尬地笑笑说道:"你喊我什么?"

"小音啊。我看你的朋友好像都是这么叫你的,我可是细心观察了的。"贺拔一脸骄傲,他也是个细心的男人。

"其实也没有的。"梵音勉强地笑笑。

"找我什么事呢?是不是有什么事需要我帮忙?"贺拔很得意。

"你怎么知道的?"梵音瞪圆了眼睛,抬头看着贺拔。

"我当然知道了,你刚来菱都没多久,认识的朋友也不多,可能就我一个吧,你不找我找谁呢!对吧?"贺拔非常自信。

"嗯,我确实没有朋友在东菱。"梵音有些难以开口,"所以,所以我不知道,我这样冒冒失失地来找你是不是妥当。如果你很难办的话,就,就当我没来过。"梵音结结巴巴地说着,她不知道自己接下来要说的事情是不是很过分,有些胆怯。

"你这是哪里话!还拿我当不当朋友了!有话你就直说,我肯定帮你。"贺拔很是仗义爽快。梵音还不知道在贺拔心里自己已经算是他的朋友了,挺开心听到贺拔这样说。

"嗯!谢谢你!"梵音仰着脸开心地笑了。

此时躲在草丛里的北冥和天阔认认真真地看着眼前发生的一切,天阔狠狠瞪了哥哥一眼,平时他是不敢的。北冥只觉自己的心咯噔一下掉了下去,他从没见过梵音这样笑过。那笑容轻松快乐,好像很开心的样子。他感到有些头疼。现在的北冥早就忘了之前梵音在他面前肆无忌惮哭泣以及安心踏实微笑的样子,眼里只有她对贺拔笑着的样子。

　　"我是有件事想拜托你。"

　　"什么事?说吧。"

　　"选拔赛已经结束了,你应该很快会当上部长吧。"

　　"也许吧。"贺拔笑着谦虚道,努力让自己看上去对这件事没那么兴奋。

　　"如果你当上了部长,那就有人接替你的位置当上纵队长,对吗?"

　　"是的,你的意思是?"

　　"我的意思是,如果有人当上队长,那,那个人原先的位置也就会有人来接替,对吧?"

　　"是的。"贺拔听着有些犯晕。

　　"这样下来的话,总有一个位置会空缺的吧?"

　　"嗯……"贺拔还是不太明白。

　　"我的意思是,我可以填补那个空缺的位置吗?如果可以的话。"梵音轻轻地强调了一下最后的话。

　　"你是说你仍然想来军政部找个差事做,是吗?"

　　"嗯。"梵音认真地点着头。

　　"为什么呢?"在贺拔看来这就不可理解了,一个女孩子为什么要来军政部这种地方吃苦呢。对于男人来说,一身戎装是许多人的向往,可对女孩子来说并不是这样啊。

　　"我,"梵音鼓足了勇气道,"我有一些自己的原因。"

　　"是因为你之前来到东菱的缘故吗?"

　　梵音没想到贺拔会问得这样直接,反倒显得她不够坦率了。

　　"我听说了一些,但我这个人不喜欢胡乱打听别人的事。"

　　梵音真诚道:"谢谢,如果可以的话,你能帮我这个忙吗?"

　　"你之前早就认识主将一家人了吧?"

　　"是的,可是我不想再去麻烦他们了,他们帮助我们的已经够多了,我不想再因为自己的事而去打扰他们。"

　　"那你和本部长熟吗?我的意思是北冥部长?"刚刚还很严肃的贺拔,现在突然换了腔调,有些怪怪的。

"我和他,也不是很熟。"梵音很诚实地说道。

贺拔再一次得意起来,因为他确定自己是梵音在东菱唯一的朋友,这让他很自豪,说不上来为什么。

草丛里的天阔又瞪了哥哥一眼。在他看来,梵音和哥哥算不上熟的话,那他和崖雅就更说不上熟悉了,毕竟哥哥还救过梵音好几次呢!听到这儿,北冥忽然觉得自己的心脏扑通一下掉了下去,一时半刻起不来了!这种感觉他前所未有过,并且非常不痛快!贺拔的嘴角却禁不住得意地翘起来。

"可是他救过我几次,大概有好几次吧。我也不知道我们算不算得上朋友,毕竟我们认识的时间并不长,而且他平时都很忙,我住在军政部的时候也从来不好意思去打扰他。在部里的时候我还给他添过不少麻烦,我已经非常抱歉了,他不烦我就是好事了。"梵音低着头很抱歉地说道。想到自己刚来时的种种失态,又想到自己因为冒失不得不让北冥跳下悬崖救了自己一命,她就万分懊恼。梵音觉得这事会让她在他面前一辈子抬不起头来,太有失分寸了。

"你还给他添过麻烦呀?"贺拔惊讶道。

"嗯。"梵音低着头。

"天啊!本部长那个人平时超严肃的,最烦属下愚笨了,你还敢给他添麻烦?那我估计你俩关系真的好不了了。"贺拔颇有心得地说道,一边说一边皱起脸,大概是想到了北冥平时呵斥自己的样子。

"我想大概是吧。那次真的是我的失误,不过说什么也晚了。我离开军政部以后就没再见过他了,他的弟弟天阔倒是个热心的孩子,经常来看我们。虽然他和我说话不多,不过我还是很感谢他的照顾。"梵音勉强笑了笑。

"你看我说什么来着!你可别往枪口上撞了,本部长脾气不好!"贺拔强烈地点着头。

"看样子,你还是很熟悉他的。"

"那当然,我和本部长的关系好着呢。"贺拔为此一直在部里厚着脸皮炫耀,颜童每次看见他这个样子都万分无语。

此时的草丛里天阔深深地缓了一口气,再看一旁的北冥,本就白皙俊俏的脸已经变得毫无血色了,煞白瘆人。他双拳紧握,恨不得冲上去把贺拔拎回来。

"哥,你没事吧?"天阔在一旁谨慎地问道。

北冥回头瞪了他一眼,天阔立刻闭嘴,大气都不敢喘,其实心里想着:瞎了吧,让你平时总是板着脸,自己不去看他们还不让我去,还好我比你机灵。

"我不知道军政部里让不让女孩子留下,我的意思是说军事部门,不是灵枢的工作。"

"说实话我只在灵枢部见过女孩子,其他的部门倒真是没有。"

"不行吗?"

"你真的这么想来这里吗?为什么呢?你这个年纪应该在东菱找一所学校学习,然后再出来找一份适合女孩子的工作就可以了呀,何必来军政部呢?"贺拔说完以后,觉得哪里不对劲,又补充道,"当然以你现在的灵法根本不用去学校上课了,不过你也可以学一些别的,轻松点的。"

梵音没有说话,片刻后弯出一个勉强的笑容,说道:

"那就不麻烦你了,真是不好意思。"转身便要离开了。

"我没有说不帮你呀。"贺拔突然大声道。

梵音瞪大了眼睛,里面闪着星光。

"你参加挑战赛就是为了来军政部,对吧?"

"嗯!我想着来这里总要有些拿得出手的东西。我知道自己不是你的对手,你之前的比赛我都看过了,但是我还是想着稍微证明一下自己,如果能得到你们的认可就好了。当然,我没有要和你争部长的意思,这个请你相信我。"

看着眼前这个一直小心措辞生怕自己有过错的小女孩,哪里还有往日杀伐决断的样子,她只是一心一意地想拜托自己帮个忙。在这个人生地不熟的国家,梵音一个人小心翼翼却又无比坚韧地活着。

"我当然相信你了!"贺拔挺着胸脯说,梵音露出了释怀的笑。"你那样岂止是拿得出手啊,明明是强悍得要命啊!你看看你把这小子吓的。"贺拔回手就指向还在站岗的士兵。士兵的脸唰的一下子红了。

"我已经和他道过歉了。"梵音一脸窘态。

"我不是那个意思!"贺拔连忙摆手。

"我知道。"

"梵音怎么会想到让贺拔这个家伙帮忙?我的天啊,你看他那个傻样,哥。"天阔一脸无奈,不过紧接着道,"不过梵音也确实只能找他帮忙了,因为她根本不会去麻烦大伯,而且,"天阔话说一半,故意停下,再次转过头看向北冥,"更指望不上你!人家离开军政部以后你真是一次都没有去看望过人家。哥,你能告诉我你是怎么想的吗?"天阔今天忍不住地一再挤对哥哥。此时的北冥根本没有心思搭理弟弟,他目不转睛地盯着前方的两个人。

"这件事包在我身上了,等主将回来我去和他汇报。"

"不不不,这就是一件小事,你既然会成为部长,那你手下多一个兵少一个兵还不是你一句话。"

贺拔突然大笑起来,梵音看着他觉得莫名其妙。

"你以为你的水平是普通士兵的水平吗?依我看,冷羿那个小子也不是你的对手。"贺拔想起了让他不愉快的一张脸。

"冷羿?"

"他是二分部一纵队的队长,我是二纵队的。让我想想,其实你完全可以替代冷羿啊!这样咱们两个就可以做搭档了,那多好,回头我就把他踢到一边去。"贺拔忍不住喜上眉梢。梵音看着他的样子却有些为难了,眼下这个大块头虽然是个热心肠,不过好像少了点什么。梵音也不好妄加评论,毕竟这是她来东菱的第一个朋友。

"你别乱说了,你这样说别人不好,对你自己也不好。你还是要克制一些的。"

"你对我可真好!"贺拔听见梵音的话心里高兴极了,他想着她真是一个善良的小女孩。梵音笑眯眯地看着他。

"对了,你的军事战略是和谁学的?可太棒了!以后你来部里可要教教我呀!"

"即使我最后不能来军政部,如果你有兴趣,你也可以来找我玩。谈不上教不教的,就是下下棋而已。"

"你可真好!"

梵音也不知道自己哪里好了,今天来了一直被夸奖,都不好意思了。

"没有啦。"

"如果是本部长早就嫌我烦了,他都懒得和我下棋。"

"北唐北冥吗?"梵音很认真地念着北冥的名字。北冥在草丛里听着只觉刺耳。

"嗯嗯。"贺拔拼命点头。

"我觉得他不是故意凶你的,他其实就是一个比较严格的人。他蛮好的。"

"你说什么?"

"我说他可能就是对你严格了一些,其实也是为你好。"

"不是这一句,最后一句。"

"我说他人蛮好的。"

"哥,梵音可真好。"天阔惊讶道。

"你给我闭嘴!"北冥想封上天阔唠叨的嘴巴!

"你人可真好!"贺拔满脸诧异地大声说了出来。

"你看!"天阔赶紧补上一句。

北冥感觉自己要被这两个"蠢货"气死了。

"那我的事就麻烦你了。"梵音恭恭敬敬地对贺拔道。毕竟他年长自己好多,又是身有要职的军政部官员,她理应如此。

"不要和我客气了!"贺拔很认真。

"好的,谢谢。那我先回去了,耽误你这么久,不好意思。"

"不要和我见外了,以后咱俩就是搭档了,我送你回去吧。"

"不用了,我自己回去就行。我先走了,谢谢,再见。"梵音对贺拔挥挥手,转身离开。

"贺拔竟然也变了。"天阔继续叨叨。

"真的不用吗……"贺拔话没说完,梵音已经走远了。

见贺拔走了,北冥反手一挥,撤了眼前的防御藏身术。之前他和天阔藏在草丛里,没被他们发现就是因为这藏身术。北冥灵力精湛,贺拔和梵音根本无从知道。

贺拔回到军政部大门口,正好看见北冥和天阔在他前面,他朗声在后面招呼道:"本部长!"

北冥看都没看他,径直往部里走去。

"哎?本部长咋不理我呢?"他对被北冥落在身后的天阔说道。

天阔无奈地冲他摇摇头,也走了。

此时的国正厅里国主姬仲、北唐穆仁、北唐穆西、端镜泊等几位东菱高层正在商讨事宜。会议结束前,姬仲对北唐穆仁开口道:

"穆仁,稍微留步,我还有一事想和你商量。"

"你说。"

"这次的部长人选你们军政部定下了吗?按说我是不应该过问的,可是这次除我之外还有其他总司观看了比赛,我在想是不是也可以征求一下各位总司的意见,毕竟一部之长不是小事。即便贺拔早就担任了纵队长一职,但他当部长是否还为时过早?当然他的实力不能和北冥相提并论。"

"部长一职,军政部还没有最终确定,届时我们会再慎重审议的。"

"不知道到时我们方不方便去上一去呢?也可以给些意见。这次我们几位也是陪着选手洗髓等待了大半个月呢,让大家第一时间得知结果也是一件好事,你说呢?"

"如果你和几位总司不嫌军政部山高路远,我定当欢迎。"

"好,就这么定了,到时候你通知我们。"

说罢,参会的总司们纷纷离开,国正厅偌大的参会厅里只剩下姬仲和端镜泊两个人。

"你真有意思,还要去他的军政部,而不让他们来国正厅。"端镜泊道。
"他能同意已经是给了我面子,我又和他争这个干什么。"
端镜泊轻哼一声,扬长而去。
"他的军政部。"姬仲暗自念着这几个字。

第十二章
部长人选

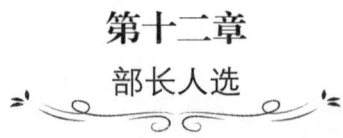

北唐穆西回到军政部的住所,顶层第十六层。他穿过宽敞的走廊,往自己的房间走去。简约又整洁的墙壁上挂放着自军政部建立以来诸位领导者的照片。还没等他走到房间门口,就看到有一个魁梧的身影站在那里了。

"副将,您回来了。不好意思,这么晚来打扰您。"开口说话的正是贺拔,整个军政部里数他块头最大,最好辨认。

"贺拔?这么晚了你找我什么事?"北唐穆西开口道。

"副将,我想问您一下,那天第二场比试的时候,梵音最后到底还有几枚棋子在手里?"贺拔面目严肃,不苟言笑。

两个小时前。

贺拔从山下回到部里,悠哉地在军政部大厅溜达,想着也没什么事情可做,就去找颜童聊聊天,顺便下下棋。正好今天和梵音说到了下棋的事情,他突然兴致来了,急于想找人练练。颜童和他一样住在纵队长的专属楼层十四层,结果贺拔途经九层参谋部时听见有人说话。

"奇怪了,我的棋子怎么少了三枚。喂,你看到没有?"一个士兵对旁边的士兵说着话。

"没有啊,比赛完以后你不就收好了吗?没有人再动过啊。"

"是啊,可是我这里明明少了三枚白棋啊。奇怪了,哪里去了?"

"那你再好好找找吧,参谋长平时很喜欢用这套棋子的。"

"我知道,可是我里里外外都找了,没有啊。而且咱们的棋子都做了特殊标记,很容易发现的。在赛场时我以为全都拿回来了,谁知道少了三枚。"

"那没办法了。"

"唉,可惜了,这么好的棋子。"

贺拔听到士兵的对话停下了脚步,冲他们俩走了过去,士兵看见贺拔立刻敬礼道:

"贺拔队长!"

"落。"贺拔对士兵道,士兵放下手臂。"你们刚才说什么棋子少了?"

"就是您比赛的时候,第五梵音用的白棋少了三枚。"

"你确定吗?是不是丢在了场地上?"

"不会的,队长。我们参谋部的棋都有特殊标记,无论在哪个角落都可以通过灵力寻找出来。毕竟参谋部的棋子中经常记录很多军事兵法,不能轻易丢放的。"

贺拔没有说话,两个士兵看着他,不知道队长还有没有什么吩咐,便一直笔挺地站在一旁。过了半晌,贺拔才回过神来,对士兵道:

"你们去忙吧。"

"是!"士兵齐声道。

之后贺拔回到了自己的房间,没再去找颜童。他在屋子里坐了很久,随后起身来到了军政部顶层,等在北唐穆西的房间门口。此时他正等待着北唐穆西的回答。

"什么意思?是谁和你说了什么吗?"北唐穆西反问道。

"没有,我只是碰巧听到参谋部的士兵说少了三枚比赛时用的白棋,所以想知道比赛的结果到底是怎样的,希望您可以告诉我。"贺拔的语气诚实而坚定。

"进屋再说。"北唐穆西打开房门,让贺拔进来。

随后北唐穆西告诉了贺拔当时比赛的真实状况。梵音手里至少还有两枚暗棋,其中最致命的一枚便是她的暗袭队,如果她启用这枚棋子,贺拔将会在自己的战区被全军剿灭。可是在比赛的最后关头,梵音暗示北唐穆西她放弃了这个战术,让北唐穆西可以直接宣布比赛结束。

"她暗示了您?"贺拔不敢相信自己听到的话。

"是的。梵音有一双超乎寻常的鹰眼,即便千米之外也可以视物如前,我当时征求了她的意见,她对我摇头否定了。"

贺拔一时呆在那里,不知如何是好。半晌,他才恍惚开口道:

"我知道了副将,谢谢您告诉我这些。这么晚我先回去了。"

"贺拔,梵音没有别的意思,我想她一定有她的想法才没告诉你的。"

"我知道。"说完,贺拔转身离开北唐穆西的房间。

贺拔回到自己的房门口,已经是晚上十一点了,他站在门前没有进去。他刚刚本想再问一些梵音的事,可不好再打扰副将,便回来了。贺拔转身去到了颜童房门口,哐哐哐敲了起来。那声音一定震到了住在隔壁的人。

"什么事?我来了!"只听房间里颜童大喊一声,八成是在睡梦中被吓醒了。

颜童猛地打开房门,刚要开口叫道"部长,我……",定睛一看发现是贺拔,顿时气不打一处来。他瞪起长得十分可爱的圆眼睛,长长的睫毛也跟着翘了起来,女孩子也要羡慕他的眼睛呢。"你有病啊!吓死我了!我以为我们部长呢!"颜童吼道。这一声大概整个楼道的纵队长都要听见了。别看颜童平日为人和善开朗,爱唠叨,但一分部一纵队队长可不是一般人能当的。在整个纵队长序列里,颜童也是说一不二的人物。如果刚才那一声是贺拔喊的,大概他活不过今晚,但现在是颜童,大家也就给了他这个好人缘的面子,不计较了。

颜童喊完以后,自己也是狠狠嘖了一下,非常后悔,气得直用右手胡噜后脑勺。

"干吗干吗干吗?这么晚找我干吗!"颜童烦躁地说着。没等他让贺拔进屋,贺拔已经自己推开颜童,走了进去,一屁股窝在沙发里。

"嘿!"颜童傻呆呆地愣在门口,随手关上房门,来到贺拔面前。

"你什么情况?喝多啦?"颜童发现今天的贺拔不大对劲,哪里像他平常生龙活虎的样子。平时即便是被北冥臭骂一顿,他也可以觍着大脸笑嘻嘻。

"喂,咋还不说话了呢?"颜童忍不住追问道。

"小音的事你知道多少?"贺拔闷头开了口。

颜童听到"小音"这个称呼差点没吐出来:"你要不要脸!人家和你什么关系,你就'小音小音'叫个没完。"

"第五梵音的事你知道多少?"

原本还想嘲笑贺拔的颜童,被他这么一问,笑容骤然僵在了脸上,话卡在嗓门。

"那个,你怎么了啊?"颜童咽了口吐沫。

"我不在部里的时候,是本部长和你去救的她吗?"

"算是吧。"

"什么叫算是吧?"

颜童不知道怎么说这个事情,他有些可惜道:"其实我们去的时候已经晚了,第五的父母早就不在了。"

贺拔震惊,猛然抬起头来。

"什么?"

颜童把来龙去脉和贺拔说了一遍,贺拔心中五味杂陈,不知怎样应对这样的事情。

"我们当时足足找了四天才找到他们。"

"为什么这么久？"贺拔大感。以本部长的实力，全速前进昼夜兼程，不可能要这么长的时间。

"我们全速前进一天以后，部长已经发现不对劲了。"

"怎么说？"

"如果第五他们以最短的路程来东菱，那按灵魅追击的速度，他们不可能逃得过。沿途根本没有发现他们的迹象，而且前去探敌的信鹰也没有捎回任何信息。他们几十人就好像蒸发了一样。"

"怎么会？"贺拔皱起眉头。

"随后我们与参谋长联络，参谋长说还有一种可能就是他们隐藏起来了，绕路前行，这种做法虽然艰苦，但至少有可能保住性命。部长随后立即和参谋长策划出了路线，但路线有二，我们只能分头接应。部长自然选了最难的一条，他的速度最快，即便发现有误，也可以掉头来追赶我们的二纵。于是我跟着部长，徐英的二纵则去了另一方向。到了第四天，我和部长找到了第五梵音。你要知道这条路线是参谋长策划出来的，即便旁人想走，也没有那个脑子可以走得到。那些难民灵法平平，等于是被第五梵音一个人带出来的，也就是说，她成功地策划出了一条和参谋长想得一模一样的路。可惜的是，等我们赶到时，那个小女孩几乎只剩下半条命了，是部长一直背着她回来的。说来也奇怪，她虽然昏迷不醒，可似乎能感受到谁的灵力强大。中途她的叔叔崖青山照看过她几次，可她几乎立刻就要挣扎着醒来，极度的恐慌让她昼夜难安。之后部长就再没离开过她了，她也就一直在部长背上睡得很安稳。"颜童不加任何修饰地叙述着这件事。

贺拔听完半天无话，随后就离开了颜童的房间，回到了自己的屋中。他躺在床上，不停回想着颜童和他说的整件事，梵音那几日比赛时的样子一直浮现在贺拔眼前。父母双亡，重伤初愈，形单影只，异国他乡，她一个人就这样活着。她腼腆地笑着认识了自己这个新朋友，局促地拜托着自己帮忙，她勇敢地站到众人面前，甚至力挽狂澜。她没有选择孤僻地站在一个角落，她和煦地对待着每一个人，包括贺拔也包括顶撞她的士兵。

贺拔想着洗髓时他们的对话，起初他是不懂的，现在他知道了。她的眼神她的样子她的话语告诉他，她在努力地活着。她来军政部不只为了自己，应该也为那些初到异国的朋友们，她想用自己的强大带给他们更多心安。贺拔彻夜未眠。

第二日，天未亮，贺拔就来到了北唐穆西的门口，等他起来。北唐穆西推开门，看见贺拔，一点都不意外。

"副将,不好意思这么早打扰您。"

"知道你不敢去打扰主将。"北唐穆西调侃道。

"属下不敢!"贺拔立刻站得笔直。

"行了,说吧,找我什么事?"

"副将,我不想参选部长了。"贺拔义正辞严,身形挺拔。

"你真的想好了?"

"想好了。"

"贺拔,在我看来,你能力卓越,假以时日必成大器。"

"副将,您不用这么委婉,我知道自己的毛病。我这个人行事鲁莽,还需要多历练,我和本部长差了好大一截呢。"

"你太小看你自己了,贺拔。你并非鲁莽,只是不够老练,别看你平时喜欢呼喝,却也是个能静下心来的人。与梵音对弈,你并不差,她能为你设计了那般路数,也是对你能力的认可。我从未质疑你可以胜任部长的能力。"北唐穆西深邃的眼睛让人由衷肃穆。

"谢谢您对我的肯定!这对我来说比什么都重要!"贺拔从未想过北唐穆西会如此评价自己,之前的阴霾情绪瞬间一扫而光,挺直身板声音洪亮地对北唐穆西说道。

"那好,那你回去再想想到底要不要出任部长一职,现在不着急回复我。"

"我已经想好了,副将。我是不会出任部长一职的,并且我有一人向您推荐。"贺拔言语坚决。

北唐穆西看着贺拔,这个大块头果然没让自己看错,思虑慎重,正直无私,干脆果决。北唐穆西对贺拔点点头,以示对其处事的肯定。

这一日午后,梵音刚刚睡醒,起身在客厅里面溜达。崖雅和青山叔的房间都在二楼,她走路轻手轻脚,怕打扰到他们午休。这时她好像从窗子里看到院子外面有人在敲门。她走出屋子,来到院子里,看着栅栏外的人。

"北唐叔叔?"梵音没想到北唐穆西会来这里,走上前去把门打开。

"梵音,不好意思突然来打扰你。"北唐穆西十分恭谦地说道。

"您说的哪里话,快进屋坐吧。您是来找我的吗?"梵音笑眯眯地看着北唐穆西,有礼貌地说道。

"不进去了,我是有事找你,咱们出去说说话好不好?"

"好的,那我回去给青山叔留一个字条,您等等我。"

"好。"北唐穆西和蔼地看着眼前这个小女孩。

不一会儿梵音就从屋子里出来了,换上了浅灰色的小短袖还有一条干净合身的麻色长裤,脚上穿着棕色细带的露指凉鞋。梵音的脚比一般小女孩的脚丫长出许多,却是细长精瘦。

"北唐叔叔,咱们可以出发了。"

"好的。咱们往城外走走好吗?那里人不多。"

"没问题,听您的吧。"

一路上北唐穆西问着梵音来到友友街生活的情况,他话不多,却总是恰到好处,既不会让梵音觉得过于熟络,也不会让她觉得陌生不自在。梵音很喜欢听这个长辈讲话,和北唐穆仁不同,北唐穆西总是温和睿智的,让人如沐春风。

城外有一些茶园,还有一些茶亭,他们选了一处安静清雅的地方坐下,要了一壶茶,聊了起来。

"梵音,其实我今天找你是有别的事情。"北唐穆西直奔主题。

"我知道。"

"你知道?"穆西给了梵音一个肯定的眼神,他很想听听梵音是怎么想的,便鼓励她说下去。

"虽然不知道您是否还有其他的事找我,但是黑白棋的那场比赛,您肯定一早就看透了我的路数。不过可能我会用这种方法下棋,还是引起了您的注意。"梵音谦虚地说着,她也不知道自己猜对没有,只是按着自己的想法大大方方地说了出来。

"你真是个聪明又敏感的孩子。"在北唐穆西看来,梵音应该是个极其敏锐的孩子,经历无常,在原有的敏锐上又多加了几分。梵音笑而不语。

"你下棋的方法是第五家的兵法,对吗?"

"是的,以前父亲教给我的,我早就烂熟于心了,只是觉得应该用不到。谁知道呢?"梵音苦涩地浅笑一下。

"小音。"北唐穆西无限慈爱地看着梵音,叫着她的小名。他想让眼前的孩子尽量感觉到一些温暖,即便旁人的一切对她来说是微不足道的。

"没事,叔叔,您说吧。"她那明亮的眼睛看着北唐穆西,二人相视微笑。

"小音,当年第五家在九霄的地位无人可以企及,第五家的军事战略我也如雷贯耳,如今见你这般我很佩服。"

"叔叔快别这么说,我会的也就是一些皮毛。"

"小音,你想来军政部任职吗?"

梵音眸光闪烁,提声问道:"我可以吗,北唐叔叔?是贺拔拜托了您吗?我有麻烦到您,是不是?"她最后的语气不觉间弱了下去。

"傻孩子,哪里有麻烦!如果你想来,我求之不得。"

梵音似乎没料到北唐穆西会这样说,她略带诧异地说道:

"叔叔,您知道我原本是九霄人,而且与他们有些渊源——虽然我并不这么觉得,"梵音的小脸上露出倔强,北唐穆西看着觉得可爱,她又不觉低下了头,"可是,即便我不这么认为,别人也会知道,如果是那样,我再去东菱的军政部是不是就不妥了?"

"怎么会呢,这完全没有关系啊,我非常欢迎你来军政部工作,你穆仁叔也是这么想的。"

"我知道两位叔叔对我好,可是,"梵音有点难言,毕竟她的年纪还小,很多事情她也搞不太清楚,"可是我爸爸告诉过我,这些大国里面有很多事情都很麻烦。我想如果我去了军政部,不知道会不会给叔叔们添麻烦。我……"

"不会的。"北唐穆西那看似温和的口吻却半分不容置疑,让人心安定思绪骤宁。梵音瞬间觉得不只是穆仁叔叔,穆西叔叔同样可以给人前所未有的力量与肯定,这使她心念陡转,油然向往。

"小音,你要相信叔叔,相信军政部,相信你自己,一切都不是问题。无论怎样,你只是第五梵音一个人,如同你父亲和祖父一样,只是那逍遥自在的闲散游人而已,与旁人毫无瓜葛。"

"我知道了叔叔,谢谢您。"梵音浅笑着,眼神坚定。

"那你现在想来军政部吗?"

"想,我一直都想,只是不知道有没有资格去。"

"不用自谦,你我都知道你的本事。"

"没有没有。"梵音连忙摆着手。

"梵音,如果我说让你出任二分部的部长,你同意吗?"

"什么!"梵音惊呼出声,自觉失态,连忙压下声来,局促地说,"叔叔您说什么?您没在和我开玩笑吧!"

"这种事我怎么会开玩笑。"北唐穆西声音放松,像是在哄小孩子。

"叔叔,我怎么可能当部长呢,您快别逗我了。先不说我比赛已经输了两场,就算是真的带兵我也不行啊!我长这么大都没见过那么多人,更别说管理下属了!"梵音慌忙道。

"我不这么看。在你下棋时,指挥控制的一千士兵非常有序,精练老到得很。"

"那是下棋,叔叔,不是真的。"

"你带出了村子里的近百人啊,小音。你知道你是多么了不起吗?"北唐穆仁看着她,眼神不移。

梵音愕然，呆在那里，不作声了。没有人和她说过这样的话，甚至没有人敢在她面前提起这件事，它像梦魇一样捆束着她，她从未直面过。她的心不知被什么狠狠撞击着，不只是悲伤，那里竟然还有力量残存，愈演愈烈。很久后她说："叔叔，如果我可以，我定当以我之力，竭尽所能。但，前提必须是贺拔自动放弃担任部长一职。"

北唐穆西暗叹："好！"

在梵音看来贺拔是不可能放弃部长一职的，他是一个非常合格的领导者，并且拥有比自己更加强大的灵力，她没有任何理由可以顶替他。

"贺拔已经郑重向我推荐了你任职部长，并且表示他会全力配合你的管辖。"

梵音傻在那里，一时语塞。为什么？梵音不明白。

"梵音，贺拔为人憨实却不愚钝。他不是一时意气，你要相信他，相信你的战友。"

"我，"梵音的感激发自肺腑，语涩道，"我知道了，叔叔。"

"其实我还有一个理由让你来二分部任职。"

梵音疑惑，看向北唐穆西。

"二分部本身和其他军事部门不同，人员较少，只有一千精锐，分为三个纵队，是个极其机动灵活的部门，非常适合由你来管理。我当初设定棋局为千人，也是这个原因，我要找到真正适合二分部的领导者。"

梵音大悟。

"如果部长人选没有变数，我相信到时候你会喜欢上那些家伙的。"

"变数？"梵音暗自揣度，不好多问。

"正如你父亲告诉过你的，"北唐穆西知她听懂了，便继续道，"我会全力相助。"

"谢谢您。"梵音由衷地感谢北唐穆西对她说的一切。

"叔叔，我还想问您个问题。"

"你说。"

"北唐北冥的一分部有多少人呢？"

"一万。"

今天发生的种种，梵音只觉得一件比一件令她惊愕，到了现在，听到这个数字，她已是觉得万分惊异了。

"我这个侄子啊，血脉真是一种可怕的继承。"北唐穆西难掩满脸喜爱之情。

梵音恍惚地点着头。随后二人闲聊了几句，便往回走去。北唐穆西执意要把梵音送回家，并且与崖青山说明了自己的来意，崖青山表示尊重梵音自己的意愿，如果她想去军政部，他会支持的。就在穆西要走的时候，一个小身影从崖青山背后闪了

出来,小声叫道:

"穆西叔叔。"

"嗯?"北唐穆西回过头来,看见个子小小的崖雅,笑眯眯道,"崖雅,有什么事吗?"

"叔叔,如果小音可以去军政部,那我可不可以一起去呢?"崖雅大着胆子说出来,鼓足勇气。

"不可以!"还没等北唐穆西开口,梵音已经一口否决了她的想法,很是严厉。

"为什么?"崖雅气呼呼地小心翼翼地看着梵音。

"如果你想来,也没有问题,不过要等你长大一些。你现在还是个小孩子呢,而且也要经过你爸爸的同意不是?当然还有梵音的。"

"如果可以,等崖雅的医术再进步一些,我是同意她去的。到时候就麻烦您多照顾了。"崖青山说道。

"青山叔!"

"这样啊,那好吧,到时候就军政部见了,小雅。"穆西对小雅很和善,他很喜欢这个小不点。

"哎?"梵音发现这几个人好像一起忽略了她的意见。

说罢,北唐穆西便离开了。

几日后,军政部开始了部长任命的最终决议。七层会议大厅层高十米有余,长宽逾百,厅堂中五张红木漆桌延展开来。军政部的各位部长已经就座,北唐穆仁的亲信佐领木沧站在场外等待国主和各部总司的到来,颜童立在他的身边。

"木沧,穆仁怎么让你出来接我们了,太客气了。"说话的正是姬仲,他和端镜泊一同来了。

"国主您说的哪里话,您和各位总司过来,我当然要出来迎接,只要你们不怪我礼数不周就好。"开口说话之人身高七尺,络腮青面,浓眉炯目,体格健壮,持重有礼。一双粗犷的大手青筋在外,痕迹斑驳,一看便知是常年铸剑所致。

"怎么会,我们进去吧。"

"颜童,你先带国主和总司进去,我在这里等待其他各部官员。"

"是。"颜童铿锵应声,"国主,总司,您二位这边请。"

姬仲抬腿便走,没再多说。端镜泊走在他的身侧,二人无话。

不多时,各部总司到齐,北唐穆仁开始主持会议。

未等多说,北唐穆西先行发言,推荐第五梵音担任二分部部长。话落,几位总司无言,姬仲缓声道:"穆西,怎么不是你们军政部的贺拔?"

"我认为第五梵音更加适合这个位置。"穆西建言。

"哼。"端镜泊轻叱一声,"一个小女孩,你们军政部真是越来越有意思了。"说罢他转头看向对面的北冥,二人目光相撞,都未有退意。

"穆仁,今天怎么没见到你们其余三部一起议事呢?"姬仲指的是军政部在东菱南北西三大边境的外属分部,北面第四分部部长北唐持,是穆仁和穆西的堂弟;南面第五分部,部长南鲲;西面第六分部,部长夏滔。这三大分部的实力足以抗衡东菱军政总部,由他们镇守三方万无一失。

"他们三个不参加这次会议了。"北冥道。

"哦?"姬仲看向北冥,端镜泊还有其他部门官员也不禁转过头来。此话由北冥代为转述似乎有些不妥。

众人看向北冥,他们还没有适应此话是由一个十二岁男孩口中说出的。他抢先说在了所有军政部官员乃至主将的前面,这让很多"外人"心里不是滋味。可当他们看过来时,才意识到自己想错了,北冥锐利的眼神让他们断了方才的念想,纷纷回过头来。

"这是怎么了?"姬仲问道,他似乎没料到三大分部的部长齐齐不来参会。按照惯例,即使他们这些外部总司不在,三大分部的部长也会通过影画屏与现场的各位商讨议事的,今天怎么就变了?

"南鲲说他懒得听,一切由主将定。"赢正开口道,似是不经意的,"北唐持和他一个脾气。夏滔嘛,孤僻得很,平日见了面也说不上几句话,今天人这么多,他更不会露面了。"赢正说完,若无其事地看向对面各位。

"既然如此,各位对我的提议还有什么意见吗?"北唐穆西道。

军政部这边未有一人开口否决。

"北唐,既然你今天让我们来了,好歹也让我们说句话吧。"端镜泊面有不豫,开口道。显然他这句话是针对北唐穆仁的。

"请讲。"北唐穆仁郑重道。

"单从比赛的结果看,她就输了,我不知道她有什么能力可以担任你们军政部的部长。而且她的来头,想必大家也略有耳闻。先不说她是个游人,要是往上追溯的话,第五家也不算寻常百姓。"端镜泊说这话颇为轻浮,"虽然都是些旧事,但咱们东菱和九霄的人有瓜葛,你说这合适吗?"

"主将,不知道我能不能说上两句?"说话的是通信部总司管赫,年轻有为,刚过三十五岁,可担任总司一职已经有四年时间。管赫做事认真细致,有条不紊,方正的脸带出一丝不苟的端正气质。在诸多总司面前,他总是谦逊有礼,从不越矩,人们也就渐渐忽视了他的年纪。

"说。"北唐穆仁道。

管赫听北唐穆仁只这一字,瞬间警醒起来,却还是开了口:"不敢。主将,我就是想说点自己的看法,如果有不妥的地方,您别介意。第五梵音虽然灵力不俗,但和咱们军政部的各位部长比起来,我觉得还是有差距的。而且她是否太年轻了些?我认为不是所有年轻人都可以和北冥部长相提并论的。这是我的一点意见,让您见笑了。"

"我倒认为没什么不好,第五在第二场的本事大家不是没有看到,以贺拔的实力一时半刻是无法超越的。而且灵力这种事情,谁知道会不会后来居上呢,何况她现在就灵力不俗。管赫,拿你和第五相比,也未必能赢。"姬仲把尖锐的目光投向管赫,管赫一时哑言。"至于九霄,我们东菱素来和他们井水不犯河水,谈不上顾忌。"最后一语,姬仲有些不爽。

姬仲说完,会议室稍显安静。不多时,又有一个声音响了起来。

"主将,在下想说两句。"说话的是狱司的总司裴析。常年的工作让他周身布满戾气,泛青的面庞有种让人说不出的畏惧,下垂的嘴角是他平日思考问题时的习惯,眉头中间有两条深深的竖纹。裴析对北唐穆仁非常尊敬,甚至超过对国主的。

"请讲。"北唐穆仁开口道。裴析跟着点头一礼。

"端总司刚刚说的话在下以为是有道理的,在东菱的机要部门由外族人担任要职,在下以为确实不太妥当。让第五他们这批游人住在东菱本身没有什么问题,只要我们多加防范就好,可第五家的人和九霄军政部的关系匪浅,我们用他们的人在同样的军政体系,怕是不够安全。"裴析沉着脸说完了他的意见。

照目前的状况来看,已经有三大总司提出了反对意见,北唐穆仁不语,他看着下面的人,等着其他部门是否还有异议。其他部门,一时无人开口。他大可驳了这些人的意见,但既然让人家来了军政部,他就不能有失分寸,军政部不是他北唐家的,而是东菱的。又过许久,还是无人插话,北唐穆仁不准备再耗下去,刚要开口,一个略带沙哑却又充满磁性的女人声音响起。声音听上去不年轻了,可还是足够吸引所有男性的耳朵。

"我看你们是吃饱了撑的,让我在这里和你们耗时间。"女人的声音极其不耐烦,"人家军政部的自家事关你们屁事?穆仁,你这个小子就是好说话,陪他们耗这么久,差不多得了,已经非常有礼数了,比我都强!"说话的正是礼仪部的总司,六十五岁的精致刁钻女人花婆。她在这个位置上足有三十年了,北唐穆仁见着她总是恭敬地叫声"大姐",虽然花婆烦死了他这种叫法,可是他一叫就叫了几十年。

花婆看着自己原本细滑如绸缎的白嫩手指，岁月不饶人，已经多了许多皱纹。她越看越心烦，一条如柳细眉狠狠地挑了起来，深邃的眼窝涂着浓郁的颜色，白皙的面庞很清瘦，下巴翘得高高，把脖子拉出了优美的线条。"有没有燕窝茶啊？渴死我了！"花婆突然尖声说道，听上去有些刻薄。

　　"总司，咱们现在在军政部呢。您再忍忍，待会就回去了。"说话的是站在她身后的一个极其妩媚漂亮的女人，上翘的眼尾带着勾人的神采，眸如桃花，性感的薄唇涂着酒红的颜色，她的脖颈像月光一般，细腻柔滑。一双玉手替花婆倒上了茶水，那指尖轻轻翘动着，带着挑剔的意味。这人名叫莫多莉，二十四岁，是花婆手下最得力的干将。花婆不管众人反对，硬是把她提拔成自己的副总司，那些跟着花婆几十年的部长难免有所不满，可她的乖戾性子没有人敢逆着来。而这莫多莉，青出于蓝而胜于蓝，根本不把旁人放在眼里，随别人怎么说，她都无动于衷，自当是堆废物。

　　"你们说完了没有？赶紧结束！"花婆拍桌子道。

　　"总司，现在有三位总司觉得不妥，所以穆仁还没决定呢。"姬仲十分恭敬地对花婆说道。

　　"不妥个屁，好端端的一个小姑娘，你们说不妥就不妥啦！你们还在背地里议论一个十四岁的小姑娘，害不害臊了还！你请，人家还不见得乐意来呢！真当自己是香饽饽了，回去打听打听清楚，看看人家第五家为什么不在九霄了，那是撂挑子不干了。傻了吧唧的一伙男人！"

　　端镜泊的脸狠狠地抽搐了一下，再没半句话。管赫十分歉疚地看着花婆，又抱歉地看看主将。裴析虽想坚持，可看这阵势是不容他再多说了，此时他又想起了还没处理完的案子和关在狱中的重犯，千思百虑，脸色更青了些，顿时没有心思再过问军政部的事了。

　　北唐穆仁也不再啰唆，即刻宣布了第五梵音担任军政部二分部部长一职的决定。众人鼓掌表示祝贺，稍后，各自离去。

　　"多莉，走吧，看什么呢？"花婆走到门口问道。

　　"没什么，主将正赶过来要亲自送您呢。"莫多莉转过头来回答道，她方才看着会议桌最前面的方向。主将正在和北冥说着话。

　　"要他送我干什么，赶紧回去啦。"花婆催促道。

　　"来了。"多莉快步跟上。

　　"大姐，我送您啊！"北唐穆仁在身后朗声喊道。

　　"闭嘴！忙你的去吧！"花婆头都没回，快步走下楼梯，多莉紧随其后。北唐穆仁还是转瞬来到花婆身旁，说什么都要亲自送她出去。二人你一言我一语地聊了起来,甚是熟络。方才北唐穆仁要北冥这一两天就去通知梵音任职,待她准备妥当就接她过来。

北冥回到房中,还没关门,就听到一阵脚步声急匆匆而来。他等在一边,只见那人笑脸盈盈地出现在北冥房门前,正是贺拔。

"本部长,开完会啦?"贺拔爽朗道,面有喜色。

"嗯。"

"决定是小音当部长了吗?"

"嗯。"

"太好了!"

北冥皱着眉头,开口道:"你怎么这么高兴?之前是谁嚷嚷着部长的位置一定是他的?"

"哎呀,小音能过来,我当然高兴了,谁让我们是好朋友呢。"

北冥眉毛忍不住抖动两下,紧接着道:"你甘心当队长?"

"还是有点难过的。"贺拔和北冥从不见外,有什么说什么,"不过,很快就过去了。没事,高兴的成分更多。"

"第五的灵力不如你,洗髓你也胜过她,怎么就这么把位置让出来了?"

"灵力?她的灵力用不了几年就会赶上我了吧。洗髓,我根本没达到她全不抵抗的释放状态,那当真是'不死法'。"贺拔坦然一笑,"更何况她经历了那些,常人早就崩溃了,她能撑到现在,哼!"贺拔又是嗤笑一声,"我还和人家搏命相比。"贺拔对自己摇了摇头。"再说了,"贺拔似乎想到了一件令他极不愉快的事情,"如果我当上了部长,冷羿那小子肯定会给我使绊子,不服管教!但是如果换作是小音当部长的话,他就没脾气了。"贺拔得意道。

"小音小音小音……"听起来还真是亲切哈。北冥的脑子不觉飘到了一边。"用不了几年,一年就比你强。"北冥故意道,心中呼啦呼啦飘过杂念。

"哎!"贺拔拐着声讶异道,"本部长,你能不能对我说点好听的?好歹我也是有点失落的,听着真扎心!"

北冥冷笑一声,正合我意,抬手便准备关门。

"我还没说完呢,本部长。"

"还有什么事?"北冥不耐烦地看着贺拔,他就喜欢跟自己唠叨。

"您什么时候去接小音啊?我和您一起去。"

"你怎么知道我会去?"

"听他们说,您和第五部长之前在部里说过几句话,所以我估计主将会让您去,让别人去接小音一个小女孩怕会尴尬吧。"贺拔说完傻笑起来,"到时候我陪您去吧,毕竟我们熟。"他说的"我们"指的是自己和梵音,完全没有要带上北冥的意思。

北冥长吸一口气道:"不用了!"

"为什么?"贺拔一脸纯真地看着北冥。

北冥只觉得自己的耐性即将到达极限,却还是编了一个理由给他:"你在部里替她安排一下你们分部的事吧,毕竟是二分部,你带着她熟悉得更快些。"

"对对对!是是是!我怎么把这事给忘了。行,那我就先不过去了。等有事我再用信卡和她联系吧。那我先走了,本部长。"

"信卡?"

"对啊,我之前和小音留下了联系方式,我们单独联系就行了,您不用操心了,走了啊。"说完,贺拔精神抖擞地扬长而去。北冥开始嘟囔起来,他和梵音分开后可没有互相留下过通信的信卡。

第十三章
梵音报到

梵音很快接到了军政部任命的正式通知。其间崖雅闹着要和梵音一起去军政部生活，崖青山也不放心梵音一个人搬过去，想着崖雅过去多少有个照应，毕竟梵音才十四岁，还是个孩子。

"青山叔，你们放心吧。等安顿好了，我就通知你们，再说我又不是不回来住了。军政部也是有休息日的，到时候我就会回来的。"梵音安慰着他们。

"我还是觉得不妥，你一个小女孩过去，我不放心。再说，那边都是男军官，也没人照顾，多不方便。"崖青山一直摇着头。

"也不都是男军官，灵枢部那里就有很多女孩子。"

"那样正好，我去学习学习！"崖雅在一旁紧跟着道。

"对对对！"崖青山也附和着。

"你们别开玩笑了，这世上我再没见过比青山叔更厉害的灵枢呢。"

"那我也和你们一起去，正好！"崖青山赶忙道。

"哎呀，青山叔，您快别乱出主意了。您和崖雅就好好待在家里吧，那么多大药堂登门拜访，您都没想好去哪家，现在这不是给我添乱吗？"

崖青山还想开口，被梵音制止住了。

"不行！我就要跟你去！你说到底是今天，还是你先打点好那边的一切我再去？你自己选！"崖雅大声说着，没有任何退让的意思。

梵音无奈地摇摇头，妥协道："好吧，等我先过去安顿好，然后问问北唐叔叔是否可以通融，这样总行了吧？如果人家为难，咱们可不能给人家添麻烦。"

"嗯。"崖雅不情愿地应声。

梵音好不容易拎起箱子,走到房门口,那父女俩还是执意要送她过去,她无奈摇摇头,打开房门。只见两个身影站在门外,正是北冥和天阔。

"呃。"梵音停顿一声。

"我们是来接你的,怕你不认路。"天阔笑脸相迎,他总是这般明朗。

"我又不是小孩子,哪里让这么多人操心,我真是,唉。"梵音无奈地叹了口气。

"你第一次去,我们理应来接你,不要听天阔胡说。"北冥在身后答道,他嘴角浅勾,冲梵音笑着。

"谢谢。你怎么也过来了?不用这么麻烦的。"梵音对北冥的到来很意外,他们已经很久没见面了。梵音对他微笑着,多少有些生疏还有些不好意思。

"青山叔您放心好了,我会帮忙照顾梵音的,您不用担心。"北冥礼貌地对崖青山说道,似乎没有察觉到梵音的见外。

"好,好。"崖青山缓缓点头答道。不知为何,看到北冥的瞬间,他觉得心里踏实了许多。

"有我哥在,没问题的。"天阔笑着说道。其实北冥只比天阔大一岁,但在这个弟弟心里,哥哥是无所不能的,让他仰慕。

"好了青山叔,我们这就要出发了。你们不用送了,不然会被人家笑话的。"梵音有些不好意思。

"等等!"天阔突然开口道。

"怎么了?"梵音道。

只见天阔使劲给北冥打眼色,那眼色打得恨不能方圆百里都看明白了。天阔看北冥杵在一边没动静,忽然大声道:

"我哥有礼物要送给你!"这话一出,在场所有人愣在了当下。只见北冥的脸青一阵,白一阵,想大口喘气又不行。

梵音也傻呆呆地站在对面,不知道几个意思。

"崖雅,这是我送给你的,我刚才上街买的。"天阔说着,开心地从背后拿出一个小兔子发卡递给崖雅,笑得眼睛弯弯。

"哇!真可爱!"崖雅看见毛茸茸的白色团绒小兔子喜欢得不得了。可她又回头看了看爸爸,不知道可不可以拿别人的礼物。天阔即刻意识到了崖雅的顾虑,立刻把手抬高,对着崖青山说道:"青山叔,我可以送给崖雅吗?"他的小脸乐得像个熟透的小柿子,一脸真诚和满足。

"可以。"崖青山看着天阔的样子也是喜欢得不得了。

"谢谢青山叔!喏,给你!"说着天阔把小兔子发卡放到崖雅手上。

"谢谢!"崖雅开心得直跳。

等天阔说完,北冥咬了半天牙开口道:"这个送给你。"

两个小时前,天阔和北冥一起来接梵音去军政部任职。路上天阔对哥哥道:

"哥,我想送个礼物给崖雅。"

"为什么?"北冥直不楞登地问道。

"她来东菱这么久,我还没给过她礼物呢。"

"为什么要给?"

"我想给!"天阔突然鼓起嘴来,懒得跟哥哥讨论。

"你有钱吗?"

"你有!"天阔大声道。

来到店铺里,天阔问哥哥有没有送过梵音礼物,北冥想了想说有过。天阔惊奇地看向哥哥,问送的是什么,在他看来哥哥完全不像会做这种事的人,他满脑子只有灵法和修习。

"我送过她一块石头。"北冥随意看着货架子上的小玩意,顺口说道。

"石头?"天阔纳闷,"什么石头?"

"岸边捡的。"

北冥此话一出,天阔一脸无奈地看着哥哥。之后,他就帮哥哥一起选了给梵音的礼物。他原本是和梵音不熟的,没想到哥哥更是一问三不知。至少天阔还知道崖雅很喜欢可爱的小玩意,还有草药什么的古怪东西,但梵音第一次到军政部任职,怎么也不能空手去啊。于是就有了接下来的事。

此刻北冥站在梵音对面,把手里的东西递给梵音,梵音看去,是一个和崖雅现在头上别的一模一样的兔子发卡。梵音盯着发卡,一言不发。

"你喜欢吗?"北冥不知道搭错了哪根筋,直截了当就问。

谁想到,梵音更直:"不喜欢。"此话一出,在场众人个个表情凝固,戛然无声。谁能想到,他俩对这个问题还有问有答了,且一个比一个实诚。

北冥手悬在半空,停了两秒又拿了回来。接着,他又从背后拿出一个东西,一个小草莓手链,递到梵音面前。

"这个你喜欢吗?"

"不喜欢。"梵音盯着北冥手里的东西说道。

北冥缓了两秒,又把手链拿了回去,摸索了一下自己的衣兜,拿出第三个礼物:

"给。"他伸手说道,那是一个粉红色小蝴蝶结腕带。梵音伸手要拿,北冥又问了一句:"你喜欢吗?"

"不喜欢。"

两个小孩子站在那里,莫名执拗,一个不知对方喜好,一个不想假装欺瞒对方,气氛达到冰点。北冥看着手里的礼物闷闷的,梵音也闷闷的。北冥准备带梵音去军政部,礼物嘛,收起来。

"那个,北冥哥哥,这个小兔子,还有小草莓,还有小蝴蝶结,我都喜欢。那个小音不要,可以送给我吗?"崖雅看见这么多小礼物,忽然很开心,以前爸爸都没有给她买过。

"崖雅。"崖青山在背后叫住了女儿。崖雅忽然意识到自己好像做错了,有点害怕地低下了头。

北冥看了看梵音,又想了想,收起了先前的三个小礼物,没有递给崖雅。他在自己腰间摸了一下,拿出一把绕指匕首。匕首顶端有个圆孔,正好可以放进手指,随意在手上旋转摆弄。

"这个你喜欢吗?"北冥又认真地把匕首递到梵音面前。

梵音忽而眼前一亮,嘴角抿起道:"喜欢。"

"送给你。"

梵音看了看北冥,觉得这把小匕首甚是精致,自己怎么好收下,应该是军队中的铸灵师特意打造的。"不好,你留着自己用。这把小匕首太精致了。"

"没关系,送给你,如果你喜欢我就再做一把给你。"

"你自己做的?"

"嗯。"北冥已经把匕首放在了梵音手里。梵音笑得很开心,腼腆道:"谢谢。"

"这些小东西你用不到,就转送给崖雅吧。"北冥说着,把先前准备送给梵音的礼物也一并放到了她的手上。梵音笑着应下,推给了崖雅,崖雅也很开心。

"青山叔,我们这就带梵音先去部里了。改天再来看你们。"北冥礼貌道。

最后崖雅鼓着小脸,极不情愿,但也是强忍着眼泪与他们道了别。

三人一路闲谈,穿过高山,登至崖顶,来到军政部。途中天阔热心地为梵音介绍军政部的情况。梵音认真听着,可这越听心里越是没底,觉得自己当初答应穆西叔叔担任部长一职实属莽撞。论灵力身法,她也许高于常人一些,但从小生活在游人村的她个性散漫,无拘无束,那里又村民寥寥,现在冷不丁让她管理这么多士兵,她哪里学得会。于是一个人默不作声,暗自懊恼。

"之前一直没有过来看你是因为不想打扰你刚刚安顿下来的生活,希望你别介意。还好有天阔这个家伙经常去看你们,我也放心些,但这并不代表我把你忘了。"北冥打断了梵音的思绪。

"你远比自己想象的强大得多。走吧。"

梵音看着他,莫名自信起来,她认真答道:"好。"

三人走进军政部。高峻坚固的磐石围墙,深沉庄严的赤铜大门,望之俨然,有巡逻的士兵在围墙上固守。大门守卫见北冥回来,立刻敬礼,北冥回礼后方落。

军政部屹立崖顶,似入云端,气势恢宏。士兵们井然有序地忙碌着。三人走过广场中笔直通往军政部的大路,踏上厚重的石阶,来到正门前。门高数丈,庭径深数百丈,千年古木为擎盖,举头望去,似可盘龙卧虎。各大分部的军机要员在军政部内工作,其余士兵多在外围驻扎。

"老大!你回来啦!我本来也想一起去接你呢,可是本部长不让。我的意思是他让我留在部里帮你打点一切。"一个洪亮粗犷的声音从庭内传来,引得众人侧目,只见贺拔大步走来,眼睛放光地看着梵音,不时偷偷瞄着北冥。

"老大?你在叫我吗?"梵音满脸疑惑地问道。

"当然了,以后你就是我的老大了啊!不叫你叫谁。是吧,本部长?"贺拔冲着北冥傻笑。他忽然俯下身来小声对梵音说:"以后在人前我不好小音小音地叫你,影响不好。"说着,贺拔还对梵音打了个眼色,忘了她听不见。

"我先带梵音去见主将,随后你若愿意陪着她,就陪着她熟悉一下你们二分部吧。"北冥眼睛瞥向一边,懒得看贺拔。

"是!本部长!我在楼下等你们!"贺拔敬礼。

来到主将的办公室,里面已经站满了人,都是各分部的部长们。大家热情地迎接着梵音的到来,让她没有感到丝毫不适应,她甚至在影画屏里见到了外属分部的三个部长。他们虽然不在东菱,可给人的感觉还是很亲切友好的,梵音心中的一块大石头终于落地了。待他们聊得差不多时,主将的房门被叩响了。来的正是北冥的母亲,北唐晓风。

"阿姨。"梵音有礼貌地叫着,她们也好久没见面了。

"小音,快过来!"北唐晓风看见梵音高兴地弯起嘴角,月牙一般的眼睛柔美极了。她冲梵音招着手,丝毫没顾忌一屋子的人。梵音有些害羞,可还是挪着步子走了过去。"你们说完了吗?说完了,我就带小音去试衣服了。"北唐晓风的声音很明快,听上去就让人开心。

"说完了,你带孩子过去吧。"北唐穆仁看见北唐晓风高兴地笑着,顺嘴就说出了"孩子"两个字,说完后他方知有些不妥。

梵音的小脸已经变得通红,北唐晓风倒是听得很开心,和大家简单地打了声招呼,就拉着梵音的手往屋外走去。二人来到十五层梵音的房间外。房门上用黄铜铸着"二分部部长　第五梵音"的字样,上下分开两行。

北唐晓风拿着钥匙打开房门。

"快进来,我帮你布置了几天,不知道你喜不喜欢。要是不喜欢,咱们明天再去街上买些东西给你换上。"北唐晓风热情地说着,她的性格很好,很开朗。

"不用那么麻烦的阿姨,我没什么要求。真的,简简单单就行了。"

"那,你快进来看看。"

梵音的房间很大,一进门就是客厅,右手边是她的卧室,再往里走就是盥洗室和衣帽间,住起来很方便。客厅左边摆放着一个书柜和饰品格,办公桌和软布沙发看上去都很舒适。卧室的床单是鹅黄色的,淡黄色的窗帘和它很相配。屋子里干干净净,摆放着一些花草,她在卧室的一角看见了梳妆台。阿姨在那里放了许多小首饰和可爱的摆件,梵音突然觉得很可爱,和北冥刚才硬巴巴地要送她礼物时完全不一样。

"谢谢阿姨,这很好,真的很好,我很喜欢。"梵音开心地笑了。

"真的吗?你真的喜欢吗?"北唐晓风生怕自己的喜好和梵音冲撞了,现在看见梵音脸上的笑容,她终于放下心来,"我还怕你不喜欢那些小东西。"晓风指着梳妆台。

梵音的小脸一下子有些窘迫,她想一定是自己之前的状况很糟糕,或者说比赛的时候阿姨也看到她凶巴巴的样子了,才会这样认为。

"我,我很喜欢的阿姨,不是您想的那样。"梵音难为情地说着。

"那就好!"晓风开心地说着,"快来试试你的部长制服合不合身。"前些天有裁缝专门去梵音的家里给她量尺寸,定做制服。

"好。"她走到床前,看着叠放整齐的深红色军装,庄严充满力量。梵音拿着它走进衣帽间,一件件慢慢地穿在身上,认真地系着每一颗纽扣,直到领口。她拿着手中的棕色皮带,扎在腰间最合适的位置,背脊不自觉地比平日还要挺拔几分。她站在那里片刻,便走了出去,不想让阿姨在屋里多等。可待她走出衣帽间的时候才发现,北唐晓风已经不在那里了。她在床上给梵音留下一张字条,上面写着:

小音,你慢慢试衣服,我就在隔壁北冥的房间等你,不着急,等你换好了再来找我们。

晓风阿姨

梵音看着字条,心下感动。

她来到自己的客厅,那里有一面大镜子,从上到下把她映个清楚明白。她站在镜子前看着自己,陌生而又熟悉。她没见过这样的自己,却在家中看过无数类似着装的老照片,那是第五家以前的人,他们都穿着相似的军装,只是颜色不同罢了。梵音看着这一切,恍如隔世,不觉喃喃自语起来。

"爸爸,爷爷,你们不曾穿上的,我现在披挂在身;你们曾经舍弃的,我现在重拾起来。到底是我的不幸,还是我该庆幸,现在这身军装已经换了颜色。"梵音痴笑一声,满面泪痕,犹如痴人说梦一般,"我总不能再这样活着,我终归没有退路,不是吗?我得站起来啊。"又是一声笑,苦楚酸涩,但那里面多了一个声音:从头来过。梵音用掌心由颌到面擦去脸上的泪痕,直至发际:"就从现在开始。"话语字字有力,句句铿锵。"你们一定要保佑我!"最后,她笑了。

梵音深吸了一口气,挺直了腰板。金丝袖腕,灿灿肩章,漆皮筒靴,无不让她显得英气逼人。只见梵音抬起右手,向空中打一响指,忽地,似有一晶莹小物出现在她面前,三闪两晃,没了踪迹。她盯着镜中的自己,双眼凛凛,直至坚韧不摧,再无动摇。梵音倏地转身,手至袖口在腕间一过,只见一层冰护于双手手腕,好似凌厉铠甲,她双脚一跺,骤然间皮靴冷凝,冰霜缭绕,护于脚踝。梵音敛了心神,向屋外走去。

当她走出屋时,众人早已等待在那里。她提起脚步,再无滞留,跟着主将和部长们来到军政部三层士兵聚集的地方。大家列队整齐,原地等候。北唐穆仁简单说了几句便请梵音走到众人面前,开始讲话。

梵音踏着坚实的步伐,走到她人生另一个开端的地方,没了往日的稚嫩。他人看着她周身乍现的内敛刚韧的灵力,方知那已不是一个普通女孩,而是军政部未来的二分部部长。她定气凝神,看着场中的每一人,轻启唇齿:

"大家好,我是第五梵音,从今日起我将担任东菱军政部第二分部部长,希望我可以不负众望胜任此职。在此,初次见面,请大家多多关照。"梵音给在场的诸位深深鞠了一躬。贺拔带头给梵音鼓起掌来,二分部的同僚超乎寻常热情,满面笑容地迎接着他们这位"与众不同"的部长。

梵音继续道:"从今日起我便与大家共同生活在此,我希望每个人都了解我的情况。我本名第五梵音,原籍九霄国,从祖父起我们便离开九霄,过着游人的生活。所以大家不用讶异为何我与东菱人长得不太一样,我肤成麦色,与你们的白皙不同。"她说完后,笑眯眯地看着众人。她看到好多人睁大眼睛在看着自己,士兵们纪律严明,没有发出任何声音,安静地听着长官讲话。梵音却悄悄转过头去,看向最远处的一个士兵,隔着数十列,轻轻说了一句:"谢谢。"说完后,她甜甜地笑了。

大家都不知道发生了什么,纷纷朝那个方向看过去,连部长和纵队长们都很好奇发生了什么,可梵音并没有告诉大家她谢了谁,因为那一定会吓坏那个小士兵。原来刚才远处有个年轻士兵不经意间唇语道:"部长的肤色很好看呀。"他并没有发出任何声音,谁料梵音向他看了过来,即使众人都不知道梵音在和谁说话,他也会知道。小士兵的脸唰一下红了,可还是忍不住地看着梵音。

　　忽而,梵音抬起头来,看着反方向的四层悬廊处,那里站着数列灵枢部的女孩,穿着白色衣裳,很是清丽。她们其实并没有发出多少声音,有的也只如蚊蝇,虽然不比士兵们严格,却也规矩有度。猛然间看到梵音抬头,不由都被吓了一跳。

　　"我年纪可能比你们小一点,我今年十四岁。"她微笑着看向楼上的姑娘们。姑娘们一个个捂住自己的嘴巴,不敢作声。梵音调皮地向她们眨了一下眼睛,随后转过头来。有个女孩的小脸忽然红了起来,盯着梵音的侧影。

　　"你怎么了?"旁边的女孩悄悄问道。

　　"没,没什么。"女孩竟有些害羞。

　　"部长,好俊俏呀。"另一个女孩看着梵音不由得说出声来,大概只有身边的二人听得见。

　　谁料,梵音再一次回过头来,望着她们,看了一会儿,竟也有点害羞地笑了。这时梵音已经发现大家快要绷不住心念,想要讲话了。她轻咳一声,士兵们立刻提气站好。

　　梵音抬手指向自己的耳朵,说道:

　　"我耳朵听不见,大家在我面前完全可以不用有任何忌讳。"梵音说着,大家看着。"不过,"梵音话音一转,嘴角似露出一抹淡笑,"你们说什么我都看得见。"她指了指自己的眼睛,"除非我不想看到。不会出现以前我不理你的情况了。"后面这句话,梵音是看着贺拔说的。

　　贺拔瞪圆了眼睛看着梵音接话道:"真的?"

　　"真的,不然你试试。"梵音突然转过身去,背对着大家,站在她身后的是主将和各位部长,大家也都惊讶地看着她。"你怎么不说话了?"梵音突然道。

　　"我,我说什么呢?"贺拔呆呆地看着梵音的背影。

　　"随便你说什么都可以。"

　　"哇!老大!神了!你怎么办到的!"贺拔惊呼道。

　　"不要这么大惊小怪的,而且'老大'这个称呼我现在还不是很喜欢,可以换一个吗?"梵音就这样和贺拔聊着天。大家呆在原地。

　　"不换,我觉得挺好的,别人不许这么叫。"贺拔得意道。

"随便你吧。"

"第五部长不是听不到吗?怎么和贺拔队长说起话来了?"站在十几排的一个年轻士兵终于忍不住,小声咕哝了一句。

"第十五排的第——"梵音把"第"字拖长了音,继续道,"没错,我就是在和你说话,我看见你问别人了,不过他好像没听到。"

士兵倒吸了一口冷气,脸色煞白。

"我不会点出你的位置,放心吧。你们是不是想知道我是怎么办到的?"梵音问道。下面的一堆人异口同声道:

"是!"

这一声梵音倒还好,却吓了她面前的部长们一跳,虽说这里到场的士兵不多,却也有千人。一声呼喝,震得整个军政部通天至下都有了回响。

"嘘,小点声,长官会骂你们的。"梵音把食指比在唇间。大家顿时乖乖地安静下来,等着梵音作答。

"我不会告诉你们的。"梵音调皮地笑了,"看来你们要加紧操课了。"梵音这时看向主将和副将,还有离她很近的北冥,她弯着眼睛冲他们三个人笑了一下。主将和副将眼睛里露出赞许的目光。她又歪歪脑袋看向北冥,对他偷偷做了个"嘘"的动作。北冥看着她,目光从开始到现在没有片刻离开过。她又回头看向另一边的赢正大叔,做了个谦虚的微笑。大叔一直点头,满眼赞叹。至于南宫浩和白槐,两个人都轻轻皱起了眉头,梵音看着他们二人,定了一会儿,耸了耸肩膀,转回身去。他俩面面相觑,随后看向赢正,赢正表示人家第五部长不让说,我不能出卖人家啊。二人只好作罢。

"就是这样,大家把我当成普通人对待就可以了。"梵音说话渐渐严肃起来。士兵们却满腹惊叹,这哪里还是普通人!

"在今后的日子里,我定当竭尽所能,效忠于东菱军政部。同时,希望二分部的全体同仁全力配合我的工作,希望我们并肩前行,成为最亲密无间的战友。在此,我再一次感谢军政部的全体将士给我这至高无上的信赖与荣誉,谢谢大家!"说完,梵音双脚锵锵一合,发出清脆而有力的击打声,她对在场诸位敬了一个干脆而充满力量的军礼,台下众将士齐齐回礼,声势浩大。礼毕,她从容不迫地向后转身,对身后的军政部所有高级军官郑重施以一礼,众人回礼后方落。

礼成后,她正式以二分部部长的身份规矩地站到北冥身旁。待主将讲话完,大家开始了迎接新部长的盛大晚宴。全体指挥官聚集在五层大厅,那里早已装饰一新,星光灿灿,烛火冉冉,美酒佳肴觥筹交错。

各分部都抢着祝贺梵音，这不禁让梵音有些局促，但沉稳的性子让她与生俱来就是将才，这也让在场第一次与她近距离接触的指挥官们颇有好感。不少年轻的军官都忍不住多看她几眼，毕竟整个军政部也没几个女孩子，指挥官更是唯她一人而已，大家开心地讨论着："新部长年纪不大，长得真是俊俏呢。"

"可不是，长得真好看，原来不是咱们东菱的人。"

"是从游人村搬过来的，和咱们这儿的女孩儿不太一样呢。"

"比咱们这里的女孩俊俏，咱们这儿的女孩长得像棉花糖，新部长眉眼俊秀得很呢。"

"唉！怎么就去了二分部？贺拔那小子真是撞大运了！"

"因为你们部长还没退休。"

"小点声！我不是这个意思！"

众人你一言我一语地说着，平日里都是一群大老爷们儿，粗声大气张口就来习惯了，哪里会讲求什么含蓄。大家根本没意识到他们的言语早被梵音读在眼里，害得她小脸红一阵白一阵。从小到大也没见过那么多人夸自己，更别说什么相貌好看了。以前在游人村她整日不修边幅，像个小男孩，直到崖雅来，她才第一次被人夸长得漂亮，而雷落那个小子只把她当兄弟。这下倒好，几乎所有人都在注视着她，她尽量假装什么都不知道的样子，可不一会儿还是感觉自己的肩膀紧紧的。

"新部长，我敬您一杯酒吧。"一个长相白净的年轻男子来到梵音面前。

梵音回头刚要开口询问，年轻男子已开口道：

"我是白泽，灵枢部的副部长，今年二十岁。"

"您好，您真是年轻有为呢。"

"哪里，比起你我还年长了六岁。你大可唤我一声哥哥，不用称呼'您'，太见外了。"白泽轻轻微笑着。

"谢谢你。"梵音还要开口，一个粗犷的声音先一步传了过来。

"白泽，我老大还没和我喝酒呢，什么时候轮到你了？"贺拔略显不快地看了一眼白泽。

"老大，我们走，二分部的纵队长都等着您呢！"

话说梵音刚刚来到五层餐厅的时候有点晕头转向，她本想跟着北冥或者找到贺拔，可是等她上来后，先是陪主将聊了半天，又被南宫浩询问了很久什么都可以看到的秘诀。就这样，等她再回过神来的时候，北冥早不在身边了，他不可能一直跟着自己陪别人聊天。等想去找贺拔的时候，她发现人太多了，索性也不乱走了，欣赏起周围的烛火锦灯，而且总是不断有人找她说话，她都要记不住大家的名字了。

"啊,这样啊。这,那我先过去一下,回头见。"梵音边对白泽说着,边被贺拔推走了。她也想赶快见见她的队长们。

"老大,我帮你介绍一下。"贺拔热情道。

"谁用得着你介绍,我们自己不会说啊。部长,我是一纵队的队长冷羿,今年二十二岁,比贺拔年轻一岁。"说话的年轻人身形略显单薄,但身姿挺拔,有些玩世不恭的样子,凤眼轻挑,神色清利,满含笑意,一副好容貌。这大概是梵音见过的最漂亮的年轻男子,眉眼之间竟有一丝魅惑,却不失男子气概。她主动伸出手去,与冷羿握手。

"你好,我是第五梵音,今年十四岁。"

话落,梵音竟然没有松开冷羿的手,而是痴痴地望着他。她不知怎的,眼睛无法从冷羿的面庞移开,她看着他,竟是那么不舍,而冷羿也没有回避她留恋的目光,同样温柔地望着她。

"老大,你干吗呢?"贺拔突然大声道。梵音被他吓了一跳,虽然她听不见,可感受别人的情绪她比谁都灵敏。

"啊!"梵音也发现自己的不妥,慌忙收回手来。

"老大,你可是和别人不一样的!"

"啊?"梵音皱着脸看着贺拔,不知道他什么意思。

"你怎么也盯着那个家伙不放呢!你可不能和别的女人一样,被他的样子迷惑!"贺拔很严肃地对梵音说着每一句话。

梵音却出人意料地面不改色心不跳,奇怪地问道:"什么?谁?我被谁迷惑了?"

"他呀!"贺拔顺手就指向身边的冷羿,"你刚才拉着他的手半天不放。"后面这句是贺拔伏在梵音耳边悄悄说的,说完后他才意识到自己蠢透了。

"啊,这样啊!对不起,我不是故意的,你别介意。"梵音略感抱歉地对冷羿说道,不过她没有半点害羞的意思,只是客气罢了,这倒让周围的人看不明白了。说完,她还是看着冷羿,笑眯眯的,毫不回避。她看见他,心里好高兴,突如其来的,不知道为什么,竟感觉那般熟悉。

冷羿也发觉自己很喜欢眼前这个小女孩,这可不是他平日里的性子。

"谁让你替我说年龄了。"贺拔决定打破这个奇怪的氛围,"老大,我是二纵队的队长,我们队一共五百人,冷羿他们才两百人。"

"那要看质量,不是人多就好。"冷羿话音一转,挑着眉眼,站在一旁说着风凉话。

"别理他,你看他瘦得跟柴火棍儿一样。"

"部长,我是三纵队队长钟离,今年二十六岁,三纵队一共三百人。"这次开口说话的青年声音沉稳,给人感觉踏实耿直,远不像他身旁二人轻浮,钟离完全没受到旁边二人斗嘴的影响。

"咱们三个一起敬老大一杯吧。"贺拔抢话道,一旁冷羿斜睨了他一眼。

"大家好,特别高兴认识大家。我初来乍到,根本没想到会让我领导这么多人,我很多事情都不会,所以往后会多多向你们学习请教的,希望你们不吝指教,那我先干为敬。"说罢,梵音一饮而尽琉璃杯中的青果酒。三人回以一礼,恭敬喝下。

几人又畅聊一番,变得越发熟络,兴致相投。不多时,梵音觉得脸颊发烫,想去外面吹吹风。趁大家聊得兴起,没人注意到自己,她偷偷撤步,往楼外的露台走去。刚要推开大门,一只大手先她一步抓住门栏,替她打开。梵音抬头,见是贺拔。

"谢谢。"

"不客气,走吧。"

梵音笑笑,二人一同来到室外。

"你怎么不去喝酒了?"梵音问道

"我见你一个人往门外走,怕你无聊,就过来陪陪你。"

"你人真好,谢谢。"梵音红扑扑的脸儿仰头看着贺拔。

贺拔难得被人夸奖,还是个女孩儿,此刻竟显得有些窘迫。

"你还难为情了,哈哈。"梵音打趣道。

"我哪有?"

"我不胜酒力,喝一点点酒就会晕头转向,刚刚喝下那一杯已经拼了老命,如果不是用灵力强镇着,我早就趴下了。"梵音说话声音竟也不知不觉大了起来。

"啊!那你不早说,小小年纪还挺能逞强。"

"你这是什么话,怎还把我当小孩子了!从现在起我就是你的老大了,我怎么可以丢脸?再说,和大家第一次见面,不能失了礼数!"梵音说话声越发大了起来,还不时用手拍着胸口。

贺拔瞪大眼睛木然看着梵音,没见过她如此豪放的一面。

"你看着我干什么,我说得不对吗?怎能让你白喊一声老大呢!对不对?"借着酒劲儿,梵音此话说得铿锵有力。

"对!没错!哈哈哈哈!"贺拔爽快大笑,甚是高兴。

"嗯嗯嗯!你明白我的意思就好,不过以后我就不喝酒了,实在是能力有限,不不不,根本没有一点点能力。"梵音觉得脚下发软,胡乱摆着手道。

"你没事吧?"贺拔担心道。

"没事!"梵音摆着手继续道,她在衣兜里摸索了一下,拿出一个东西,递到贺拔手里,"喏,这个给你,抱歉了,这么晚才给你。"

贺拔摊开手一看,是一枚棋子。

"比赛的那一枚已经被我捏碎了,没有了。这是我自己家里的一颗棋子,里面记录了我当时没施展完全的兵法,你闲来无聊的时候可以看看。"贺拔看着梵音,没有说话。"对不起,我不是故意不给你的,我是想等你当上部长以后再给你,我……"梵音还想说下去,贺拔接起了话:"谢谢您,老大。以别对我说抱歉什么的了,你对我那么好,我都知道。"贺拔自然知道梵音不给他棋子,是不想他在当部长之前有所顾虑。

"嘿嘿。"梵音冲贺拔傻乐着,显然是喝多了,"没有啦!"

"贺拔,我现在对灵力的把控还不是很稳妥,以后有时间你能教教我吗?"

"以后别叫我贺拔,喊我赤鲁就行!把控灵力的事没问题,不过我也没有好到哪里去,你知道东菱最好的学校在哪里吗?"

"不知道。"

"最好的学校不在校园,最好的学校在军政部。"

"哦!我知道了,平时你们会教士兵训练,对吧?"

"不对不对,我不是这个意思。"贺拔压低了声音,低下头对梵音神秘兮兮说道,转念一想,梵音根本听不见声音,自己何必这样,只是一时半会儿还不习惯。

"没事,以后你要是想和我说悄悄话,你就只动动嘴巴就可以了,不用出声,我知道的。"

"嗯嗯,知道了。"贺拔点头道,"我是想说东菱最好的学校是北唐家。"

"哦,北唐家还有学校?"

"啊,不是不是。北唐家的人根本不用去学校,北唐一氏天生灵法甚高,让他们帮忙指点一二大有裨益。你看本部长十二岁就当上部长了。"贺拔欲言又止,眼神中充满讶异甚至有丝丝惊恐,狠狠吞了一口口水。

"嗯!"梵音用力地点点头。

"不过。老大,您也超厉害,才十四岁。"

"我和他差远了,你不用恭维我,我自己知道,我又不傻。"

"老大,我指点您估计够呛了,不行您就让本部长指点指点你。"贺拔频频点头。

"你让他指点过吗?"

"指点过。"

"怎么样?"

"听不大懂……"

"所以你见他有点像老鼠见了猫?"

"也没那么夸张啦。"

"就是觉得丢脸了呗?"

"你能别说出来吗?"

"好的!"梵音捂着小嘴用气声说道。

"其实我也不太想去问他,毕竟我还比他大两岁呢!咳咳,我也有点拉不下脸来。"梵音清清嗓子,挺直了身板儿。

"嗯,您和我一样,脸皮薄。"

"嗯!"梵音使劲点着头,像磕头虫一样。

"话说回来,这次他接您过来,你俩关系怎么样,他有嫌弃您没有?"关于这事,贺拔还是很替梵音操心的,毕竟她刚来部里,和本部长关系不融洽可不太好。

"你不要总是您您您的,弄得我好像年纪很大一样。"梵音拉下脸来。

"好的好的,我知道了,你先说嘛。"

"我觉得还可以,他好像也没有嫌我麻烦,他说他不理我是因为,是因为,是因为什么来的……"梵音晕晕乎乎想不起来了。

贺拔很担忧梵音现在这个样子,看上去比自己还傻一些。

"就你脸皮还薄?让我指点了数十次,长进嘛……没有!"

一个严肃的声音从二人身后传来,贺拔顿时一激灵,扯了下梵音的衣角。梵音也知道背后是谁来了,想必刚刚的话那人听去了大半,醉意登时驱散,蜷着身子和贺拔一动不动并排站着,脸上愈加滚烫,可奈何自己酒量差到极致,瞬时又耷拉下脑袋。

"唉?本部长,您啥时候来的?我和老大正要回屋去呢!哈哈,咳咳。"贺拔转过身,干笑着:"是吧,老大?"

"嗯。"梵音小声应和着,她此时已经到了极限,眼前都是小星星。

"你让她喝了多少酒?"北冥冷声道。

贺拔这才发现,梵音有点不省人事。

"我没有!本部长,我哪敢呢!我就给她倒了一小杯青果酒,就一小杯,青果酒!"贺拔慌张解释道,连脑门都出汗了。青果酒就像是饮料一样的东西啊,贺拔心里委屈道。

"你们……你们……慢慢聊,我想我应该去睡一会儿了。"梵音含糊不清地说着,话落瞬间消失,只见露台的侧门被打开了一条缝,却不见人影。

北冥没再理会贺拔,贺拔还没等回过神儿,身边已空空如也,仿佛没人来过。贺拔原地转了好几个圈,发现唯留自己一人,嘴里磨叨着:"天啊!"

梵音就着酒意昏昏欲睡,勉强来到十五层,却无力抬眼,站在房门前半刻,并未伸手开门,似是已经睡着。

"嗯……走错了……"梵音小声嘀咕着,头一偏,瞬时移到隔壁房门前,伸手在兜里翻找钥匙,歪歪扭扭终于把房门打开。

梵音推开门,反手就是一关,门被重重地撞上。她站在屋内,晕头转向,可仍能感觉背后有人,她猛地转身,打开房门,对着门外大声说道:

"我喝多了!我睡觉了啊!放心吧,不用跟着我了!"

梵音也不知道自己在对谁说话,只看到"门"在外面,她伸手就是一拽,把"门"关上了。可用力太大,自己径直往地面倒去。

"呃!"只听一个惊慌声音跟着梵音一起被关进房门。

就在刚才,北冥站在梵音门外,觉得好笑,一直给他感觉我行我素的梵音竟也有这般迷糊的时候,醉得差点找不到房间。只因为一杯饮料似的青果酒,竟在他门口傻站了大半天。

北冥听梵音门内没了动静,刚要转身离开,这时房门从里面被打开了,只见梵音小脸通红,眼睛直直地看向自己,大声说道:"我喝多了!我睡觉了啊!放心吧,不用跟着我了!"

紧接着梵音伸出双手,抓住北冥前襟,狠狠朝自己拽了过去。梵音出手极快,北冥没有任何防范,心下一怔竟生生被拽进房门。眼看着梵音就要后脑着地,自己也跟着一同倒下。

北冥顺势用左手拦住梵音后脑,右手穿过梵音身侧撑住地面。二人身间毫厘,可闻鼻息。梵音在北冥掌心里侧过脸来,脸颊感受到掌心传来的温度,惬意地说道:"地毯还挺软。"话落,安然睡去。

北冥盯着梵音酒红的小脸发呆,不由慌神起来,自己的小脸也跟着烫了起来,心跳咚咚快了两拍。随即他赶快摇了摇头,一个转身跃起,右手拦过梵音肩膀,左手顺势钩住她的双腿,动作轻柔利落。梵音丝毫没有察觉已被北冥抱在怀中,仍旧酣然熟睡。北冥小心翼翼地把她放在床上,替她脱了鞋袜,盖上被子,见她一动不动睡得安稳,才转身离开。关上房门后,北冥的嘴角不知不觉上扬了起来。

"干吗呢,小子?"突然一个浑厚的声音从北冥身边传来,吓得北冥一个激灵,笑意全无。只见北唐穆仁正站在他身后,他刚刚神意游离,竟一点没发现门外有人。

"小音怎么了?喝多了?没事吧?会不会难受呢?我得进去看看!"话说着,北唐穆仁就要往梵音房间走去,一副心疼宝贝女儿的模样。原来刚才梵音在聚餐时的一番举动都没逃过北唐穆仁的眼睛。北唐穆仁一直注视着那孩子的状况,生怕她初见这么多人不适应。

"你进去干什么?"北冥突然伸开手一挡。

穆仁一停,道:"我去看看小音怎么样了啊,身体不舒服怎么办?"

"她没事,我给放到床上了。"北冥的手依然挡着没放下。

穆仁低下头,看着比自己矮一截的北冥,突然有点纳闷。他这个儿子一向少言寡语,对人不冷不热,恨不能比他手下的队长们都显得老成,成日跟战士们摸爬滚打在一起,完全一副小大人模样。怎的今天不太对劲了?

"你小子喝酒了?"穆仁突然道。

"没有啊!"北冥说话的时候,明显有点着慌。

穆仁心想:这小子平时爱板着脸,一喝酒就不是他了。北冥小小年纪就跟着他和爷爷一起修炼灵法,更是在十二岁接管了一分部本部长的要职,说来也是难为他了。只是北唐关山当年叮嘱他父子俩,要北冥务必刻苦修炼灵法。太叔玄下落不明,终究让北唐关山怀疑与灵魅有关,更交代穆仁要让北冥在灵法纯熟时尽早介入军政部事宜。

"哦,对!我进去不方便,人家小音是女孩家的,我当成你小子了!"穆仁说着大手抓了一把儿子的脑袋,北冥头发被抓得竖起,咧着嘴看着父亲。

"我去叫你妈过来看看!"穆仁突然道。

"我说了不用了,她已经躺到床上睡着了。"

"你放的?"

"嗯。"

"你什么时候这么细心了?"穆仁用奇怪的眼光上下打量着儿子。北冥看着父亲不出声,眼神莫名倔强起来。

"你能关心小音,我很高兴。"穆仁话说着,神情忽然暗淡下来,跟着眼中蹿出怒火,"你五叔的事我绝不与灵魅善罢甘休,定要分个你死我活!"话到此处,北唐穆仁已是双拳紧握,魁伟身躯忍不住颤抖。

北冥翻手紧握住了父亲的拳头,眼神亦是凌厉决绝道:"一定!"

穆仁看着儿子,不知何时他已变得不再像个孩子,有了坚定的力量,眼中的伤感少了几分。"我五弟就留下梵音这么一个宝贝千金,我们定当护她周全,绝不能再有差池。"北唐穆仁口中的五弟正是第五逍遥,取其姓氏第五中的"五"字,以显亲厚。"我看那孩子也不爱多言语,懂事得很,性格又要强,但和你还能聊得来些。你平时要多关心关心小音,知道吗?"

"知道。"北冥应道,可接着又问了一句,"你怎么看出她和我聊得来了？我们一共没说过几次话。"北冥不大明白。

"小音的性格,要不是信任你,你带不回来她。"穆仁说的是北冥从游人村把梵音带回来那次。北冥想着父亲的话,大概清楚了。

"还有你自己,来部里也不过半年,不要太紧绷。以你的灵法教练士兵绰绰有余了,别一头扎在部里,没日没夜,整日不敢放松,板着个脸。"穆仁说着,脸上有了笑意。

听父亲这么说,北冥有点尴尬,不太知道怎么应对,随即嗯了一声。

第十四章
北境豪饮

时间一晃,转眼五年。

五年后。东菱国,北境,镜月湖城,距新年还剩十天。

簌簌小雪,风急天寒,乱了视线。两个少年健步如飞,踏雪无痕,穿过城镇,往边缘一座赫然耸立的城楼而去。一路上家家户户张灯结彩,尽是年味。偶有孩童们戏耍打闹,只见一个雪球被挥舞到空中,却戛然而止,顿在半空,还没待人看清,又砸落在刚刚抛出雪球的那个男孩儿身上。

"是谁!是谁打我?"胖胖的小男孩儿气得原地跺脚,脑袋不停地打转,找着暗算自己的人,却也未露惊慌神色。

"我叔叔可是四分部的,你可别得罪了我!"小胖子对着天空大喊大叫。

"看来你很喜欢四分部啊?"一个爽朗的声音从不远处传来。

"那当然,等我上完学也是要去四分部的!哼!"小胖子盯着远处声音传来的方向,目光闪闪发亮。

"好!到时候在四分部见!"声音刚劲有力。

"刚刚是什么人啊,好厉害啊!"小伙伴们纷纷张眼望去,却没看到半个陌生人影。

"嗯!"小胖子狠狠点点头,眼神中满是坚定。"看我的!"又一番打闹开始了。

"难得啊哥,你也会去干这种无聊的事。"少年话中带着几分玩味。

"刚刚老远就听到那个胖小子大喊大叫,嚷着自己是以后要去四分部的人,说得还挺有气势,就想逗逗他。"少年答得不紧不慢。

"我怎么没听到?"

"你的心思都用在参谋部了,哪有工夫听这些闲事。"

"唉!我老爸那摊事可不好接啊,还不都怪你,早早当上了部长,我老爸也跟着羡慕,天天喊着让我接他的活儿,他也好清闲点。"

"你是该多帮帮叔叔,他最近头发都少了。"少年的笑声甚是开阔。

"好,等先问候完咱们的堂叔叔,我就回去继续帮他。"男孩无奈地笑着说道。

话语间,二人已经到了城楼前,收了脚步,紧步回营。牛皮长靴,墨狐披风,深红戎装在身,抵御着极北严寒。

"本部长!副参谋长!"士兵见到二人,大声敬礼道。

"落!"小步在前的一冷峻凌眉的少年铿锵有力地回道,正是北唐北冥。

"回来啦!"一个浑厚爽快的中年男人的声音从厅内传来。

"回来了,叔叔。"北冥朗声回道。

"赶紧随我去吃饭!大冷的天,你俩还亲自跑出去探察什么?有叔叔在,你们放心就好了!"

"难得来叔叔这里,能有机会饱览一下北境风光,何乐不为呢。"天阔说道。

"你这小子就是能说会道,不过我们北境确实景色宜人啊,别看天气稍冷点,但那镜月湖真是天上地下的好风光啊。"说话的正是四分部部长,北唐北冥的堂叔叔,北唐持。此人身材魁梧,性情豪迈,不拘礼数,四分部兵力强悍,固守东菱北境。

"你们老爸可没我这福气,整天窝在菱都有什么意思,看着那堆虚头巴脑的人,就让人头疼,也真是苦了我两个哥哥了!唉!"说着,北唐持一屁股坐在椅子上,笑叹道。

"是啊,我老爸今年也想跟着一起来的,可是大伯说应该让我多历练历练,就把这肥差给我了。"天阔嬉皮笑脸道。

"你这孩子今年也十六了,你大哥三年前已经一个人来我这里历练好久了!哈哈哈!"北唐持大笑道。

"可不是,他自己一个人看这好风光来了,回去以后净和我们说镜月湖的美,说自己天天闲得没事就去冰上钓鱼,过年也舍不得回来了,听得我心里痒痒。"

"哎,"北唐持不同意道,"去年过年北境风雪极盛,百年罕见,你大哥怕我自己忙不过来,非要留下帮我,这才没回去的,不然我留都留不住他!"

"原来是因为这个啊,我还以为有别的原因呢。"天阔挑眉看向北冥,北冥压根儿没有理他,自顾自喝着酒吃着菜。

"还有什么原因啊?"北唐持颇有兴趣地问着。

"叔叔,您赶紧吃饭吧。菜都凉了,咱俩喝一杯。"北冥道。

"好好好,喝酒喝酒。你小子酒量真好,和你爹有一拼呢,不知道和我比怎么样。"北唐持一直以自己的酒量为豪。

"两年前,我爹已经被我喝倒了。"北冥轻描淡写道。

"哦!真这么厉害?本想着你小子身形不像你爹和我这般壮实,酒量自然也不会好到哪去,既然你今天放话,咱爷俩不醉不算停啊!"北唐持中气十足地喝道,吓了一旁守卫一跳。

寥寥数杯不过瘾,北唐持命手下换来熊骨百烈碗。这酒碗是用极北野莹熊的熊骨打磨而成,野莹熊生活在镜月湖极北地域,与万年冰川为伍,奔跑在冰原上时晶亮的毛发应和着寒冰星光仿佛燃烧的白炽火焰,烈烈不休。用熊骨百烈碗盛的酒顷刻火烈百倍,穿心而过,可叫万夫莫敌。北唐持眼不眨气不换,三碗下肚,回过头看向北唐北冥。只见北唐北冥俊眉一挑,豪声道:

"好酒!"

话音未落,他已经又给自己满上了三碗,略一敬北唐持,仰头,三碗烈酒猛然入口,半滴不剩!

北唐持见状豪笑道:"敢不敢和我拼一拼,我这北境冷酒配熊骨百烈碗没几个男人扛得住!普天下,就你老爸能和我拼上一拼,南鲲也不过是三碗倒!"

"来来来!"北冥招手豪声道。天阔看去,这酒碗果真了不得,哥哥千杯不醉,难有大兴,可眼下几碗下去已然是快意淋漓。

几十个回合下来,二人拼酒还未停歇,天阔小酌观战,甚是自在开心,不由哼着小曲儿。眼瞅着叔叔酒意正浓,脸上由红转紫,还不肯罢休,一边的北冥醉意盎然,但面不改色,越发潇洒,嘴角上扬,额头稍偏,甚是痛快。

"叔叔,您不能再喝了。"北冥说着,伸手掩住北唐持的碗口。

"你放开,我正高兴得很呢!"

北唐持执意要把酒碗端起,可谁料他大力夺碗,酒碗竟纹丝未动。定神看去,只见北冥手掌掩住他的碗口,五指一扣,竟使他熊虎大力都动弹不得,盛满酒的酒碗受此大力,也是半滴未洒。

北唐持愣了半晌,突然手腕加力,欲推开酒碗。只见北冥劲力一挡,手腕一绷,酒碗依旧如初。北唐持浓眉一凝,紧接着大笑道:"好好好!我的好侄儿,不愧是咱北唐家的爷们儿!"说罢,声如洪钟响彻整个大厅,震得碎冰灯花声声脆响。

"叔叔要是不尽兴,咱爷俩明天再战。"北冥笑道。

"好!听你的,明日再来!"北唐持痛快应声。

随后,北唐持赫然起身,震得餐桌餐椅哪哪作响,北冥和天阔起身恭敬送他离席。北唐持刚迈出半步,突然停住,大幅转身,来到北冥身前开口说道:"喝多了!我差点忘了!小子,几年前你托我办的事现在有眉目了。"北唐持憨笑着看着北冥,尽显慈爱神色。

"是吗?"北冥眼中闪过花火。

"我在边境的守卫说,最近好像有那小东西的踪迹,就在镜月湖附近,但是你也知道,那神物甚是精明,如它不愿意,别说是近身相见了,怕是百里外它早就消失得无影无踪了。"

"不管怎样,既然有了踪迹,我便去寻寻看。"

"好,那你自己要小心,我不便派人去帮你。"

"多谢叔叔!"

北冥谢过北唐持后,兄弟俩便把他送回屋内休息,之后返回住处。天阔随北冥来到了他的房间。

"哥,我陪你一起去寻那聆龙。"

"不行,我们本来就对聆龙知之甚少,唯一了解的就是它能百里闻声,辨知来者何物,至于它灵力多少,我们都不知道。我尚且不敢保证能近它左右,你就更不能随我一起去了。"

"哥,我倒是还知道一个关于聆龙的消息。"天阔故意卖着关子,拿着腔调。

"看来副参谋长一职,你是当得得心应手呢,消息比我都灵通得很呢。"

"为哥哥分忧是弟弟分内的事。"天阔赖皮道。

"那你还不快说。"北冥白了他一眼,"想不想要水腥草?"这次换北冥玩味地看着天阔了。

天阔顿时一停,瞪着眼睛看着哥哥,心想自己这个大哥真是不会手下留情,什么心思想瞒他都难啊。既然这样,他也就无须再卖关子了,大声说道:"要!"

"等我有机会,帮你在湖边找找。"

"你别冻着自己!"天阔不服气道。

"放心吧。"

"和你说正事,据我调查聆龙这种神兽有一个极大的喜好,当然是除了它喜欢近人之外这一点。虽说能让它自愿亲近的人百年也难得一见,但它精通各种人言兽语,就可知它祖先绝对是喜欢近人的。还有一点就是,它和你一样,喜欢酒!起初我不确定,但今天叔叔说聆龙在镜月湖附近,我就更加坚信之前我查到的信息了。它就是因为酒才来的。"

"酒?"

"对，之前史料记载说聆龙厌酒，其实是错的！我研究了大半年发现，聆龙祖先传下来的信条应该是'忌酒'。因为聆龙对酒有着极为癫狂的喜好，却又极不耐酒力，闻之便醉。这样即便它们有再敏锐的听觉，也会轻易被人捕获，成为奴兽，所以早在千年前，聆龙这种神兽便不再近酒了，导致我们之前得到的资料信息出了错。"

"原来是这样。那我拿瓶酒在湖边，引它过来，把它醉倒不就好了？可这样是不是太简单了些？"北冥疑惑道。

"当然没那么简单了，聆龙是神兽，不是什么小猫小狗，随你引诱。它警惕性极高，有危险的话，早就跑远了，哪里会等你洒酒引诱它呢。而且它性子暴烈，即使你成功诱捕了它，等它醒来，它也会和你拼命的，更不可能再依附于你了。"

说罢，二人都觉得十分头疼，不知道该如何是好。

"算了，不管怎样，等我去会会它再说。"北冥洒脱不羁道。

"嗯，你准备什么时候去？"

"现在。"

北冥酒意甚浓，心情大好。每每这般豪饮之后，北冥就会除去以往沉稳干练的气度，换上一副任意妄为、潇洒狂浪的模样。其实这些年北冥的性子也稍有改变，与其说他性子变了，倒不如说他比少时更加沉敛有度了。年少时他便担此重任，不得不收敛稚气，处事谨慎，万般妥帖，随着年岁渐长，周身的一切反倒变得自然而然更加游刃有余起来。现在十七岁的他蜕了少年老成的模样，更添了几分意气风发。

"现在！这大冷的天，你出去不怕感冒啊？"天阔自然是最了解自己哥哥的脾性，更知道他超凡卓越的灵力，玩笑道。

"哈哈哈！不会！放心吧！"北冥大笑道，毫不掩饰自己此刻的心情。他虽嗜酒，却从不乱性，千杯不醉，神清意明。

"你路上小心，随时和我联系，我就不陪你去了。"

"好！"话落，北冥已消失在房中。天阔笑着回到自己屋内休息去了。

另一端，东菱西境，微寒。

松林间，枝繁叶茂，鸟鸣清脆，冬日洒下阳光，照得整个林间暖意洋洋。风清气爽，凉凉透透，让人心旷神怡。此间轻步走过二人，未惊动周遭一虫一鸟。二人一高一低，一个身形修长，一个精巧灵动，一个潇潇洒洒，一个清新凌厉，一个眉目如画，一个俊秀可人，一个男孩儿，一个女孩儿，都是一身精致挺拔的暗红色戎装，只闻二人轻快的对话。

"咱们今天差不多就会离开西境。"青年说道。

"嗯,如果不着急的话,再有五天就会到菱都。"女孩儿答道。

"哎,终于可以回去了,真是吃不惯西境的东西,寡淡无味,夏滔也太没口福了,整天没个好吃的。"青年调侃道。

夏滔是西境六分部部长,四十岁,年轻有为。

"我看倒是很符合他的形象,高傲冷淡得很呢。"

"是啊,他要是和北唐持碰面可就有好戏看了,可惜今年他俩都不来菱都。"青年摇头,一副惋惜的模样。

"我的天啊,他俩一碰面,不是吹胡子瞪眼,就是横眉冷对,看得我都心惊胆战的。唉,还是少见为妙吧。"女孩儿连连摇头。

"可不是,都是当了十余年部长的人,坐拥一方,却相互看不上眼,要不是每次主将用酒把他俩干倒,还不知道要闹到什么田地呢。"

"嗯,喝酒要是再加上五分部部长南鲲就更有意思了,四个大男人,没完没了啊!"女孩若有所思。

"我看以后不止他们四个了,你看看这些年本部长的酒量。依我看要不是他刻意让着主将,估计主将早就被他干趴下了,毕竟是亲爹啊,还是手下留情了。"

"嗯,也就算是他自己懂得收敛。"女孩儿不由微微蹙眉。

"今年过年本部长回来吗?"年轻人问道,回头看看女孩儿。

"不知道。"

年轻人还想继续问她什么,却被她打断了。

"等等,这些年我一直有个事想问你,可总是忘记,今天我终于想起来了。你别打岔,你一打岔我待会儿又忘了。"

年轻人不由得顿了一下,可这一丝仿佛错觉般的变化却没有逃过女孩儿的眼睛。

"你不是不喜欢西境衣食住行的习惯吗?那你为什么每次都跟着我来,却不让赤鲁跟着?"女孩直往前走,没有回头。

"我这不是为了陪你去看看游人村,陪你祭拜祭拜叔叔阿姨嘛。"年轻人理所应当地回答着,没有丝毫犹豫。

"赤鲁也可以陪我啊,你既然不喜欢就不用每次都跟着我来了。"

"贺拔五大三粗的,哪里能照顾好你,我这不是担心你自己路上难过嘛。算了算了,下回你不想让我陪着,我就不陪你了,本来一心为你着想,你还不领情。"年轻人话语间有些失落。

"那你明年陪我去南境呗?"女孩眉尖一扬,轻描淡写地斜睨了男孩一眼。

"有贺拔陪着你不就行了,哪里用得着我。"

女孩停下脚步,回头盯着男孩儿。男孩儿站住,眉眼闪烁,一瞬便消失不见。

"冷羿,如果我没记错的话,你好像一次都没有陪我去过南境吧?"女孩直视着男孩。

"嗯。"男孩轻声应道。

"你和南鲲大叔有过节?"

"没有。"冷羿即刻答道。

"你和扶摇姐有过节?"

"没有。"

"没有……"女孩故意拖长了音调,"那你和谁有过节?"女孩儿没有退让的意思。

"梵音,我怎么非要和人有过节呢? 你能不能盼我点好。"

"嗯。"梵音转身继续往前走,冷羿跟在身旁。

"冷羿。"

"嗯?"

"你要是和谁有过节可要提早告诉我,别让我这个当部长的蒙在鼓里,到时候打错了人可就不好了。"

"嗯。"冷羿轻声应道。

"扶摇姐今年几岁呀?"

"三十一。"冷羿脱口而出。

"哦。"梵音挑着腔调,轻声一和。

冷羿眉头微蹙。二人一路无话,又行了一段路程,梵音开口道:"今年南鲲大叔会带着扶摇姐来菱都过年。"梵音的话听上去平平淡淡。

略停片刻,冷羿开口:"是吗?"

"话说扶摇姐真是个倾城的芙蓉美人,可就是还没有男朋友。去年我去看她的时候她还发愁呢,说自己都三十了。我说她真是自找的,南境出美人,美男子更是多如牛毛,一个五分部就已经是人才济济,追她的人更是踏破门槛了,可她就是没有看上眼的。你知道当时赤鲁说什么吗?"梵音凌眉微抬,淡淡看向冷羿。

冷羿没有应声,梵音紧接着道:"赤鲁说:'扶摇姐,你要是嫁不出去我等着你好不好?'哈哈哈,你说他是不是傻,扶摇姐怎么会看上他这个傻大个。"梵音自说自话。

"可还没等我笑出声,扶摇姐当下应了一句'好!',我和赤鲁差点没把嘴里的饭喷出来,赤鲁从脖子红到耳后,从耳后红满一整张脸,半口饭都没再吃进去过,傻呆呆地直乐。今年扶摇姐来菱都,可把这小子高兴坏了,回去你可有话把儿了,别说我没告诉你。"梵音笑眯眯地看着冷羿。

冷羿一言不发,闷声走着,过了片刻才开口道:"好。"凤眼眯成了一条细线,满脸笑意。

梵音未再开口,加快了进程,冷羿随其左右。不多时二人穿过松林,来到镇上,已是晚霞满天。随即找了简单的旅店住下,待安顿好一切,二人便在旅店找了个安静的雅间准备吃饭。

第十五章
聆龙

简洁的雅间内,梵音和冷羿正在用餐。夜色渐暗,月隐月现。

"本部长过年回来吗?"冷羿闲来问道。

"应该不回来吧。"梵音专心地吃着。

"你没有问问他吗?"

"没有,北境比西境情况复杂得多,我还是先管好咱们分内的事吧,不打扰他公事。"

"这么说话多见外。"冷羿挑眉道。

"他在那边有天阔陪着,有叔叔在身边,我总操心人家的行程安排干什么。他当部长可比我稳重老练得多,你说是不是?"

"好吧。"

二人吃完饭后闲聊片刻,就各自回屋休息去了。梵音躺在床上收到了崖雅用长信草花瓣传来的消息。梵音这一趟走了三个多月,崖雅一个人在军政部闷得发慌,知道她要回来了,开心得要命。这些年崖雅对梵音软磨硬泡,终于在去年经得了梵音的同意,来到军政部工作。她让梵音路上注意安全,菱都的天气要比西境冷一些,千万不要为了赶路生病感冒。

崖雅告诉梵音赤鲁和钟离昨天已经从南境五分部回来了。三分部部长赢正可算把他俩盼回来了,要不是军政部总部至少需要留下一位作战部长,赢正早就开溜了。现在他替梵音打理二分部还要管理自己的三分部,整天忙得团团转。本想着赤鲁去南境最多也就二十天,谁知他们一去就去了一个多月,回来后被赢正狠狠臭骂一顿。

梵音自然是知道赤鲁仗着平日和赢正这个快五十岁的大叔交情好,又欺负他脾气好,才拖拖拉拉了这么些日子,其实恨不得和南扶摇一起过年。要不是南鲲轰这个赖皮脸,估计他是不会回来的。

梵音急忙给赢正回信,多谢他这些天的关照,保证回去后让赤鲁吃不了兜着走。赢正憨厚一回,说这些都是小事情,并让他们路上注意安全。待教训了赤鲁一顿后,梵音算是可以彻底休息了,一路的奔波也让她没有好眠。她掩好窗帘准备睡觉,忽又觉得忘记些什么。看看时间还早,她又拿起一片淡黄色信卡,寥寥数字询问了北冥那边的情况,本想着没那么快收到回信,不料在她刚准备放下信卡时,已经有字显现在上面了,写道:"我要年后才回去,你路上注意安全,菱都比西境天气冷,你自己多穿衣服。"信卡上显现出北冥刚劲有力的字体。

"好,你那边可比菱都冷多了,别净说我,你自己也注意身体。早点休息吧,别总和北唐持部长斗酒了。"梵音想到这里,不由叹了口气。

"知道了,晚安。"

"晚安。"梵音侧身睡去。

此时的北境月黑风高,冷风中掺杂着细碎的雪粒,温度比白天更低,北冥把信卡放进衣兜继续前行。酒意未散的他只觉浑身暖洋洋,哪里有什么寒意。一路上遇见不少岗哨,但岗哨里值班的人看不见他。在离镜月湖最近的一个岗哨房屋前,北冥停下脚步,伸手敲了敲屋子的玻璃。只听木屋里发出一声恐怖的惊呼。眼前原本空无一人的路上,竟突然露出一张人脸,还伸出手来叩窗,即便那张脸再英俊,在这黑灯瞎火的晚上也够人受的。

"是我,北唐北冥。"北冥这才意识到,因为酒精的作用他心情大好,忘了收敛灵力,突然乍现,吓到了守夜的岗哨。

"本,本,本,本……本部长好!"岗哨吓得说不出利落话来。

"不好意思,怪我。"

"没,没,没有,您别这么说。您这么晚来有事吗?您进来坐吧,外面冷。"

"不用了,我就是想问问你们最近有发现聆龙的踪迹吗?"

"是的,最近总有巨龙的脚印出现在镜月湖夹湾附近,而且接连几天都有。那脚印是白虎的五倍大,所以这些天我们都是几人并行去勘察的,以防万一,但白天只发现了脚印,始终没看到巨龙真身。"

"好,还有别的消息吗?"

"报告部长,没有了!"哨兵大声回应道。

"你继续值班吧,待会儿如果听见什么响动,你不用传信回部里,我会自行处理的,你值好班就可以了。"一语毕,北冥离开。

"是!部长!"

"多大响动,你都不用在意。"声音由远及近,不大不小,清晰可闻。

"是!部长!"哨兵大声回应道。

北冥来到镜月湖边。镜月湖是整个东菱最大的淡水湖泊,因太过绚丽夺目,人们给它起了个别名,叫作"美人魂",也就是美人湖的意思。北境的女孩自负美貌,轮廓分明,眉眼深邃,正像极了这"美人魂",远胜菱都少女那般矫揉造作。镜月湖长千里,宽百里,潭深数百丈,湖天一线,碧波潮水,似这陆上的明月,望不见尽头。

北冥从最近处的哨所一路走来,林深露重,并未发现聆龙的踪迹,穿过柏林就望见了这镜月湖。湖边的五彩鹅卵石被冲刷得光滑闪亮,此时又因天凉被蒙上一层薄霜。湖面早就结了冰,无数冰裂银痕四散开来,嚣张跋扈地穿过湖面,直指湖心。风雪停,湖边静,月高挂,能看到湖远处的夹湾处有山岩和黑漆漆的密林。

北冥心想聆龙既是远古神兽,又被传是这世上最机敏的灵兽,自然会找好自己的安身之所,眼前的夹湾远离内陆正是栖身的好地方。北冥毫无头绪地在冰面上走了一会儿,没发现任何动静,所幸他也不急,碰见了是他的运气,碰不见也无妨。

他边走边想:岗哨说,聆龙脚印巨大无比,而且接连几天都看到了脚印,却未见其身,按理说这不合逻辑,如此一个庞然大物再怎么机警也应该藏不得这么严实,而且自古以来就没有史料记载聆龙的长相。与之相比,同是神兽的红鸾同样乖戾傲物,但还是有不少资料留下,这中间又有何蹊跷?近百年不见踪迹的聆龙出现在镜月湖,难道是因为"起酒"?

北冥越想越觉得对路,新年将至,北唐持命手下来镜月湖起酒,把存酿于湖底的冷酒取出。这酒在北唐持眼里可是珍宝。镜月湖深数百丈,这酒并不是藏在最深处,而是在五十几米的深潭中,可想而知冷酒的酿制有多复杂,取出也是极为不易的。最好的冷酒在离开湖面的一瞬间,酒香就会从酒坛中四溢而出,让人欲仙欲醉,聆龙定是嗅到了这酒香才出现的。

北冥又独自待了大半晌,仍不见丝毫风吹草动,此时他酒意肆起,睡意蒙眬,准备在冰面上小憩一晚。只见他独立于湖中冰面之上,双手自然轻垂于两侧,眼睛微合,长长的眼尾随性轻挑,俊美至极。他胸前深吸起伏,凉意入怀,甚是惬意。渐渐地灵力升腾,自不觉周遭冰寒。不多时,就在他半梦半醒中,忽觉有股异样灵力出现在湖心,他登时张开双眼,警醒地观察着灵力的动向。

这股灵力极其微小,但甚是刁钻,如不是他自身的灵法精湛,甚至不会察觉到这股异样灵力的出现。北冥屏息凝视远方,见到似有一雪点在远处跳动。他聚精望去,这雪点移动极快,眼看就往自己的方向蹿来,但夜深光暗,雪点又小,他甚至不能确定是不是真的有东西在远处,只凭那依稀的灵力作为判断。他心想,要是梵音在别说这雪点了,就是一粒雪末,也能于千米外辨出它是几棱几角。

正当北冥觉得有些眼花,呼出一口轻气时,只见前方雪点忽地滞在半空一动不动。

霎时间,一股乖戾阴鸷的灵力向北冥突袭而来。北冥单手一挡,数丈防御结界拔地而起,只见一个带有强大灵力的十几米长、三四米粗的巨型冰锥被硬生生截断在了北冥身前,巨刃粉身碎骨炸裂开来。只听前方传来一声惊天动地的嚎叫,像是夹杂在喉咙中的尖厉撕裂之音,让人耳膜穿孔、不寒而栗。伴着隆隆巨响,撼得整个湖面传来碎裂之声。一只傲然大物凭空出现在湖中上空,银鳞白须铮铮作响,晶莹的龙耳舒张开来,百米有余,雪白的银线交织在龙耳之上,像一张铺天盖地的雪网,竟是说不出的华美。锋利刚硬的双翼震动在后,好像拥有四张翅膀的聆龙出现在北冥眼前,橙月般的巨大双目恶狠狠地盯着他,吹着雾气的龙鼻之下,一口皓白獠牙有着夺命之势。

只见傲龙仰天长啸,发出一声巨吼,冲着北冥飞驰而来。北冥心下了然,这神物是要与自己同归于尽了!虽不知是何原因,但他也顾不上这许多了,要是由着这大家伙乱来,这镜月湖定会被搅得天翻地覆。

只见北冥双手垂于两侧,手心向上,手指用力,大喝一声,竟不输方才聆龙那一声巨吼。盛大的灵力从北冥身上骤然涌出,好似白昼一般划破深蓝天际,拢向整个湖面,皓月当空竟也失了半分颜色。白昼之光映出镜月湖冰封之下的旷世奇景,绚丽夺目的湖藻让人如履仙境。

聆龙丝毫没有停下来的意思,反而更加愤恨地朝北冥疾驰而来,冰面碎裂的声音跟在聆龙身后,如巨斧大刀凿刻般的裂缝极速蔓延在冰面上。聆龙尖吼着撞向北冥,阴鸷的灵力爆发出来!北冥再次发出一声巨吼,双拳紧握,白昼一般的灵力顷刻间把聆龙笼罩其中,仿佛矛、盾相撞,聆龙的灵力也倾泻而出,震得湖面彻底开裂,冰水奔涌刺向天空。

聆龙使出浑身解数飞转而来,正在这一发不可收拾之际,戛然停止了动作,它的灵力也止在了半空,冰水同样不再继续冲天涌去。随着北冥吼声将落,他的灵力控制住了周遭的一切,与聆龙的灵力相撞,发出一声震破天际的巨响。一切都轰然落地,数千冰块砸向湖面。聆龙彻底失去了力气,从天空坠下,摔向湖面,在还未落入湖中的时候,竟然消失不见了!

北冥双脚轻点浮在湖面的零散冰块,向湖中奔去,速度快得让人根本看不到他的影子。眨眼工夫,他又已经返回到岸边。他略微喘了口气,好像刚才那一场激战,不曾消耗他太多气力,只稍稍歇息片刻便好。与其说是他与聆龙的灵力相撞,更不如看作是他用灵力化解了聆龙的怪力。等他恢复了体力,转头朝地面一块大鹅卵石背后看去,那里好像藏着一个什么小东西。

他朝着鹅卵石走过去,就地一坐,盯着鹅卵石背后的小东西。过了一会儿看它一动不动,他开口道:"你没事吧?"

小东西没有回音。

原来在刚刚的千钧一发之际,聆龙从一开始幻化成的巨大模样变回了原本的形态。由于灵力过耗,它失控坠入湖心,北冥冲过去用手接住了它,并把它带回了陆上。原本还气若游丝的聆龙,此时已经挺直了身板,银白的龙鳞熠熠生光,好不气派。

虽说个头小了点,但神兽终归是神兽,无论是灵力的恢复还是外貌的神奕都让人惊叹不已。北冥心里这么想着,但见小东西还没动静,便继续说道:"你听得懂我说话,对吧?"

对方仍旧不答。

"你这是什么意思,坐在那里一动不动?刚才我可没有招惹你,是你先无缘无故变幻成那么个吓唬人的大东西来攻击我的,现在倒好,你一句话不说了,你不是能听懂我说话吗?"北冥盯着小东西,似是在对它说教。

在听到北冥说"你一句话不说了"这一句时,小东西从鼻子里发出一阵轻哧,很是不屑的样子,但依旧没有出声。

"你不会说我们人类的话,是吗?你们只是听得懂,不会说,是吗?"北冥没有理会自己方才被鄙视的事,继续道。

小东西转过头,用黄澄澄的眼睛盯着北冥,样子还和刚才打架时的大家伙一模一样,只是体积小了数万倍不止。现在大概只有一只蝴蝶那么大,耳朵还收拢了起来,显得更小了,一条细长的银色龙尾盘在地上,样子很是可爱。它皱皱龙鼻,对北冥很是不满的样子。

"你这是什么态度?我又没有得罪你,要是我弟弟在就好了,他那个脑子大概能猜出个七八分。你到底是什么意思?"北冥恢复了以往冷静思忖时的样子,酒意全无。

他莫名其妙地摇摇头,伸手从兜里摸出一张信卡,用灵力写了几笔,告诉天阔他这边的情况。片刻不到,信卡再次展开,上面出现了天阔零零散散的笔记,北冥读完后点头道:

"原来是这样。"北冥把信卡放入口袋,抬头看着小东西。

"你是聆龙,对吗?"小东西依旧纹丝不动。

"看来是我弄错了,你根本不是什么聆龙,神兽怎么可能长成你这个样子呢,像只蝴蝶一样。唉,弄了半天,是我自己搞错了。"北冥一边摇头,一边偷偷看着小东西。

只见小东西听他说完,顿时瞪着眼睛,鼻孔愤愤地喘着粗气,一副咬牙切齿的样子,甚是有趣。

"哦,看样子你是啊。也对,看看你的龙翼和龙鳞是多么耀眼冷酷,尤其是那一对大耳朵,好生厉害呀!"北冥立马学着天阔的语气赞美道。

这招对小东西很是管用,听到北冥夸奖它,它立刻炫耀般地震动着自己的耳朵,很是骄傲。

"我听说你们祖先应该会说很多生灵的语言,但后来你们渐渐就不说了,对吗?因为学舌这种东西,在你们看来是八哥和鹦鹉才会去做的事,身为龙族的你们根本不屑一顾,所以也就不说了。直到现在你们早就摒弃了自己这一门微不足道的绝技,对吗?"北冥话语中透出崇敬之意,但觉着模仿天阔说话很是别扭。不过小东西对这套说法果真很受用,只见它鼻子又轻哧一声,可这一次不是鄙视,而明显是赞同之意。

"看来我说对了。"北冥笑道。

小东西似乎微微点了点头。

北冥不知不觉打了个哈欠,也难怪,折腾了一个晚上,天都快亮了,他还没有踏实睡一会儿。就在这个时候,聆龙顿时孪开了龙鳞,又用黄澄澄的双眼瞪着北冥,一副气急败坏的样子。

北冥被它一瞪,哈欠打了一半,又硬生生地咽了回去。

"你总是瞪着我干什么? 我从昨晚到现在还没有睡一觉呢,想着要是能找到你的话,和你商量点事,可我这什么都没干呢,就被你打了一顿。我还没怪你呢,你倒先没完没了了。"北冥示弱道,语气可怜巴巴的。

聆龙听着,好像也没刚才那么生气了。

"你是不是喜欢喝酒啊?"北冥问道。

聆龙听到这里,耳朵一惊,有些提防地看着北冥。

"我也喜欢喝酒,我昨晚上喝了十几斤酒呢。"北冥高兴道。

聆龙不可思议地瞪大眼睛,张着耳朵,好像在听一件惊世骇俗的大事一样。

"怎么,你不信啊? 你闻,我现在身上还有一股酒香呢,就是这湖底的冷酒。"说着北冥伸出胳膊，放在聆龙面前。

聆龙小心翼翼地落到北冥胳膊上，鼻孔一张一合嗅着酒香，竟欢快地跳了起来，可是没跳两步，就从他胳膊上蹦了下来，继续坐在石头边上不说话。

"你是不是以为我今天是来抓你的啊？你看看我，如果我想抓你，你逃得了吗？你看我像是要把你关在笼子里的样子吗？"北冥坦诚说道。

聆龙缓缓转过头，上下打量着北冥。

"真的！"北冥脱口而出两个字，等他说完自己也被吓了一跳。

"你刚才是在和我说话吗？"北冥惊讶道。

聆龙看着北冥，没开口，但显然，北冥是听到了聆龙的意思，或者说是感受到了。北冥在说话之前，好像听到聆龙在问他：你说的是真的？你没有故意要来抓我？

听到这些问句之后，北冥才不知不觉答了一句"真的"。

"太有趣了，你不用开口，就能和我们人类沟通。"北冥惊喜道。

"这算什么，我还能和千百种生灵说话呢。"聆龙未开口，但它的声音已经传达到了北冥的脑海里。

"太有意思了，这样一来你终于肯和我说话啦，聆龙神兽。"北冥笑着开心道。

"嗯。"聆龙勉强道。

"你刚刚怎么突然攻击我了呢？难不成是我身上的酒气惹到你了？"其实北冥早就猜出个八九不离十了。

"你身上酒气那么重，我以为你是来故意引诱我的！我就准备和你拼命了！"聆龙显然还是有些余怒未消。

"那我刚刚发现你的时候，你还是个雪点，并没有要和我拼命的意思呀。后来？哦，我知道了，后来我打了个哈欠，酒气重了些，你就误会了。啊，刚刚也是一样，我打了个哈欠，你就不高兴了。"北冥恍然道。

"我以为，今天有士兵来起酒呢，大晚上的本想着也不可能，可是我闻到酒味就……就……"聆龙吞吐道。

"就控制不住了。"

聆龙不好意思地耷拉下脑袋，没说话。

"你那么远就闻到我身上的酒味了吗？"

"嗯，要是很浓烈的酒，我早就跑远了。酒打开盖子，我都是不会上前的，只是今年忍不住来到这镜月湖，想着闻过起酒时的香气后我就走的。本来我是已经走了的，谁知大晚上你身上酒气这样浓，就把我引来了。"聆龙不服输道。

"那这一天到晚喝酒的人多了，岂不是都能把你引去了？"

"就知道你们没见过世面,你以为什么酒都能引起我的注意吗?你以为一身酒臭的人我会主动靠近吗?想想就恶心。"聆龙吐了吐舌头。

北冥没有接话,而是独自若有所思地想着。

"你怎么不说话了?"聆龙仰着头看着北冥,问道。

"我在想自己真笨,聆龙既是神兽,自然是灵力超群非凡,你们天生极聪慧机警,怎么会被一些凡夫俗事诱惑呢?我觉得自己傻罢了。"北冥倒是说的实话。

"你说的没错。不过我也很奇怪,我刚才一直认为闻到的是起酒时的香气。那气味既不像开坛后那般浓烈,又不像被人饮下后变成的污浊气。开坛后我是万不敢靠近的,我们的控制力到那时就完蛋了,可你身上确实没有污浊气啊,反倒是淡淡的酒香。"说着,聆龙往北冥身前凑了凑,想借机闻闻酒香。

"可能是我平日喜欢饮酒,这次更是喝得多了些,所以让你误会了。"北冥笑道。

"你是不是不会醉?"聆龙突然想到什么,惊奇地问道。

"是,长这么大还没有醉过。"北冥淡淡道。

"这就对了。相传我们祖上和一人类关系甚好,一直相伴左右,那个人就是不会醉的。祖上说,这种人能和酒融为一体,饮酒后连血液中也有酒香,更不会化为污浊混沌之气。"聆龙若有所思。

"所以说,你们聆龙喜欢与人亲近,就是这么来的吧?"

"才不是,我们才不喜欢和你们在一起呢。"聆龙傲慢地答道,此时它已经盘坐在了北冥的腿上。

"我请你喝酒,你喝吗?"北冥低头看看它,笑着。

"不喝。喝醉了,你们那些个坏心眼的人会抓了我的。"

"哈哈,有我呢,没人抓得了你。"北冥爽朗地笑着。

聆龙抬头看向眼前这个年轻人,他的声音极为清朗明亮,让它在听过世间万灵之声后,仍觉得这般舒缓悦耳,不由得想亲近他。

"那个,你刚刚说找我有什么事啊?"聆龙小声嘀咕道。

北冥笑着,其实他根本听不到聆龙在说话,聆龙是在用它们自己的方法与万物沟通,可那嘀嘀咕咕的有趣模样,一直活灵活现地浮现在北冥眼前。开心之余,北冥也惊叹世间万物都有着它们神奇的力量。

"我本有事想请你帮忙,不知道你能不能答应。不过你那么讨厌人类,又那么不喜欢我,我也不能强人所难,等你休息好了,我便送你离开吧。"北冥有意逗眼前这个小家伙。

"那个,你灵力那么高,如果,我是说如果,如果我跟着你,能喝一些酒……可是我很容易醉,到时候你能,你能,你能……"聆龙吞吞吐吐一副憨憨模样,一改刚才的暴戾机警。果然是一碰到酒,它们就容易乱了方寸。

"我能保护好你的,放心吧。"北冥拍着胸脯道。他也是真心喜欢这个神兽,看着聆龙这么信任自己,卸下了方才的一身谨慎,在自己面前变得憨态可掬,觉得自己和这个小家伙缘分匪浅。

"嗯,你可说话算数。"聆龙期待地看着他。

"算数,不过你这个小家伙碰到酒很容易被骗啊,你这么快就信任了我,不怕我把你卖掉吗?"

"喊谁小家伙呢?我个头虽小,年纪却不小了,已经活了二十多年了,你才是个十几岁的娃娃吧?我和你客套两句,你还不知道东南西北了,世人想骗我们的多了,谈何容易!"聆龙自是不能输去半分。

"知道了,那我们走。"

话落,聆龙已经攀附在北冥的耳廓,像是一个鬼斧神工的晶莹耳饰,龙翼展翅般精美绝伦,世间无二。

"哎,等等,还有个事想问问你。"北冥顿下脚步问道。

"什么事?"听口气聆龙已经完全依赖于北冥了,熟络得很。

北冥笑着,心下也高兴。

"你知道水腥草这种植物吗?这镜月湖可有?我的弟弟想寻这个宝贝。"话落,北冥觉得自己说的有些不妥,但也无关紧要,就没有再做解释。

"不是你弟弟想寻吧?是谁呢?"聆龙追问道。

"这你都听得出来?你不会还懂读心术吧?"北冥对聆龙的反应有些出乎意料。

"这倒不会,但察言观色的本事,我总是胜你们好多筹吧。"聆龙也不谦虚。

"还好多筹,呵呵。"北冥轻笑道,"是我弟弟的朋友要寻,也是我的朋友。"

"今天遇见我算是你撞大运喽。"聆龙摆动着它的尾巴,轻轻敲打着北冥的耳廓,得意洋洋。

"你知道怎么找到水腥草,对吗?"北冥问道。

"那当然,世间万物,只要是活着的,我都能听到个七八分。"

"知道你最厉害了,那你帮帮我吧。"北冥哄着聆龙道。

"水腥草这种植物确实是十分罕见,它生在哪儿,长在哪儿也都不固定,只有一点,它生长的地方一定是极具灵性的。这才使得它颇具灵力,或者说它是吸纳天地自然精华生长出来的灵植。我也是没见过几面的,毕竟我听到的声音大都是动物的,植物这一块我功力不够,它们的生长几近无声无息。越是富有感情的生灵,我们越是能洞察其声,反之则不行。"聆龙认真道。

"还有你谦虚的时候?"北冥说道。

"我又不是爱说大话的龙。"聆龙摆动着它晶莹的双耳道,"说实话,我长这么大也只见过两次水腥草,一次是在西方西番国,而另一次就是今天!"

"在这镜月湖里?"北冥的样子看起来并不十分吃惊。

"你怎么知道?"聆龙倒是被北冥这一问给问呆了,忙从北冥的耳朵上飞下来,扇着龙翼悬在北冥面前,深表怀疑地盯着北冥的眼睛。

"原来你会说话呀。"北冥翘起嘴角笑道。

"啊?"聆龙刚刚一时惊讶,忘了瞒住自己的小秘密,在北冥面前开了口。

北冥扬起一条眉毛好笑地看着它,聆龙撇撇嘴。

"烦人,你是不是故意的?"聆龙眯缝起眼睛,开口说话道。

"没有,你这家伙也太沉不住气了,怪不得能被酒香引到这里。"

"哎呀,别提这件事了,你到底什么时候发现水腥草的?"聆龙赶紧打岔道。

"其实我也不太确定,刚刚与你交手时,我的灵力照亮湖面,只一瞬好像看到有一物在冰下浮动……"

还没等北冥说完,聆龙便着急打岔道:"你怎么知道那东西是水腥草?万一是水草呢,是鱼呢,是虾呢?"聆龙磨叨着。

"我也不确定那东西是什么,只是觉得它与众不同,在湖藻中幽蓝透明,和水色极为相近,但竟胜过湖水的灵动,这才引起我的注意。还有刚刚我冲过去接住你时,惊到了不少鱼群四散而逃,那株灵草似的东西却悠悠然漂浮着,很是有趣,我想应该不是凡物。况且有你出没的地方本就不一般。"北冥这最后一句竟是赤裸裸的拍马屁,态度却一丝不苟。

"你的眼力未免太好了吧!"聆龙吃惊地看着北冥,抑制不住地赞许。

"你过奖了,我这点小本事也就是从一位朋友身上学了点皮毛而已。"

"这么厉害?真的假的?"聆龙扬起一边的眼角,很是怀疑地看着北冥。

"有机会带你见见怎么样?"

"嗯!我倒要看看你是不是在吹牛!这世上我聆龙的耳力独步古今,却不知道你们人类也有像我这般五感卓绝的家伙,你不要诓我说你的朋友是只老鹰什么的啊!"聆龙警惕道。

"哈哈,你倒挺谨慎。不会的,我的朋友是个,"北冥轻笑,略略停顿一下,继续道,"女孩。"

"哦?"聆龙的耳朵不自觉地扑闪了两下,若有所思。

"我现在要去找那棵水腥草,你能帮我吗?"北冥诚恳道。

"没问题,谁让我们是朋友了呢。不过我刚刚说过,在植物这方面我的耳力有限,咱们也只能碰运气了。"聆龙也是痛快得很。

"好。"北冥思忖了片刻,从怀里拿出一个精致的透明玻璃容器,圆肚细颈,高十厘米左右。

"找到了就用这个装吗?"聆龙好奇道。

"嗯。"

北冥对这些知之甚少,他没有钻研过水腥草的相关资料,平时也就是在天阔那里听到过只言片语,其他的几乎一无所知。

北冥要聆龙帮忙听听水里的动静,聆龙张开双耳,轻轻地扑动着,时而变换着方向。就在北冥屏息凝视地看着水面时,只见聆龙一怔,耳廓的尖角直指水面中央,正是距他们刚刚打斗地方的百米外。

"就是那里!"

聆龙说话间已被北冥握在手中,它只觉自己话音未落,北冥已经来到了湖中的位置。它几乎不能相信发生在北冥身上的一切,还未等它惊讶,只见北冥用灵力震向湖面。聆龙本想着湖水会冲天飞溅,不料水面竟纹丝未动,只见巨大的银色光晕在湖中蔓延开来,美得似梦似幻,柔若清波。

聆龙顺着光晕向下看去,只见一片幽蓝静卧水中。聆龙小声说道:"就是它!"

一只修长灵巧的手霎时刺入水中,原本握在手中的聆龙此刻已经换成了水中的灵植,另一只手同时入水。整个动作干净利落,轻柔精准,一棵水腥草已经悄然无息地立于瓶中。北冥再次示意聆龙附在自己耳廓,他凌空侧身翻跃而起,脚尖轻点水面,一个踏力,水波轻扬,顷刻喘息间,已是回到岸边。

北冥拿着瓶子在眼前看了又看,水腥草安静地立在其中,并未有丝毫的不妥。借着月光,北冥似乎感受到这玻璃瓶中灵力流转,轻赞:"好一棵水腥草!"

随后他们带着水腥草返回四分部,聆龙起初还兴奋地叽叽喳喳问了一些北冥灵力的问题,但不多时,就附在他耳廓,昏昏睡去。经历这一场打斗对北冥而言不算什么,聆龙可几乎耗尽一身灵力,此刻再也欢脱不起来了。

北冥面上挂着温和的微笑,心想这聆龙可要赶紧托付他人,不然这叽叽喳喳的性子,他可受不住。但转念一想,她大约也是受不住的,随即苦笑一声。

第十六章
有姓第五的吗

清早,天色淡蓝,梵音和冷羿准备动身返回菱都。简单吃了早饭,二人轻装出发。大约走了半日工夫,二人到了人迹不多的林中小路上,中途在驿站休息了片刻,躲过了正午的日头,现下行进很是清爽。只是这次返回的路线和以往不太一样,梵音说是因这样穿山而行比平时走城镇的路快捷,而且人少。冷羿倒是无所谓,哪条路都可以。只是又走了一时半刻,冷羿觉得路线有些偏离,应该是绕远了,他未开口询问。

"冷羿。"梵音开口道。

"嗯?"冷羿轻声回应。

"这次我不想直接回菱都,我想先去一个地方。"梵音没有要隐瞒的意思。

"去哪里?"

"咱们现在已经往北行进了一段时间,如果我没记错,再继续往南不多时,我们就该出东菱的国界了吧?"

"嗯,没错,再往南不出五十里就要到国界线了。你这是想去哪里?"

"那边有个游人村,我想去拜访一下。"梵音没有停顿,紧接着回答道。

"游人村? 去那里做什么?"冷羿平淡地说着。

"几年前我路过那边,发现了一些有趣的能人异士,趁这次时间还早,我想去拜访拜访。你呢? 愿意陪我去吗?"

"都到这儿了,哪能不陪你呢?"冷羿清俊的脸上露出了迷人的微笑。

"就知道你会的,反正也不远了,咱们走吧。"梵音坦然道。

"可是你昨天还说部里面已经麻烦嬴正部长代理主持好久了,我们这又要晚回去几日,我看不太妥当吧?"

"赤鲁这个家伙虽然平时莽撞,但办起事情来还是稳妥的,而且他和钟离都已经回去了,应该不会有别的什么事情了。"

"年关将至,你和本部长都不在部里,不太好吧?主将该说我们自由散漫了。"冷羿诚心说道。

"你说得有理,是我考虑不周。既然这样你就替我先回去吧,我自己一个人过去拜访一下,最多晚个两三日便会回去,放心吧。"

冷羿见状知道梵音主意已定,也就随着她了。不过她一人上路,他还是有些顾虑,于是站在原地未动,想开口劝阻。

"放心吧。"梵音先声夺人。

他总是喜欢替这个顶头上司多操心一些,按说这不符合他这二十多年来的性格,但自己也不明白其中的原因,久而久之成了习惯。在对待梵音的问题上,冷羿总感觉少了以往的随意自由,这点让他自己也很摸不着头绪。可这次他是坚决不陪她一同前往了。

"你路上小心点,有事随时联系,我离你并不远,要是……"冷羿说到一半突然觉得自己有点磨叽,于是草草结尾,"没事,我先走了,再见。"话落,还未等梵音开口,他已经迈开步伐。

"好,放心吧。"

待梵音说完,冷羿已经消失得无影无踪,梵音甚至怀疑冷羿是否听清了自己最后的那句话。

等彻底看不到冷羿的身影,梵音才转身往相反的方向走去。正如她一开始所想的,即便她故意带冷羿来到了游人村的方向,即便已经离村子那样近,即便她做得那么明显,冷羿还是拒绝了与她一同前往。所谓的为二分部着想,不放心赤鲁,在她看来全都是搪塞敷衍。以他的性格,天塌下来都与他无关,只要是他懒得管的事,就算是主将开口他也未必会答应。他这个人一人吃饱,全家不愁。赤鲁常说,冷羿是个眼高于顶的傲慢家伙,梵音却不这么认为。

在她看来并非一般事物入不了冷羿的眼,而是冷羿压根儿没去看过周遭的一切,至少她知道的冷羿在乎的东西屈指可数,寥寥无几。当然冷羿对她这个朋友的真心,她向来不曾怀疑,只是她不理解这样的冷羿为何会选择现在这样的生活。每个人难免都有自己隐去的难事,梵音也无意探寻,尊重对方是作为朋友的大前提。

梵音独自走在路上。她抬起左手,用手指轻轻往半空一弹,一个形似细冰锥的凌镜出现在她左前方,刚好是她视线所及的地方。凌镜冰透精细,若不细心观察,常人很难察觉到它的存在。这样一来梵音便能三百六十度无死角地看清周遭的一切。穿过林中小路，不多时，一个安静恬适的村庄便出现在梵音眼前。

来到东菱的这些年，梵音也渐渐适应了这里的生活，只是当她再看到眼前景象时，仍旧无法安然地释怀。梵音站在村口，一丝久违的苦涩微笑攀上她精致的面庞，她秀眉微微蹙起，深吸了几口清甜的味道。深冬，街道上早已没有了花香，只是这空气对于梵音来说依旧是香甜的。她抬起脚，迈开步伐，轻轻踏进这安静的村子。

已是午后，大多数人家都在休息，偶尔有花时嘀嗒的声音从屋子里传出来。她四处张望着，想看看街上还有没有人。不多时，她看到一个胖胖的大婶正在自家院子里面晒被子。迎着冬日的暖阳，大婶把棉被挂在绳子上敲敲打打。

梵音来到大婶的院外，透过篱笆墙，开口道："您好，请问可以打扰一下吗？"声音不大不小，不至于惊扰到别人，很是礼貌。

胖大婶抬起头，往院外望来，不知是何人在叫自己。

"您好，我是路过咱们村子的，想向您打听点事情，不知道方便吗？"梵音见胖大婶看向自己，便继续道。

胖大婶拿着手中的扫床笤帚，走了过来，面上有些好奇，想着这个时候会是什么人呢。

"有什么事吗？"胖大婶拿眼轻轻打量着眼前这位年轻的姑娘。小姑娘五官精致至极，皮肤水滑，透着淡淡的小麦色，看上去就知道不是离这里最近的东菱人。那她是打哪里来的呢？

"您好，我想向您打听点事情，我是从东菱来的。"

"东菱国吗？"

"我不是东菱本国人，只是住在那里，您别见怪。"

"哦，这样啊。怪不得呢，我记得东菱人皮肤都是白白嫩嫩的，不像你这样。"大婶心直口快，可话到一半觉得有些不妥，"我不是那个意思，我是说你和他们肤色不太一样。"大婶赶紧摆手解释道。

"没关系。我想和您打听个人，不知道您认不认识？"

"叫我胖婶就行。"胖婶笑眯眯地看着眼前这个陌生奇怪的女孩。

"好的，胖婶，请问咱们这个村子里，有没有一个姓第五的人。"梵音平静地开了口。

"第五？第五吗？没有啊，我在这里住了几十年了，没有这样一个人呢。"胖婶不假思索地回答道。村子不大，乡里乡亲的早就都认识了。

"是吗，那……"紧接着梵音又开口问道，"这里有没有一位姓冷的人呢？"

"冷吗？也没有啊，没有这么一个人呢。"胖婶皱着眉头使劲想着，她觉得这么偏僻的两个姓氏，如果有的话，自己一定不会不记得呀。

"没有吗？"梵音再一次确认，此时她的心里有些失望了。

胖婶绞尽脑汁地想着，可还是没有头绪。

"对不起孩子，我没听说过这样的两个人。"胖婶觉得很抱歉，没有帮上忙。她一向是个热心肠的人。

"这样啊，"梵音顿了顿，继续道，"没关系，打扰您了，我想再在村子里看看，可以吗？"自己毕竟是个外人，和村子的主人知会一声总是有礼貌的。

"没问题，你到处看看吧，顺便再问问别人，万一是我一时糊涂，忘了呢。"胖婶连忙点头道。

刚迈出几步，梵音就从凌镜里面看到，胖婶正对着自己的方向大喊。胖婶努力伸着脖子，张大嘴巴，一闭一合，一副很用力的样子，梵音转过身。

"还有什么事吗，胖婶？"

"对不起啊，刚才一着急喊得声音大了点，没吓着你吧？我这个人平时就是嗓门大。"

"没事。"

"小姑娘你可以到村子里的花时店问问，开花时店的温大叔认识的人多，见识又广，他应该能帮到你。"

"花时店？温大叔？"

花时店里贩卖计算时间的器具。花时是一种植物，通过培育，可计算时间，种类繁杂多样，除了实用外还极富装饰性。花时平日被佩戴在人们身上，吸收一些皮肤分泌的油脂就可以健康工作，当然劣质的花时很容易朽掉。人们往往戴在身上、手腕上或胸前等方便看到的地方。

"对，他姓温，你喊他温大叔就可以了。他见多识广，认识的人多，这个村子要说能帮上忙的，除了他没别人了。"

"谢谢您，我待会儿就去拜访一下。"

梵音看向胖婶的脸，一时间有些错觉，她似乎在胖婶的脸上看到了她这个年纪很难再有的神情。那应该是娇羞的表情，她的脸竟微微有些红了。梵音一向笃定自己的眼力，但此刻她不确定是不是自己眼花了。

说罢，梵音往村里走去。别看村子不大，一路上各色店铺应有尽有，餐馆、客栈、菜市场、裁缝铺、首饰店、医药所，一应俱全。梵音沿途和人打听花时店，穿过几条街巷，终于在闹市的一隅看到了。

店铺有两层楼高,门面古朴考究,从二楼支出一个竖着的黄铜招牌,镂空刻着几个大字"温大叔花时店"。招牌后面亮着明黄色的锦灯,让几个镂空的大字显得格外醒目,想也知道夜晚时会非常扎眼。

梵音走过去,发现玻璃大门紧闭。她轻轻推了一下,门没锁,可再看看里面,灯都是关着的。门把手上拴着一个纸牌子,梵音拿起来看到上面写着:

"这几日外出,回来再联络啦。"

字体漂亮至极,俊秀飘逸,都说字如其人,想必这个温大叔也应是个潇洒不羁的主儿。他外出连门户都不关,可以想象这村子是何等安逸。

梵音站在门前,礼貌地往屋内看了看,各式各样的花时琳琅满目,长相也稀奇古怪。有的蓝汪汪软趴趴地养在玻璃水瓶里,有的黑黢黢皱巴巴地趴在土里,房间里的墙壁上和廊柱上也都生长着各种颜色及形状的植物。她甚至不确定自己是不是看到了一大片棕黄色树皮泡在类似菜油的液体里,难道那也是花时?梵音心里打着鼓,她几乎没看到几个成形的花时。

她低下头,看看自己手腕上的花时,从未像此刻一般感觉到自己的花时是那样精美漂亮。这花时是在她十六岁生日时崖雅送给她的礼物。此前她只佩戴一条极其普通的棕色枝条花时,两根软枝戴在手上,其中一根每天在手腕上伸展蜷缩,通过张合的尺度精确地计算着时间。

现在这款花时银白色的藤蔓合适地攀附在她纤细的手腕上,六瓣乳白色的细长圆叶三三分开,上下围绕着梵音的手腕。此刻已经是下午两点多,上面的三片花瓣卷起,下面的其中一片刚好卷到一半再多一点点。梵音一向不太喜欢这么复杂的东西,如果不是为了迁就她的喜好,崖雅一定会给她买一个更漂亮更花哨的花时。

看过屋中的情形后,梵音的注意力被面前的这扇玻璃大门吸引了。大门足足高五米,二层的阁楼相对矮一些。

起初梵音只觉得这扇门是由普通的透明玻璃制成,透着淡淡的茶色。当靠近这个门时,她却感到一股异样。

"防御术?"梵音暗道,"不对。"一丝微弱刺骨的冰凉灵力从玻璃门散发出来。

不是防御术。梵音心里纳闷,摸不着头绪。本想进去看看,但主人不在家,还是算了。

傍晚,她找了家安静的旅店住了下来,打算多等几日。旅店房间不多,只有四五间的样子,旅店本身就是老板的家。一家三口住在一楼,胡桃木质的楼梯和墙面,二楼是客房。

梵音安静地睡了一夜,清早起床后听见老板着急地和老板娘说:"孩子不见了!"

说话的工夫,旅店的门被推开了,进来的正是胖婶。

"朵儿妈,我家小胖给我留了字条。"胖婶晃着手中的信笺,上面写着:

"老妈,我们今天上山去看熊,傍晚前就回来,你们放心吧,到时候碰见温大叔就和他一起回来。"小孩的字写得歪歪扭扭。

不一会儿,又有五六个孩子的父母走进了旅店。一番交谈之后才知道,孩子们成群结队地一起上山去了。

梵音轻蹙眉头,心道:看熊?这些孩子胆子还真大。

听他们七嘴八舌的,梵音知道这个游人村的村民们灵法都不高,远不像她以前居住的村子。即使都是游人村,其中差异也甚大,以前她所在的游人村村中有很多叔叔阿姨灵法高强,都非泛泛之辈,翘楚就是她的父亲还有雷落一家,而这里住的显然都是些普通村民,和菱都的大多数人一样,灵法平平,除了这个还未谋面的温大叔。

正当梵音站在木楼梯上看着大家讨论时,胖婶突然抬起头,看见了她。二人四目相对,梵音对她微笑着点点头。

"小姑娘,你住在这里了呀?"胖婶热心道。

"是。"

梵音本不想参与太多外村的事情,但这说话间越听越觉蹊跷。

"这母熊伤了都有半个多月了吧?"

"有了有了,刚入冬那会儿就听孩子们说了。"

"那这四个熊崽儿活得下来吗?"

"胖婶,咱这里外来的人多吗?"梵音突然插话道。

"不多啊,都是零零散散的人。"

"这山上除了棕熊,还有别的猛兽吗?"

"没有了,就有几只棕熊,不过也温顺得很,和孩子们还有温大叔关系都好得很呢。平时他们上山我们也都放心的,就是现在这天寒地冻的,让人担心。"胖婶焦急地说着。

"胖婶,我想我能帮忙上山看看。如果有消息,我通知你们。"

"小姑娘你一个人吗? 那可不行! 再说,你也不认路啊。"

"没事的。"话落,梵音已经到了大门口。

"哎! 孩子,你叫什么名字?"

"叫我梵音就行。"

之后老板也催促众人赶紧动身,上山寻找。

梵音出了大门，便加快了步伐，到了山脚下。她穿过林间，移动速度惊人，只见一个虚影从树端闪到另一树梢上。很快，梵音便行至大片山林中，找到了孩子们的踪迹。途中她发现很多适宜棕熊居住的巨大枯树树洞，也有一些隐秘的山洞。

她在其中一处山洞外停下，那里的足迹杂乱无章，却都是刚刚留下的。山雪很薄，印出了行走过的样子，看脚印大小就知道是一群孩子。脚印围着山洞转了个遍，显然他们没有在山洞附近找到他们想要找的熊。梵音勉为其难地钻进山洞查看，里面到处是棕熊的气味，不太好闻。只是这当中掺杂了浓重的血腥味，按理说棕熊是一个月前受的伤，早就不该是如此状况了。

眼尖的梵音发现这一堆繁杂的脚印下，似乎有成年人的踪迹，那些脚印比她的大得多。

梵音再没多作逗留，起身离开。她翻身跃上树梢，向远处望去，一个东西瞬间引起了她的注意。她纵身跃向十几米外的一棵大树，那上面竟然也有脚印。印记总数只有一个，然而这痕迹之下竟是被多次踩踏的形状。身为军人的她常年执行任务，对这种踏痕最是敏感。梵音讶异，这显然是一支训练有素的精干人马，身法甚好。落脚之处极为精准，都是踏在同一地方，能让冬季的枯树枝接连不断地承受踩踏，且不折损，可见灵法不俗。

特地用此种做法也是为了掩人耳目，梵音心中又多了一分谨慎。从脚印的完整状况看来，这批人刚刚离开不久。

不一会儿，梵音便追上了小孩子一行人，个个都是七八岁模样。她瞬步向前，挡在了一个小胖子面前。小胖子被她吓了一跳，险些撞到她身上。

"哎呀！你是谁啊？"小胖子大声喊了出来。

"林康康，胖婶的孩子？"

"你怎么知道？"小孩子瞪大眼睛，有些警惕地看着眼前这个陌生人。

"你是昨天住在我家的姐姐。"梵音向后瞄去，一个身着小碎花棉袄戴着浅鹅黄色绒帽的小女孩出现在她眼前。

"朵儿。"

"嗯。"女孩点点头。

"你们认识？"小胖子转头问向同伴。

"昨天她在我家住的。"

"这样啊，我们走。"

"哎，你们要去哪儿？"梵音拦在小胖子前头，看来他是个小头目。

"干吗告诉你？"

"小家伙,人不大,主意挺正!"梵音心里乐道,"没有温大叔带路,你们找得到棕熊吗?"

"你怎么知道?"小胖子眼睛骨碌转了一下。

"胖婶看见字条很生气,让我赶紧带你回家。"

"你真的认识我妈妈?"

"真的,好了,赶紧跟我回家吧。山上不安全。"

"不行!熊妈受伤了,我们得去照顾一下。"

"就你这个小不点,还照顾棕熊!"梵音心下腹诽,又和孩子们周旋了一会儿。孩子们没有一个听她的。带孩子当真比带兵累!梵音气得只想薅头发。最后,她只得妥协,陪孩子们上山走一趟了。

"姐姐,你叫什么名字?"小胖子看了半天,觉得她人还可以,便问道。

"梵音。"梵音在他脸上拧了一把。

其实即便不是因为这群小孩,梵音在发现脚印后也准备立刻着手追踪那帮来历不明的人的行踪。这里距离东菱的国界非常近,有这么一群行迹可疑灵力不俗的人在这山里干着不明勾当,着实让她不能安心离开。

"康康、朵儿、灵儿、嘉嘉、小七、萌萌、小汀、悠悠。"

梵音念着孩子们的名字,暗自记下。康康、嘉嘉、小汀是三个男孩,其中嘉嘉是孩子们中年龄最大的,个头也高些,却也只有九岁,穿着厚实的棕色羊毛大衣。有六个孩子只有八岁,悠悠年纪最小刚满七岁,喜欢跟在朵儿身边。

第十七章
九霄人

在山里寻迹了大半个小时，孩子们虽然一无所获，梵音却已经开始戒备。

这次不单是树梢间，甚至连地上都开始出现零星的足印，足印很轻，几乎淹没在枯叶杂草间，偶尔出现在枯叶上不自然的生硬的折痕断迹却没有逃过梵音的眼睛。这行人的灵法不简单，又有追踪高手，随着足迹的出现，棕熊的踪迹也越来越明显。

不久，他们来到一块相对开阔的地方，梵音看到数百米外有一个巨大的枯树洞。她停下脚步，轻声道："等一下，先别走。"孩子们乖乖停在她身后，悠悠拉住了朵儿的手，梵音摸了摸她的脑袋，轻轻说了句："没事的，悠悠，姐姐在。"

悠悠乖巧地点点头，安下心来。

"别待在树后了，出来吧。"梵音的声音听不出喜怒。

话落，前方不远处从树后走出三个男人，都是二三十岁的模样。当看到这三个人的容貌时，一向沉稳冷静的梵音心脏竟漏掉两拍，呼吸也跟着一滞，随即带过，无人发现。

"身后的两位也一起出来吧。"刚刚反追踪过去的，梵音默念。

对面三个男人中的一个在听到梵音这番话后，手一挥，立刻又有二人从梵音身后不远处闪出。五个都是青年男子，身着笔挺军绿色薄呢大衣，黑靴长裤，气度不凡，与一身暗红色精劲利落装扮的梵音极为相似。不仅如此，对方五个年轻人的皮肤皆透着淡淡的小麦色，正和梵音一模一样。显然对方在看到梵音时，也发现了这一点。

"在下涂鸢，请问阁下贵姓？"说话的正是刚刚给追踪二人打手势的年轻人，此人中等身高，身量单薄，额骨突出，鼻尖细窄，眼窝深邃，乌黑细发，从骨子里透着精明。

"戚家的人吗?"梵音开口道。

年轻人一听,眉宇间微微有些动作,随即隐去,面带微笑道:"看来阁下很熟悉我们九霄啊。"

"略知一二吧。"

"阁下是东菱国军政部部长?"涂鸢开门见山。

"您也对东菱很是熟悉呢。"

"在当今诸国军政部中,东菱北唐家可是赫赫有名。"

梵音没有接话。

"之前没听说北唐家的军政部竟有如此优秀年轻的女部长任职。"涂鸢没有要停止探究的意思,眼下这个年轻女孩让他颇为在意,竟是和自己这些九霄人有着同样的肤色。

以往各国的军政要员商议国事也非少见,但各国军政部都有诸多分部,对于各位部长的人选各国均有所保留,并不对外详细告知。可部长的装束终究与普通官员不一样,涂鸢显然注意到了这一点。在梵音的肩头上,有暗纹金线绣着的一只虎头,清楚其中缘由的一看便知。

"您这句话不太妥当,东菱的军政部自然是东菱国的,哪里是什么谁家的。"

"看您的样子不像是东菱人。"涂鸢避而不谈刚才的话。

"这些年不少游人移居到各国,您也是移居过去的?"涂鸢穷追不舍。

"我们部长问你话呢,你没听到吗?我们部长上来就告诉了你他的姓名,你这么半天都不自报家门,真是没有教养。"站在涂鸢身边的一个身材矮小的男人开口道。他头发卷曲深棕,其貌不扬,一双突出大眼骨碌碌转得飞快,招风耳朵格外明显,正是反追踪梵音的其中一人。

"让你说话了吗?"涂鸢开口制止。

"就您好脾气!"

"东菱军政部,第五梵音。"

果然话音一落,对方五人均是脸色一变,是震惊、惊悚还是惊骇?总之想掩饰都掩饰不住。梵音对此自当没看见。

"天啊,我们今天竟然碰到了第五主将家的人,真是荣幸。"涂鸢刚刚僵硬的脸,现在竟霍然变出了赞美荣幸之色。

"您说的哪里话,第五家哪里来的主将?啊!您不说我都忘了,那都是几十年前的事了,我太爷爷吗,还是祖爷爷?总之不是我爷爷,我也没见过。"梵音话中带刺。

"您这话谦虚了,九霄境内哪有不知您家军政部第五主将的名号!"涂鸢话中谄媚,毫不遮掩,不知道的还以为是相知相识相敬甚深呢。

"你们说是不是?"涂鸢高声问着旁边的属下。

"是是是!"四个人异口同声,几个字显然是发自肺腑由衷赞叹的,比之刚才的涂鸢不知道真诚了几百倍。

涂鸢心中暗骂:没用的东西!

"您这么说可就折煞我了。甭管现在还是原来,九霄军政部从来都不是第五家的,即使我家先辈曾任职过九霄军政部的官员,那也仅仅是普通官员,您刚刚那顶大高帽子可千万别再往我第五家脑袋上扣了!"梵音话音间没留半分余地,毫不容情,最后一句更是警告!

"不知您来山中干什么呢?莫不成是公干?"涂鸢好像没听见一般,继续和气问着。

"随便转转。"

"原来是这样。据在下所知,这里应不在东菱国的管辖范围之内吧,还是说在下的信息有所偏颇?"

"没错,这里不归东菱国管辖。"

"那就好那就好,我是怕自己没弄清楚情况,到时候出现不必要的误会。"

"涂部长没事的话,我先行一步。"在看到涂鸢的衣着装扮时,梵音已经知道他是九霄军政部的部长。涂鸢的金丝袖口,攀臂而上的深褐色暗纹鹰隼的刺绣,张力十足,无疑是只有部长一级才能配饰。

"您请便。"涂鸢颔首一礼。

"小胖儿,你要找的熊就在前面。过去看吧。"

"且慢。"涂鸢突然抬手挡道。

"怎么?"梵音道。

"不知道您找这几只棕熊干什么呢?"

"陪孩子们看看。"

"这样说来,并不是您要找棕熊对吧?"

"不是。"

"第五部长。"涂鸢笑容渐收。

"涂部长有话直说。"

"这座山同样不在后面的游人村旅居活动范围之内,我的意思是,我部在这里公干并没有违反'一切国家活动不得干涉游人生活条例'这项国际公约。"涂鸢收敛了刚刚的客套,"不瞒您说,我们这次远道而来就是为了这几只棕熊。"

"叔叔，你们抓小熊干什么？"小胖子听见小熊的消息，立刻警惕地问道。

涂鸢没理会小孩子，而是继续和梵音道："第五部长，我接到九霄军政部的指示，要求我把这几只棕熊带回去，我是奉命行事，而且我们并没有干涉他国政务和游人村。"涂鸢强调道，"第五部长，不会阻拦吧？"涂鸢先声夺人。

"当然。"梵音深感棘手。她突然觉得自己的立场有些尴尬。作为军人她深知自己的本分是什么，别国事务本就不应多作打听，没有正当理由更不能插手干预，而眼前这件事就恰恰和她八竿子打不着。起初她担心此事与东菱有关，可现在看来显然没有多大关系，抓几只动物，与国事军事根本毫无瓜葛。

涂鸢得意地扬起嘴角，那弧度小到会让人认为他的嘴本身就长成那个样子，深褐色的眸底藏着不屑：什么第五家的人，早已经是上上辈子的事了，几年前那个第五逍遥，还是第五潇潇的不是也死在灵魅手上了吗，还以为会有多厉害。谁还会在乎他们这一家子呢？哦，当然，早就没有一家子了。他心底压根儿就是这么想的。他有些抑制不住地要把心里所想表现在脸上了。当梵音的眼神从他的脸上划过时，他放弃了这个打算，她的目光表明她不是善类。

"姐姐，我不想让他们带走小熊。"小胖充满恳求地看着梵音，两只小手紧紧抓住梵音的胳膊，希望她能帮帮忙。

梵音有点怕面对孩子的眼睛，只能先搪塞道："我先带你去看看它们好不好？"

"嗯。"小胖子赶忙点点头。

梵音站起来转过身，对着涂鸢说道："涂部长，那就麻烦您的手下带路了，我带孩子们看看无妨吧？"

涂鸢心念一闪，没有推辞，让手下上前带路，往远处的树洞走去。

在离树洞还有几十米的地方，梵音明显闻到血腥气，比之前在山洞里的还要刺鼻。她眸中的神采渐渐暗了下去。

孩子们对着树洞喊了半天。好久，一个毛茸茸圆滚滚的东西从树洞里探出来，不仔细瞧根本看不出是个什么，一团棕褐色的绒毛上面露出两个小小的耳朵。

"小熊！"小胖子高兴地蹦起来，撒开腿就往前跑去。

"小朋友……"涂鸢话音未落，正要伸手去抓小胖子衣领，却被一阵强悍有力的灵力生生弹开！他猛然一惊，倏地回头看向梵音，眼角处透着恨意。

小胖子不知道发生了什么，继续往树洞跑去。小熊听见小胖子的声音战战兢兢慢慢地从树洞里探出身子，当确认是小胖时，它也高兴地准备从树洞里爬出来。可就在看到涂鸢一行人时，它的身子猛然一抖，立刻钻了回去。

"第五部长，您这是什么意思？"涂鸢从牙缝里挤出几个字。他尽量保持着风度，刚刚那一击虽然未伤分毫,但他竟然完全没有察觉避开,还当着自己属下的面,他恼羞成怒。

梵音未接话,而是一个闪身来到小胖子跟前,搂住他的腰,把他抱回原地。就在梵音抱着小胖离开的下一秒,小熊从树洞里猛地蹿出来,伸出绵软的小熊掌,朝着小胖刚刚站着的地方挥去,而这看似绵软的掌内射出数道锋利的熊掌利刺,足以让小胖受伤。

小胖在梵音怀里,看着挥至眼前的熊掌,顿时害怕。他不知小熊何时变得这样凶狠。其余孩子也怕得赶紧围在梵音身旁。

"第五部长,我刚刚就是想提醒这个小孩子,这里的熊很危险,难免受伤,您看刚才多危险啊。"

"这里的熊危不危险,孩子们比你清楚。"

"算我多管闲事,现在我们把熊带走,倒也给他们行了方便,以免您不在的时候,伤着他们!"涂鸢已经没有性子再耗下去了,话里透着不耐烦。

"小熊以前不是这样的!不是的,姐姐!"小胖子眼里噙着泪花,小手死命抓着梵音的袖口。

涂鸢命自己的手下拿出工具,布袋、绳索、钩子。他的手中瞬间用灵力幻出一把长剑,剑身通体乌黑晶亮,剑刃锋中带刺,一看便知是由上好的玄铁打制而成。他狠狠往树冠一挥,一棵参天大树轰然断裂,砸向山后,灵力与之相撞的巨响和残忍断裂的吱呀声吓得孩子们脸上惨白。

树冠断裂后,露出几只瑟瑟发抖的小熊。突然不见了躲藏的树洞,它们不知发生了什么,一个个惊慌失措团在一起。

"还不动手?"涂鸢对着手下喊道。

"是,部长。"

只见几个侍从拿出铁钩往空中一挥,顺势钩住熊崽胳膊,使劲一拖,熊崽从半截树洞中被拖拽了出来。铁钩瞬间划烂熊崽皮肉,熊崽龇牙叫着,被其余两名士兵张开布口袋扔了进去,用粗绳紧紧封住袋口。

小胖见状哇的一声哭了出来,甩开梵音的手,向着小熊的方向跑去。还未等他跑到布袋旁边,梵音已经快他一步抓住了布袋,谁都没有想到,连两个大男人都控制不好的发了疯的棕熊幼崽,会被梵音轻而易举地从手中夺走,简直像是抓住了一个棉花口袋,不费吹灰之力。她的另一只手抱着小胖,把他们一同带回了原地。

梵音弯下身子,放开小胖和口袋。所有人怔在原地,涂鸢的眼里已经爆出血丝!

"姐姐……"小胖巴巴地张着小嘴,不知所措。

"先别动它，"梵音伸手指着一旁一动不动的口袋道，"我让它睡一会儿，待会儿等它醒了就好了。你们都待在这里别乱跑，知道吗？"

小胖回过头看着梵音，眼睛里的恐慌慢慢退却，他冲着梵音使劲点了点头。

"第五，你不是说你不插手这件事吗？"涂鸢怒道。

"可我现在又想插手了！"

刚刚发生的一切，让梵音极度难堪。早已习惯以部长身份自处的她一向沉稳干练，做事滴水不漏。可看着这些游人村的孩子，梵音不禁想起了那个蓬头垢面、邋里邋遢、什么都不在乎的自己，想起了红鸢那个家伙。当年为了护住红鸢，她可是费了九牛二虎之力。想到以往那些旧事，她心里美滋滋暖烘烘的。也许这些年她把自己管得过于严苛了，想想某个人在执行任务时还能不管不顾地一口气喝下五斤烈酒，她就觉着现在的自己很是"保守"。

"你知不知道你在做什么！你一个军政部的部长擅自主张，你以为你一个人承担得起吗？"

"用不着你管！我的事和军政部无关！"梵音嚣张的态度毫无掩饰，与之前判若两人。

涂鸢眉眼一凛，疾步跨向梵音。梵音顺势迎上，手中霍然挥出一把银剑，剑身三拳宽，长过半身，通体光亮如银，中间有一行到底的暗灰色血槽，剑柄凝灰持重，赫然是一把狂煞重剑。两剑相撞，涂鸢竟被震得虎口发麻，相较之下，他的玄铁黑剑竟生生比梵音的凝灰重剑小了一半，再加上这一震，怎的不让他发狂！

涂鸢的手下早就被梵音的阵仗惊在一旁，这种持兵重剑本就少见，更何况是一年轻少女所用。几人心中皆叹第五家不愧被誉为九霄第一灵法世家，无所匹敌。即便这几十年中第五世家的人早就离开九霄，各自生活成为零散游人，但今日一见果真名不虚传，让人瞠目结舌。

梵音几个剑势下去，涂鸢已后退数丈。这硬碰硬的打法让涂鸢吃亏不少，可堂堂九霄军政部的部长岂是只有这些斤两？梵音暗算，这涂鸢压根儿不想露出自己的看家本领，竟然如此就速战速决。她一个急进已闪到涂鸢面前，身法之快使得旁人均没看清来路。涂鸢鼻尖向下，阴狠的眼神看向梵音，嘴角微微抽动，半身向右猛倾，侧剑避挡，躲过直击。梵音心中暗笑。

涂鸢未等身子站直，在倾斜半空时伸出左手，握住剑尖，用力回弯，玄铁剑身竟成弯刀！待他撒手，只见他手中的漆黑剑身已裂变成数枚精小利剑飞散而出，画弧而返。梵音凌空跃起，躲过利剑，足足七枚。她刚刚落地，涂鸢已近身而来，手持锋刃匕首，正是刚刚留在手中的剑柄所化。他身法精准迅猛，刀刀击向梵音要害，刺眼、穿耳、抹喉、贯心、切腹，无一不是阴狠毒辣至极。梵音霎时收了重剑，左闪、低头、扬颚、压肘，最后抬腿侧踢涂鸢腹部，一气呵成，快捷刚猛。涂鸢中招，向后退去。

此时七把暗器追音而来，一齐扎向梵音头颅。梵音足尖蹬地，猛地向上跃起，势头还未尽，暗器已掉转方向，急急攻来。梵音伸出右掌，用力一击，只见一阵强烈的寒冰灵力轰然而出，震得暗器齐齐回转，飞向涂鸢身边。

涂鸢抬手，七把利器再次拧成玄铁剑。他转身看向一旁的属下，属下会意，纷纷抛出鹰钩和麻袋，钩住孩子身边的麻袋并套牢树洞中的其余三只小熊。四个麻袋跃向空中，还未落地，四人已经带着活物分散离去，疾走如飞，越出近百米。涂鸢不再看向梵音，往其中那个招风耳的手下方向奔去，转眼二人已经并肩。

梵音叹了口气，嘴角向下，左手伸于空中，右手扬起，只见一股寒气再次凝结于掌中，一把银霜硬弓显于掌心。梵音张手拉弓，弓弦绷紧，倏然，四箭飞出，划破林间，发出刺耳的厉响，直扎捆绑袋口的麻绳，力道之劲，生生在地上砸出个坑洞。一边正在撤退，一边收紧捆绳的四个人被同时向后硬生生拽去，身体弹向半空又狠狠摔下。

四个人均站不起来了。涂鸢极不情愿地转过头，脖子像被什么东西拧住一样，他阴骘的眼神透过树林看向梵音。梵音已经来到他的身前。她冷漠的眼神对上涂鸢，周遭的空气恨不得充满了切齿的声音。

"看来今天第五部长势要与我争这几只畜生了。"涂鸢从牙缝里挤出一句话。

"不敢！不知涂部长能不能成全？"

涂鸢眼睛虚敛，半晌道："第五部长，我们要这几只幼熊实在有用，不知能不能……"涂鸢话到一半，心中思量，还是开了口，"不瞒您说，这几只熊是我家主将用来救命的。"

"这！"梵音心中大惊，万没想到涂鸢抓熊是为了救人，"主将身体不适吗？"梵音硬着头皮开了口。

"这倒没有，是主将的朋友有些事情。"涂鸢暗自盘算。

"对于治病救人，我实在不知，刚刚冒犯了。"

"没有的事，也怪我没有事先讲明。"涂鸢戴着假面般客套道。

"不知您知不知道用幼熊怎么治病救人呢？"

"这个，我也不太清楚。"

"怪我见识短浅，我只听说过草药汤剂，熊掌鹿茸。不过这熊掌好像是食物，也没什么药性，熊胆也有可替代的药剂，其他的嘛，"梵音略顿，继续道，"难道要伤其性命，还四命一起？"

"我是不太清楚其中的门道,奉命办事而已。"涂鸢开始有些不爽。

"不知您听说过崖青山没有?"梵音咬咬牙,也算是豁出去了,报上了青山叔的大名。

"崖青山?"涂鸢脑筋一转,已经想起此人,"你说的是闻名天下的那个灵枢?"

"没错,正是。不知贵国与他齐名的那位灵枢是谁?"

当年游人出身的崖青山曾被多国邀请,成为座上宾,他都婉拒了。为了请他归入麾下,诸国更是使出浑身解数,其中不免动用些难以启齿的手段,他都不为所动,最后和梵音一起定居在东菱菱都。天下圣手,除他以外,无人能出其右。涂鸢怎会不知。

"我国还没有这般优秀的灵枢。您此话何意?"

"啊,这样啊。我正巧与他相熟,如果您给我这个面子,放了这四只幼熊,我便想方设法拜托他为您军政部主将的朋友一诊,您看如何?"

"这……"涂鸢犹豫,"我还是没办法向主将交代。"

"崖青山脾性孤傲,想得他诊治十分困难,您家主将想必也是知道的,这件事很划算。"

"您的好意我心领了,但主将交代的事,我势必照办!"涂鸢再不含糊,意图开战。

"既然这样,那我只能再跟涂部长讨教几招了。"梵音亦没有让步之意。

涂鸢脸色一凝,掌中玄铁剑顷刻间就要分杀而出。忽然,涂鸢全身僵硬,目露惧色,与此同时,一股杀气直对着涂鸢而来,正正钉于他的眉心。杀气之精准,甚至连不远处的梵音都一无所知。

这道杀气几乎让涂鸢痛彻心扉,昏死过去,一身冷汗冒了出来。然而涂鸢也并非一般角色,到了这时,亦是双拳紧握,额头并没半分虚汗冒出。

"到底是谁!"涂鸢心下大惊!

半个月前,他已经派先前四个手下来此处捉捕棕熊。原想着几只熊崽不劳他出手,谁知四个手下在捉到棕熊后,竟神不知鬼不觉地被"夺"走了。这才使得他千里迢迢从九霄赶来此处,亲自动手。

然而进林接连几天,涂鸢都没有找到棕熊下落,显然是被人藏了起来。经过几日,终于通过他手下的追踪高手找到了熊崽藏身之处。先前他以为是梵音,可就在和梵音交过手之后,便确定不是此人。然而那人灵法竟和梵音说不出地相近,难不成是帮手?涂鸢心中快速思忖。

就在涂鸢思忖之时,那道杀气再次直逼而来。只见涂鸢额头正中央流下一道"冷汗"。那冷汗沿着他鼻骨直直淌下,所到之处让涂鸢犹如身陷万米冰窟,只欲逃命。

涂鸢再不停缓,转身飞奔离去。就在他离去不久后,他的手下也向着他的方向追去。

梵音呆在当下,亦觉得古怪。她倏地回头看去,八面凌镜已飞至高空,然而她灵眸所视之处,全无人影!

"副将,属下办事不力,没有抓到那四只熊崽儿,被现任东菱国军政部部长第五梵音和其同党阻截。属下待命,不敢妄自决定。"一片信卡被捏碎在涂鸢手中。一会儿工夫,他已奔出大半个山坳,显然刚刚那刁钻乖戾的灵法让他心悸不停。

九霄军政部内,一男子看着手中的信卡,沉默不语。一双明暗如鹰的眼睛仿佛能洞彻所有,高挺的鼻梁下构成弧度,向下的唇角在紧闭一时后,向一边斜起,意味不明地笑了。

"第五家……"他轻哼一声,透着轻蔑,"还有人活着……"

随后他给涂鸢回道:"速回九霄,不必纠缠。"

第十八章
冷彻

梵音见涂鸢等人走远,一手拎起两个麻布口袋就往孩子身边走去。

"涂鸢怎么跟见了鬼一样就跑了?"她的脑子此刻飞速转着。幼熊、救命、九霄、戚家,没有一个不让她头疼的,自己平时明明是不爱管闲事的,她独自磨叨着。

四只熊崽在她手中好像棉花一样。孩子们焦急地等待着,伸长了脖子巴巴地盼着她回来。朵儿第一个看见她从林子里往回走,高兴地跳起来,大喊着:

"梵音姐姐!梵音姐姐!梵音姐姐回来啦!"刚刚的事情显然没有把她吓到。

小胖子没开口,人先跑了出去,也顾不上梵音交代的让他们等在原地了。他边跑边哭,担心的眼泪扑簌簌掉了下来,这次是为姐姐流的。

"姐姐!"他哼唧着。

梵音有些走神,想着自己干的这件不知道算不算荒唐的事情,没准还给自己找上一大堆麻烦。她平日里最怕的就是麻烦,这一点倒和冷羿有些相似。可能是从小懒散惯了,这个毛病深入骨髓,不好改了。

本想着看看这林子里到底有什么可疑的人,最好不要对东菱有什么动作,这下倒好,人家没对她有动作,她对人家大打出手了。想到这里她就懊恼,如果只是自己倒也无所谓,就怕这事还要牵连上青山叔,还有主将大人,搞不好还要惊动国主。自己这是在干什么?从小到大没有做过这般没分寸的事。一定是见鬼了,她心里默念着。

她决定赶紧通知主将,省得事态发展不受控制,而各大部族间主将还是有些交情的。她边想着,边准备掏出衣兜里的信卡,完全没有注意向自己奔跑而来的小胖和朵朵。

她放下右手的两个袋子,低着头伸手在衣兜里摸索。此刻脑子发蒙的她,根本没有注意到周遭的情况。就在这时,她似用余光瞟到了奔跑而来的孩子们,本没在意,可接下来的事让她在之后的几天里都很震惊。

她刚刚拿出信卡,想着怎样精简报告此事给主将,有一搭无一搭地瞥了一眼凌镜。这一看不要紧,她三魂吓走了两魂。凌镜里一个庞然大物出现在她眼前,有多大她不知道,只知道凌镜里一片棕黑,而抬头才发现孩子们已经来到了她的身前,拼命向她挥着手。再一看,挥手的对象并不是自己,而是自己头顶大约很高的某个地方。

孩子们跳着脚,看上去正拼尽全力挥喊着。此刻她感到一股巨大的掌风向自己的后脑挥来,更令人窒息的是,还有一股掌风是向着孩子们的方向!

她松开手中其余的两个口袋,一把揽住离自己最近的三个小孩,避过一击。她来不及放下孩子们,又有一掌已经挥向了剩下的四个小孩。

她用尽全身力道,腾空跃起,翻转一周,弯起身躯,好似长弓,用尽腰力,向对方心窝踢去。庞然大物足有四米多高,摇摇晃晃,向空中挥舞着拳头,轰然倒地!梵音怀里抱着三个小孩,也从空中直直坠下,用身体护着孩子的她背部重重砸在地上。本想着用灵力踢打上去,可她翻过身来才发现那大物是大棕熊,她聚在脚尖的灵力太过充沛,一击之下肯定会使其毙命,千钧一发之时,梵音收了大部分灵力。这一系列身法转换下来,加之灵力盛放劲收,她的身子着实是吃不消了。

梵音摔在地上一动不动,连呼吸都变得微弱起来。

"姐姐!姐姐!姐姐你没事吧?"躺在梵音怀里的小胖子虽然没有受伤,但刚刚这一闹,把他吓得面色发青,嘴唇发白。此时感觉梵音一动不动,他便慌了神,赶紧爬起来看着梵音。

几个孩子哆哆嗦嗦的,腿脚发软,一起围了过来。

"姐姐!"小胖子使劲摇晃着梵音的身体,吓得已经哭不出声来。

"别!别动我!"梵音被小胖子一推,杀猪一般地惨叫起来,把身旁的小胖吓了一个激灵,全身僵在那里,止住了手上的动作。其他小朋友也被吓得不轻,胆小的经过方才这几番大折腾,干脆一屁股坐在地上放声大哭起来。

梵音已经没有力气再去管他们了,刚才落地时背后的重击其实不算什么,多年的军中历练让她对这些击打磕碰早就习以为常。可刚刚被她抱起的三个孩子实在不轻,尤其这个小胖子,在那种情况下这一套刚猛劲力的身法负重转换下来,她感觉自己的腰此刻已经被撅折了,就连呼吸都不敢用力,一丁点的牵动就让她疼得难以忍受。

以前不知道闪着腰是什么滋味,在部里时自己还没事打趣过赢正大叔,现在真是风水轮流转啊。梵音心里叫苦。

"姐姐你怎么了?姐姐你没事吧?你还好吧?"朵儿先开口问道,紧张得小手死死攥着棉袄。

"没,没事。"梵音只能小声应道,她总不能和孩子们说自己闪着腰了吧,多丢人,再说孩子们也不懂啊。

"姐姐,你没事为什么不起来呢?"小胖子也小声询问着,刚才梵音让他住手,他不知道自己做错了什么,心里很是害怕和内疚。

"嗯。"梵音轻声哼着,"姐姐要休息一会儿,过一会儿就好了,现在有点累了。"

她哄着孩子们,可说完这句话以后就不知道该怎么办了,看样子她一时半会儿应该好不了了。她甚至动了让冷羿来接自己的想法,可紧接着又被自己压了回去。

她一边躺着,一边看着头顶的凌镜,心里暗自道:"你也该现身了吧。"

果不其然,过了片刻,一个纤长的身影从林中某个角落闪了出来,一步步靠近梵音和孩子们。

"温大叔!"小胖子第一个发现了他,大喊着跑了过去,像是看见了大救星。

孩子们听见小胖子的尖叫,立刻纷纷回头,紧接着一个个从地上蹦起来,仿佛刚才的无力一下子全没了,个个铆足了劲奔向那个男人。

"温大叔,你怎么才来啊?"

"温大叔,你去哪里了?"

梵音从凌镜里面看着一切,她的目光始终没有离开那个男人。只见这个男人用手胡噜着每个孩子的脑袋,没落下一个,眼角的笑意是温和的。当看到悠悠哭红的鼻子时,他俯下身子抱着她哄了半天,直到悠悠安心地趴在他怀里睡着了。

冬日里孩子们的红脸蛋儿像是一个个小太阳。很久,男人抬起头,朝梵音的方向看了过来。梵音也第一次与他对视,不是直视,而是从凌镜里。凌镜本身是极难被人发现的,除了梵音的朋友和亲信,没有人知道她是这样视物的,即便是军政部的士兵也大都不知情,有些知道的因为灵法不够火候也从来不曾察觉到部长的凌镜。

男人的眼神透过凌镜审视着梵音,棱角分明的脸上找不出任何有用的信息,唯有一点,他的肤色也是极淡的麦色。

"这个小姐姐叫什么名字?"男人开口问道

"她是梵音姐姐,刚才都是她保护我们的。"小胖子连忙道。

男人走了过来,俯下身看着梵音,瞧她一身军装打扮,没有丝毫准备感谢的意思,刚刚对着孩子们的温柔也在这一刻消失殆尽,像个冰窟。

"你还能动吗?"

看他神色冷酷,梵音没理他。

"啊,是吗?小姐姐说她还要在这里休息一会儿,让我先带你们回去。"温大叔忽然站起来,语气里充满了欢悦。

"这个家伙……"梵音心中腹诽。

"姐姐,我留下陪你好不好?"小胖子走到梵音身边,把圆乎乎的小脸凑向梵音的脸。

"姐姐没事,你先回去。"

小胖再不舍还是被梵音拒绝了,温大叔带着孩子们下了山。梵音独自躺着,除了不能动,没什么不好。她慢慢抬手,摸索着信卡,极速简短地向主将北唐穆仁汇报着这里的情况,并为自己的行为道歉,请求接受处罚。当然她没有说明自己受伤的事,只是说还需要晚几天回去。

很快主将就回复了来信,让她不用多想,他自会处理这件事,必要时会亲自联络九霄军政部,给予解释。梵音知道主将是个作风严谨、一丝不苟、军纪严明的人,可对自己总是照顾有加,甚至于呵护备至。他和晓风阿姨这些年几乎把她捧在手心里,在他们家时恨不得把她当成小公主养着。

阿姨不放心,甚至多次劝她不要在军政部工作,看着旁敲侧击没有用,就转战攻向主将,可主将总是说随孩子的意愿。因为这个事,他们两个人还争吵过多次,让梵音心中愧疚,更是满怀感激。

月色渐浓,寒意袭来,梵音躺在地上闭目养神。腰间的痛楚一时半刻是去不掉的,她缓缓把灵力释放到全身来抵御严寒,呼吸比刚刚平顺了许多。十几米外的大熊翻动了几下身体,笨重地从地上爬了起来,它没有朝梵音走来而是径直走到装小熊的口袋旁边,用头拱了拱小熊的身子,又用鼻子来回嗅着,抬起熊掌轻软地拍着。小熊的脑袋露在口袋外面均匀地呼吸着,看样子是在酣睡,等它一一确认了幼熊的安全,自己也颓然地坐在一旁,守着熊崽。

梵音看着它们,心里觉着安慰。衣兜里传来动静,是信卡。她轻轻地摸索着,拿到眼前,就着月光看到信卡上的字俊秀小巧。

"小音,你怎么还没有回来呢?说好的这两天就回来的。"是崖雅。

梵音脸上露出笑容:"快了快了,就这几天,我先睡觉喽。"

"好吧,那你注意保暖哦,最近天气好冷的。"崖雅很不情愿,可也不忍打扰她休息,再三叮咛是这些年养成的习惯。

"知道了,晚安。"

梵音把手掌轻轻放到脖颈处,那细长分明的睫毛透着月光,她缓缓合上眼睛,悄悄地睡着了。

是谁趁着夜色来到了她的身边,扰她清梦?她懒得回应。一把火燃起,温度升了上来,她不在意,继续睡。

"你倒是胆大。"男人的声音响起,是温大叔。

可惜梵音听不到。

男人走到大熊身边,照看着它的伤势,上了药。大熊闷哼着,很不舒服,但仍听话地配合着。不多时,他返回到梵音身边,见她一动不动,再次开了口。

"你这小姑娘,怎么不理人?"梵音睁开眼,看着头顶的男人,"你要是打算睡到天亮,我现在就走。"温大叔言语冷冰。

"既然您帮了我一次,怎么不帮第二次了?"梵音忽然道,语气里没有指责抱怨,而是疑惑。

男人被冷不丁的发问卡住了喉咙,不知道要怎么回答,看来也是个我行我素惯了的人,不擅长解释沟通。静谧的月夜里,他的气息好似完全与之融合,是凉意还是晦暗梵音分不太清,只觉这人与自己哪里有些相似,更有过之而无不及。

"您刚才没出手相助,我也没有要怪您的意思,闪了腰不是大事,您不用一直不说话。"梵音小心道。

男人盯着她看,又觉一阵语塞。他压根就没打算帮忙,再说凭什么怪他,她一个陌生人死了活了与他有什么关系,只要孩子们安全就行。她的本事他早就看在眼里,保护几个孩子不在话下,他只管静观其变。结果现在突然被这么说了一句,好像是自己理亏一样。

本想挤对梵音两句,可男人在看清梵音面容后,不知为何心里一下软了下来,全不像初见她一身军装时的反感态度。"我和你非亲非故,你怪我做什么?"不知怎的,温大叔冒出这样一句。

"我是无所谓,万一大熊伤着孩子们呢?怎么不早早现身,帮我一把呢?"

"你本事不小,用不着我。"

"多谢,看来您一直留心关照着我呢。"

温大叔心中闷闷,这个小丫头看似漫不经心,实则心思细得很。现在不只是自己早早盯上了她,她也没放松防守,来了个将计就计。女人这种动物,无论年龄大小都是不好惹的。温大叔暗自抱怨。

"你能不能动?准备吹一宿冷风?"听上去有些刻薄,可他还是问了。

男人抬起眼眸望向梵音,二人都从对方的眸底看出探究的味道。这个中年男人渊渟岳峙,身着考究,修身的藏蓝色大衣,深棕光洁的中筒圆头皮靴,黑色长裤正合适地塞进皮靴中。有些弯卷的黑色短发刚好没过他的耳朵,大约是烫的,很时髦,剑眉凤眼,五官清秀,若不说,定会被人误会是三十啷当的青年才俊,没有半分大叔的气质。

"你是不怕冷,不知道你这腰冻上一夜受不受得了。"

梵音也不是逞强的主儿。知难而退,识时务者为俊杰。晓风阿姨经常在她耳边磨叨这两句话,就怕她性子硬,遇见难事咬着不撒嘴。梵音还是很听话的,实在不行绕着走。当然阿姨的愿望是一步都不让她走。

"那个,嗯……"梵音有些抹不开面子。

"大叔,我也想回村子里,可是现在动一下都费劲,您还是先别管我了,您自己先回去吧。我再缓缓,过一会儿慢慢走回去。"不然能怎么办呢,梵音硬着头皮在心中苦笑道。

"我估计你是蹭不回去了。"大叔故意挖苦道。

梵音心想认栽了,被人数落,心中也不气愤。

温大叔从背后拿过一个简洁的灰色牛皮背包,袋口用黑色抽带绳扎牢。他打开口袋从里面掏出一个小笼子,就像平常养松鼠用的那种可以滚动的金属笼子,只是这个体积略微大些,可以往里面塞进一只小白兔。

梵音看着,眼中露出喜色。

"大叔,你带了毛腿儿过来吗?"梵音问道。

毛腿儿是一种代步动物,人们常用它来拉车,是普通人家的交通工具。毛腿儿只是它的外号,书面名字叫作豹羚。正如它的名字所示,豹羚的四条腿和尾巴都是豹子的样子,头身都是羚羊的模样。身形矫健,长相温和可爱,头顶有一对灵巧的犄角。毛腿儿天生喜欢奔跑,极通人性,可以变幻身量大小,是极少数可以幻形的动物之一。

"嗯。"

"大叔,没想到你是面冷心热呢。"梵音忽然觉得心里一阵暖。

温大叔皱皱眉,没理会。梵音心想:"真是个古怪的大叔,被夸还不乐意。"

温大叔打开笼子放出里面的一只毛腿儿,只见毛腿儿瞬间变大,比豹略小,比羚略矮,身后还拉着一个带顶的木质小车,足够坐下四五人。

"别看噜噜一副傻里傻气的凶悍样子,驯兽这一手本事当真是天下无敌。"温大叔看着自己的豹羚得意道。

噜噜是生活在原始森林深处的独特种族,个头一般不及成年人腰部,体态圆滚,浑身是刺,刺也可软化顺滑,五官四肢都埋在身体里,鼻孔朝天,性情凶悍,智商不高,会简单的人类语言,走路时伸出短小的双腿。噜噜也是可以幻形的种族之一,不仅体积可以变大变小,还可以变换成猫和狗的样子。它们是毛腿儿的驯化师,把毛腿儿卖给人们,交换生活所需。

毛腿儿被放出来,兴奋得从鼻孔里喷着气,四肢不停地原地跑动,拼命摆动着尾巴,用期盼的眼神看着主人,等待命令下达拔腿就跑。

"等一下,等一下。"温大叔摸着毛腿儿羚羊般温顺乖巧的脸。

他走到梵音身边。梵音近距离看着他的脸,此时他的神情变得十分柔和,映着这月光退却了之前的冰冷。梵音看着他,不知不觉地呆了。温大叔注意到了梵音的变化,随即开口道:"别看了,我可不是什么年轻小伙子,别被我迷住了。我对小丫头没兴趣。"说完,他朝着梵音调皮地眨了下眼睛。

梵音感觉自己嘴角抽动了一下,被迷住……

"大叔,你想多了。"梵音嘴角抽抽,无语道。

梵音只是觉得这叔叔那么眼熟,眼熟到觉着亲切,一阵温暖的情感在她心里涌出。

"扶你一把?"大叔挑眉道,不像要伸手帮忙的样子。

"不用不用,我自己先翻个身。"

梵音迟缓地挪动着自己的身体,想着怎么用力起来。她轻巧的身子鼓动了半天,终于直起了上半身。大叔撑着她的胳膊,她才一点一点慢慢站起来,此时已是浑身大汗,鼻尖也渗出水珠。

"终于站起来了,真是麻烦你了,大叔。"

大叔没应她。梵音一步一步挪向车边,不忘回头对毛腿儿嘱咐道:"你们可要慢点走,千万别疯跑。"

要说毛腿儿飞奔起来,一小时内能跑出数百里。品种好的毛腿儿更是风驰电掣。军政部的官员士兵从不用毛腿儿代步,为的就是加强腿上灵法,行军神速。梵音心有余悸,她这个状况可经不起再颠簸了。

"放心吧,我的毛腿儿最是稳当。"温大叔自信满满地说道。

梵音上了车。车上有两条皮椅软座,她趴在其中一条上,现在也顾不得仪态大方了。不多时,毛腿儿就带他们回到了镇子上,一路毫无颠簸,平稳停在花时店外。

温大叔把梵音安顿在楼下客房休息,自己返回楼上。

"大叔,谢谢你。"

"你一路上谢过很多遍了,早点休息吧。"大叔淡淡道。

不知为何,这温大叔言语冷淡,可梵音就是想和这个素未谋面的大叔多待一会儿,于是张口喊住了他:"大叔。"大叔站在房门口,回过头看向梵音。

"没,没什么,晚安大叔。"

"有什么事明天说,你先好好休息吧。"大叔转身离开房间。

梵音望着天花板。很多年了,无数个日日夜夜,那个熟悉的温暖的坚实的面庞都会出现在她脑海里,陪着她。今天,她好像又看见了,爸爸。

梵音的腰伤好得很快,第三天便能下床了。

梵音起床后却发现屋子里没人,决定出门给大叔买点吃的。这两天都是他在照顾她。她翻翻自己的钱袋,里面有两个一百佳木①,一个五十佳木,还有几个零散铜板②。梵音收拾好东西,便出了门。等她拎着早点回来时,大叔已经坐在餐桌边了。

"大叔回来啦?"

"嗯,回来啦。哟!怎么还买吃的回来啦,多不好意思。"大叔倒是爽朗,嘴上说着不好意思,眼睛一直盯着早点,看来正合他心意。

"嗯,打扰您这么多天了,实在是我不好意思才对,给您添麻烦了。"梵音诚心道,"我还买了一些平时家里用得上的米面粮油。待会儿吃完早点,我收拾一下就打算回东菱了。"在买早点的路上梵音就已经决定好了。

"嗯?怎么这么突然?"大叔露出不解。

"也没有突然。"梵音面露尴尬地笑着。他们非亲非故,对方却不问来由地照顾了自己这些天,现在自己好了,自然应该离开。

梵音把早点放在长形桃木桌上,转身去厨房拿碗筷,等她撩开淡绿色薄布门帘出来时,却不愿直视大叔的眼睛,假装看着手中的用具和脚下的青砖路。

她把用盒子打回来的豆浆倒在大叔和自己的陶釉碗中,闷头喝了起来。大叔也没有说话,这屋里安静得好像没有人一样,就连花时的长势都比他们两个来得粗犷。很快二人吃完了早饭,梵音收拾桌子。

"你这凌镜挺有意思。"温大叔有一搭无一搭地说着,他显然不在意让梵音知道自己能轻而易举地看见这个灵器。

"或者大叔压根儿看不上我的这些小把戏。"梵音无故有些神伤,"我是个聋子。"

---

① 货币的计量单位,东菱最大面额的货币为一百佳木,最小为一佳木。也是一种树木的名称,树干顺直粗圆高大,可达二三十米,枝叶不繁,只长在树木的顶端。佳木生存性极强,适应各种气候。人们用佳木树浆制作成流通纸质货币。
② 十铜板为一佳木,形状灵巧,小圆古铜制作。

温大叔一脸吃惊。

梵音默默把碗筷拿回厨房清洗,出来时看见大叔还坐在长桌旁未走。梵音吸了口气,往自己的房间走去,边走边想就要马上离开了。临到房门前,她攥紧了拳头,出了一身冷汗,终于鼓起勇气,开口道:

"大叔……我想问您个事。"

"什么事?"

"您认识第五家的人吗?"

"你第一天来好像就在村子上打听这个事。"

"嗯。"梵音没有否认。

"你怎么会想到来这个游人村打听呢?"

"几年前我路过这里,街边有个学校,老师正在教授灵法……这灵法大约和我的有些相似……"

"你姓第五?"

"嗯。"

"那怎么过了这些年才想起回到这里问问呢?东菱的生活很辛苦吗?抽不开时间吗?"

"不辛苦。"梵音无味地回答着,其实她也不知道怎么回答这个问题,不辛苦吗?她木木地看着地板。

"那里的人对你好吗?"

"好。"梵音回过神来,认真地答着。

"你叫第五梵音?"

"嗯。"当答完这一句时,梵音忽然在凌镜里看见大叔的脸上露出古怪的表情,大约是怀疑和嫌弃的样子。

方才问话时梵音一直不敢直面大叔,都是通过凌镜问答的,现在看见他这样,她才慢慢转过身来,小心翼翼问他道:"有……有什么不妥吗?"

"怎么看都不像啊。"大叔忽然道,明摆着就是嫌弃了,甚至像在耍小孩子脾气。

"我,我哪里不像了!"平白被嫌弃了这一遭,梵音顿时精神抖擞,提高了嗓门,鼓起小脸。她长得本就比她实际年龄显小很多,只是常年在军中一本正经显不出罢了。此刻使了小性儿,便透了出来。

"你又没见过我爸妈,我长得可像我爸爸了!"

"不可能吧!不会吧!你爸爸个头也这么矮吗?"温大叔一脸吃惊,显然他被这个"突如其来"的坏消息打击到了!

"我,我爸爸怎么可能和我一样高！我爸爸和您的身高差不多,应该还要高过您呢。"梵音扬起鼻子,略带骄傲地夸张道。其实温大叔身量一百八十厘米有余,父亲和他的身高确实差不多,但并没有比他再高一些。梵音只是故意气气温大叔,灭一灭他嚣张的气焰。谁知,适得其反。

"我就说嘛！不可能啊！第五家没有矮子啊！"温大叔听到梵音的回答,心立刻放了下来,一副理所当然且相当自豪的样子。

梵音被他的反应弄得昏头昏脑,不知他到底要表达什么。

"不过,你怎么这么矮呢？难道是随了你妈妈？不应该啊,你爸爸那么高,即使你妈妈很矮也不应该这样啊。"大叔还在纠结这个问题。

"我妈妈也比我高出很多,她一点也不矮！"梵音虽然迷迷糊糊的,但听到关于妈妈的问题,还是立刻澄清道。

"这样啊,那你是怎么回事呢？"大叔抬起头,质疑地看着梵音,一副不太满意的样子,双手交叉在胸前。

"我,我怎么了我？"梵音被审视得脸上红一阵白一阵。梵音身量确实不高,更谈不上纤细高挑,可一百六十二厘米的样子也不能说是个矮子吧。她自己心里也在打鼓,隐隐有些不确定。

"真的很矮吗？确实是没有妈妈高挑的身材,也拖了爸爸的后腿。"梵音心里小声唠叨着,脸上显出窘迫。

"第五家的孩子个个身材高挑,长相出众。你的长相倒是出类拔萃,甜美可人,可这身高却差了不少。"温大叔言语中肯。

"我长得不太高,大概,大概是因为小时候的原因吧。"梵音低着头,回忆着令她痛苦的过往。可她骤然清醒,从记忆里霍地拔了出来,直勾勾地盯着坐在桌子对面的温大叔,嘴巴一张一合,几次想出声,却不知如何开口。

"您,您怎么知道的,您认识第五家的人,对不对？是不是？"梵音仍旧直勾勾地看着温大叔,眼珠似要从眼眶中蹦出来。

"认识。"大叔认真开口道。

梵音感到血气上涌,心中狂跳不止,脸上不自知地露出渴望的笑容。

"您,您……"她不知道该怎么再问下去,其实也不知道自己想要问什么,想要知道什么,她这些年只是想找找,想找找爸妈的影子。即便明知荒唐,她也总是放不下那个念头。

"您认识第五家的人？"梵音开心地重复着。

"您是第五家的朋友吗？"梵音声音稍微放低了些,其实她原本想问的不是这一句,可是那一句她不敢问出口。

"你知道冷家的事?"大叔冷不丁问道。

"冷家? 不知道,您说的是什么事呢?"梵音也纳闷起来。

"你来这里不单单问了第五家的事,还问了冷家。你知道他们中间的一些事情,是吗?"大叔解释道。

"我吗? 我不知道啊,两家是认识的吗?"

"那你为什么同时问了这两个问题?"

"那是因为,我有一个朋友姓冷,我总觉着,我总觉着他和我有些相像。"梵音解释道,脑海里想着冷羿。

"那你朋友知道吗? 和你感觉一样吗?"

"他不知道,谁知道他脑子里整天都装些什么呢。"梵音笑着。

温大叔听到这里,脸上露出怪异的表情,像是一道难题无法解决的样子,梵音参不透。

"你这丫头真聪明,我起初还以为是你父亲和你提起过冷家的事呢。"

"大叔,您认识我父亲,对吗? 他叫第五逍遥。"说起父亲的名字,梵音心里永远都是酸涩不堪的,但还是念了出来。即便只剩下这一个名字,也足以陪伴她这一生了。

"不认识。"

梵音的心再一次掉了下去,还是同一个无底洞。无论轮回了多少次,还是会再掉进去,连速度都不曾减慢。

"可我知道他,我知道第五家的人。"大叔再漫不经心也不忍看这孩子这样。

"您是不是第五家的人?"梵音壮着胆子,咬着嘴唇一字一顿问了出来。

"是。"他固执地坚定地毫无保留地肯定道。

梵音咧开嘴,嘴角抽动着,不知是笑还是哭,嘤嘤地发出声音,眼睛里噙着泪。

温大叔再也忍不住了,站起身来,走到梵音身边,拥着这个小丫头到自己怀里,也跟着落下泪来:"我是你的叔叔!"

梵音任由眼泪肆意地流着。多久了,久得她都要怀疑这个世上还有没有和自己一样姓第五的人,这个姓氏的人怎么这么少呢? 少得真的就剩自己一个了吗? 她无数次坐在崖边发呆,看着浩瀚的天空和杳渺的大海,她和它们一样,空得连个核都没有,只剩一个壳。闲暇时,她曾经一呆就是几天,同一个地方,同一个动作,有人来看她,她看不见,听不见,不言语,不记得,旁人也就不忍再打扰她,随她去。人有三魂,父母就是她的两个魂,而现在她就是一个孤魂。

她抱着大叔哭了很久,最后心满意足地松开,难掩激动地望着他。

"大叔大叔,你到底是谁?"梵音开心地着急地询问,眼神里充满了期盼。

"呃,这个吗……"大叔看上去有些为难,似乎不好启齿。

"那您为什么改了姓氏?"梵音又急切地问。

"大叔您说话呀。"梵音眨巴着眼睛看着他。

"咳咳,"温大叔咳嗽两声,清清嗓子,看来是做了充分的心理准备,开口道,"我叫冷彻。"

第十九章
九霄第五家

"啊?"梵音嘴巴张得圆圆,眼睛瞪得大大,一脸失落,"您不姓第五吗?"

"你别这么看着我,我慢慢跟你解释这其中错综复杂的关系。"

"大叔,呃不对,温大叔,呃不对,叔叔,呃不对,冷大叔。"

"你傻叫什么呢,我不是说了我是你叔叔吗,喊我叔叔就行了。"

"叔叔,"梵音缓和了一下情绪,紧接着另一个小问题又跑了出来,"您不会真的和我的朋友有关系吧?他叫冷羿。"梵音紧紧盯着冷大叔的眼睛,生怕错过了一星半点的内容。

"咳咳咳,"冷大叔知道躲不过,这丫头铆着劲要打破砂锅问到底呢,"嗯,有关系。"他有些焦躁。

"他难道是您儿子?!"梵音突然调皮地大声说出来,小脸儿挤在冷彻面前,吓了冷彻一跳。

"哎呀!"冷彻往后猛地倾斜了身子,"那么大声干吗?吓我一跳!臭丫头!"

"是不是?"梵音瞪圆眼睛从下往上瞄着冷彻。

"是。"冷彻无奈回答道。

"真的是这样啊!我的天啊!我也太聪明了!"梵音高兴地笑着,"怪不得呢,怪不得我之前就觉得他怪怪的。也就是说冷羿是我哥哥!是我哥哥?"

"可是,大叔,您和冷羿关系不太好呀。"梵音迫切地想知道有关冷彻和冷羿的一切事情。

"让你别喊大叔了,大叔大叔的都把我喊老了,叫叔叔!"

"叔叔。"梵音没打算放过这个话题。

"你这鬼灵精怎么什么都知道呢。"冷彻也十分好奇。

"关系好的父子哪有只字不提对方的,您说是不是? 我也是瞎猜的。"梵音有些不好意思。

"你怎么会想到他、我、你有血缘关系呢?"冷彻对此困惑不解。

"我哪有那么料事如神,真当我是半仙了不成。"

"怎么回事?"

"之前跟您说过,几年前我已经注意到这里,现在回想起来当时应该是您在学校给孩子们上课吧?"

"没错,我有时候偶尔给孩子们讲讲灵法课。"

"其实事情过了很久,我也当自己是胡思乱想。可最近我发现冷羿似乎有些秘密,他在刻意隐藏自己的灵法特点,而这被隐藏的部分恰恰与我的有些相像。虽然他平时见惯了我的灵法,对此并不稀奇,可我却觉得格外亲切。这就勾起了我想来村子的念头,本想和他一起来的,但他中途有事走了,谁知道是怎么一回事呢。"梵音说罢,探究地看向叔叔,似乎想从叔叔脸上找出一些答案。

"爱来不来!"果然,冷彻翻了个白眼,"不说他那个浑小子了,咱们说正经事。"

"其实这次能找到您,我都是误打误撞,谁会想到我真的能遇见本家。"梵音坦言,"既然我都找到您了,也就没太多正经事要办了,和您说说家常我就很开心了。"梵音笑了,眼睛弯成了月牙,嘴巴翘成了菱角。

"咱家的家常可真是长得很呢,我的傻孩子。"冷彻的眼神平静下来,"这几天之所以没第一时间和你相认,一是想让你好好养伤,别激动劳神;二是和村里人问了问你的情况,知道你一路打听我过来的。起初看见你和九霄那帮人动手,又见你身着东菱军政部的军装,怎么都没想到你会是我侄女。怪叔叔不好,平时对什么都不上心,尤其看见那些身着官服的人就烦。当时看你身手极佳,也就没想着要插手帮忙。"冷彻解释道。

"原来这几天叔叔都是为我着想呢。"梵音开心道。

"叔叔,这些年您一直自己住吗?"梵音知道不应该问别人的隐私,可她还是忍不住问出口,对方是她这些年找到的唯一的亲人,她在乎他的一切,"婶婶,婶婶呢?"梵音结结巴巴地问道。

果然,冷彻在听到这个问题后,整个人尴尬在一边,不知道怎么开口才好。

"您不想说,别勉强,我就是问问。"梵音耷拉着脑袋。

"她,她,她,"冷彻竟然也结巴起来,"前,前些年我们闹了些别扭,所以,咳,所以咳咳。"

梵音继续耷拉着脑袋,可眼睛还在骨碌碌转着,仔细看着凌镜。

"所以,我们,暂时,没有住在一起。"冷彻终于交代完毕,狠狠松了口气。

梵音听着很高兴,不知什么原因,她从叔叔温和的口吻中能感受到叔叔很爱婶婶。他说了,他们只是暂时分开而已。

"嗯。"梵音满意地点点头,听完了冷彻的话。

"你还有什么想打听的?"冷彻斜起眉毛,挑起眼睛盯着梵音。

"没有了。"梵音老老实实道,还是乖巧地低着头。

"您快些把婶婶找回来吧,那样一家子就不闹别扭了。"梵音用蚊子般的声音补充着最后一句。

"知道啦!你别瞎操心了!"冷彻羞红着脸,假装镇静地说道。

"嗯。"梵音乖巧地点点头。

"赶紧把头抬起来吧,也不嫌脖子累。"冷彻瞥了她一眼,看着她假装的一副可怜相,觉得甚是可爱。

"叔叔。"梵音认真地叫着冷彻。

"嗯。"冷彻喜爱地看着梵音。

他示意梵音坐下,自己也坐在旁边并排的椅子上,面对面看着小音。

"小音,你父亲的事情我早就知道了。"冷彻正色道。

梵音从没想过还会从别人口中听到有关父亲的消息……

"嗯。"梵音坚定地点点头,等着叔叔说下去,也许只有亲人才会勇敢地和自己提起已故的父亲,既然这样,她也会直面过往。

"当年你家突遭变故,我却未能给予援手,心中十分遗憾。在那之后我去过你以前居住的秋满山游人村,查看过情况,有很多疑点我还未能找出证据。"

"疑点?叔叔是什么意思?"梵音眉头微蹙。

"当年灵魅找上你父亲,我觉得其中和咱们第五家本身脱不了干系。"

"叔叔!"梵音眼神一凛,"当年我看到灵魅对父亲说想拿他再试试,北唐和他不知道哪个好。叔叔的意思是?"随后梵音又与冷彻详细说了当年的状况。

冷彻摇摇头,嗤笑一声,不以为然。

"我第五家何至于成为别人的陪衬!笑话!"冷彻的不屑展露无疑。

不过少时,他又静了下去,思忖开来:"再试试……"

"小音,你父亲的事没那么简单,回头我要再详细查明。但你切记,小心提防戚家的人!"说到最后,冷彻面容严峻起来。梵音认真听着叔叔教诲,一字不漏。

"小音,第五家的事情,你父亲和你说过多少?"

"没有太多,只知道咱们先前是九霄人,家中老人好像在九霄军政部任职,后来一家人离开了九霄,但原因父亲没有和我提及过,只是说咱们和九霄再无瓜葛。我听那意思第五家和九霄也不友好了。您今天这么一说,我想起来了,小时候父亲和我提过有姓冷的一家和我们是本家,只是后来家中变故,很多事情我一时记不太清了。"梵音惭愧地说道,觉着对不住叔叔。

"傻丫头,你当时年纪小,又遭逢大变,想不起这些也是正常,但你现在这个年纪,又一直屈居在东菱军政部,有些事早早知道的好。"冷彻哪里会责怪梵音,疼她还来不及,可说到东菱,冷彻并不友好,态度轻躁。

"叔叔,家里的事情我理应详详细细地知道清楚,不能这么浑噩地过下去。这次能遇见您,也算是老天待我不薄了。"她为难地笑着。

"这些年我一直在找你,几乎找遍了所有游人村。其实东菱我也去过,只是怎么都没想到你会在军政部落脚。唉,这些年难为你一个人在东菱那边了,是叔叔对不起你。"说到这里,冷彻万分自责,红了眼眶。

"叔叔……您一直在找我……"听到这梵音又扑在冷彻怀里哭了半天,"叔叔,东菱的民风不错,北唐家也待我很好。您不用为我难过。但我看您好像不大喜欢他们的样子,这中间有什么我不知道的原因吗?"

"东菱和北唐家,我自始至终都无兴趣沾染。他们待你好我理应答谢,但是你和羿儿这么多年一直留在东菱,又是北唐家,我认为很是不妥。"

"我父亲和北唐家关系很好,他临走时把我托付给他们,我想父亲也是思虑周全的。"梵音解释道,她看出冷彻是个心气极高之人,便也不再多说。

"唉。"冷彻无奈地摇摇头,"这可能也就是当年咱们第五家分家的原因,现在看来还是一样。"

"分家?"

"嗯,你姓第五,我姓冷,但我让你叫我叔叔,你不觉得奇怪吗?"

"我开始以为您是我远房的表叔,所以没觉着有什么不妥的地方。"梵音有话直说,没有遮掩。

"哈,傻孩子,"冷彻听闻朗声笑道,"说来也怪我,这些事没有提早告诉冷羿,不然他也会早认你这个妹妹了,还能多照顾你些。"

"冷羿对我很好,我觉着他对我比对一般人好得多。"梵音宽慰道。

"嗯,还算他小子没有傻透。"提起这个儿子,冷彻很是着恼,若不是冷羿从小就不服管教,加之他妈妈的关系,父子俩感情一般,他何至于连告诉他本家的机会都没有。

"丫头,不是我不喜欢你们在东菱,我只是反对你们给别人当手下。"

梵音知道冷彻心高气傲,他看似与父亲一样温柔,实则不然,但并没有丝毫恶意。这大概也解释了这些年冷羿在军政部的态度,虽然不知他为何会坚持留在东菱军政部,可他的态度和其父亲有些相似。

"知道了叔叔,我不会让自己受委屈的,您还是跟我说说咱家的事吧。"梵音没打算去劝说叔叔,老人家嘛,总是有一些自己的执拗,她心里非常理解。

冷彻自然看出梵音的小心思,也没再去追究。"说来话长,咱们第五家一直是九霄人。哪,"冷彻伸出胳膊比画道,"从肤色就看出来了,咱们像麦穗儿,他们却白惨惨的。"

"嗯。"梵音应声使劲点头。

"当年的第五家和现在的北唐家一样,都是两国军政部的首脑,第五家历代任职九霄军政部主将一职。直到我父亲这一辈开始,也就是你爷爷这一辈,第五家彻底从九霄分裂而出,成为游人。"

"嗯。"梵音认真听着,不时回应着。

"其实早在我祖父那一辈,就已经与当时的家中长辈争执不休。他那时虽然年轻,却心思深沉,一早就看出了戚家的野心,戚家是不会甘愿第五家一直坐在军政部主将这把交椅上的,他们的年轻一辈更是日渐张狂。而第五家的人一直以来都有一个致命的弱点,就是对什么都不上心,养成了眼高于顶和懒散的毛病。我祖父当年和家中长辈提出,不能再这样松散下去,不然军政部中迟早有一天会没了我们的位置。虽然我辈无意霸占这个所谓的高位,但他人难免会对我们起歹心。之后他们争执不下,我祖父便早一步离开了第五家。当时他的父亲非常震怒,一气之下不准他再姓第五,让他改姓冷,说他冷血无情,执意要离开生养他的九霄。祖父当时满腹委屈,却也没再有半句软话,他给曾祖磕了三个响头,回道:'您让我姓冷,我便姓冷,不敢再违逆您的意思。第五家如果日后有难,我冷家定当义无反顾舍命相救!'之后就离开了九霄,改姓为冷了。"说到自己的祖父,冷彻很是崇敬。

"后来,咱们第五家全都离开了九霄,就是因为戚家吧?"梵音问道。

"对。在我祖父离开九霄十多年后,戚家果然势力日增,逐步占领军政部。事已至此,第五家无意再与之争抢,逍遥的祖父也让孩子早早离开了军政部,待老太爷离世后,他方才最后离开九霄。他们定居在游人村后找到了我的祖父,两个亲兄弟时隔四十多年才见面,他二人感情向来深厚,只是当初取舍不同而已。他告诉我的祖父,也就是他的弟弟,当年他们的父亲让他姓冷实则是要保护他。曾祖早就看出戚家野心,只是不愿逆了祖辈心血,想保这一方平安。小儿子当年力谏,他无力反驳更加无法扭转局面,所以将计就计让他离开九霄,改姓为冷,至少可以让他远离政治旋涡,保他一脉平安。而之所以替他选姓为冷,是因为第五家的灵法用冰至寒,登峰造极,冷足以代表第五家的家徽,让小儿子姓冷,却正是为了让他带着父亲对他的牵挂与肯定,平安冷傲地过这一生,过他想要的生活,他永远是父亲骄傲的儿子。"

说到这里,冷彻几欲哽咽。梵音早就酸了鼻子,偷偷用手拭着眼泪。

"祖父知道真相后泣不成声,却也释怀了。他这一生,是得到父亲肯定和保护的儿子。自此他再未改姓,因为他说'冷'字是父亲给予他最好的礼物和守护,他会好好守着这份牵挂。"

"小音。"冷彻满眼愧疚地看向梵音,"你父亲的事,我深感自责,叔叔以后会好好保护你的。"

"叔叔,这事不怪你。事出突然,谁都不知道。"

冷彻摇了摇头。

"咱们两家这几十年来虽不住在一起,却也有联络,只不过从祖辈到父辈再到我们,联络逐渐少了,这些年我又漂泊不定,独来独往,才到了今日这般后悔莫及。"

看到冷彻难言的悔恨,原先一副潇洒倜傥的君子模样,此时竟这般落寞无力,哪还有半分锐气,梵音于心不忍,出声打断:"叔叔,至少现在我见到您了呢,还多了一个哥哥。"梵音坚强地笑道。

"冷羿那个浑小子也是个有福气的。"冷彻从自己的思绪中跳脱出来,又恨铁不成钢地说道。

"你父亲思虑周全,把你交托给北唐家是对的。"冷彻第一次承认北唐家是不错的选择,不过在梵音看来,叔叔承认的主要原因是他的兄弟第五逍遥沉稳睿智。

"第五家虽也闲散,可性情比起冷家还是随和很多。当然我的意思不是要分开两家,我只是为容易区分开我的看法而已。"

"我知道您的意思,第五家的兄弟俩性格虽像,却也有些差异,所以当年会出现那样的状况。就像我现在觉得北唐家不错,您却不以为然一样。"梵音说着撇撇嘴,对着冷彻扮了个鬼脸。

"没错!"冷彻毫不掩饰他高傲的样子。梵音愈加觉着这个叔叔竟还有些孩子气,好像和他口中的祖父一个模样。

梵音笑而不语,随他开心。冷彻看着小小年纪就如此沉稳的梵音,既欢喜又唏嘘。

"小音,你怎么看待咱们第五家的灵法?"

"我自己这些年来修的灵力刚劲尚可,锋芒逼人,但坚韧不足,易脆易摧。"

"那你认为咱家灵法擅攻擅守?"

"擅攻。"梵音对此不假思索,"叔叔以为?"

"擅守。"

梵音愕然。

"愿闻其详。"梵音正色道。

"咱们不在这里说,今天我带你进山,我们边走边说。"冷彻带着梵音离开了花时店,二人步速极快,脚下生风。冷彻见梵音的身法如此轻快,便知她的身体已经完全恢复,自己则加快步伐全速行进,梵音半步不落,紧随左右。此时街上已有不少行人,可当他二人从行人身边经过时,竟无一人发现他们。他二人快如闪电,霎时间已来到山脚下。

冷彻带着梵音走向僻静处,离开上山的大路,往山中林里陡石间急跃而上。这种速度持续了半个小时,梵音发现他们此时已经完全偏离了之前去过的矮山,而是往更深的山脉中行进。树木渐高渐密,直耸云际,空气阴冷黏腻,寒湿入骨。冷彻没有停下步伐,梵音也无多言。

又过半刻,冷彻停下脚步,回头看向一旁的梵音。只见梵音面色微红,呼吸平顺,竟好似方才在漫步。冷彻改换速度,悠悠往前走去。山林中寒气极盛,不一会儿梵音余温消散,身间发凉,她轻催灵力流转至周身,寒凉之意尽数退去。

"以往你都是这样催动灵力的吗?"冷彻开口问道。

"是的,叔叔。"梵音回答,才发现冷彻面颊上只有淡淡血色,容貌愈加凛冽,毫无温热之气,面似凝霜。真是应了他的名字,寒冷彻骨,不由得想让人退避三舍。

"小音,你知道普天之下各家灵力有何区分吗?"

"灵力是我们的立本之源,发于心,修于身,各家灵力虽不尽相同,却终属同源本宗。侄女见识尚浅,说出一二不是,叔叔别笑话我。"

"不会,你讲。"

"说到灵力至纯,这些年我见过的北唐家当算个中翘楚,难逢敌手。天下灵力近乎都属灵化者这一派,大同小异。除去他们,还有三种特性的灵力:水、火、雷。

"咱家灵力自然属于水这一特性。虽说我们属水,实则催动的是至坚寒冰,属刚猛一派,即便是属火一派的火焰术士也不能与我们相克。属火特性灵法的人群不在少数,最常见的就是火焰术士,他们能催动火焰。最后还有雷,雷这一特性最是少见,万里无一,他们催动的灵法无形无实,和闪电近乎一模一样,杀伤力极强。虽说我们各具特性,但万变不离其宗,灵力愈纯粹愈强大。不知道侄女说得对不对,还请叔叔指教。"梵音谦逊地看向冷彻。

"你说得没错,灵力至纯当然是最好,但是我们的灵力既然有血脉中的特质,自然要发挥到极致才不枉费。我先前暗中观察你和涂鸢的交手情况,你灵法根基稳固,催动重剑的灵力扎实牢靠,身法迅捷刚劲,好一派硬家身手。之后你化冰为弓,利箭飞射,这一招算是出自家门,运用得也是相当纯熟精练。只不过无论是灵法还是身法,你攻劲强硬,却不擅守,这些是在北唐家学的吧?"

"这些年在北唐家确实学到很多东西,不过当年父亲教导我的也大都是以攻为主,守为辅。"梵音坦然道。

"没错,无论是北唐家还是第五家,都在军政部任职数百年,虽说攻守兼备才是用兵之道,但主将的灵法灵力却是非强劲攻破不可替代。这也是我祖父多年来想方设法参破的漏洞。"

"漏洞?"梵音不解。

"小音,暂不说北唐家的灵法,我们第五家祖祖辈辈都是以攻为尊,最后落得七零八落。不是我们灵法不精,而是用人不善,后辈空虚。"说到这里,冷彻眼中透出凄哀之色,他继续道,"你之前告诉我说,你之所以不像第五家其他人一样身材高挑,是因为你少时遭到灵魅追击,连战四天四夜身体负重不堪,内耗极大,导致后来即便痊愈也影响了你本身的生长。"

"是我一个灵枢朋友告诉我的,她说我内耗严重,必须好好调理,"梵音有些羞赧,清了清嗓子,正色道,"不过,您看我早就痊愈了,个子虽然没有很高,但是也不矮呀。"梵音想在叔叔那里扳回一城。

果然,不出她所料,叔叔毫不避讳地嫌弃地又看了她一眼,好像是在说:真给第五家拖后腿。第五家的人长相俊朗,当年在九霄就已经是人尽皆知,男子清秀高挑,女子英朗明媚。冷彻显然很在意这份殊荣,就连冷羿平时也是对自己的长相颇为满意。

梵音咬着牙,转过这个话题:"这个不重要,叔叔!"

"嗯,女孩子灵巧点也不错。"冷彻像是在安慰自己,完全没有在乎梵音。

"叔叔……"梵音压低嗓门,从喉咙里挤出两个字。

"小音,你有没有想过,如果当时你父亲没有去和灵魅拼命,而是和你们一同撤退呢?"冷彻问。

梵音虽有些意外,却打破了刚刚因为谈论身高而有些沉闷的心情,认真地思考着叔叔说的话。

"一同撤退自然是好,但是……"梵音眼神深沉,摇头看向叔叔。

"但是,没有人可以阻挡灵魅的攻势,是不是?"

"是。"梵音十分肯定地点点头。

"这就是我们不擅防守导致的结果。如果是单兵作战,在我们个人实力允许的情况下,自然是击退敌方为上策,但是如果我们不如敌方呢?如果我们不是个人行动,而是有要掩护的人呢?就像你们需要掩护大批村民撤离,但又人手不够的时候呢?"

冷彻一连串的反问,让梵音无法找到合理的解决方案。

"除了硬拼和等死,我们必须自救。面对如此棘手的情况,进攻失利,生死一线,我们除了手中的利刃,还需要什么呢?"

"盾。"梵音答道。

"没错,就是盾。你有没有想过我们既然可以化冰为刃,为什么不造一个盾出来呢?"冷彻眼中含笑,笑带寒光,让人猜不透他到底想的是什么。

"叔叔,盾这个东西造出来倒不难,可我们的寒冰没有那样坚韧,远不及铸灵师制造出的盾那般坚硬,我们这么做不是多此一举吗?而且一个小小的盾又能有什么作为呢?"

铸灵师打造的兵器一般分为两种:一种是无法幻形的冷兵器,例如短小的匕首和刀刃。一种是可以幻形的灵器,例如梵音的重剑,平时缩小随身携带,等运用时再变为实际大小,需要介质转换。

"你之所以这么说,是因为你的本家灵法未到火候,意识里认为再坚固的冰也是易碎易破的,"冷彻嘴角含笑,不紧不慢道,"等我教完,你再看吧。"

在山中许久,虽说深山寒意极盛,但因灵力充沛,梵音也未感觉有什么不适,反观一旁的叔叔,总觉他在这种环境下似乎如鱼得水,灵力更显张扬。

梵音纳闷,冷彻开口道:"怎么,看出你我的不同了?"

"嗯,"梵音含糊地应了一声,随即连忙摇头,"没有没有,还是不太明白叔叔是怎么做到的。"

冷彻笑道:"你既然知道咱们的灵力天生带有水寒这一特性,为什么不尝试运用它,让它与身体相容相生呢?"

冷彻伸出胳膊,张开手心,示意梵音把手伸过来。梵音用手握住冷彻手掌的那一刻,猛然打了个寒战。他的手心冰凉无比,远不像她的温热轻软。她奇怪地看着冷彻,问道:"叔叔你身上怎么这样凉?"

冷彻笑道:"你御寒的方法是催动灵力,而我则是顺于本能。"

"本能?"

"你我的本能就是时时刻刻修习自己的灵力特性,使自身对苦寒的掌控能力变得游刃有余。就像现在,在这种严寒的情况下,我身体的反应是一种本能,并没有使用任何灵力,体温自然下降,内耗降低,与低温的环境自然相容,反倒神清气爽得很。"梵音听得茅塞顿开,心领神会,这与她平时修习灵力的方法完全不同。她兴奋地看向叔叔,那眼神好像看到了一块可口的黑布布蛋糕,那是梵音喜欢的一种甜品蛋糕,也是她唯一喜欢的甜食。

"你饿了吗?"冷彻斜眼看向梵音。

"有点,"梵音应了一声,立刻改口,"不是不是,没有没有,只是想叔叔赶紧教我这样厉害的本事。"梵音摆出略微夸张的表情,委婉地拍马屁。

"才和你说了几句,你就这样兴奋,想想平时在北唐家也没学到什么好本事。以前都是谁教你灵法呀?"冷彻心里很是受用,连忙趁机打压一下北唐在梵音心中甚高的地位。

梵音脑子迅速回转了一圈,十分坦然地交代道:"平时都是我自己练习的,叔叔,只是偶尔请教一下北唐北冥,就是现在东菱军政部北唐穆仁的儿子,他会指导我一些灵法。"梵音自认为非常诚实无所保留,她确实只是偶尔请教一下北唐北冥。

"这样啊,那证明我的小侄女本身就是天资过人,比你那个哥哥强百倍!灵法修到现在这个境界,那是不易了!"冷彻很高兴梵音的表现,觉得是给自己脸上增光,"等等,你说的北唐北冥是北唐穆仁的儿子对吧,他今年多大了?"

"十七。"梵音依旧坦然答道,眼睛诚实地看向冷彻,眨巴眨巴。

"十七……"冷彻点点头,随之立刻反应过来,看向梵音,大声说道,"十七!他比你还小两岁!你问他干什么!"

"阿嚏!"北冥坐在暖和的沙发里,看着今天刚到的报纸,上面写着菱都最近的新鲜事。"阿嚏!"他又狠狠地打了两个喷嚏,毫无来由。

"哥,你没事吧?感冒啦?"站在窗边看着楼下风景的天阔问。北冥突如其来的喷嚏吓了他一跳,在安静的屋子里,刚刚那两声着实不小。"

"没有啊。"北冥也纳闷着。

"那就是有人骂你呢。"

"你能盼我点儿好吗?我又没得罪人,谁会骂我呀?"

"你平时在部里那个样子,都没人敢和你说话,"天阔清了清嗓子,嗯了一声继续道,"这半年你不在,肯定好多人都高兴着呢。估计是快过年了,有人怕你回去,背后唠叨你呢。"

"他人缘这么差劲啊?"聆龙在一旁的大酒碗里泡着澡,两只扑闪的大耳朵已经变得通红,说话时舌头还打着结。

"你看像不像?"天阔阴阳怪气地问道。

"像!"聆龙开心地大吼道。

北冥揉着鼻子,继续看报纸,懒得搭理他俩。此时北冥自己心里也禁不住转了个圈,想着会是谁呢?

第二十章
梵音修炼

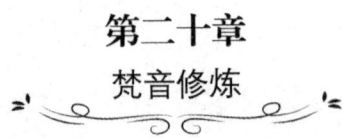

"我只是偶尔问问的,叔叔。"梵音心中也虚得慌。

说到灵法她实在不如北冥,又因自己比他年长两岁,每次请教的时候都有些抹不开面子。现在的她完全可以理解赤鲁的心情,本来自我感觉良好,可每每需要请教的时候,心中就万般扭捏。他俩骨子里又都是上进的人,赤鲁是一心一意想打遍天下无敌手,当然他自己也知道是不可能的,但还是忍不住总去找北冥学习一二,即使永远碰得一鼻子灰,也坚持不懈。而梵音虽说以前对自己要求不高,可来到东菱以后,早已换了心性,不再放松自己半步,时常打扰北冥,也觉得不好意思。

"他的灵法比你好吗?"冷彻有些闹脾气。

"嗯。"梵音闷声嗯了一句。

"那是你方法不得要领,都是他们瞎指导的原因!"冷彻早就忘了刚刚还夸过梵音。

"嗯……"梵音丧气道。

"阿嚏!"北冥又狠狠打了一声喷嚏,他摇摇头,自己也觉得事有蹊跷。

聆龙本来已经昏昏欲睡了,可一连被他几个喷嚏惊醒,烦躁地飞向天阔,对着天阔说道:"他这个人平时真那么招人讨厌吗?"聆龙说着,不忘用尖锐的小尾巴指向背后的北冥。

"凑合吧。"天阔道。

随即,他俩感受到背后射来芒刺,不再多话。

梵音听从叔叔的教导,试着退去之前运用的灵力,身体的温度开始下降,感到寒冷阴湿难耐。冷彻让她调动自身寒凉的灵力,就像平时幻化出寒弓冰箭一般,等到梵音渐渐地把寒凉灵力散出,她发现原本刺骨的山中劲风不过尔尔,毫无冷意,她自身的酷寒灵力远不是这种程度的低温可以抗衡的。这种灵力流窜在她体内,她不觉难耐反而神清气爽。这种从未有过的修习体验让梵音大为吃惊,她敬重地看向冷彻,景仰之意油然而生。

不多时,她感觉自己的灵力消耗过快,看来对轻重缓急的掌控不是一时半刻就能驾驭的,若想冷寒灵力在身体中变成常态,随心所欲地调配还需长久的练习与适应。她试着减弱冷寒灵力的释放来抵御低温,反复几次,已经满头大汗,呼吸也变得急促,脸色红润,体力下降。

"好了,这不是一日之功。今天先练到这里,不要到最后累得连路都走不动了。"冷彻在一旁说道。

"嗯。"梵音也知道不能急于求成,听了冷彻的话便慢慢收了灵力,停歇下来。

冷彻看着梵音沉稳的性子,心中很是赞赏。二人休息片刻,冷彻继续带着梵音往山里走去。

"叔叔,咱们现在干吗去?"梵音好奇地问着。

"你一直在这山里不冷吗?"

"是有些冷。"梵音也不避讳,她的灵法远不及叔叔,叔叔纵然走上多日也不会受到分毫影响,但她经过刚才的修习,确实消耗了不少灵力和体力,现在有些力不从心。

"那就带你到暖和的地方去。"

不多时,梵音感到周围的空气变得雾蒙蒙,温度也在悄然升高,比方才舒适暖和许多,脚下的泥土也开始变得干燥松软,不像之前那样黏腻。

"叔叔,这里有温泉吗?"梵音问道。

"小丫头,还挺聪明。"冷彻回头笑眯眯看向梵音。

梵音的肚子突然咕噜噜响起来,可能是气候的缘故,舒适的环境赶走了之前紧绷的状态,让人放松下来,跟着让人感到倦怠和饥饿。

梵音揉揉肚子,看看四周,她出来的时候没有准备吃的,现在想打一些野味解馋。

"饿啦?"冷羿问道

"有点。"血缘的关系真是奇妙,梵音和冷彻相处起来似乎没有陌生和隔阂,举止间十分亲厚自然。

"待会儿前面大概会碰见野猪,回头抓一只,咱俩解解馋。"冷彻想到野猪的美味心里很是高兴。

"啊?"梵音张大嘴巴看着冷彻,她虽也想打些野味,但野猪未免太大了些,收拾起来也不方便啊。

"是有点麻烦了,待会儿去温泉附近抓几条肥鱼烤来吃也不错。"冷彻改口道。

"嗯,这个好。"梵音连忙点头同意。

话音未落,只见梵音左手化出一柄弯弓,右手持箭。张弓搭箭只在眨眼间,利箭飞射而出,穿过树林,正中一只奔跑的灰兔。梵音脚下轻点,几个瞬步,已经来到兔子躺倒的地方。寒箭早已化无,梵音抓住兔子,回到冷彻身边。

"给。"梵音把兔子抓到冷彻面前,示意他去处理。

"女孩子家家,不应该觉得兔子可爱吗?"冷彻叹了口气。

梵音傻笑。

"唉,怎么这么粗鲁。"冷彻瞥了一眼梵音。

"可是也很好吃。"嘴上虽然这么说着,梵音心中还是有些不忍的,所以拿去让冷彻处理。君子远庖厨,杀生这个事情,亲眼看见还是会难受的,无论之后吃起来有多香。

冷彻拎着兔子,很快到了溪水旁。这里的水只是温的,还未到真正的温泉口,水里有不少温泉鱼。二人手脚麻利地生火,抓鱼,烤兔,很惬意地饱餐了一顿。等到休息过后,精力充沛,冷彻带着梵音来到温泉口。

在这深山老林中,有的是稀奇玩意儿,腊月深冬,此处却是郁郁葱葱的植被,满是水汽。各种各样的蕨类低矮地趴伏在泥土上,树冠上也到处都是。长满青苔的山坡岩石下豁然出现一大片温泉水域,足有百米见方,雾气缭绕,熏得让人有些睁不开眼睛。

"叔叔,刚吃饱喝足休息好,不会是带我来泡泡温泉,解解乏的吧?"梵音脸上挂着惬意的憨笑。

"想得美。刚才教你控制体内的灵力,调节内在平衡,掌控内里增减,现在教你外放,扩充灵法。"

梵音认真"听着"。

"你学的化冰为刃远未达到寒之灵力的极盛之处,它只是浮于表面,匠人之功,就像你说的铸灵师也完全可以打造出灵力极强的兵刃,就像你的重剑,但我说的远不止此。"

只见冷彻倏然抬手伸出掌心,一股浩荡灵力骤然从手掌倾泻而出,直冲湖面。

湖面霎时结冻冰封,连水纹都保持着前一秒的动势,灵法迅猛至极,雷霆一瞬,即便是梵音的鹰眼也是堪堪捕捉到冰封至湖水边际的最后一刻。这突如其来的强悍灵力使梵音猛然一惊,始料未及。可这惊叹还远未休止,冷彻并未收手,原本冰冻一寸的湖水,赫然变成冰墙继续向下极速延伸。一尺,两尺,三尺,十尺,冰笋像无数利剑长矛一般片刻不停扎入湖心直至湖底,轰轰然震得大地作响,好像顷刻间就要炸裂崩塌,然而这浩瀚灵法并未停止,直至整个水域数米之深都被冰封得严丝合缝,连一粒微尘都侵入不得,才算罢了。

梵音睁大双眼看着眼前的一切,早就忘了呼吸。这一切只在分秒间完成,可对梵音来说震撼早已遏住她的心跳,好像过了几个世纪,她不可思议地面对着眼前的一切,她甚至妄想,如果这个湖泊够大够深,叔叔甚至可以直封至地心。而这湖面的坚硬程度早就被梵音看在眼底,就算是亿万年不化的上古冰川也不过如此,这世上还有比它更坚硬、坚韧的东西吗?

"看清楚了吗?"冷彻缓声问道,面不改色。

"看清楚了。"梵音将将抑制住内心的狂浪翻腾,轻轻回道。

"解!"冷彻暴喝一声,顷刻间冰湖瓦解,水涌千尺,冲向天际。巨大冰面轰然开裂翻起,浑似小山,因灵力盛大,竟震得冰山一同跃向空中,眼看整个湖泊尽毁。

只听冷彻又一声大喝:"收!"原本附着在冰上的灵力已经化解,霎时间冰化为水,顿时落入湖面,激起千层浪。

原来冷彻不仅解了灵法,最后更是把残余在冰上的灵力收回体内,以保全温泉湖不至于被他毁掉。在这一收一放间,冷彻对灵力的掌控出神入化。梵音五内俱燃,早已不知如何形容自己此刻的感受,只当以往的自己见识短浅,灵法粗陋。

比起一旁惊叹不已的梵音,冷彻则不以为意,他一边给梵音解释着灵法运用,一边鼓励梵音,说待她自己练习习惯后,也会像他一样,运用自如,融会贯通。梵音则是对叔叔敬佩得五体投地,欢喜着自己可以和叔叔学到如此本事。

冷彻还向梵音指出,她之所以对他的灵法运用很是陌生,是因为她以往对自身灵法特性的忽略和不擅运用所致,只要长期刻苦修习,并非追赶不上。而且梵音本身的灵法根基扎实牢固,灵力充盈,化冰为刃也是运用得纯熟得当,假以时日必有大成。

梵音虚心听着叔叔的教诲,跟着他的指导用心练习起来。看叔叔对灵法的掌控随心所欲,可真到自己身上却难上加难。原来刚才叔叔是故意让湖面冰层逐步加深的,他刻意调整灵力释放的缓急,为的是让梵音看清他对灵力控制的方法与轻重。这样说来,冷彻对自身灵法与灵力的控制早已超过梵音的认知。她目不转睛地看着叔叔,像看一个怪物。

"你这是什么表情?有没有在听我好好讲话?"冷彻面对这样傻傻的梵音已经整整一个下午,他现在真的要相信梵音确实听不到自己讲话了。此时早已明月当空,银洒大地,二人也有些倦怠。

"我在听呢,叔叔,我在听。"梵音连忙点头,她现在把叔叔奉若神明,不敢有丝毫懈怠。

冷彻一副轻描淡写的模样:"今天就先练到这里吧。"

"好。"梵音虽想继续,但仍听了叔叔的吩咐,撤去招式,"叔叔,咱们这两天就暂时住在这边吧。"梵音等着叔叔的意思。

"我也是这样打算的,毕竟你待不了几天,不能来回浪费时间。"

原来冷彻早就有了打算,替梵音安排好时间,梵音心中又是感动,眼眶就忍不住发酸。

"是的,我还要尽快返回军政部。"梵音怕叔叔听着不高兴,不敢直视叔叔的眼睛。

冷彻看出梵音的心思,说道:"你这是什么意思?好像我不讲理的样子,既然你住在那边还算顺心,那就随你高兴。只是有一点,你一定要注意自己的安全,万事不能逞强。如果不想在那边干了,就回来找叔叔,咱们爷俩过。"冷彻眼中满是疼惜。

梵音突然扑进冷彻怀里哭了起来。这样的夜色里,冷彻的脸竟有八分像父亲,那句句关切的真心话更是让她温暖到心里。虽说以往在东菱,北唐夫妇对她也是关爱有加,但像父亲这般的除了冷彻再无二人。冷彻用手轻抚着梵音的头发,拍着她的肩膀,安慰着:"哭成这个样子,那就别回去了,一看就知道在那边也不开心。"冷彻故意哄她。

果然梵音扑哧一声笑了出来,胡乱用手擦擦眼泪,抬起头看着叔叔。

"我看见叔叔就最开心了。"她咧开嘴大笑着,那肆意的样子已经在她脸上消失很多年,连纹路都是崭新的。

"比冷羿那个浑小子强一万倍。唉,还好我有个好侄女,我还是挺有福气的哦。"冷彻也开心说道。

冷彻此话让梵音再次想起这个突如其来的哥哥,她问道:"叔叔,冷羿怎么一直留在东菱军政部呢?他的脾气压根儿也不是愿意受人管制的,可他怎么就甘心留在部里这么多年呢?"

"你也看出来啦?"

"嗯。"

"这事说来话长，咱们先吃饭吧。"冷彻催促道。

梵音应声，正好她也饿了，于是便独自跑到远处抓了些野味回来，又去下游摸了几条鱼上来。生火做饭很是麻利，等烤好了野味，她递给叔叔，边吃边说："现在可以说了叔叔，反正也没事做，冷羿到底是怎么回事呢？"梵音吃着嘴里的烤兔腿，香喷喷地嚼着。

"当年我和他妈妈闹了点矛盾，赶上他那时正值十五六岁，年轻气盛的，就想独自去外面闯荡闯荡。"冷彻有些自责，时不时用树枝捅捅柴火，转转烤架上的兔子。

"他离家出走啦？"梵音心里暗笑，没想到冷羿还有这样意气用事的时候，不过想想他以往无所顾忌的模样还真做得出这种事。

"可他怎么在东菱一待就待了这些年呢，还去了军政部？"

"他妈妈后来去找他，好像听说东菱当时有一个什么指挥官选拔赛，他闲得无聊就去试试，没想到很快就通过了，也就留下了。"

"即便是留下，也应该是暂时的吧？"

"他平时只愿和他妈妈多说几句，他想留在那里生活一阵子，他妈妈也没干涉。后来他妈妈离开东菱，我就不太知道他的情况了。"

"婶婶也是个潇洒的人。"

"谁说不是呢，你婶婶何止是潇洒啊，泼辣得很呢。"提到老婆，冷彻很是忌惮。

"之后就没有一点消息了吗？"

冷彻努力回想着，其实他这些年也想弄明白儿子到底在想些什么。

"我想起来了，后来听他妈妈说冷羿留在东菱好像是因为一个女孩儿。"冷彻皱着眉头想再搜索出一些有用的信息，可惜没有更多的了。

"女孩？"梵音发问道，也是在问自己。

"嗯。"

梵音心里默念着：女孩？这些年冷羿身边没有十分亲密的女性朋友，照理说能让他这种人留下的那关系应该非同一般才对，而现在唯一被自己发现端倪的就是南扶摇，但他俩的关系看上去又十分陌生，这其中的原因就不得而知了。

"想什么呢？"冷彻打断了梵音的思路。

"没什么，我在想那个女孩是谁，没准我认识呢。"

"谁知道呢，没听他妈妈提起过。别为那个小子操心了，赶紧吃东西，不然就煳了。"冷彻把烤鱼的木棍递给梵音。

二人吃完东西，便各自在岸边找了块既暖和又干燥的地方歇下。

梵音跟着冷彻又修习了三天，冷彻根据以往梵音施展灵法的特点，改换了教授她的方法。冷彻自己惯于徒手施展灵法,而梵音喜欢运用兵器,冷彻干脆让梵音结合以往使用的弓箭来施展他所教导的灵法,攻守结合,一箭双雕。梵音不仅可以射出寒箭,更能化箭为盾,箭悬半空时可猛然化成一面巨型寒盾,厚重刚硬,数米见方,能阻挡来袭,待她撤去灵力时方可在空中化去,无影无踪,冰之坚固程度由她灵力大小控制。

冷彻在一旁提醒梵音,修习寒盾这种灵法不是一日之功,它对施法者的灵力有极高要求,耗损也比以往灵法更甚。以她目前的实力,是不足以制造出至坚的寒盾,任何灵法切勿急于求成,以防过之攻心。

"小音,你知道我为何教你寒盾这种灵法吗?"

"这可以大幅减少伤亡。"

"你说得没错,还有一个原因就是你现在在军政部任职,我才放心教给你。"

"叔叔什么意思?"梵音不解。

"不得不承认,北唐家的灵法修为极高,常人根本无法企及,也正是因为这个原因,北唐家骁勇擅攻,你只有在这样坚实可靠的协同作战情况下,才能放心施展寒盾,保大家周全,互为依恃。"

这是冷彻第一次正面承认北唐家的实力,也让梵音更加明白叔叔不仅灵法卓越,为人还坦荡豁达,只是偶尔有些脾性罢了。就像他的灵法一样,晦涩难懂不易掌控,与父亲相比有过之无不及。

"谢谢叔叔为我着想。"

"以后和叔叔不许再提'谢'字,和别人还是要的,比如指导你灵法的北唐小子。"冷彻话里吃味,显然还是介意梵音和别家学习灵法的。

梵音轻笑一声,点头说:"知道了,叔叔。"

"你一身硬劲身法,想必也是他教的吧。"

"嗯,他确实指点过一二。"

"只有一二吗?"冷彻斜眼瞥着梵音。

"啊,"梵音吞吞吐吐,"我自己确实也练习了很多。"

"要不是他瞎指导你身法,你会这么轻易伤到腰吗?"

"嗯。"梵音点头,她确实认为是自己平时疏于练习,腰间力量不足才导致这样的失误。

"你瞎应承什么!"冷彻看到梵音一脸认真的表情,用手拍了拍她的脑袋。

"啊?"梵音不解地看着叔叔。

"我是说你不应该学习这种根本不适合你的身法,因为不适合才导致你受伤,你现在一副自责的表情干什么？"

"我……"

"我什么我，一个女孩子家，学这么强劲的身法干什么？你见过有女孩子和你一样的吗？"

"我……"

"我什么我，你还嫌自己的力量不足吗？在我这几天看来，即便是你们军政部里面也没有几个人有你这样的腰腹力量。"冷彻笃定地说道。

"我……"

"我什么我，女孩子家练练灵法就好，修那么好的身法干什么！你还当真要为北唐家卖命啊！你这个样子以后嫁不嫁得出去啊！谁敢娶你啊！真让人操心！在军政部那种地方待久了，他们还真把你当男孩使唤啦！"

眼看着冷彻越说越起劲，梵音想着就此打住。

"哦！我知道了，他们是看你灵法好灵力高，就……"

"叔叔，叔叔！"梵音出声打断。

"干吗？"

"没事，我的意思是说，叔叔觉得我现在的身法不好，那叔叔有什么更适合我的身法教给我吗？"梵音谦卑地看着冷彻。

"我当然有了。"冷彻不屑一顾地说道。

冷彻之后教导梵音的身法以柔劲纤巧为主，不伤身，易躲避，招式如水中细草紧劲连绵，缠韧有力。梵音了然，这身法着实适合女孩修习，且看叔叔不像是会修这种身法的人。

虽说此种身法对力道要求不高，但长时间练习下来，也绝不容易，梵音汗如春雨，细密不止。

"叔叔，您的这套身法精练缜密，确实十分适合女孩修习，但您怎么会这种身法的？"

"这是我以前为你婶婶专门想出的一套身法。"冷彻毫不避讳地对梵音说道。

冷彻话虽说得简单，但熟悉身法的人一看便知这套身法极为讲究，绝不是几日之功就可想出来的，定是高人钻研许久才会这般毫无破绽，精密坚忍。梵音心下佩服。

"叔叔对婶婶真好。"梵音由心而发。

"嗯，还是你这丫头看得明白，比你哥哥婶婶都强！"

梵音笑而不语。

一连几日，梵音的灵法和身法初有成效，随即预备这一两日就动身回菱都，毕竟遇见九霄军政部的人不是小事，她要尽快与主将当面禀明这其中的原委。

一日午餐过后，梵音和冷彻说明要离开的打算。

"那你一路上注意安全，我也不多留你了。九霄的人在此出现确实蹊跷，我之后定要查清的。"冷彻也颇有顾虑。

"叔叔，碰见涂鸢那日，我在一处洞口发现类似您花时店大门上施用的灵法，那应该也是您布下的吧？这种灵法和普通防御术不同，到底是什么灵法呢？"这几日跟着叔叔在山中修习灵法，梵音忘了之前在洞口和店里让她疑惑的异样"防御术"，此时再提及九霄，恰巧想了起来。

"算你还心细，没忘了这一出。"冷彻很得意梵音发现了他巧妙的灵法。

"那个灵法不是防御术，是我自创的困牢术。"冷彻语气中略带自负，嘴角一边倾斜向上。

"困牢术？干什么用的呢？"梵音好奇问道。

"困牢术和防御术恰恰相反，防御术是防止外敌入侵，而困牢术是捆锁住被封在其中的人或物的灵力，使其法无可施，力无可用。"

梵音听得啧啧称奇，赞叹不已

"这和锁骨匙简直是异曲同工。"

锁骨匙是聆训部和狱司常用的秘密武器，可锁住被审犯人的一切灵力。

"而且用起来比锁骨匙方便得多，只要像防御术一样对敌施展便可，不过困牢术的坚固程度直接取决于施术人灵力高低，确实不像锁骨匙那般一劳永逸。"冷彻坦言道。

梵音心知像冷彻这样的灵法大成者，他所运用的这些灵法罕能被外人所破，于别人而言他的灵法尚有一些漏洞，可对于施术者本人来说几乎攻无不克，毫无破绽。但是时间紧迫，眼看就到年关，梵音无心再学习更多的灵法，加上她并非好高骛远之人，清楚即便学习到更多的灵法，学艺不精也是徒劳。

冷彻对梵音说道："以你现在的灵力不足以驾驭多种灵法，练好寒盾才是要紧。"

"侄女明白，叔叔放心。"

冷彻说着从背包中翻出一卷羊皮纸，这年头很少有人还用羊皮纸，人们早就惯用白纸记事写作。梵音看着叔叔手中的纸卷，浅褐色的羊皮纸卷被细皮绳规矩地扎好，她知道那是需要妥善保管的物件。

"这个羊皮卷给你。"冷彻说着把羊皮纸递给梵音，"我把教你的灵法和身法都写在上面了，很详细，回去以后有什么不懂的你就好好琢磨琢磨，困牢术也写在上面了。"

梵音接过羊皮纸，心怀感激却也不再多言。她从身侧拿出一个卷袋，六七寸长，形状好似一根花枝。梵音用手轻轻一抖，卷袋展开刚好放下羊皮纸卷，随后她收紧袋口别在腰间。二人动身下山。

临别时，梵音嘱咐叔叔不要告诉冷羿他们之间的关系，她还想暗中观察一下这个哥哥到底藏着什么秘密，冷彻欣然应允。

梵音一路全速急行，穿过几座东菱小城，待到三日后，晚上九时才刚刚回到菱都。

街上灯火通明，行人颇多，没有人察觉到她的行踪，她直奔城北高山，纵身行至崖顶之巅的军政部总部。待她来到总部外十余丈高的城墙守门前时，方才收了脚力，快步入内。守门前站岗的士兵看到梵音回来，立刻卸下手中持握的兵刃，立在身侧，抬起右手向梵音敬礼，铿锵有力地大声道：

"部长好！"

梵音抬手回礼：

"落。"声音洪亮短促。

穿过军政部数百米宽的大场院，来到军政部大厦门前。军政部总部气势恢宏，七十二根巨型古木廊柱架起赫赫飞檐，大厦高耸入云。庭内庄重肃穆，分层有序，仰望可达天顶。

"部长好！"庭前守卫大声道。

"落。"

梵音瞬步上楼，来到十六层主将房门前。她轻叩房门，只见门上防御术即刻撤去，看来主将屋中有人，不便让外人听到屋内响动。防御术撤去的那一刻，一个浑厚的声音从屋内传来：

"进。"正是主将北唐穆仁。

梵音为了练习隔门辨声这个本领可是下了十成十的功夫，长达数年才略有所成，她不单利用鹰眼，更是把灵力集中于眼前，通过微弱的空气流动和强大的灵感力来分辨屋内人的语调高低，从而知道她是否被允许进入。不过，更多的内容她也是不得而知的。仅为了这一本事就耗费了她大半心血磨炼，虽说等待旁人给她开门也未尝不可，她却不愿给别人增添半分麻烦。

梵音扭转黄铜门把手，推门而入。

"主将，我回来了。"

第二十一章
熊掌、药引、救命

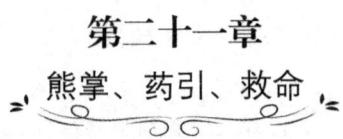

梵音推门而入，正对着主将的办公桌，北唐穆仁坐在位子上，招呼她在一旁坐下。

"先休息一下，喝点儿水，这么快就赶回来了，你也真是拼命。"北唐穆仁关切地说道。

"没关系，您不用管我，打扰您和副将、南宫部长谈话了，实在不好意思。"梵音没有落座，而是站着回主将的话，态度十分谦恭。说罢，她转头看向一旁坐着的副将北唐穆西和军机处部长南宫浩，礼貌地对两位点头示意。

"不要紧，正好你回来了，在一旁听听无妨。"开口说话的是南宫浩，四十出头的中年男人，方正的脸形，中等身材，军人严谨的作风在他身上一览无遗，举止谈吐一丝不苟，旁人听他讲话都会不由自主地打起十二分精神。这也正是军机处需要的，凡事容不得半点纰漏。

"是啊，赶紧坐下吧，别站着了。"北唐穆西开口道。他一向亲近随和，只是那双精亮的眸光就让人肃然起敬不敢懈怠。他微笑地看着梵音，身上有着让人和缓的气质，天阔和他的父亲有九成相像。

梵音在两位对面坐下。

"南宫，你继续刚才说的。"北唐穆仁说道。

"是，主将。根据北唐持以上的回信，北境那边一切安稳，他的布防也很坚固，无须担心。"

"是，他之前也和我简单汇报过。"主将道。

"但是，北冥一直没有回来。"北唐穆西插进话头，三人一同看向他，他继续道，

"以往这个时候北冥早就从北境返都了,今年迟迟未归,他不是有闲情逸致览胜游玩的人。"

三人不语,北冥做事从不拖泥带水,干净利落,速战速决。

"本部长去年也是年后才返都的。"南宫浩补充道。

"到底是什么原因让北冥连续两年迟迟不归?去年北冥汇报,他担心北境布防不足所以才多留一些时日等雪季过了才放心回来,那今年又是什么耽搁了他的行程?"北唐穆西道。

"本部长在汇报的信件中提到过今年北境并无大雪,但为何现在都没返都他没多讲。"南宫浩对军机事宜掌控得滴水不漏。

"灵魅那边有动静吗?"北唐穆西突然提到灵魅,三个人都未预料到,但并没有一个人表现出意外,而是等待他接下来的看法。

"我这边收集到的情报暂时没有和灵魅相关的。"南宫浩道。

"你怎么突然提到灵魅?"北唐穆仁略有不解。

"正如南宫所说,灵魅近些年几乎销声匿迹,这未免太安静了些,我才多心一问。毕竟镜月湖以北三千里外就是大荒芜了。"北唐穆西解释道。其实他心里还在惦记着北冥,他深知这个侄子的能力,如他所想北冥这些年对各方局势洞若观火,警觉和敏锐程度甚至超过父亲,而北唐穆仁平时不拘小节,凡事又习惯由自己这个亲弟弟审度参谋,不免忽略各种因果。但北冥在与军机处的信件中并未提到发现异常,他也就不再多说,一切等北冥返都再议。

"我这边确实没有灵魅的消息。"南宫浩回道。

"咱们和聆讯部这些年合作得一直不痛快,也是件麻烦事。"北唐穆西无奈轻笑。

"端镜泊那个家伙就是麻烦。"北唐穆仁想到聆讯部总司端镜泊就开始头疼。那个比他还年轻几岁的聆讯部最高领导者为人孤僻多疑且寡言偏执,外人与他相处起来十分别扭。北唐穆仁认为在聆讯部这种地方天天面对着世界各地犄角旮旯的诡异情报,聆讯官们恨不得每时每刻都有审问不完的可疑分子,这般让人压抑的工作气氛早晚会把人逼疯。看看他们的总司就知道,不到五十已经满头花发。和他们这些军人比起来,端镜泊简直可以用瘦骨嶙峋来形容,但他绝非弱不禁风。

有的人就算是皮包骨头也能用眼睛在别人身上戳出几个大窟窿,那骨头棒子更是铜皮铁骨,能活生生把别人硌死,端镜泊就是那样的人。即便身上没几两肉,可那阴狠深沉的眼神和狠辣尖刻的灵法都让人自觉地退避三舍,其实不只军政部,东菱国各大部署要职的总司灵法灵力都不容小觑,深藏不露。

由端镜泊执掌的聆讯部一直和北唐家管辖的军政部暗中较劲,这些年来两者非但没有缓和，更有愈演愈烈之势。北唐穆仁对此从未在意，可北唐穆西知道哥哥越是这种毫不在乎的态度，对方就越是心怀不满，就算他再会审时度势，运筹帷幄，人心这个东西终是难控，他也无能为力，只得各安天命。

"既然各大边境分部上报的情况都无不妥，那咱们今天的会议也就到这里吧。穆西你还有什么要安排的吗？"北唐穆仁说道。

"没有了。"

"那咱们今天就到这里，你们都赶紧回去休息吧。"

"主将。"梵音开口道，"我这边还有一些情况要和您汇报。"她没有要离开的意思。

"你是说在边境游人村遇见九霄军政部人马的事吗？"

"是。"

之后梵音快速地把事情的经过详细叙述了一遍，她深感自己处事不妥。

"第五部长，"南宫浩一向言谈规矩甚至有些刻板，"我倒不认为您做得有何不妥。您说的那个游人村离东菱国界很近，他国军政部的人踏进游人村，我们本就应该介入，不能不闻不问。更何况他们的举动已经一定程度上影响了游人村的居民，我方更应该摆明立场，不应袖手旁观。"南宫浩刚直不阿的脾性配上他四方的脸，让人心生安定。

梵音不知如何接话，默默感谢南宫浩的理解，又把头转向主将，想要听取他的意见。

"梵音，就这件事我已经与九霄军政部的人联络过了，他们的主将表示理解，也未多作苛责，同时也承认是他们行事有些仓促，未来得及与我方沟通，也请我们见谅。"北唐穆仁如实转达了九霄方面的回应。

"那他们口中所说的以熊为药引救命的事就这样算了吗？"梵音不安。

"我也对此表示过抱歉，但据他们说还是有其他弥补的办法，无须再为这件事介怀，两国依然交好。所以梵音你也放心，这件事你做得本无大错，对方也失之偏颇，现在双方说清前因后果也就无碍了。"主将正色道。

南宫浩在一旁重重点头，似还有要为自家军政部争气的念头。北唐穆西看在眼里不禁失笑，平日里不苟言笑的南宫也有一腔热血的时候，但这笑容迅速被他敛去不露痕迹。

"既然主将这样说，我也就放心了，还是感谢主将为属下弥补了这一过失。"梵音从座椅上站起来，对北唐穆仁郑重地低下头去，以表感谢。

"你这孩子哪里就这么多礼数了？赶紧把头抬起来，没事没事的啊。"要说刚刚在谈军务时北唐穆仁还是严阵以待的心情,现在看见梵音这样早就忘了主将身份,赶紧喊着孩子起来。

"谢谢您。"梵音还是十分恭敬,只是脸上露出一些笑意。她没有告诉主将等人自己遇见叔叔的事情,毕竟叔叔为人低调,更不愿参与到这些纷扰之中。她愿意保护叔叔的这份闲适,也不想牵扯出冷羿,无故多添话题。

"赶紧回屋休息去吧,赶了这一天路累坏了吧。你们两个也都回去休息吧。"北唐穆仁对三人催促道。

三人未多作逗留。梵音回到自己的房间,发现已经被人打扫得干干净净一尘不染,好像她这两个多月来从未离开一样。窗台上细长颈的透明玻璃瓶里还插了几枝刚折下来的蜡梅,枝干的断口处还是新痕,红艳的梅花含苞待放,看着让人高兴,帮她细心打理这一切的除了崖雅没有第二个人。崖雅这些年在军政部历练得越发沉稳,大概是喜欢医药的关系,她的性子很是宁静,不温不火,只是依赖梵音这一点上从小时候便种下了根,再是磨炼也很难隐藏。

梵音看着梅花静静地发呆,片刻她转身离开了房间,关上房门匆匆走出军政部。

此时副将北唐穆西的房间也还亮着灯,他走到自己外间办公室最大的一面墙前停下脚步。墙上挂着一张巨大的各国分属地形图,地图绘制得极为精细严谨,山峦沟壑都分明显著。北唐穆西的手指在地图上划来划去,最终停在了距离菱都最近的西北方向的游人村,也就是梵音此次停留的村子。

九霄在东菱国西南,要想从九霄来到这个村子必须途经东菱国,纵跨东菱国多地,不然不可能在短时间内往返。九霄军政部的部长在东菱境内出入必须要经过东菱国主姬仲的同意才行。穆西的手指在地图上轻轻地磕着,目光聚焦在菱都的位置上。

这些年,北唐穆仁让北唐穆西暗中调查九霄多时,发现他们做事滴水不漏,从不为外人道,几乎是九霄国正厅戚家掌控了九霄国界内的全部派系,一家独大。但越是这般谨慎无瑕,越是遭人怀疑。正如冷彻所想,北唐穆仁同样认为当年第五逍遥之事不单单与灵魅有关。北唐穆仁和冷彻素昧平生,想法却不谋而合,然而他二人都未在梵音面前提过此事。

北唐穆仁回到房中,与北冥书信多时,才去休息。他在这五年中一直想得到国正厅的允许,亲自进入大荒芜查探灵魅下落。然而三国首领意见不一,这事终不成行。北唐穆仁和国正厅的隔阂日深。

梵音掐算着时间从军政部崖顶直奔菱都城中,一会儿工夫便到了友友街。她走近一栋青石墙砌的两层小楼,墙面外支出一个招牌,上面写着"药"字。梵音走上两级石阶,轻敲着木门。很快房门被打开,屋里面站着一个温文儒雅的男人,正是崖青山。

"青山叔,不好意思这么晚来打扰您。"梵音有些抱歉。

"没事,反正我也没睡,赶紧进来吧。"崖青山赶紧把梵音让到屋里来。

"你说你什么事不能明天说,今天刚回来还急匆匆赶过来,一路上累坏了吧?快点过来吃我刚给你烤好的黑布布蛋糕,还热着呢,还有牛奶我也是刚在火上煮过的,现在正好喝。还想吃点什么呢?哦,你等等,我给你再做个土豆炖牛肉,牛肉是我昨天中午炖好的。"崖青山边说边往圆形餐桌上端着各种吃食,桌子上铺着干净的红白格餐巾。

"青山叔你别忙活了,这么晚我什么都吃不下啦,喝点牛奶吃点蛋糕正合适。您赶紧坐下吧,我边吃边和您说。"梵音折腾了这一整天也确实累了,一屁股坐在凳子上,拿起牛奶一饮而尽,深深地呼出一口气,算是舒缓了这一路上的疲乏。

崖青山知道梵音有事找自己,也怕她太累,便在餐桌对面坐下,省得她不自在。崖青山又为梵音倒了一杯牛奶。

"你先喘口气,再说也不迟。"崖青山看到梵音用手轻轻按着额头,心中不免心疼。

"没事。"梵音闭目一会儿,开口道,"在您这里热汤暖屋的让我有点犯困,实在是太舒服了。"梵音嘴角轻扬。

"那你今晚别回部里了,屋子每天我都给你打扫,干净着呢。"

"不行啊青山叔,后天就是大年了,我得回去准备一下。"

"知道留不住你。"

梵音笑道:"等在国正厅参加完宴会,我就和崖雅回来陪您。"

"知道啦,咱就不能不去吗?一年年的,真麻烦。"崖青山很是不满两个闺女大过年的还要应承一些个麻烦人,没个消停。

"青山叔,这次回来是有些事想问您,还有就是跟您道个歉。"梵音说着有些窘迫,毕竟她前几日为了打发涂鸢等人把青山叔搬了出来,还说要青山叔帮忙救人。虽说崖青山平日里经常给人看病抓药,可他性子内敛鲜少接触外族,大部分时间里都是一个人埋头钻研他的医术,虽是医者却不算是个热心肠。

梵音告诉崖青山事情的前因后果,听得崖青山直冒冷汗,不住说:"你这丫头,和九霄的人起什么冲突,随他们去好了。几只熊崽犯得着吗?为了这个再伤着自己。提我就提我,提我有什么好抱歉的?提了我人家就不和你打架了,我还巴不得呢!孰轻孰重不知道吗?"崖青山嗔怪道,凡是涉及到他这两个闺女的事,赴汤蹈火都在所不惜。他早就视梵音为亲闺女,和崖雅无二。

"您的大名我哪能时常挂在嘴边呢,也就是关键时刻拿出来唬唬人。"虽说梵音知道青山叔不会和自己生气,但叔叔的脾气她了解,不爱多管闲事,这下得到叔叔的宽慰她也就放心了。

"叔叔,还有件事和你说。"梵音挺直了背脊,一只手搭在桌子上,脸上收了几分笑意,正经道,"您听说过以熊为药引的病症吗?"

"熊?以前人们常用熊的胆汁入药,但那都是不入流的医术。熊的胆汁有大量其他药剂可以调配替代,而且容易寻得,所以在我看来,熊用不着当药引。"崖青山脱口而出,没带任何思考。

"那您知不知道熊可以用来救命?"

"救命?没听说过,不可能。"崖青山略有不屑。

"嗯,这样啊。"梵音垂下眼睛,连崖青山都未听说过的医术,怎么可能存在。

"不过,我倒是知道有些边远小国善用巫术。"崖青山初听梵音刚才的询问竟没有发现一星半点的来源,不免有些恼怒,普天之下哪有他未听说过的医术,但既然有人这么说了他也要想上一想,果然安静回忆起来竟找到了蛛丝马迹。

"巫术?"梵音抬头凝眸看向崖青山。

"说是巫术,实际上都是骗人的把戏,在近百年间早就销声匿迹了。只是你提到用熊做药引,让我想起了百年前大巫和铸灵师一起玩弄出的鬼把戏,其实当时铸灵师是被大巫坑了。从古至今铸灵师一直被各国兵家所看重,你们使用的兵器无一不是由铸灵师锻造的,只是近百年间铸灵术被大量掌握,兵器也由以往的术士亲自铸造变成大批量熔炉冶炼,铸灵师一度不再被重用。我记得大约就是百年一战之后,大巫从大荒芜灵魅的手中侥幸逃脱,然而他们以往做的伤天害理的勾当太多,人们也就不再接纳和信任大巫一族了。在那期间,大巫找到了同样被冷落的铸灵师,当然铸灵师是有真本事,而大巫只是骗子。

"大巫和铸灵师说他们找到了能使人重生的办法,我清楚地记得偏方杂记中有述,重生术最重要的要素就是以熊为药引。但这其中需要铸灵师的配合,把已故的人和熊像兵器一样冶炼在一起,用熊强大的躯干和生命力代替已故的亡魂,但结果显而易见,他们一无所成。自此以后大巫彻底消失在人们的视线中,而铸灵师却重整旗鼓专注于冶炼灵力极盛的兵器,成功重返人们的视野并被兵家重用,就像你现在使用的重剑也是由最优秀的铸灵师制造出来的。"

"没错,我的这把重剑是北唐主将的亲信佐领木沧所造,他的铸灵术在东菱来说无人能出其右。"

"如果说以熊为引,换得人命就一定是这么回事了。"崖青山肯定道。

"听起来都不可思议。"梵音皱着眉头,双手抱在胸前。

"可不是!所以说九霄人的话就不能信,尤其是那个军政部。"说到九霄,崖青山也是一脸的不悦。

梵音笑着,看着父亲的挚友无时无刻不在想他所想,心中便无比温暖起来。事已至此,可知九霄说的话大都是信口开河,梵音也准备返回军政部。仓促吃了几口蛋糕,又囫囵喝下一整杯牛奶,梵音打算起身。

"等等,小音。"崖青山忽然想到了什么,开始微微皱眉。

"什么事,青山叔?"

"以熊为药引重生的事情,各国的灵枢早就知道荒诞无边,按说不会有人再重提,但是以熊入药除了救命,还有一个传言。"

"什么?"

"给人重塑四肢骨骸。"崖青山怨毒地念出这几个字,仿佛是他自己干了这样一件令人作呕的事情。

"重塑四肢骨骸?"梵音怀疑自己看错,重复道。

"是的,"接下来的话崖青山实在不愿承认,"而且据我所知,有人成功过。"

梵音惊愕地看着崖青山:"成功过?!"对于医术她一窍不通,可基本常识总还是有的,已经残缺的四肢怎么可能再生,闻所未闻。

"是,"崖青山此时满脸鄙夷之色,"不过医者和病患都要付出惨痛的代价。当然能想得出用这种方法救人的,也绝对算不上灵枢。"

"您知道当时是什么情况吗?"

"以前我在走访异国时碰见灵枢长者听他们口述过,之后也在蹩脚的文献中找到过文字记载和图片。当时用此法医治病患的是大巫,同样也有铸灵师参与其中。大约就在这种巫法成功以后,他们不满足于现状,准备重塑亡者的灵魂和躯壳,直到最终一败涂地。"

"您的意思是虽然起死回生失败了,可是人的四肢确能重新生长出来?"

"不算是生长,而是嫁接。大巫和铸灵师把熊的四肢和人残缺的肢体嫁接了。活人的四肢怎么可能轻易贡献出来让他人使用,而且经过反复试验,人类之间的骨骸虽然匹配程度最高,但是要维持正常生活运转却需要强大的灵力融合。接口处完全是靠灵力维持神经脉络和骨骸连接的,可后天嫁接的四肢根本无法负荷如此强大的灵力,加之它本身就是死物,所以使用时间不久便会腐朽枯烂,骨碎成粉。"

梵音听到这里,眉头早已皱成一团。

"真的有人拿活人试验过？"梵音问道。

"是的,这种记载倒不难找。两三百年前就有灵枢这么做过,但这种医术最终也被各国禁用,而且医术不完善确实无法实施。可是大巫他们后来却成功嫁接了熊臂来代替人手。因为熊的骨骼最是强韧坚硬,远比人骨更能承受灵力的冲击,大巫和铸灵师截出和人类四肢同等长度的臂骨骨骼,再锻造出和人匹配的骨缝接口,最后施以灵法使之与人融合。"

"所以说人们残缺的骨骼真的有办法恢复了？"

"并没有,这只是巫术的障眼法而已。起初人们确实认为残缺的四肢可以恢复了,但很快副作用就开始暴露出来。嫁接的四肢仍然需要强大的灵力来维持,病患治疗时大巫会用自己的灵力帮助他们暂时融合,可一旦大巫的灵力消失就必须要靠病患自己的灵力,常人根本无法透支那样持久的灵力。被接上的假臂就像吸血虫一样疯狂侵蚀人的灵力,人被吸尽灵力并遭反噬,而且被反噬的人死状相当可怕。

"因为熊的断臂在人的身体中已经大量吸食人的灵力,本来不能再次生长的骨骼再次肆意疯长,最终冲破人们的血肉之躯,绞碎五脏六腑,吸干心脏里的最后一滴血。至于原来看上去假冒的残臂,也早就被里面包裹着的熊骨乱长出的如麻骨刺穿破而出,惨不忍睹。"

崖青山平淡地叙述着这一切,就好像在翻阅一本灵枢资料典籍一样,完全没有发现一旁的梵音面色古怪,内心纠结。

"所以说这种巫术只是饮鸩止渴,实际上是伤天害命的勾当。大巫真不是好东西！"

崖青山端起水杯喝了口水,梵音等着崖青山不再准备解释后才木然地吭了一声:

"嗯。"

"怎么不吃了？今天的蛋糕不好吃吗,还剩下一口呢。"崖青山盯着梵音盘子里的一小块蛋糕说道。

"吃不下了,叔叔。"

这时崖青山才发现梵音脸色发青,忙开口道:"我是不是说得太多恶心着你了？"

不提"恶心"二字还好,现在被说了出来,梵音更觉着反胃,她赶忙用手抚抚胸口,叹了口气。崖青山站起来走到屋子一边的储物柜旁,打开玻璃柜门拿出一个陶瓷小罐,里面是他腌制的乌梅,味道酸甜可口。他递给梵音:"我这常年试草弄药的都习惯了,忘了缓些跟你说,赶紧吃两颗压压。有时候我弄的药剂气味也是难闻得很,所以常存着这些零食,以备不时之需。"

梵音连往嘴里送了三颗,这才感觉好一些。

崖青山看见梵音现在的模样哪还有一点雷厉风行的部长做派,活脱一个小女孩模样,他笑眯眯地看着梵音,心中也不免叹上一叹。

"叔叔,您还有什么要告诉我的吗?"梵音缓了缓,内心平顺了很多。

"没有了,我想到的就是这些。至于以熊为引救人一命,是绝不可能的。"

"嗯,我知道了。"

"梵音,咱们能不和九霄的人搅在一起就尽量不搅在一起,只要不碍着你的事,管他们背地里做什么勾当。"

"嗯,叔叔放心,我有分寸,这次的事我也是想着知己知彼,免得以后措手不及,还好有叔叔在。叔叔放心吧,没别的事,我就先赶回部里了。"梵音心中踏实许多。

"好,有什么事随时回来找我,只是最好别再这样晚。凭你现在灵力多强灵法多高,身子也是自己的,不是铜皮铁骨知道不?累坏了可怎么办。"崖青山嗔怪道。

"放心吧叔叔,我知道您也是个夜猫子。"梵音故意道,嘴角轻扬。

崖青山剜了她一眼。

"有您和崖雅照顾着我,我还怕什么?"梵音赶忙道。

"你这丫头净会说好话,等真正到了有事的时候你哪次舍得去麻烦崖雅,还不都是大半夜跑到我这里来。知道她胆子小又特别紧张你,每次你伤着哪儿都不敢告诉她,怕吓着她。我猜今天你回来也没告诉她,就是怕她熬得太晚等着你。"

崖青山心里明镜似的,他知道梵音是个坚韧的孩子,也知道她的心有多细多软。五年过去了,他看着梵音从一无所有到意志坚定,从闲散漠然到沉稳果决,从心思敏锐到温柔细腻。他替故友守着这个孩子,唯愿她能平安一生,多些欢乐。

梵音没让他忧心,她好像就是自己一个人安安静静地长成了别人希望的样子,甚至连那些伤疤她都不躲不藏,让她自己看见,也让关心她的人恰到好处地发现。它们在那儿,她用自己的样子让它们慢慢长好,直到不再那么疼。没有人怕她不好,没有人怕她假装,没有人怕她隐藏,因为她都尽量地在适宜的时候用她自己的方式告诉大家她会好好生活下去,为此坚定不移。

"我哪有您说的那么夸张,怎么就经常受伤了?我这浑身上下也没一个疤的。"

"还不是因为我的点鸳鸯,没有我的药你还指不定有多少疤痕呢。"崖青山又忍不住斥了梵音一句,"唉!你说你这个样子,成天在部里面摸爬滚打的什么时候是个头啊?要不是我的祛疤良药,你现在八成已经是个花脸了!还怎么嫁得出去!"崖青山深深叹了口气。

梵音听着这话心里打鼓,怎么短短几天已经有两个叔叔嫌弃自己嫁不出去了?

不过嫁不嫁人这种事她从未想过,她把全部的精力都放在军政部上,因为她知道迟早有一天会与它们碰面。她用了五年时间和全部心力让自己平复下来,不急不躁,不愠不怒,养精蓄锐,只待他日一朝定生死。至于其他都与她无关,包括她自己。可与之相反的是,真正关心她的长辈都希望她能安稳一生,有个好归宿,这样他们才能放心或者说才觉得对自己已故的老友有所交代。可这些人谁又不知梵音心有所想,怎会无情劝她放下,只盼能助其一臂之力,报这不共戴天之仇。

"叔叔您别瞎操心了,我什么时候伤到过脸?"

崖青山本还想唠叨几句,这一个男人又当爹又当妈的难免碎嘴,可眼看着时间太晚,墙上的花时已经指到凌晨,也就没再叮嘱。

"嗯,你自己小心点就好。行了今天太晚了,你也不在家里住,赶紧回部里吧。"崖青山心有不舍,嘴上却开口催促道。

"好,那我先回去了叔叔,您也早些休息吧。打扰您这么久,都没顾上看时间,真不好意思。"梵音抱歉道。

"没事,你回去路上注意安全。"

随后崖青山把梵音送出门口,等她身影消失,才回屋歇息。崖青山毕竟是个灵枢,除了自己的领域外很少顾及其他,只惯于埋头自己的医药中。而今晚梵音听了崖青山的话,更觉着涂鸢等人做事诡秘,绝非善类,到底是在救人还是害命就不得而知了,但别国的事也与他们无关。等她回到部里已是后半夜,草草洗了个澡便上床歇下,睡不了多久,今天还有她忙的呢,过年了。

"小音,你醒了吗?"

梵音眼皮打架,晕晕乎乎的,感觉身边来了人。

不过嫁不嫁人这种事她从未想过,她把全部的精力都放在军政部上,因为她知道迟早有一天会与它们碰面。她用了五年时间和全部心力让自己平复下来,不急不躁,不愠不怒,养精蓄锐,只待他日一朝定生死。至于其他都与她无关,包括她自己。可与之相反的是,真正关心她的长辈都希望她能安稳一生,有个好归宿,这样他们才能放心或者说才觉得对自己已故的老友有所交代。可这些人谁又不知梵音心有所想,怎会无情劝她放下,只盼能助其一臂之力,报这不共戴天之仇。

"叔叔您别瞎操心了,我什么时候伤到过脸?"

崖青山本还想唠叨几句,这一个男人又当爹又当妈的难免碎嘴,可眼看着时间太晚,墙上的花时已经指到凌晨,也就没再叮嘱。

"嗯,你自己小心点就好。行了今天太晚了,你也不在家里住,赶紧回部里吧。"崖青山心有不舍,嘴上却开口催促道。

"好,那我先回去了叔叔,您也早些休息吧。打扰您这么久,都没顾上看时间,真不好意思。"梵音抱歉道。

"没事,你回去路上注意安全。"

随后崖青山把梵音送出门口,等她身影消失,才回屋歇息。崖青山毕竟是个灵枢,除了自己的领域外很少顾及其他,只惯于埋头自己的医药中。而今晚梵音听了崖青山的话,更觉着涂鸢等人做事诡秘,绝非善类,到底是在救人还是害命就不得而知了,但别国的事也与他们无关。等她回到部里已是后半夜,草草洗了个澡便上床歇下,睡不了多久,今天还有她忙的呢,过年了。

"小音,你醒了吗?"

梵音眼皮打架,晕晕乎乎的,感觉身边来了人。

第二十二章
年关将至

梵音睡得迷迷糊糊分不清是谁,不过有她房门钥匙的除了崖雅也没有第二个人。梵音像条鲤鱼一样在被窝里扭动了一下身子,嘴里发出小小的咕哝声。她还没有清醒,懒得搭理崖雅,准备把眼睛彻底闭紧再一次昏睡过去,可就在临合上的前一秒,对方又说话了:"小音什么时候回来的呀,累成这个样子。咱们赶紧出去吧,让小音再睡一会儿。"一个既温和又爽朗的声音小声地说道,即便知道梵音听不见,她依旧很细心。

"坐在我床边的是谁啊……好像不是崖雅……"梵音用仍不清醒的脑袋思考着,"是谁啊?不是崖雅?她们在说话吗……她们……嗯,看样子像是两个人……两个人……"梵音猛然睁开眼睛,腾地坐了起来。

"阿,阿,阿姨,是您过来了呀?我,我还没……"梵音口齿不轻,音调沙哑地说着,不时清清嗓子。

坐在她床边的是一个深棕色头发微微烫着细卷,长度刚好落到肩膀,明媚清爽面容姣好的年轻女人。她的长相和她的年龄完全不匹配,不认识她的人绝不会想到她已经五十岁了,充其量只是三十有余。眼前这个女人正是北唐晓风,北唐北冥的妈妈。她一脸关切地看着梵音,赶忙道:"小音,阿姨是不是吵到你啦?阿姨以为你已经起床了,真是对不起。"北唐晓风自责道。

"没,没,没有,阿姨。我也,我也该醒了。"梵音结结巴巴道,十分不好意思。

"没事,阿姨。她睡得够久了,虽然不知道她几点回来的,但现在已经是下午三点了,怎么都该醒了。"一个充满不满的声音在一旁响起,那人双手有态度地交叉在胸前。

梵音看到那个随便出入她屋子的人——崖雅,正一脸不悦地盯着她。这个小丫头这些年脾气见长,在梵音面前再不是怯生生的小姑娘了,相反还时常管束着梵音,无论是衣食住行还是生活起居,都严格要求着梵音。现在也不例外,她正板着脸看着一脸疲倦的梵音,想到对方又不注意自己的身子,正在生气。

"是的,阿姨。我已经睡了好久了,也正准备起来呢。"梵音应和着。

"这样啊,那就赶紧起来吧,洗漱一下,然后到阿姨家去吃点东西,吃完东西阿姨给你试几件新衣服。"北唐晓风也是个直肠子,听梵音这么一说正合她意,兴高采烈地布置起来。

"啊,啊,好的。"梵音被推搡着赶紧爬起来,她穿着乳白色花边短袖过膝小睡裙,这件衣服也是北唐晓风以前给她挑的款式。虽然梵音不是很喜欢,但长辈的一片心意而且又是一件小睡衣,倒也无所谓。

"喏,喝点水再进去洗脸。"崖雅从桌子上拿起一杯温热的蜂蜜水递给梵音,脸上的表情不见缓和,她正在生气梵音回来都没有提前告诉自己。

梵音接过水杯咕噜咕噜一口气喝光,转头看向崖雅:"谢谢。"这个小丫头越来越难对付了。

梵音很快收拾利落,跟着北唐晓风和崖雅一起到了山下北唐晓风的家。这里离城中还是有些远,不过大多军政部指挥官的家都在这边。一个慢山坡,红砖红瓦的是火焰系指挥官的家,看上去像是着了火的房子,尖屋顶上都有一个大烟囱,一年四季都冒着烟,他们喜欢在房子上空布上红霞一般的屏障,没什么实际用途,就是觉得好看。隔着不远的寡淡的青色石屋,极简整洁,大都是参谋部和军机处指挥官的家,方方正正,规规矩矩,一排挨一排。接下来有些怪模怪样的房子,要么屋顶种满草,有的蹿天高,要么墙上爬满藤,藤上还有一些窝,大概是饲养着什么,还有院子里摆满缸的,家里会发出奇奇怪怪的声音和一些怪味道,那都是灵枢部的人。

慢山坡的最上面是一大片木屋,都是由百年老树整根整根搭建而成的。磨盘大的年轮被切开,垒满一面墙,有的冲着房前有的冲着屋后,在这些木墩中你总能发现一个刻着噜噜样貌的,那是因为这些木料都是伐木噜噜在加密山深处砍伐来最后运到东菱城各地去贩卖的。每一个噜噜的木刻画像都挥舞着笨重的斧头,摆出各种姿势:顶着天的,对着地的,绕着圈的,强壮的圆滚身躯浑身参着褐色木刺,鼻孔朝天,眼睛细长,看上去有些滑稽。这些木刻是他们的名片,在集市上,每个伐木噜噜都会摆一个年轮盘木刻招揽生意,想要别人看到后继续购买它家的木材。这些木屋就是灵化者军官的家了。

北唐晓风觉得这些噜噜木刻很有趣,就把招眼的那块大木雕放在了院子门口,过年了还给它套上了一个红色毛线帽子。隔壁就是北唐穆西家,天阔的妈妈仲夏也把木雕放在了院子门口,两家凑成一对儿,打扮得跟年画一样。事实上,那两块大木头早就在北冥和天阔小时候被他俩画花了,两个小男孩觉得噜噜的样子实在太傻了。

北唐晓风带着两个女孩往自己家走去,路过唐酉家时她看到唐酉的妻子安秀正在院子里陪四个孩子玩耍。这个快四十的女人身材有些发福,和她丈夫一样都是憨厚老实的本分人,两个人带着四个孩子确实不是件轻松的事。看她身上的衣服斑斑驳驳都是做饭时弄到的,可也没时间打理它们。安秀看见北唐晓风路过,热情地挥着胖乎乎的手,大声说道:"晓风姐,梵音,崖雅,你们回来啦!"

"回来啦。"晓风回应道。

"老二快把你手上的东西给弟弟!你都多大了还和他抢个没完!快松开!"安秀对二儿子大声喊道,他们一直想要一个女儿,可直到现在还没有实现这个愿望。

北唐晓风笑眯眯地看着他们一家,安秀已经没工夫和她们寒暄了。

"今天你叔叔不在家,去国正厅了。"北唐晓风一边开门,一边说道。

"快进来,我先给你弄点吃的,没吃午饭怎么行,回头再给你试衣服!"晓风开心地跑到厨房去,叮叮咣咣忙活起来。

梵音看着北唐晓风在家里种的花花草草,想着这个阿姨真是心灵手巧,她闲来无事随便溜达着。

"咳咳。"崖雅在一旁发出响动。

梵音早就发现她在一旁摩挲,她的凌镜每时每刻都会跟着她,即便她睡觉时,凌镜也会安静地待在她身旁。梵音假装没看见。崖雅忍不住往梵音跟前凑了凑,刚才来的路上她也没有和梵音好好说话。

"咳咳。"崖雅继续发出动静,晃了晃身子和手臂。

梵音看着桌子上北唐一家三口的照片,北冥长得像妈妈多一些,比父亲的长相精致太多,只是个子没有主将高,主将身材魁梧有一百八十多厘米,北冥站在一旁则小了一号,比起主将的魁梧他更显俊逸。

"你回来为什么不提前告诉我呀?"崖雅还是憋不住了,小声说道。

"终于开口说话啦。"

"哼。"

"昨天确实有些晚,你等我干什么,今天不一样见得到吗?"梵音回头笑眯眯地说。

崖雅看见梵音心里面就高兴,现在随她怎么说吧。话没说完北唐晓风已经把一桌子菜端了出来，招呼二人吃起来。

"阿姨您真厉害，这么快就烧了一大桌子菜。"梵音道。

"哎呀，还不都怪你叔叔和北冥，两个人每次都火急火燎的，一刻不得闲，要不做快点他俩早就跑没影了。我只能趁他们没出门前，按住他俩吃饭。"

饭后北唐晓风拉着梵音来到二楼北冥的房间里，让她试试特地为她定制的新衣服，为的就是明天新年国正厅的晚宴。

北冥这次去北境半年有余，从夏到冬，北唐晓风把他的房间打理得干干净净。温暖的冬日从大大的玻璃窗外晒进来，浅棕色的木条窗棂在地板上映出长长的方格影子。

"阿姨，其实您不用特地帮我准备什么衣服的，我穿着平时的衣服去就可以了，每年不都是那个样子吗？"梵音乖巧地说着。

"正是因为每年都一个样子，所以今年怎么都要变变花样！"北唐晓风打开北冥的衣橱，她为梵音准备的衣服都挂在里面。

梵音瞄了一眼，不由得倒吸一口冷气。她的衣服和北冥的军装、衬衫还有平日里穿的上衣全部挂在一起，数量竟不比北冥的少，而且全部都是小裙子，花样百出。可梵音平时哪里穿过裙子！

"阿姨，您怎么帮我准备了这么多啊，还挂在北冥的衣橱里，他自己的衣服都不够地方了。"没错，因为有好几件是蓬蓬裙的缘故，北冥的衣服早就被挤在了一边，梵音尴尬。

"没事没事，放得下。我准备这么多还不是因为不知道你喜欢什么样子的，平时你也不穿。"北唐晓风故意避开梵音不喜欢穿裙子的话把儿。

梵音嘴巴一张一合，最后还是闭住了。

"你以为我都是给你准备的吗？你也就穿这一两次，我那天上街看见这么多新款的裙子就一股脑儿给你们俩都买回来了。"

梵音和崖雅对视一眼，崖雅开心地笑着。她平日里还是很喜欢穿小裙子的，只是在军政部工作时不方便，也就少了这些行头。现在听来还有自己的份儿，心里自然高兴，她最清楚梵音是打死都不会穿裙子的，那么到头来这些东西就都是她的了，所谓肥水不流外人田。崖雅幸灾乐祸地看着梵音，嘴巴悄悄动着，没有发出声响："你不喜欢就都是我的喽。"

梵音读着崖雅的唇语，翻了个白眼。

北唐晓风把裙子都铺在了北冥的床上，满满一张大床被铺得密不透风。

"你好好挑挑，看喜欢哪一件，干脆每一件都试试吧，不知道哪件穿上合适。"北唐晓风此时此刻精神饱满，干劲十足。

"那个，阿姨，我可以自己去客房试试吗？"梵音别扭地说道。

"干吗去客房呢？就在这里试好了呀，我们一起帮你看看。哦！你是不是不好意思呀，那阿姨背过身去不看你，穿好了我再看。"北唐晓风说着已经转过身去。

"不，不是，我不是那个意思。"梵音四周看了看，心里还是觉得十分别扭。在一个大男孩的房间里试裙子，她做梦都没想到过。好在北冥的房间很是简单，不像楼下的客厅里被晓风布置摆放着很多照片，这里一张都没有，空空荡荡。

"那就赶紧试试吧。"北唐晓风背对着梵音，开心地说道。

梵音看着凌镜里面的北唐晓风，也不忍心拒绝她的一番好意，只能硬着头皮试试了。

左一件右一件，没有一件是梵音喜欢的，崖雅倒是都很满意。梵音试了七八件已经满头大汗，刚想开口说话，告诉北唐晓风她还是比较适合穿军装，穿每次出席正式宴会场合时的精致军装礼服就可以，但还没等她开口，一个微沉富有磁性的少年声音在房间里响起：

"老妈，你在干吗呢？"听上去是在慵懒问候。

"啊，儿子，你现在在北境干吗呢？还知道想我啊。"北唐晓风从衣兜里拿出一张信卡，只见信卡瞬间卷起变成小喇叭形状浮在半空正冲着北唐晓风说话。

"啊！"梵音尖叫一声，嗖地蹲下身子，藏在床边。她从凌镜里看见北唐晓风在和小喇叭对话，知道对方正是北冥。

"嗯？梵音在你旁边吗，老妈？我听见她的声音了。她怎么了？叫什么？"北冥有点不淡定地问道。

"小音啊，没事没事，我和北冥说话呢，你继续试你的衣服啊，不用管他。"北唐晓风轻松地说着，小喇叭实时传送着二人的对话，"可能你突然一说话吓到小音了，没事。"

"我说话怎么可能吓到她，她又听不到。"北冥在另一端纳闷着。

"哦，也对哦。"北唐晓风自言自语。

"你们在干吗呢？"北冥问道。

"我带着小音在你屋里试裙子呢。"北唐晓风开心地说道。

"阿姨……"梵音发出蚊子一般的声音，她的耳朵变得通红，两只小手使劲儿攥着裙摆。

"试裙子？"北冥在另一端眉毛微扬。

"嗯，我给她挑的裙子，可好看了。反正你也不回来，说了你也看不到，不和你说了,我还要陪小音继续试呢。你还有什么事吗?"北唐晓风催促道。

北冥咕哝一句,心想不是你成天喊着说我不惦记你吗,现在倒好,还没说上两句话就把我打发了。

"你带她试裙子干吗?"北冥忍不住问了一句,紧接着又补充道,"她又不喜欢穿。"

"你懂什么,小音穿裙子可好看了,我特地为她去国正厅的新年晚宴准备的。"北唐晓风嘴上数落北冥,心中却偷偷暗喜。

北冥一时没有回话。

"行了,你在北境陪你持叔叔好好过年吧,照顾好天阔,改天有时间再聊吧。"晓风草草把小喇叭信卡收了起来。

"小音,你,"北唐晓风转过身去看梵音,梵音还躲在床边没出来,"你躲起来干吗?快出来。"

站在一旁的崖雅已经乐不可支,拼命用手捂着自己的嘴,看着晓风阿姨收了信卡,才放开两手哈哈大笑起来,毫不掩饰。

"北冥又看不见。"北唐晓风还不忘补充一句。

刚刚站起身的梵音听见晓风这么一说,原本褪了色的耳朵又再一次红了起来,她狠狠瞪了一眼一旁东倒西歪的崖雅。

"阿姨,我觉得我还是不穿裙子了吧,我穿裙子好像也不是很好看。"这次换梵音怯生生地说话了。

"谁说不好看啦!我们家小音穿什么都好看!"北唐晓风一本正经道。

"以前也穿过一次,北冥说不好看。"梵音最后一句声音小得比蚊子大一点,她试图用北冥当一下挡箭牌。

"他什么时候说啦?他懂什么!"北唐晓风听不得别人说梵音半个不字,北冥也不行。

"就是去年,我过十八岁生日的时候,阿姨也送我裙子来着,当时我穿了一下,北冥看到了,说不好看……"梵音稍稍地有分寸地提高了一点音调,生怕阿姨反驳得太快。

当年梵音有公务在身,忘了自己的生日,如果不是北唐晓风和崖青山到部里去看她,她也就不打算过了。北唐晓风去的时候就给她准备了一身漂亮的裙子,说女孩子十八岁了穿着漂亮裙子才好,不能整天一套军装不离身,崖青山也在一旁鼓劲儿应和。

左右躲不过,她便一个人回房间换了去。谁知换好以后推开卧室的门,客厅里原本在的人一个都不见了,原本不在的人倒多出来一个。正是北冥站在她面前,吓得梵音大叫一声,立马转身往卧室走。

北冥奇怪地看着她,问道:

"你在干什么呢?"

梵音面色难堪,但总不能不理他,硬着头皮转过身来说道:

"阿姨让我试试裙子,他们人呢? 刚才还在屋里呢。"梵音故作淡定,放松语气,挑起秀眉面带微笑。

北冥没有回答她,而是站在那里一动不动看着她,表情严肃,不知在想些什么。梵音被他盯得发毛,刚想开口说话,北冥先出了声:"还是别穿裙子了。"北冥的语气听着肯定,却不知从哪儿透着一点虚无缥缈的感觉。

"不,不穿了吗?"梵音不由磕巴起来,也不知道怎么回事,对着北冥张口就问了出来,说完后方觉得后悔。问他干什么呢,反正自己也是不想穿的,可是猛地听到北冥这样说,她心里不由得失落起来。但是话已出口,也收不回来了。她正在暗自懊恼之际,北冥开了口:"我觉得你穿这件好看。"北冥伸手指着沙发上的一件制服,虽说同样是军政部的制服,可他所指的那一件却繁复华丽很多,那是平常过节时灵枢部的女灵枢穿的礼服,样子比梵音身上这件严谨许多,却也好看。看上去仍然认得出是军政部的人,她和崖雅都有类似的衣服。

而此时梵音身上这件,款式甜美,以往被制服紧紧掩饰住的女孩子的窈窕身形完全展示了出来。和一般女孩不同,梵音没有那般纤细,紧致流畅的线条让她看上去像只欢跳在森林里的梅花鹿。难得露出的手臂和小腿那样好看,好像舞动在阳光里,一双细长的脚丫踩着不稳当的凉鞋晃来晃去。

"这,这件吗?"梵音不确定道。

"嗯,这件,你穿这个很好看。"北冥看样子像是发自肺腑说的,可梵音总觉着哪里不对劲。

"谢谢。"梵音也不知道自己为什么要和北冥说谢谢,总之她觉得自己现在的样子很傻。梵音一赌气干脆脱了脚上的凉鞋,光着脚踩在地板上,走到沙发前,拿起了女性指挥官穿的定制礼服。"就穿它吧。"听上去很是随便。

"你穿这个真的很好看。"北冥半刻没耽误,接着说道,他看着梵音。

"真的吗?"梵音回过头问道。

"其实你穿什么都很好看。"北冥盯着梵音的小脸儿说道,面不改色心不跳。

梵音眨巴眨巴眼睛,突然害羞起来,连忙低头看着自己的礼服:"谢谢。"

"那你换衣服吧,我先出去了。"听上去北冥已经替梵音决定好了,梵音傻傻地抬起头,北冥已经关上了房门。

房门外,北冥笑了,看上去像是什么事情得逞了。

"他懂个屁!"突然北唐晓风爆粗口,样子很生气。晓风阿姨难得说一句粗口,梵音当下立刻老实起来,她决定阿姨让她穿什么,她就穿什么。

"哎!"梵音认真地应和道。崖雅在旁边憋着笑。这些年,也就是晓风阿姨说什么,梵音和北冥才有所顾忌,否则这两个人可都是随着性子来的。

记得两年前,梵音为了和北冥学习洗髓的方法,一个人在山里不吃不喝整整待了二十二天,后来被北唐晓风发现了,她不好对着梵音发脾气,一股脑把气全撒在了北冥身上。她呵斥着北冥,让他跟着自己一路走出军政部大门,所有属下看着本部长被这样教训着,脸面朝地,还真是第一次。

梵音吓得冷汗直冒,盘算着下一次一定要谨慎行事,再不能被阿姨发现!至于北冥的处境,她好像已经忘到后脑勺去了:"自求多福吧朋友,对不住了……"

这些年,他们俩早就不需要什么客气话了。而且她知道,北冥也不是个薄面子的男孩。别看他眉清目秀,被训得好像挂不住脸了,其实他对这种事压根儿不往心里去。打小就在部里谋事,天天面对比他年长的士兵长官们,北冥的脸皮也是厚得很。

"行了,你赶紧都试试吧,待会儿还要回部里吃晚饭呢。"晓风阿姨说道。

梵音很纳闷,阿姨今天为什么没有留她在家里住下?一般情况下,只要是梵音来了北冥家,北唐晓风是不会让她回去的,一定会留下她吃晚饭,然后再拉着她说话,直到晚上,她也就彻底走不了了。

北唐晓风看着梵音糊里糊涂的样子,笑了起来,说道:"这丫头是真累坏了,连你扶摇姐今天到菱都都忘了?"

"啊!"梵音惊讶一声,"扶摇姐今天过来!"

"对啊,忘了吧?所以啊,你试完衣服赶紧回去吧,省得那个丫头到处找你。"

"好。"梵音道。

"哎,不过正好,你干脆把这些衣服都拿回部里去,让扶摇帮你好好挑挑!好不好?就这么办!"

"不用了,阿姨!不用了。我这就挑好了,就这件,就这件。"梵音赶忙道。她可是知道南扶摇平日的行头的,让她帮忙挑拣衣服,她是一万个穿不了的。

"就这个吗?"北唐晓风指着床上的一件暗红色皮料裙装,怎么看怎么觉得还是很像制服,不过梵音喜欢,她也就没意见了。

"就这个。"梵音使劲点头,笃定道。

"那好,我给你装起来,你带回去,明天晚宴上一定要穿,记得吗?"

"记得,阿姨你放心吧,我一定穿。"

"好。"说完话后不久,梵音便和崖雅一起返回军政部。北唐晓风把其他裙子全部送给了崖雅,她知道崖雅这个小女孩很喜欢穿裙子的。本来她就帮崖雅置办了好多衣裳,现在加上梵音不穿的,崖雅真是大包小包拿不动了,当下难为情起来。

二人一路闲话,转眼就回到了部里。刚进军政部大门,还没等放下东西,梵音便看到身后有人来了。那人身材高挑美好,走路带风,一头深褐色的大波浪长发飘在背后,眉眼春波无限,性感的浓唇更显张扬韵味。若说礼仪部的莫多莉妖娆明艳,无人可比,那南扶摇则是把大女人的性感明媚展现得淋漓尽致。

"扶摇姐。"没等南扶摇开口,梵音就立马回身,开心地叫道。

"你这丫头,什么时候都这样灵!"此时的南扶摇其实还在大门外,刚刚进了外围的守门而已,距离梵音还有数百米。只见梵音一个闪身,已经从军政部场外来到了她面前。

"好久不见,真高兴。"梵音笑意盈盈。

"是啊,咱们都有两年多没见了。自从你上次离开南境就没再来过,也不说想我!"扶摇假装嗔怪道,同样是一脸笑容。梵音只是笑着,没有搭话。扶摇也知道梵音的性子,高兴逗着她罢了。

"南部长,您好。"梵音侧身对走在扶摇身后的五分部部长南鲲恭敬道。南扶摇是南鲲的掌上明珠,唯这一个宝贝女儿。

"梵音丫头越来越凌厉了,过不了几年,恐怕要赶超我去了!"南鲲由衷道。他很欣赏这个第五家的孩子,南鲲也早已知道梵音不是池中物。

"您别这么说,梵音可还没那个本事呢,您和姐姐快进来吧。"随后她安排南鲲此次随行的几百部下在军政部外与其他分部的士兵们住在一起。五分部的实力强悍,部署数万余人。南鲲大气磅礴的架势,经常要和北唐持比个高下。别看他的女儿是个芙蓉美人,他自己可是比主将北唐穆仁还要强壮三分,给人赫然一座大山的感觉。但南鲲品性豪爽,从不好大喜功。这一父一女来到军政部,不知夺了多少人的目光。

"有本事就是有本事!不用自谦!"南鲲朗声道。

"爸,人家梵音是个女孩,听你这口气怎么像和北冥说话似的。"

"忘了忘了!"南鲲大声回道,大步走进军政部。扶摇在后面摇头,梵音笑着,随她一起进去。

崖雅在门口等着众人,梵音一一为她介绍。

"这是我的朋友崖雅，现在在灵枢部工作。"

"常听梵音提起你，真是个乖巧的丫头。"扶摇笑意盈盈地对着崖雅道。

"我也常听小音说起扶摇姐姐，这一看，姐姐真是个大美人，比小音说的还要美。"崖雅看着南扶摇连连赞叹道，小脸儿都有些红了。

"小丫头真会说话，比你会讲话多了。"扶摇转脸看着梵音，梵音笑着与她对望。

这一晚，主将携军政部所有指挥官为南鲲一行接风，大伙痛快畅饮，一叙旧事。只是一旁的北唐穆西不时地提醒各位要少饮，毕竟明日大家要一起去往国正厅，今夜大醉不甚妥当。众人听着副将的吩咐，无一人反驳。舟车劳顿，大家也该早歇下了。

这一晚，梵音有意无意地看向冷羿。果然，他坐在了很远的位置。以往他都是和赤鲁挨着一起坐的，别看他们面上谁都不待见谁，但是不是兄弟好哥们儿，他俩自己知道。

今天赤鲁是挨着南扶摇坐的，半杯酒都没敢喝，脸上红得像个番薯。他是怕南扶摇不喜欢酒味，就连饭也吃得很少，矜持得像个情窦初开的少年。而冷羿则是破天荒地和另外一桌灵枢部的人坐在了一起，白泽也在那边，二人浅聊几句。灵枢部的女孩儿们一个个看着冷羿，眼睛放光，冷羿则是礼貌地面带微笑，并未多话。

自从梵音知道冷羿是自己的哥哥以后，心里说不出地高兴，有事没事就喜欢从凌镜里面多看他两眼。当然别人是不知道她这个变化的，就连冷羿本人也是不知情的。

这时南鲲正兴致盎然地与诸位喝酒，主将高兴也就不拦着他了。南鲲拍着坐在一旁的木沧道："老弟，你我也好多年不见了，你那一手好兵器好宝贝，这次可得借我瞧瞧。"

"南部长抬举了，您五分部的刀枪剑戟可比我粗人造的不知好过多少倍。"木沧领首。

"主将您看看，木沧老弟也就给您一个人面子，但凡换个人都不行，想看看他的宝贝，持上他造的兵刃真是难上加难，非得您亲自开口才行。我是没这个面子喽。"南鲲大声道。他这人心思简单，有话直说，并无其他拐弯抹角的意思，知道他的也便不与他计较，不知道的，怕是会误会他话中有话。

木沧少时就跟着北唐穆仁，一手铸灵术在整个东菱无人能出其右。他造的兵器灵能非凡，既可重剑无锋，又能机关算尽，与之相配的持兵者必是灵力超群，万里挑一，方能人剑合一，融会贯通。反之，不够格的持有者只会灵力大损，耗损伤身。近十多年间木沧更是鲜少铸剑，能持有他所制兵刃的少之又少。放眼军政部，也只有北唐穆仁、北唐穆西、赢正和梵音四人而已。

先不说北唐穆仁对梵音关爱有加，就是木沧初见梵音也对这个小女孩的灵法颇感兴趣，更想制出一把与以往不同的上等兵刃。所以这十多年间他难得出手，也只是制了梵音手中这柄重剑。此剑一出，即便是刚猛如赤鲁这等灵力上乘的军官也是不能驾驭，可梵音这些年竟是用得挥洒自如，游刃有余。

听完南鲲说过这句，木沧竟是没有接话，他本是个话不多的人，但像今天如此这般却不多见。南鲲少来菱都，为人又粗枝大叶，更是不在意这些细节，与一旁的赢正又喝了起来。这时北唐穆仁按了一下木沧的手臂，木沧回过头来看向主将。

"你难得跟着一起热闹，平日都是一个人闷在炼兵室里锤打弄器。怎么，今天不陪我好好喝两碗？"主将看着木沧道。

"您说的这是哪里话，哪次您有事吩咐我，我不是立刻去办？"话落，二人举碗一碰，大口喝了下去。木沧是北唐穆仁的佐领，只听他一人安排，平日鲜少露面，都是在军政部的山后兵器库中生活起居。那里驻守着几百铸灵师，在木沧的教导下，为军中官员冶炼上乘兵器。

主将陪着木沧连喝三碗后，对他说道："不喝了，今天就到这里了。"

"好。"木沧应道。

"明天大年，来部里住吗？"主将问道。

"您不回去陪着嫂子一起住？"木沧问道。

主将笑笑，慢悠悠道："估计回不去了，实在不行就把你嫂子接过来住。"

木沧疑惑道："北冥今年不回，您应该回去陪陪嫂子，部里留下别的指挥官也是可以的。"

主将看去桌子的另一端，那边南扶摇和梵音相谈甚欢，崖雅、赤鲁、颜童等一伙年轻人无不开心欢悦。木沧也望了过去，随即转过头来。

"咱俩出去转转？"主将开口。

木沧一怔，并未推托，二人起身离开，走出军政部。众人都在忙着说话，主将离席也未惊动大家。他二人走在场院内，那里已是灯火通明，大红灯笼高高地挂在守墙上，一串串金色的灯笼顺着守墙垂直落下，被安稳地固定着，数百丈排开来，喜庆耀眼，暖意浓浓。二人闲聊，主将用手拍着木沧的后背说道："就当是来陪陪我这个老哥哥，一起热闹热闹，明天回部里来住吧。"

"您真是，这么多年都没变。"听着主将的话，木沧心中感动。平日里主将慷慨大方，受人敬仰，大多数人都觉着他豪迈大气，灵法浩瀚。可又有几人知，这大丈夫也是细致入微，暖人心窝呢。

"好，明天我回来住，等你们从国正厅晚宴回来，咱们一起守个岁。"

二人攀谈着,往后山兵器库走去。

第二日午后,军政部的官员们都整装完毕,一起来到城中的国正厅。参加新年晚宴的除了各部的总司和部长外,还有队长们。崖雅则一早回到家里陪父亲过年了,她现在还没有任何职务在身。

城里家家户户都挂着高高的红色灯笼,每条街上的橱窗里都灯火绚烂。夜色慢慢沉下来,整个菱都的光比以往更美,映透着冷艳的天空。通向国正厅的巨石板路更是气派非凡,足可容纳上百人并排而过,石板此刻已经被冲刷一新。行人渐渐多起来,大家都到街上瞧热闹,也就只有今天能同时看到这么多高级别官员,每个人都精心装扮着自己。

女孩子们扎堆在一起品头论足,看到帅气的官员总是忍不住发出惊喜的叫声。她们对军政部的指挥官们更是情有独钟,所谓的戎装诱惑在此刻被体现得淋漓尽致。

每一任国主都会住在国正厅后的宅院中。此时国主家的正厅温暖惬意,古老的壁炉生着炭火,四周的墙石透出久远的气息,虽然有少许地方已经褪了颜色,但依旧洁净坚实。墙壁上挂着钟,房间里摆着考究的装饰,任意一件都跨过数百年光阴,木地板散发出特有的淡淡旧木香气。国主和夫人一早便到国正厅大厅里迎接各路远道而来的官员和亲朋好友,此时家中客厅空无一人。

二楼一间宽敞奢华的卧室里,长长的暖黄浅调羊绒地毯让人不敢轻易踏上去。淡粉色的玫瑰墙面透着甜腻的味道,花瓣混合着玫红汁液被精心地铺在墙上,画儿一样。卧室的套间里有人在说话。

"小姐,你这件衣服已经够漂亮的了。"坐在梳妆台前的女孩抬起头来,看了一眼说话的妇人,妇人立即道:"您已经试了几十套衣服了,时间差不多了,定下来一套吧。不然让客人们等着也不好,不是吗?"说话的是一个五十几岁模样的中年妇人,体态有些发胖,个子不高,脸上的肉向两边横长着。她的语气里有些不耐烦,但也没办法。

近百平方米的偌大卧室里比外屋的客厅华丽得多,天鹅颈绒的白毯子铺在脚下,没有一颗细小的沙粒。玫瑰调的汁液伴着片片牡丹嵌在墙里,屋顶上竟有一团红鸾尾。

那图似乎真的是用红鸾神兽的羽毛制作而成的,看似火焰,却透着嚣张与交杂的错觉。紫檀木的纤床足有三米多宽,五米多长。床头的镂空孔雀开屏图精细入微,每一根羽毛都被雕刻通透,映出背后墙面的玫瑰淡紫,肆意盛开。

"翠姨,我说过好多次了,别在这个时候叫我小姐,让别人听见多不好!好像我多娇贵一样。"

一个浅棕色细软波浪长发的女孩开口说道,她水波一样顺滑的头发直至腰间,两缕柔发无意地搭在胸前。浓墨般的睫毛眨了两下,一汪深潭似的漆黑明亮的大眼睛存着深意,面上浮着清纯笑意,只是鼻梁略塌,扁平宽叶般的嘴唇藏着不属于她这个年纪的性感。此刻女孩双唇紧闭,刻薄中带着鄙夷的挑剔,浑不像十五岁的年纪。

"知道了,小姐,在他面前我不会喊您小姐的,您放心吧。"翠姨不耐烦地说道。

"就知道您最疼我了。"姬菱霄歪着嘴角说道,带出撒娇的模样。

翠姨在一旁自当看不见。翠姨是跟着姬菱霄的妈妈胡妹儿在二十多年前从西番远嫁过来的。在西番,国主的地位是非常高贵的,他们的子女也有专人教育照顾。胡妹儿虽然不是西番国主九百的嫡亲女儿,却是表亲,同样继承了九百一族的部分特殊灵力。据说姬仲当年见到胡妹儿的时候她才十五岁,而姬仲已经是而立之年。

但仅那一次谋面,姬仲却像中了蛊一样喜欢上了年仅十五岁的胡妹儿,更妙的是胡妹儿也同样喜欢上了当时的东菱国主之子姬仲。

不久后,她便带着自小跟在自己身边的胡翠嫁到了东菱。听后来人们传言,姬仲当年见到十五岁时的胡妹儿惊为天人,那应该是和九百一族的灵法血脉有关。

九百一族对女儿金贵非常,远超过男子,胡妹儿的奶奶就是九百一族的嫡亲小姐,而到她这里已是第三代。具体当时二人见面是个什么状况,只有他们自己才知道了。然而,在胡翠看来,眼前的这个小姐姬菱霄远没有她母亲那般幸运。已是第三代仍然侥幸继承了九百家的一点点血统所以被姬仲看上,而这第四代的姬菱霄就没有那个福分了。

没等到她十五岁,胡翠就非常清楚,只是姬菱霄自己不甘心罢了,现在的她已经过了十五岁,日子依旧照常,她还是一样,只是小姐脾气与日俱增。眉眼的娇嗔倒是有几分像她母亲,雪里透红的皮肤也算是个小姐样子,最要命的是她走起路来,怕是再过些年月她母亲都比不得她,只是今晚,她铁定不会那般扭捏地踱步了,怕那个人不喜欢。

过年了,他也一定回来了。姬菱霄心里盘算着,心中甜腻。

第二十三章
夜宴（上）

　　国正厅里，宾客接踵而至，环绕一周的座椅全部是梨木所制，雕刻繁复考究，餐桌更是抛光如玉的大理石，光洁明亮，叮叮当当的银器里盛满美酒鲜果。琉璃吊灯缤纷华彩，夺人眼球，壁炉的火早已燃得暖意袭人。透明石的空旷尖顶坚毅非常，无限苍穹尽收眼底，更显豁然。如不是隐约间看到了石缝衔接，当真会惊奇琉璃灯莫名浮在空中。

　　姬仲携夫人还有儿子姬世贤在国正厅外的广场上迎接着各位宾客的到来。姬世贤样貌算不得出众，胸膛窄平，多半随了父亲，但一直在优越环境下教养出来，二十七岁的他比同龄人更显风度，学富五车，精明能干不输一旁的父母。

　　端镜泊早早和儿子端倪协同手下官员一起到访国正厅。聆讯部本部在菱都城中，距离国正厅非常近。端倪比姬世贤年少，刚过二十，二人还算熟络。见端倪到来，姬世贤主动上前说话。端倪看似客气地稍作回应般地点了一下头，黝黑的短发贴于面侧，更衬得他皮肤白皙，深邃的眼睛并不刻意隐藏对周遭"杂乱喧闹"的不屑，尖细的鼻子显得与他父亲一样尖刻。传闻他精通各种聆讯术，让外人不自觉地习惯与他疏远，怕是一个挑眉就被他知道心思。

　　夜幕降下，众人来到国正厅里。当军政部的官员随主将到场时，姬仲率一众亲朋官员起身喝彩。每次都是这样，只要军政部官员到场，姬仲总是这般重视，远超过对其他部属。今年南鲲又是远道而来，阵仗更是超过从前。

　　北唐穆仁和南鲲并排走在最前，穆西和南扶摇紧随其后。众人早知南部五分部实力不容小觑，但看今天，副将穆西也是让位给部长南鲲，自己和南鲲的女儿列位走在一起，可见军政部对五分部的重视非同一般。南鲲引得一众目光，他女儿南扶摇更是光彩夺目。大胆的穿着勾勒出性感的曲线，蕾丝水晶束身长裙一寸不多一厘不少地露出她雪白的脚踝和穿着高跟鞋的玉足。柔发披肩，光彩夺目，每每让人想在她身上多流连片刻。然而，美如仙子的她，那一身劲旅部长的气度却是不弱乃父，任谁也不敢轻易亵渎了她，拳拳敬重之情竟压过先前的爱慕之意三分去。

当三分部嬴正、军机处南宫浩、灵枢部白槐走过后，最后来到的便是梵音的二分部和北冥的一分部。北冥不在菱都，北唐穆西就让梵音带领这两部的纵队长出席。北冥不参加各种国正厅活动也不是一次两次了，每当这时都是麻烦梵音代劳。梵音本也是不自在，先前偶有抱怨，近些年则完全无感，爱咋咋地吧，倒是驾轻就熟起来。

众人原本收回的目光，却被这最后到来的年年都见的一分部、二分部硬生生吸引了回去。其间，端镜泊一直低头喝茶，只在此时才抬起头来。端倪的目光却微微一转，向国正厅高高的二层长廊看去。一个纤细的身影出现在那里，正是姬菱霄。

二分部的三位纵队长齐齐亮相，无一不是气宇轩昂，又以冷羿为首，俊美非常。一分部的颜童近些年更是出类拔萃，任何一个分部选了他去当部长都是绰绰有余，明朗挺拔的气度更是衬出他乃一分部第二把交椅的不二人选。

然而这几人的到来，都未压去一个人的风度，那就是走在他们前面的第五梵音。她安定地踱着每一个步子，英武有力，不紧不慢，瞬间让走在她后排的男人们收敛了锋芒。眉宇清俊，轮廓分明，两缕墨色垂落面颊，暗红军装与身后人一致。唯有不同的就是一副靴裤的她腰部以下多了一圈散开的皮质裙摆，长至小腿，片片摆动，潇洒中带出几分柔和。

梵音带着一、二分部的人上前与国主同贺，国主与夫人祥和回敬。胡妹儿的眼神落在梵音身上片刻，又缓缓移开，未显特别。她心里原本叹赞着梵音长着一张俏得雌雄难辨的脸，但回头一想，一个只会扎在练兵场上的"女人"又有什么意思，要是会"摆弄"也就罢了，可惜这个"女人"只会穿着男人的衣服，时间久了，自然也就没什么趣味了。胡妹儿随即不再关注她，谁知她的眼色尽数被梵音收在眼底，只觉无聊，不待多想罢了。

主宾席上还有二人往这边看来：花婆和莫多莉。只见花婆难得地笑了，莫多莉在一旁也是无语。她看着花婆看第五梵音的眼神不免有些吃味。莫多莉知道，礼仪部的美女多如天上的星星，千姿百态。若说有趣的，也真有趣，十年八年也未必探得明白她们的心思秉性；要说无趣的，也真无趣，就和那花儿一样，左右不过那几个颜色。能让花婆这种阅美无数的人留意上心的，必是貌无可挑人又风趣却不腻歪者。现下，除了莫多莉本人，就只有第五梵音一个而已。至于方才的南扶摇，花婆也只是喝了口清酒。

方才莫多莉轻声道了句:"扶摇真是越来越美了。"少时,她俩便认识,说不上深交,却也友好。

花婆听了,只管喝酒,却也没否定。花婆当年看中莫多莉选为接班人不仅因为她个人优秀,最主要还有两个原因。莫多莉为人精致挑剔,却不善妒。这是女人们很难做到的一点,尤其像她这般精致的女人。先不说是否有人能入了莫多莉的眼,与之一较,就说万一真出现了这么一个人,那像莫多莉这种天生自命不凡的女人还真能心如皓月,淡然处之吗?

花婆今天高兴,其实不仅为着第五梵音,也为着莫多莉。

"你刚才说南扶摇好看,怎么见了第五梵音却不作声了?"花婆说道。

"我……"莫多莉磕巴,一时不知怎么接话,在一旁轻轻叹了口气。

花婆含笑,柔柔道:"我看你最好。"

莫多莉眉梢一挑,脸色渐佳。她自己选的人,什么时候错过。莫多莉随后高傲地笑了,天鹅般的白颈伸展出优美的弧度,挑剔的眼尾逸出一如既往的张狂。

"多莉。"花婆说道。

"嗯?"莫多莉回过头看向花婆。

"你怎么看第五?"

"她年纪还轻,未到时候。"莫多莉有意无意地看着自己的玉手,欣赏着刚涂抹的漂亮的雪花指甲,语调诚恳。可紧接着,她便吐出了一句刺耳的话:"可凤凰终归是凤凰,不像麻雀,再打扮也是个家雀,有幸沾得那么点血统,也是个杂……"话未落,"种"字被莫多莉咽了回去。莫多莉清了清嗓子,继续道:"也是个混的。"

"你这丫头,嘴巴真毒,就为着那么点事,现在还不饶人。"花婆嘲笑着莫多莉。

"饶不了她!"莫多莉牙缝里挤出几个字。再优秀的女人也是女人,有时候心眼就是针孔儿那么大。想当年莫多莉被提拔为礼仪部副总司的时候,花婆一人力排众议,没人敢吱声,唯有一人,胡妹儿。当时她听说礼仪部副总司有空缺便自来熟地去找花婆,花婆闲言几句挡了她的话茬,她却不甘心,非得参加副总司的人选会议。

按说一个国主夫人不会这般在意一个官职,而且胡妹儿又是个不喜欢多劳多做的人,可那次选拔她却劳心劳力。那期间,她几次提出莫多莉不适合,并且极力地附和着其他几位有异议的部长,可最终结果还是一样。自那件事以后,莫多莉和胡妹儿的梁子算是结下了。礼仪部外表看似花里胡哨,花枝招展,实则不然。

礼仪部拥有着除军政部外为数最多的火焰术士,也就是梵音先前和冷彻学习灵法时提到过的,含有特殊体质的三类灵能者水、火、雷中的火。三类灵能者中攻击力最直接、人数最为众多的就是火焰术士。

"第五不是年轻。"花婆慢条斯理道,莫多莉看着她,"只是把神采都敛了。"莫多莉随即看向梵音。

梵音在这种场合很少注意周遭的环境,也不便多留意他人的闲谈话语,只是那道意味深长的眼神还是引起了她的注意。梵音转头看向莫多莉,花婆在一旁已与别人说话了。二人交视,都有几分陌生和尴尬。梵音礼貌地对莫多莉点头示意,以表尊重。莫多莉回礼,目光随即转向别处,梵音也不再多看。

各位嘉宾均到场落座,姬仲在主宾席正中央站了起来,冬日暖阳般地道贺新年,众人同贺。话音刚落,各色美食瞬间铺满整张餐桌。水陆杂陈的各种美味,奇异的蔬菜香果,滴滴醇香的各色水饮,没有人闻到会不动心。筷子、汤匙、刀叉乒乓作响,谁会在乎刚刚的端坐矜持,一杯青果酒下肚,早已敞开心扉,何况面前不止它呢。

大家吃喝尽兴,过后便是舞会。大厅中间极为宽敞,国主和夫人先是一曲慢舞开场,随即人们也放开了心情,欢唱起来。无论男女在这时都可以竞相邀请自己心仪的舞伴。

军政部最先被邀请起舞的是颜童,对方是礼仪部一分部部长玄花。玄花今年二十七岁,比莫多莉小两岁,自来到礼仪部起就跟着莫多莉,是莫多莉一手提拔起来的亲信,今年刚刚被任命为部长,参加这种晚宴也是第一次。她早就和莫多莉说过自己喜欢颜童,只是出于腼腆,每每有正式场合也不敢和颜童主动说话。

起初让玄花担任一分部部长一职,莫多莉也有所顾忌,毕竟玄花年纪还轻,而且性格内向含蓄,不说话时只像个邻家女孩,一双水汪汪的大眼睛简单而干净。就在莫多莉犹豫不决询问花婆意见时,花婆说她以后的意见,自己一概不过问。是对是错,没那么重要,礼仪部以后的总司就是莫多莉,女人扎堆,是非多了去,等她自己去历练。

之后莫多莉便任命了玄花为一分部的部长。其实玄花的火焰术非常出色,这个部长也是当得的。这次晚宴她鼓足了勇气第一个起身邀请了颜童,因为如果她不主动,颜童是不会注意到她的。莫多莉在席上看着,眼角划过一丝玩味。

颜童受到邀请,礼貌起身,与玄花共舞。他之前几乎对这个女孩没有太多印象,只知道是礼仪部今年新晋的部长。要知道,男士能被礼仪部的人主动邀请那是莫大的荣耀,有多少羡慕嫉妒的眼神!赤鲁坐在一旁,叨叨道:"唉,颜童这小子还挺有桃花运,这么快就被邀请了。"

"嗯。"梵音点点头,吃着盘子里的土豆。

"哎,老大你说,我和颜童长得也差不多,没准待会儿就会有人来邀请我了,你说我去不去呢?我今年可不能去!"话没说完,赤鲁自己低头偷偷乐了起来。

梵音担忧地看了一眼赤鲁,道:"我劝你今年还是主动点,要不然姑娘都被邀请完了。"

赤鲁一直傻乐,显然没有听进去梵音的话,梵音继续道:

"你和人家颜童不一样,颜童可比你帅多了。"梵音语重心长。

"哎,不是,老大,你是谁家人啊!人家颜童的老大是本部长,你在这儿跟着瞎夸什么劲儿啊!你不是应该夸我吗!"

"嗯,对不起啊,是我没注意。"梵音继续吃。

"不是,老大,我和你说话呢,你能不能认真一点,别吃了!"

"你说。"梵音嚼着嘴里的土豆,认真咕哝道。

"老大,我早就发现了,你这个人不能这样。"赤鲁故意压低了嗓门道。

"我怎么了?"

"你毕竟和别的女孩不一样!不能和她们一样肤浅!"

"怎么说?"

"你刚到军政部时就看着冷羿两眼放光,现在又说颜童比我帅!你不能这样!咱俩才是亲哥俩儿!"

"啊?"梵音的脸顿时揪在了一起。

"不对!咱俩才是亲姐俩儿!不对不对,我的意思是咱俩才是亲……人!"

"啊!"

"啊什么啊!差不多就是这个意思!咱俩才是亲哥俩儿!我还是喜欢说哥俩儿!哥俩儿听着多痛快。是吧?"赤鲁傻笑着。

"随便你喜欢吧。"

"怎么叫随便我喜欢呢!"赤鲁不开心道,像是在发小脾气。

"咱俩是亲哥俩儿,咱俩是亲哥俩儿。"

"对吧!"赤鲁很好哄,"那你说咱们军政部除了冷羿和颜童,还有谁最帅?"

"没了。"梵音不假思索脱口而出。

"那就剩我了呗!"

"是的。"

赤鲁又开始傻笑。

"不是,你今天一个劲傻笑什么呢?还不赶紧去找舞伴,往年你早就奔出去了。"梵音揪着脸看着赤鲁的傻样。

"我这不是陪你嘛。"赤鲁扭捏道。

"快得了吧,每次也没见你陪我啊,跟个蚂蚱似的就蹦出去了。"

赤鲁眯起眼缝，愁愁地看向梵音。

"不是，我今天怎么总说不对话呢？你咋总这么看我？"梵音抱怨道，赤鲁已经嫌弃她一晚上了。

"你不能说好听点吗？"赤鲁咕哝道，像个大姑娘。

"我，"梵音噎了半口气，"我不跟你说了。我出去溜达溜达，你爱去不去吧，我不管你了。"

"不行！"赤鲁一把拉住梵音的胳膊，把她刚要起身的动作又给拽了回来，"你陪我一会儿，我一个人待着有点紧张。"

"你紧张啥？又不是第一次来。这不还有冷羿陪着你吗？"梵音指了指另一边的冷羿。

冷羿一直听着他俩的对话，并没插嘴。至于赤鲁说什么梵音当年看见自己两眼放光，他也完全不往心里去。面对梵音，他就是和对别的女孩心态不一样，到底是哪里不一样，他自己也说不明白。而且他发现，梵音对他好像也是一样的感觉。二人在一起说不出地融洽，本能地感到温暖。

"哎呀，我想让你陪着！"赤鲁有些要撒娇的意思，可话还没完，只见他眼睛一睁，眼神由怯变硬，由硬变凶，由凶变怒！梵音惊诧道："你怎么了？"还没等她反应，只见身后的冷羿也是一怔，面上僵硬半晌却又散了去。她回过头看去，冷羿却已经起身离开了。

南扶摇被聆讯部一分部部长年阙邀请了去。年阙三十出头，容貌端正，算是聆讯部中性格随和的一位。他父亲年盛是聆讯部的副总司，端镜泊的老部下。之前端倪一直在年盛的手下历练，年盛也准备把自己手中的搜秘处交给端倪打理。

不知何时，赤鲁已经松开了梵音的胳膊，现在的他顾不上别的了，满脑子都是南扶摇被年阙这个家伙带走了。梵音看了看，知道自己留在这儿也没什么用了。以赤鲁的脾气，不现在把南扶摇拽下来就是好的，等这一曲结束，他一定会冲上去邀请南扶摇跳舞的。

之前和个大姑娘似的扭捏半天，是因为他一直对南扶摇敬重有加，叫一句"扶摇姐"都脸红半天。可自打上一次南扶摇开玩笑说赤鲁也是男朋友的不错人选，他整个人都恍惚了。心中的女神姐姐如此讲话，他做梦都没想过！

梵音转身离开，往侧门的庭院外走去。反正这里的舞曲她也听不明白，去外面闲逛一会儿也不错。透过窗户可以看到后花园已经被装饰得色彩缤纷，地上栽种着烈红色的玫瑰。这一定是礼仪部的新发明，即便是冬天，玫瑰的香气也是盛浓醉人。花园正中间耸立着巨大的水晶喷泉，池子里满是透明的水晶珠子，亮闪闪的，让人不由想伸手去捉一颗。

　　花园里放着安静柔美的小舞曲,许多年轻人也喜欢这里的优雅。远处是一片金色绒面灯笼海,灯笼下面挂满了各种灯谜,有不少人站在那里猜着。旁边是礼仪部的篝火小晚会和表演,火焰术士变换着花样,大都是礼仪部的男孩子,他们争先逗趣着女孩们。

　　一会儿变出一条火龙,一会儿变出一只火兔,围着夜空奔跑。那兔子大约是要跑到月亮上去,在高高的夜空里划过无数花火,美极了。梵音的眼睛里闪着光亮。火焰术士竟不知不觉被她吸引了,大家回过头看着她。梵音微微点头,随即走开了。

　　"第五部长真可惜,要是能听见音乐该多好啊。"一个礼仪部的男孩说道。

　　"是啊,那样我就可以请她跳舞了。"一旁的男孩附和道。

　　灵枢司的一个女孩正准备开这个男孩玩笑,却看到围坐的好几个男孩都在拼命点头赞同,她堪堪收住僵化的笑容道:

　　"也许第五部长根本不喜欢跳舞,她从来都不穿裙子,不是吗?"女孩说道,一副善解人意的样子。灵枢司是一个极其重要的部门,他们的总司一直和军政部的白槐不太对付。据说,白槐当年是拒绝了灵枢司的邀请,而选择了去军政部任职的。要知道总司一职,可是和军政部主将同等的。

　　"军政部的部长穿裙子多不方便。"又有人插话道。

　　"那南部长今天不也穿了裙子来吗?"大家习惯性地去掉了副部长这个称谓,直接称呼南扶摇为南部长。另一个女孩赞同道。

　　"那又怎样?"一个男孩脱口而出,"第五部长这样就很好。"大家七嘴八舌地说着,颇有兴趣地讨论着每一位部长背后的故事。

　　梵音转着无聊,准备去找点乐子,可还没等她回头,便看见一个女孩在她背后,朝她走了过来。

　　"第五姐姐。"一个怯生生的声音从梵音身后传来,梵音听不见,却看得出。那人身材窈窕纤细,走路无声,洁白的小裙衬着她水滑白皙的皮肤显得那样合适,似这衣服换了别人便不配穿了一样。女孩下颚尖小,睫毛忽闪,浓密卷长得似要接住那星光。看样子约莫十五六岁,纤挑的个子却早已超过了梵音,正是姬菱霄。

　　梵音听到这个称呼一时恍惚,但面色无异道:"你好,姬小姐。"各国国主的女儿们都被尊称为小姐,儿子倒没这些讲究。

　　"第五姐姐真厉害,我在背后唤你,你也是知道的。"

　　梵音牵动了下嘴角,勉强笑笑,不失礼貌。

　　"对不起,我……"姬菱霄突然显出局促慌张之意。

"没事。"梵音打断了她。

"哦。"姬菱霄轻语。即便她喊了梵音第五姐姐,梵音也没有喊她一声菱霄或菱霄妹妹的意愿。

梵音见她扭捏不语,便准备离开。她二人不熟,在梵音来到菱都的这五年里,二人说话多不过十句,大都是寒暄,更没有像现在这样单独相处过,前几次都是与北冥和主将一起,碰巧在国正厅议事时遇见。

"姐姐。"姬菱霄出言挽留。

"嗯?"梵音停下。

"姐姐,新年快乐。"

"新年快乐。"梵音不解,从前也不曾听她叫过自己姐姐,也许是没有机会吧。看她吞吞吐吐的,梵音没打算奉陪。姬菱霄再次开口:"姐姐,北冥哥哥什么时候回来?他还没回来吗?"说完,姬菱霄连忙垂下了眼帘。

北冥哥哥梵音脑海中闪过一念,随即说道:"他还没有回来。"

"那北冥哥哥什么时候回来?"姬菱霄话语稍急,梵音看出她的迫切,即便听不到,那眼睛却足以两用。

"大约年后吧。"

"年后什么时候?"

"年后,"梵音微顿,"我也不太清楚。"

"哥哥没告诉你吗?"姬菱霄换了称呼,直唤哥哥。

"他没有。"梵音说着,声音有些发飘。哥哥,听她这般称呼梵音好像还不太习惯。准确来说,没听她这样称呼过他。原来是这样,梵音好像想明白了什么,原来他们这般相熟亲切。梵音见她不再说话,便开口道:"还有别的事吗?"梵音不是个自来熟的人,她准备去别处走走看看。

"他还要很久才回来吗?"姬菱霄继续小声地重复道。

梵音不好不答:"我也不太清楚,你找他有事吗?"

"我想他了。"

直截了当。姬菱霄就这样当着丝毫不相熟的梵音的面,毫无避讳又好似娇羞地直接说了出来。她终于等到梵音自己问出口了,心里盘算着,得意又高兴。

梵音的心猛地收缩了一下,面不改色。她完全没有料到姬菱霄会这样说,毫无顾忌。她不知道应该如何应对这样的场面,只觉有些尴尬,非常尴尬,她们并不相熟。但看着姬菱霄嫣红的脸、流转的眼和紧咬的唇,也知道她是在对自己这个"路人"吐露心声。自己应该说些什么吗?梵音心里想着,却真不知道能说什么,她嗓子眼儿发干，直想咳嗽。

"第五姐姐。"

"嗯？"

"你真的不知道哥哥什么时候回来吗？"

"我真的不知道。"

"我已经半年没有见过他了。"姬菱霄捏着自己的裙角，霍地抬起了眼直直看向梵音的眼，突然道，"你想他吗？"

"我？"梵音被这一问怔住了，后又脱口而出，"我没有。"

"那就好，只有我一个人想他。"

梵音只觉自己整个人变得僵硬起来。她在干什么？她在听一个自己完全不熟悉的女孩，甚至可以说是陌生人的姬菱霄表达对北冥的某种感情，而这个女孩无意识地一直在对自己倾诉。梵音有些混沌。

"没什么事的话，我先走了。"梵音终于回过神来。这件事确实和她没什么关系，她真的想要去别处逛逛了。

"等等，姐姐。"

梵音觉得有些无奈了，她认为这个话题已经没必要再继续下去了。但她还是站在原地，礼貌地没离开，脸上不再有任何表情，冷了下来。

姬菱霄忽然有些忌惮眼前这个人，她显然不明白为何自己说了这么多，梵音却无动于衷，这不是她预期的。她完全摸不到梵音的所想，可她仍旧要补上这最后一句："第五姐姐，你千万别把我今天对你说的话告诉北冥哥哥，好吗？"姬菱霄眼神里透着羞怯，又像是在对着面前比自己大四岁的"第五姐姐"撒娇。

"好。"梵音转身离开，姬菱霄目送她走出几步，便转身回到暖和的大厅里。其实她不知道，她这一连串的突如其来的发问早就毫无防备地震动了梵音的心。

梵音独自走着，早就忘了刚刚要去找乐子的想法，她漫无目地走着，国正厅的后花园宽大无比，比军政部的还要大。最远处是国正厅的尽头，一座近百米高的陡立崖壁。越过崖壁之后，那边就是海角天涯，大浪滔滔。国正厅地处菱都最南面，只是这百米崖壁任何人物都无法逾越。千百年来，国正厅世袭东菱国祖上留下的强大灵法，护御国都。

先年是由三位灵法极盛之人在国正厅海角之南的崖壁上布下防御结界，可抵御一切外敌。随后他们分别担任了国主、军政部主将和聆讯部总司一职，开创东菱国，也只有现任这三大员才知晓破解屏障之法。

梵音不知不觉已经来到了崖壁高墙边缘，这里有国正厅侍卫把守。国正厅拥有自己的侍卫数千人，个个灵法超群。守班的侍卫见梵音过来，却也没有阻拦，军政部二分部部长，他们还是识得的。

梵音站在崖壁高墙边，一动不动，像是在听外面的海浪声。她站了一会儿，想回部里了。每次当她胸口闷闷的时候，她都想回军政部，而不是崖雅和崖青山的家，虽然那也是她的家。这些年，梵音失去了很多感情，看着若无其事，却总有一层屏障蒙住了她的心，难过说不上，高兴时也高兴，可总是彷徨。

又一闪念，她突然不想回部里了。她呆呆地站着，腿上像灌了铅，该去哪儿呢？她不知道。

第二十四章
夜宴（下）

国正厅的新年晚宴热闹非凡，各种节目各色餐饮层出不穷。大家开心地畅聊玩乐着。

国正厅正门外的阶梯下，六十名守卫分开两列一字排开，精神抖擞地站立着。冬季的天虽寒，对于优秀的士兵来说却是无碍的，更何况现在广场外挤满了人。各色小吃，彩灯杂耍，大人小孩都玩得不亦乐乎。士兵们却无一溜号开小差，在这严冬里，他们笔挺站着，似要穿过这夜空云霄。

"谁？"侍卫长突然出声，即便是明显受到了惊吓，也没有任何表露，语气仍旧镇定威吓。

来者没有讲话，而是放慢了脚步，收敛于侍卫长前方三米远，劲步踏来。待侍卫长看清，猛然敬礼："本部长！"

"落！"说话的正是北唐北冥。

"副参谋长！"

天阔轻点手指，让他们放下。他知道刚刚那一出一定让侍卫长吓坏了，但能面不改色倒也让人佩服。至于其他的士兵反而无碍，因为他们压根儿感觉不到北唐北冥来了。要不是哥哥迁就着自己的速度，这新年侍卫长恐怕是过不好了。

"哥，我说你也是，走那么快干什么？"

"你我进城回到部里，梳洗换装，稍作歇息已经过了两个小时有余，再晚就不好了。"

天阔心里犯嘀咕："也不知道是谁要在部里喝一会儿的。"今夜值班的一分部二纵队队长徐英是一个四十多岁的男人，个头不算高，身材健硕，面有刀疤，从左眼尾一个弧度直划到下颚,看见北冥回来就要先喝一坛。

听说当年要不是白槐医救及时,徐英左眼已经没了。徐英平日沉默寡言,他的手下见到他就发怵,有不少人羡慕想去当颜童的手下,可敢想不敢言。徐英话虽不多,但看得出非常喜欢和北冥搭档,一向对手下严格苛刻的他对北冥的行事作风非常赞同。这也是年过四十又对军政部鞠躬尽瘁的他甘愿做北冥的纵队长的原因。

徐英提前接到了北冥会回来的通知,并且北冥也只通知了他一人,二人的关系深厚。徐英让属下为北冥提前预备好热汤热酒热食,以供驱寒解乏之用。原本北冥想收拾行装后,即刻赶往国正厅,毕竟本部长一回菱都都城,就会有守城官员通知国正厅。守城官员的人选出自国正厅,而非军政部。新年在即,他突然回城,又耽搁太久,不去自然不太合适。一旁的徐英难得开口,粗气哑声道:"本部长,你一连赶了几日路,应该好好休息。咱们部里有吃有喝,去那种糟乱的地方干吗?"

北冥道:"除夕新年,我今日回城,理应去国正厅拜访。"

徐英不以为意,却也没再多言。

北冥和天阔喝了几口热汤,又陪部里的士兵们饮了几杯热酒才出来。徐英还特意嘱咐道:"既然您一定要过去,那就别喝太多了。"

北冥点头,随即离开。此时他二人已经踏上了国正厅的石阶。来到国正厅正门口,北冥停住。

"本部长!"侍卫已经得到了先前侍卫长的通知。

北冥停下,也是等待国正厅里面那个最高级别的人物有多一点时间获悉他已经回来并且前来赴宴的消息。此时父亲应该也知道了。他之所以没有第一时间通知父亲,一来是觉得没有必要,二来是参加晚宴的嘉宾众多,不好打扰到父亲。父子之间的默契无须多言。停下,其实也只是分秒间。北冥和天阔整理了一下制服,走进国正厅。

大厅中央有许多年轻人在跳舞,晚宴刚开场时,生疏的新人不敢贸然出现,待征得了自己上司的批准后,才渐渐热络起来。北冥沿着席座边上穿过,没有人发现他的到来,他无意打搅别人的欢庆时光,脚下迅捷,竟是连个影子都未让人看见。

姬仲和北唐穆仁在主宾席上聊着天,花婆、莫多莉和端镜泊都在那里。距离主宾席十米远的地方,北冥停了下来。天阔跟在哥哥身后,这些年他的灵法也是突飞猛进。姬仲看到北冥,便亲自站起身来。众人看见国主起身,均是把目光投了过来,跳舞的人们专注在自己的音乐舞步中,倒没受打扰。

"北冥回来啦,天阔也来了。"姬仲朗声笑脸相迎。

"国主,"北冥和天阔恭敬一礼,"看来我们回来得正是时候。恭贺您新年快乐。"

只见北冥一身暗红色齐膝薄呢军大衣,阔边衣领外翻金线镶绣,虎头暗纹在肩,齐整的衣扣颗颗排好,露出干净的白色立领衬衣,黑色皮靴护至小腿,一身行头干净利落。

"北冥,快过来坐下,奔波一路了,还这么客气干什么?"胡妹儿在国主身旁一同站了起来,招呼北冥过来,面上笑颜温和。

"夫人。"北冥对胡妹儿也是一礼。

"这孩子,什么时候都这么客气。"胡妹儿对着姬仲说道。

"可不是,穆仁管教严格,北冥又识大体,向来这么礼数有加的。今天不用啦,都是过年,自家人,别这么拘束。"姬仲应和道。

"你们两个小子,回来了不知道提前告诉我一声。"北唐穆仁对着哥俩道。

"大侄子!"话音未落,便有一声音从几人远处传来,"几年没见啦!"说话的正是南鲲。

"南部长!"北冥笑道,转头对南鲲道。

"和我瞎客气什么!"南鲲斥了一声。

"鲲叔,好久不见了。"北冥笑着应声道。

"这还差不多!你小子!真是!"南鲲上下打量着他,"给我做女婿吧!"南鲲满面红光,开口便道。

北冥看着他,淡淡一笑。

南扶摇今年三十一岁,不要说她自己对于伴侣有何等要求,单是她父亲南鲲这一关,就没一个人敢尝试,南鲲更是从不开这金口。在他眼里,世上根本没人配得上他的女儿。今日一见北冥,只觉这小子非同凡响。

"天阔,见了叔叔还没叫呢!"南鲲没忘了一旁的天阔。

"鲲叔,您眼里只有我哥哥,哪里看见我了。"天阔玩笑道,明亮的眼睛颇为迷人。

"臭小子,你刚多大年纪!哪里能娶媳妇?"南鲲被天阔逗乐了。

"鲲叔!我哥今年才刚刚十七,您忘啦?"

南鲲这才反应过来,看看北冥,只有十七吗?可看着他总觉着那样好,好得忍不住想揽入麾下,招作女婿。

"小子,你今年才十七!"

"不然呢,您是看我好呢,还是看我老呢?"

"怎么才十七呢!我看你当部长也这些年了啊!而且这模样真好!不过你扶摇姐比你大了许多,确实……"南鲲皱眉,还真当回事认真思量起来。

"扶摇姐呢?"北冥问道。

"哪个臭小子嫌弃我这个姐姐了?"话音未落,一双玉臂已经一边一个搭在了北冥和天阔肩膀上。

"姐姐。"两个人同时道。

"这还差不多。大他十四岁又如何,姐姐配不上你啦?你说呢,天阔?"南扶摇说着北冥,转脸看向天阔。

天阔连忙赔笑道:"我哥没那个本事,娶不到姐姐这样闭月羞花的美人。"

南扶摇大笑:"你们哥俩儿啊,一唱一和,看见就让我高兴。"

"可不是!我就喜欢他们哥俩,原先想着天阔是个毛小子,没想北冥也不大。"南鲲很是懊恼。

"你哥哥本事可大了!"南扶摇眉眼一笑,带着深意。

刚刚北冥进来时,特意没有让众人发现他,以免打扰大家。此时大家才发现跳舞的曲子变慢了,人也变慢了,忍不住往这边看来。

北冥十二岁时便担任了本部长一职,无论他怎样优秀,内里怎样稳妥,外表也仍是个十二岁的男孩。稚嫩的脸庞,小小的个子,与他不相熟的外部官员还是会把他当成一个孩子,虽然他确实只是个孩子。

如今北冥已经十七岁,灵法与长相早已不可同日而语。笔直高挺的鼻梁,柳叶般的薄唇,方中带圆的下颚,冷俊超凡。要说冷羿面前,无人敢提秀丽,那北冥面前,便无人再比俊美。北冥的个子几乎与主将平齐,长身而立。

"小子,过几年,你也和你哥一样是个欠债的主儿。"南扶摇眯起眼睛看向天阔。

"别啊,姐姐。这好事,我哥一个有就行了。"天阔逗趣道。

要说这哥俩儿,相貌都是不一般,只是北冥多年历练,早已退去了脸上的稚嫩,锋芒暗藏;而天阔还是阳光轻松,朗朗少年。

北冥像那冬日的烈阳,让人向往,却可望不可即。天阔则是春夏的海浪,轻柔温暖,让人欢喜。

此时已经有不少少女看向北冥。要说先前也有许多优秀的男士来参加晚宴,女孩们只敢羞怯地偷偷望去,生怕别人发现了去,可这北冥却是生生地让她们挪不开眼睛,红了脸颊,竟也是不自知了。

"扶摇姐,别拿我们兄弟俩说笑了。"北冥冲南扶摇轻轻眨了下眼睛,却并不介意姐姐一直把手搭在他们二人肩上。南扶摇会意,笑笑不再多说,耳语一句:"要和我跳舞吗?"北冥婉言拒绝。扶摇又看向天阔,天阔说自己还饿着呢。她便先行走开,随兄弟俩去了。

随后北冥又和花婆、莫多莉打了招呼。花婆见到北冥自然也是喜欢不已。她这一生未嫁,膝下无子。除了欣赏北冥外,也是真喜欢这个眼看着长大的孩子,对天阔自然也是如此。

花婆要北冥坐在自己身旁,闲聊两句。平日里他们哪有这样的时间。

"总司,那我先走开一会儿,您和本部长聊天吧。"莫多莉说着,便起身要走。

"不用,你坐着就行,我又不是老眼昏花的。隔着你也听得到北冥说话,你说是不是,冥小子?"花婆笑道。

"当然。"北冥随后坐在了莫多莉旁边,天阔也跟着坐下,吃起了餐食。

"你们俩也真是,在部里休息休息多好,大老远又跑过来干什么?东西都没吃上一口呢。"花婆关心道。

"我们不过来,您怎么看见我们?"天阔说道。

"就你嘴甜,比你哥强百倍,到最后还数你最讨女孩子开心!"花婆道。

"那是必然,您看您现在多开心。"天阔笑眯眯道。

花婆乐得合不拢嘴,说是和北冥说话,倒是与天阔聊个不停了。

"你慢点吃,一路上你哥没给你吃的啊?"

"他顾不上我,我能怎么办,资历浅,跟着他呗。"天阔假意埋怨道。

北冥夹在中间,虽不尴尬,却也插不上话。他拿起桌边的酒,顺便饮了一口。

"本部长。"莫多莉开口道。

"嗯?"北冥答。

"您要不要先吃点东西,听说您奔波了一路,不是吗?"莫多莉温声道,以往的挑剔傲慢风儿似的不见了,换成了随和淡然。

"谢谢您,我还不饿。"北冥随口道。

莫多莉礼貌地点点头。

原本想让北冥坐在自己身边的胡妹儿此刻一言不发,斜着眼看向莫多莉。刚刚一股脑儿冒出的人打断了她和北冥的寒暄,让她气不打一处来。姬仲看了夫人一眼,替她斟满一杯果汁,胡妹儿连看都未看上一眼,僵直地端坐着。

"菱霄呢!"胡妹儿低声斥道。

"我也一直没见到那孩子。"姬仲回道。

"该出来的时候不出来,不该出来的时候,让那么些人看见又有什么用!"胡妹儿一脸的不悦。其实每每这种场合,她都是鼓动自己女儿出来接见宾客的,无一不落。不过姬菱霄也用不着自己母亲言语,她分寸拿捏得好得很。

"世贤呢?又跑哪儿去了!想用的时候一个也用不上!"胡妹儿东张西望,左顾右盼,使劲儿找着这两个人,完全不顾矜持优雅的仪态。

"端倪，自从你接管聆讯部搜秘处后，咱们就少见面了，你也是真忙啊。"在大厅的偏角一处，姬世贤正和端倪说着话，端倪不时看向院外，又转过头来。他二人自小相识，也算得上熟悉。

"端叔叔对年家也真是好，又是副总司又是一分部部长的。聆讯部除了端叔叔说了算，下来就是年家父子了。"姬世贤继续道。

一旁的端倪置若罔闻，姬世贤倒也不介意，面露和悦之色。他招呼不远处一个端着酒杯盘的女侍应，女侍应礼貌地端步前来，把酒盘置于姬世贤面前，姬世贤顺手选了两杯清酒，点头对侍应道谢，顺手把一杯递给端倪。

"我不喝酒。"端倪蹙眉道。

"过年了，你哪那么多顾忌讲究？我都给你拿过来了。"

端倪斜睨着眼伸手接了过来，算是给姬世贤面子，却没有要饮的意思。姬世贤看在眼里，又偏头看向主宾席，嘴角一勾，说道："北冥回来了。"见端倪没有回头，他继续道，"你说，他当年怎么当上的本部长？连个应试都没有，到底是个什么样儿谁知道呢。"他又转过来看看端倪，"听说你俩小时候还有点交情，你是不是知道什么？"

"你听谁说的？"端倪皱眉，嘴角紧闭，显得有些不耐烦。

"不是吗？那是我记错了？"

端倪没再搭话。

眼下这几个年轻人年龄相差无多，虽说端倪和姬世贤比北冥稍长几岁，气度上北冥却胜过二人。几人私下没有过多交情，要说有也只是幼时认识罢了，自从北冥担任部长一职后，就鲜少与其见面了。姬世贤说的端倪和北冥有交情，还是在北冥七岁时的事。

那一日，北冥带着天阔去城外闲逛，其时距离东菱不远的加密山中，居住着噜噜一族。那山中除了噜噜更有不少珍奇种群，其中最多的就是毛腿儿。翻过加密山便有一大片平原，噜噜总在那里训练毛腿儿。等它们把毛腿儿训练好了，就拿到菱都或者各个城市去贩卖。也有城中的人专门去加密山找到相熟的噜噜，当面买卖毛腿儿，那样不仅选择的余地更大，价钱更是会优惠不少，毕竟省了来回路途的运费劳力。

加密山辽阔无际，其实到了加密山地界也就是出了东菱国界，越过加密山，跨过平原，再往东北边去便是辽地。辽地之广，更是大过加密山，几乎与整个东菱国般大小，凶残野蛮的狼族就居住在那里，与人互不侵犯。

北冥一直想去加密山看看，听说那里有不少新鲜东西是城市里没有的。不过，虽说加密山毗邻东菱,但实际走起来也要远过千里,何况他还带着天阔,想想还是打消了那个念头。

"哥,咱什么时候也去加密山看看啊?"天阔每次出城都很兴奋,因为终于没有父母在身边盯着了。

"等你灵法再上进些,咱俩就去。"

"这不是有你吗?再说我也不差呀。"天阔嬉皮笑脸道。

"回去啦。"北冥转身准备往城中走去。

"我想去看看噜噜,哥。"

"看什么看,又不是没见过,它们不是经常来城里贩卖毛腿儿吗?再说你看人家做什么,噜噜可不是宠物!"

"但是他们能幻形成小猫小狗啊,多好玩儿,我还没有见过呢。"

"小猫小狗?你知道噜噜为什么要幻形成小猫小狗吗?"

"不知道。"天阔在一旁使劲摇着头,像一个小拨浪鼓,认真听哥哥讲着。

"噜噜天生灵法不差,一身棱刺更是极具攻击性,只是比起我们人类,算不得聪明。虽说憨笨,却偏偏会幻形这种极为罕见的灵法,来弥补它们其他方面的不足。"

"那咱们人类有会幻形的灵能者吗?"

"没有,这是种族间的绝对差异,人类不存在这种灵法。"

"那它们还真是厉害呢!可是变成小猫小狗有什么用呢?"

"如果噜噜想藏匿在什么地方,变成猫狗岂不是容易得多。学会用弱小来掩饰和保护自己,单凭这一点它们已经拥有了相当了不起的进化本能。"

"听上去不是干好事用的本事。"天阔的大眼睛骨碌碌地转着。

"所以不要觉得噜噜好玩什么的了,人家不是用来玩儿的。"

"那等我再长几岁,哥哥你再带着我去看看。"天阔觉得哥哥说的有道理,听上去还是不要轻易去加密山的好。

"好。"

兄弟俩一路走来到了茶亭,天阔饿了,想歇歇。

"哥,我渴了,想吃点东西。咱们进去买点东西吃吧,顺便歇一会儿。"

北冥听见天阔这么说,脸上瞬间有些尴尬。

"怎么了,哥?"

"我没带那么多钱。"北冥直言道。

"没带钱?那你带了多少呢?"

北冥翻翻衣兜,只找到了十佳木,买杯茶水还是可以的,但是要吃糕点就不够用了。

"哥,你出门都不带钱的吗?"天阔有些不开心,揉着自己的小肚子,北冥看见弟弟鼓鼓的小脸,心里也有些过意不去。

"我平时自己出来,半日就回去了,还不觉着饿呢。况且,你大伯和伯母平时也不给我钱啊。"

"看来你平日自己经常偷溜出来,是不是?"天阔眯着眼睛抬头盯着哥哥。

"我没有。"北冥连忙否认道。别看那时北冥只有七岁,灵法超过普通士兵数倍,独自出门完全没问题。但毕竟他还是个孩子,父母再心宽,也不能由着他四处闲逛。

"你今天可是带着我呢!"天阔埋怨道。

"我忘了。"北冥不好意思地挠挠头,"要不然我先进去给你买杯水吧,行吗?"

"只能这样了,还能怎么办。"天阔一扭脸儿,先跑进茶亭。

二人来到茶亭,发现里面的东西还真是不便宜,他俩看了看,面面相觑。天阔想吃糯米团子,可是钱不够了,他小声说:"哥,能赊账吗?"

北冥看了看弟弟,不知道怎么回答,天阔那个鬼灵精紧接着道:"算了,有点丢脸。喝杯水吧。"

就在天阔踮着脚和老板买水时,回头看见了茶亭另一边坐着一个人。

"哥,你看那是谁?"天阔指着茶亭的一角。北冥回过头去,看见端倪和一个年轻人坐在一起,正在吃东西。

"端倪。"北冥道。

"哥,你和他熟吗?"

"不熟,见过几次,当时不也有你吗?"

"不熟也算是见过,我去和他借点钱,怎么样?"

"啊?"北冥一脸质疑,以为自己听错了。

"怎么说老爸他们也是和他老爸熟的嘛,我去借点钱,他还能不借给我?况且,"天阔眼珠子一转,继续道,"他身边跟着大人呢,那个大人肯定有钱,肯定会借给我的。"话音未落,天阔已经冲端倪走过去了。北冥看着弟弟欢快的背影,只得硬着头皮跟上了。

"端倪哥哥。"天阔奶声奶气地叫了一声,北冥差点一头栽过去,面目僵硬。

端倪回过头来,看着二人,那眼神就像看见两只白兔子一样无趣。不要说面前这两个年纪小的人了,就算在比他年龄稍长的人中,端倪的灵法也是遥遥领先,这其中就包括国主的儿子姬世贤。端倪自幼跟在端镜泊身边学习各种灵法以及聆讯技巧,千思百虑,加上端镜泊目中无人的性格使得端倪上行下效,自然也成了个自命不凡、疾言厉色之人。

"谁是你哥啊?"端倪一脸鄙夷。

"他。"天阔回头就指着站在自己身后的北冥,轻松自然地忽略了端倪刚刚的态度。

"你好。"北冥对着端倪道,脸无笑意。

端倪的眼神在兄弟俩身上来回扫了一下,不知道来者何为。天阔知道这种事哥哥说不出口,只能靠他这个没皮没脸的小子:"端倪哥哥,你还记得我们不?"

"北唐。"端倪开口道,语气淡漠。

"你还记得我们呀哥哥,那就太好了!"

"有什么事吗?"端倪问道,"还有,我不是你哥。"

"端倪,我和我哥哥出城玩,看见这茶亭想进来买点吃的,可是我们带的钱不够,你可不可以借给我们点呢?"天阔毫不犹豫地吃掉了"哥哥"二字,直呼大名,这让端倪没想到,感觉像被闷了口气。

坐在端倪对面的年轻人听到这里,忍不住扑哧一声笑了出来。端倪一个冷眼射了过去,年轻人登时闭住了嘴,脸上瞬间没了血色。

"你们出门都不带钱的吗?"端倪似笑非笑道,回头冲哥俩看过去。这个年纪的小男孩个子很矮,端倪要比他二人高出小半头,即使坐着也用不着抬起头来。他平日与人刻薄惯了,张口就来。谁知还没等他看清二人的脸色,便觉着一股灵力袭人而来,他猛然抬眼,撞上北冥冷酷的眼神,不禁一震。只见北冥面色无异,周身却好似射出三尺寒光,竟让端倪本能地收敛了放纵,一时语塞。

北冥正要伸出手去,拎着天阔的衣领离开,却听端倪道:

"借多少?"毕竟不是平常孩童,端倪念头一转,回过神来。刚刚与北冥的四目相对,倒显得自己小家子气,端倪自然心有不甘,定要扳回一城,虽不乐意,也是咬牙一问。

"五百佳木。"天阔张开就来。

"什么!"端倪忍不住惊道。北冥也看了过去,不过毕竟是哥俩儿,天阔的鬼点子从小就多,他倒也不显吃惊。

"要不三百也行。"天阔继续道。

"你要那么多钱干什么?"端倪愤愤不解。

"借个三五十的,我怕你不好意思叫我们还,所以我干脆一次借多点,也好记着一定还给你呀。"

"你身上带着三百佳木了吗?"端倪开口,问着对面的人。对面那人是聆讯部的部员,跟着端倪一起来城外闲逛的。

"我看看。"年轻人低头翻着钱包,"带了。"

"借给他们吧。"端倪道。

"谢谢!"天阔伸手拿了过来,端倪只瞟了他一眼,没再看北冥。天阔接过钱,心里美滋滋的,准备去买糯米团子。

"回头我就把钱还到聆讯部,打扰了。"北冥道。

"嗯。"端倪应了一声,算是知道了。以前他和北冥也见过几次面,可印象都停留在对方还是个不起眼的小孩而已,今次一见,只觉心中不爽,完全失了他平日在别人面前的任性自负。

北冥和天阔转身离开。等天阔买完东西,二人坐在另一边吃了起来。

"哥。"天阔偷瞄了一眼北冥。

"嗯?"

"哥,你尝尝这个好吃不?"天阔一脸笑堆在北冥面前,弄得北冥也板不起脸来。

"你刚才也真是!和端倪要那么多钱干什么?"北冥小声责备道。

"我那不是看你生气了吗,我也不能给哥哥丢脸不是?自然要哥俩儿同心啊!"天阔一本正经道。

北冥没再说天阔,二人悠哉地吃喝着,没再想其他。不一会儿,一辆华丽精致的豹羚车停在了茶亭外,之所以不叫它毛腿儿,是因为这只豹羚品相极佳,非一般人家可以买得到。身高两米有余,还不算上它顺滑光亮的深棕色长颈与羚头,那向上高挑的冲天羚角足有一米长,豹身强壮有力,好似蛮牛,却又矫捷劲健,斑纹闪烁,豹尾更是摇摇赫赫,气派非常。像这种品相的豹羚,人们也就不再称呼它毛腿儿了。

豹羚是十分通人性的灵兽,由于天生喜欢奔跑,又爱与人亲近,所以也就甘心当了代步的灵兽。但要是人们对它不好,它也会立刻反咬一口的,要知道豹羚身上的每一处构造可都不是装饰,极具攻击性。饲养豹羚的人家对待豹羚可是金贵着呢,如果豹羚今日不想出门,人们也是没法子的,但大多数豹羚都和主人亲近得很,也算是有求必应。

听着那豹羚高傲的嘶鸣,也知道不是一般人家。这豹羚足有两匹高头大马般的个头,身后拉着两节车厢。第一车厢下来一个人,看穿着便知道是国正厅的侍从。他下车替第二车厢的人打开车厢门,里面缓缓走下两个人。一个年轻多姿的少妇正是胡妹儿,还有一个是她的女儿姬菱霄,二人均是穿着绵软的纱裙,下车抬脚都有些不方便。

他们一行三人进了茶亭,引来不少人注目。北冥两兄弟倒是埋头吃着,没准备打招呼什么的。端倪的随从看见国主夫人,自然是要施礼的。这样胡妹儿也就看见了端倪。只听她身旁的姬菱霄娇滴滴喊了一句:"端倪哥哥。"

端倪回头,冲夫人一礼,也对姬菱霄勾了下嘴角。姬菱霄那对忽闪的大眼睛,打着转地看着端倪,显得很高兴,这一年姬菱霄刚满五岁。胡妹儿选了个厅中位置坐下,保证这不大的茶亭里所有人都看得到她们母女。人们纷纷说着这位姬小姐真是可爱。姬菱霄假装听不到,来回摆弄着自己轻柔弯卷的淡棕色长发,和她母亲的一模一样。姬菱霄时不时扑闪着那双水汪汪的圆眼睛来回看着周遭的一切,仿佛对什么都充满了新鲜感,这样一来更是惹人怜爱。就在这一来一回间,她自然看到了坐在偏远处的北冥。只见她立刻挺直了身板,定坐在了那里,看着北冥的背影一动不动,过了好一会儿,也不见北冥回过头来,她不禁有些生气,干脆不再看他!

姬菱霄低头玩弄着自己怀里的一只小猫,那小猫睡得安稳,一动不动,米黄色的绒毛,胖乎乎的,正慢慢地喘着气。侍从替夫人和小姐买了吃食,自己却出去打理豹羚了。豹羚挡在茶亭前自然不合适,刚才是为了方便夫人小姐少走两步路才把豹羚车停在这边的,现在他把豹羚牵去一旁休息。姬菱霄怀里的小猫抖动了一下脑袋,有些烦躁,似乎不太想让姬菱霄没完没了地抚摸自己的绒毛。看见小猫这个样子,姬菱霄有些不高兴,可还是假装没事地继续轻轻抚摸着它。这茶亭里有孩子羡慕她手中的这只小猫,觉着很有趣。

可是没过多大会儿,小猫又使劲打了个摆子,显然它很不舒服。这一下彻底激怒了姬菱霄,只见她把小猫按在腿上,一只手抓住它的四肢,另一只手按住它的脖子,使劲让它动弹不得。因为手在猫腹下,别人自然看不到,而掐住脖子的手又藏在绒毛里,也是挡了个正好。姬菱霄狠狠使劲,往下压着小猫的脖子和身子,让它乖乖听话。

霎时间,一道尖锐刺耳之声从姬菱霄身上发出,吓得人们纷纷回过头来。只见姬菱霄同时尖叫起来,一把扔了自己怀中的小猫,抛向对面桌子的一户人家。还没等那户人家反应过来发生了什么,就见一只猫崽儿被摔在了自己的餐桌上,先前坐在那里盯着小猫看的孩童哇的一声哭了出来。大人忙抱住了自己的孩子。这时,只听哐哐两声,猫崽的体积瞬间膨胀了起来,木桌也发出被挤压的裂响。那猫崽突然跃向空中,发怒地朝姬菱霄奔了过去,就在这半空之上,它又再次幻形,身上瞬间爹满棱刺,又比刚刚面盆般的滚圆身子大出数倍不止。

姬菱霄吊着嗓子的尖叫声似要震破这茶亭,胡妹儿吓得想去抓住姬菱霄的身子,可是她踉跄的动作太慢了,一只凶残暴怒的噜噜已经袭面而来。

只听倏的一声,就在离姬菱霄脸庞半米远的上空,一个波光镜面似的防御盾牌骤然挡在了姬菱霄面前,那上面映着的噜噜影子变得扭曲怪异,噜噜直接撞了上去。端倪的嘴角咧出不屑的笑意,可还没等笑容延展开来,只见撞到镜面上的噜噜并没有停止动作,它的棱刺深深扎进这盾牌之中,瞬间又破盾而出,直指姬菱霄眉间。姬菱霄已经面露青色,欲要晕了过去。

就在这时,一股刚劲有力的灵力冲着噜噜破壁而出的棱刺击了过来,噜噜的棱刺被砍断落地。防御盾牌此时早已被瓦解,但噜噜向前冲击的动势并没有得到阻挡。待离姬菱霄毫厘之间,一个闪影,噜噜顿时消失在茶亭之内。姬菱霄和胡妹儿吓得早已面无人色,呆在那里一动不动,哪里还会想到到底发生了什么。这时人群已经向亭外看去,母女俩这才意识到自己已经脱离了危险,怯生生地跟着大家一起往外望去。

只见北冥一手抓住噜噜的棱刺,一手冲噜噜浑身带刺的身体里抓去,这时的噜噜已经把面目隐匿在滚圆的身体之中,周身的棱刺让人无懈可击。可转瞬间,北冥已经薅住噜噜的"脖子",硬生生把它从身体里拽了出来。北冥弓步在地,把噜噜死死按在地上,右手加力,生生折断了噜噜的数根棱刺,紧握在手,对准噜噜眼睛的细缝,沉声厉色道:

"你要死要活?"

噜噜看着这眼球前的棱刺,是万般不能动了。它生性愚钝暴躁,却听得懂人语,不然怎样和城里的人买卖呢。此时一动不动,显然是吓到了。

"我今日不杀你,但你若要伤人,我定饶不了你!"北冥眼射寒光,面如冰刃,让噜噜惊恐万分。它从细碎的尖牙间发出支支吾吾的声音,似是吓得不轻。北冥又看了它一会儿,才缓缓放手,噜噜怀疑地看着北冥,不知自己是否逃得过一劫。

"待会儿随我进城,你自己去狱司领罚吧。"北冥冷声说道。

噜噜也只能听话。只见它瞬间幻成了一只大狸猫,老老实实跟在北冥身边。就在这时,只听簌簌两声,从两个方向分别射来两枚飞镖,却还没等扎在那只狸猫身上,就被北冥一拳灵力给震开了。投来飞镖的正是国正厅的侍从和端倪。北冥冷眼向二人看去。

国正厅的侍从本想着北冥就是一个小孩儿而已,可看着他的眼神时,竟不由自主地恭敬起来,说道:"北唐公子。"

"不用,叫我北唐就可以了。""公子"乃是旧时对大户人家儿子的尊称,尤其是对国主的儿子,现在人们少有这样的叫法。

"北唐,刚刚这个噜噜差点伤了我家夫人和小姐,你没看到吗?"侍从对北冥有些不满。

北冥看向侍从，没有言语。侍从瞬间觉得自己说错了话，明明就是北唐救下的他家夫人和小姐，他这样说实在不妥。

"这种粗暴的家伙，留着也是伤人，还不如让我替大家解决了它。"侍从大声道。

"这是东菱国界内，你当狱司是摆设吗？噜噜是你想杀就杀的？"北冥的口气容不得半点反驳，噜噜不是猫狗走兽，是会和人类交易往来的灵兽种族。它们和人类之间自然也有相关约束条约，不是人们可以随意处置的。当然，出了东菱国界，大家就谁也不碍着谁了，生死祸福，少惹为妙，毕竟这世上不止有人这一个种族而已。

"您说得是，刚才是我鲁莽了。"侍从不知怎的便这样恭敬地回答道。

至于另一枚暗器自然是端倪射过来的，北冥没再多语，招呼天阔起身回城。端倪看着这一切，咬牙切齿，双唇紧闭。今天这一遭，他就被北冥这个比自己小许多、平时又不多照面的小子给赢了去，他哪里受过这等比较，自然气得双手发抖。

"谢谢，谢谢端倪哥哥刚才救我。"这时一个颤抖的胆小的声音传到端倪耳朵里，说话的正是姬菱霄。端倪看着姬菱霄煞白的小脸，此时她的样子是那般贴心和温暖，端倪心里瞬间好受许多。

"你没事吧？"端倪走上前问道。

"没，没事，就是，就是吓着了。"姬菱霄又恢复了以往可爱的模样，只是双手还有些颤抖。

"刚刚真是谢谢端家公子了，可把我们母女俩吓坏了。"胡妹儿一手捂着胸口，一手抱着姬菱霄，"以后可不能来这种偏远的地方闲逛了。"胡妹儿一脸的不悦。"咱们走吧，"胡妹儿对着姬菱霄道，"端家公子和我们一起走吧。"

"这，不太方便吧。"端倪说道。

"有什么不方便的？走吧，车厢大得很。"胡妹儿道。

端倪想了一下，还是道不用了，他自己出城也带了豹羚。跟着，两家便一前一后地离开了。

"哥，你手没事吧？"天阔和北冥在路上走着，那只幻成大狸猫的噜噜乖乖地跟着他俩。

"没事。"

"那么锋利的棱刺，你抓了半天还说没事？还有那只手，你是怎么揪出它的脑袋的？"说完，天阔偷偷瞄了一眼身旁的噜噜，噜噜也抬头看了他一眼，互相打了个照面，赶紧都把目光移开了。

"等你灵法到家了，这种棱刺也就伤不到你了。"北冥平平淡淡地说着。

"哦。"天阔应着,低头看着狸猫,觉着它很有趣,不过刚刚它不是狸猫,是只小猫崽。

"哥,它刚才那么凶,你还没收拾了它,你还挺好心。"

"它也不是故意伤人的。"

说完这句,狸猫似懂非懂地抬头看着北冥。噜噜反应迟钝,但是人语还是知道不少的,除了会讨价还价,其他很多事也都懂。

"不是吗?"

"你是在哪里被捡到的吧?"北冥低头问着噜噜。

只听噜噜的嘴巴里发出呼噜呼噜的声音,鼓鼓嘟嘟道:"你怎么知道的?"

"猜的。"北冥道。

"我是在路边睡大觉被那个女的抱起来的。"噜噜愤愤道。

"姬夫人吗?"天阔问,这是他第一次和幻形以后的噜噜说话,声音里不免有些兴奋。

"那个小的。"噜噜道。

"姬菱霄啊,她抱你干什么呢?"

"估计是看我好玩呗。"噜噜又发出呼噜呼噜的声音,好像很不满意。

"那你不走?"北冥道。

"我不是睡觉吗,懒得动。"噜噜理直气壮地说。噜噜本也懒惰,除了对驯服毛腿儿颇为耐心外,就只对寻找财宝很有兴趣,它们是很贪财的一个种群。随后它就说了姬菱霄按住它的经过,它一时暴躁,没控制好脾气,害得自己还要去狱司受罚,搞不好还要蹲几天大牢。

他们慢慢悠悠往城里走去,身后的豹羚赶到,停在北冥身边。姬夫人打开窗子说道:

"北唐家小公子,刚才真是谢谢你了。你上车来,我们载你们回去吧。"胡妹儿笑盈盈道。

"谢谢姬夫人,不用了,我们走回去就行。"

"北冥哥哥,"一个小声音从车窗里传了出来,姬菱霄红着脸看着北冥,"谢谢你刚才救了,救了我。"她吞吞吐吐道。

"不客气。"三个字说完,北冥就准备继续往前走了。

"北冥哥哥!"姬菱霄急切道,北冥回过头来看着她,不知还有什么事。姬菱霄立刻收声,害羞道:"哥哥还是和我们一起走吧,回城,挺远的呢。"

"不用了,你和姬夫人赶紧回去吧,谢谢了。"说罢北冥向胡妹儿点了点头,扬长离去。待姬菱霄还想说什么的时候,噜噜回头凶狠地看了她一眼,她立刻缩回车厢,不再言语。等豹羚走过北冥身边,姬菱霄从窗户缝里狠狠地挖了噜噜一眼,随即欢喜地看向北冥。

国正厅的晚宴还在红火热闹地举行着,北冥离开座位往厅外走去。
"干什么呢?一个人在这里傻站着,闷闷不乐的。"一个极富磁性的声音从梵音身后传来。那人身姿挺拔,俊朗非凡。
梵音痴痴地回过头来,她好像在那一刻听见了他的声音,她不敢确定,只是心跳得厉害:"你……回来了!"
此刻,惊喜瞬间在梵音美丽的面庞上晕开,止都止不住。
北冥看着梵音,灿若星河的眼睛此时变得那样温柔,没了半分凌厉。两个人你看着我,我看着你,半天没有说话。
梵音小声清了清嗓子,北冥这才跟着眨了眨眼睛。
"你怎么回来了?"
"我回来,你不高兴吗?"北冥鬼使神差地脱口而出,他只觉着梵音刚才的话听上去有些奇怪。
"我?"梵音懵懵地看着北冥,她今天怎么竟被问一些奇怪的问题,"我有什么好高兴的?"梵音也是赶忙脱口而出。这二人说话,怎么听都像是在闹别扭。
北冥皱着眉头看着梵音,梵音似乎也觉得自己这样说话有些不妥,随即改口道:"我,我没什么好高兴的。"可这话说完以后,她自己都觉得比刚才还别扭。说什么都不对,干脆不说了!刚刚听到的那个北冥的声音,现在又听不见了。梵音想着,也许是自己恍神罢了,其实什么也没听到。她的神情不自觉落寞下去。
北冥看在眼里,柔声道:"怎么了?"
"没什么……"梵音小声回着。
"你吃东西了吗?"梵音很快从自己奇怪的情绪里跳了出来,因为她还有更在乎的事情要惦记,例如,北冥是不是饿着肚子呢。
北冥看着梵音,又想起刚刚梵音突然看见自己回来时惊喜的模样,心情跟着也高兴起来。
"没有呢。"他笑着对梵音说道。
"这么晚了,怎么还不吃东西呢!我赶紧带你去吃点东西吧!什么时候回来的呀?一进城就过来了吗?没休息一下吗?"听见北冥饿着肚子后,梵音刚刚各种奇怪的情绪瞬间清空,蹙着眉关心道。

"我回来一会儿了。"

"边走边说,我带你去吃东西,好不好?"梵音打断了北冥的话,北冥笑着。刚迈出去两步,梵音又停了下来,有点担心地问道:"是有什么事吗?"

"没事啊,怎么了?"北冥奇怪道。

"那你怎么突然赶回来了?我以为有什么要紧事呢。"

"没事,就是想回来过年了。"北冥笑看着梵音。

"那赶紧去吃东西吧。"听到北冥说没事,梵音自然就安心了,着急带着北冥去找吃的,生怕他饿着。

"去那边吧,那边有刚做好的蛋糕,你喜欢的黑布布也在那边呢。"北冥伸手指着远处的蛋糕棚,那里暖烘烘的,人很多。

"吃什么蛋糕啊,你空着肚子又是酒又是蛋糕的,能舒服吗?"梵音嗔道,"我带你去喝点热乎粥好不好,面条也可以,那边应该有人在做。"梵音探着身子往人多的地方望去。

"我没喝酒。"北冥小声道。

梵音猛地回过头来,盯着他看。

"一点点。"北冥赶紧道。

"跟你说过多少遍了,空着肚子不能喝酒,阿姨说你也不听,我说你也不听,讨厌。"梵音瞪了北冥一眼,转过头又给他找吃的。

"哎,看见了,那边有热乎的东西,我们过去吧。"梵音高兴道,没回头,精准地拉起北冥的胳膊就往前面去。此时一个娇柔的声音在北冥和梵音身后响起。

"北冥哥哥。"

北冥停住脚步,害得正拉着他往前走的梵音绊了一跤,梵音转过头来便道:"怎么不走了?"当她回过头看着北冥的时候,自然也看见了姬菱霄,梵音身子一紧,松开了北冥的胳膊。

刚刚和北冥在一起,梵音没有注意凌镜上的东西,不然她怎么会看不到姬菱霄已经来了。其实每次和北冥在一起的时候,梵音便不会那样留意身边的事情,有北冥在,她便会踏实许多,很多事也就没再去关注了。

"嗯。"北冥应了一声。

梵音这才想起来姬菱霄刚才找自己问过北冥的事情,说"想他了",她应该告诉北冥姬菱霄来找过他的。可是梵音脑子里压根儿就没习惯存住那些无关紧要的事情,但现在想来毕竟和北冥有关,应当知会他一声。梵音站在北冥身边,想着他们既然见到了,也就不用她说了。

"北冥哥哥你怎么回来了？方才我问第五姐姐的时候，她说你今年过年不回来的。"

梵音张了张嘴，想要稍微解释一下，可北冥已经开了口："我没告诉她我今天会回来，她不知道。"

"这样啊。"

"姬小姐刚才找过你，我忘记告诉你了，抱歉。"梵音对北冥道，又看看姬菱霄。只见姬菱霄眼波流转，看着北冥，梵音恍然明白，发现自己站在这里不合时宜。就在这时姬菱霄粉唇轻启，梵音已看出话头："北冥哥哥，你好久没回来，我都想……"

看姬菱霄话到一半，梵音猛然撤步，静谧无声，离了他们去。

第二十五章
地球初觉醒

弥天大陆的一切都看似平静地过着，顺理成章。第五梵音和自己的朋友们来到东菱生活已经五年，安然无恙，身边又多了许多脾气相投的朋友。谁会想到十几年后的一天，第五梵音出现在了另一个地方，一个完全与弥天大陆割裂开的世界——止灵大陆，人们又称它为地球。这里的人们完全没有灵力，这里更没有灵法、灵器、灵兽。她的名字也变了，叫莫小白，是一个高中二年级的普通女生……

"呜！"一阵头晕目眩、欲裂难挡，梵音仰头靠在了冰凉的墙壁上，大口呼着气。

"小音！"崖雅惊慌地叫着，握着梵音冰凉的手，"都怪你！都怪你！为什么要这么强烈地刺激小音？再伤到了可怎么好！"崖雅对着一旁的天阔发怒道。

天阔眉头紧锁，沉声道："没时间了，噜噜赶来了……它们怎么会从时空隧道中穿梭而来……是谁开的？"他像是在对崖雅解释，更像是在独自分析。

"天阔！"梵音忽然开口，打断了他，"我们这是在哪儿？"眼中透过一丝深沉，第五梵音回来了。

"我们在与弥天大陆平行的另一个世界，这里的人称它为地球，我们也叫它止灵大陆。"天阔道。

梵音用手抵着额头，脸色涨红："止灵大陆……没听过啊……地球……我家不就在地球上吗？见鬼！脑袋怎么这么疼！"混乱一片。

忽然，梵音大叫一声："爸！妈！"父母死前的惨状骤然闪现，梵音登时惊醒，"不对！不对！不是！我爸妈还在家等我！我爸妈还在家等我！"说罢，梵音猛然从床上翻下，向门外跑去。

"小音！你去哪儿？"崖雅大惊。

"回家！我爸妈还在家等我！"梵音不耐烦道。她要回家,莫清扬和夜雨还在家里等她,她没忘！

"梵音！你冷静一下！"天阔出手阻止。

"闪开！"梵音突然暴怒,谁都不能阻挡她回家的路,爸妈还在家里等她！

"莫叔叔与夜姨他们都好！你放心,他们没事！"天阔立刻道。

"你怎么知道？噜噜找上门来了！我得赶紧回去！"梵音推开天阔,可她脚下一软,跟跄倒下,天阔急忙搀扶住她。

梵音记得,就在刚才,她骑车出门上学,在途经的树林里遇见了跟踪而来的噜噜,她把镜片幻化成刃,杀了它。

"我用灵感力测得到它们现身的地方！没了！都没了！都已经被你杀了！梵音！你冷静点！"天阔阻止道,"崖雅！让梵音静下来！"

几指快手点在梵音脖颈间,跟着一个药丸被崖雅塞进梵音嘴巴,送水服了下去。梵音瘫软着被天阔再次扶靠在床上。过了许久,她道："怎么回事？"

"东菱出了点麻烦,我们被卷进了时空隧道,等醒来时已经到了这里。"天阔道。

沉寂许久,梵音缓缓道："你哥呢……"只见她双眸微合,深深叹了口气出来,静了下来。

天阔在听到梵音如此发问后,终于缓了口气,长呼了出来。

"我哥还在东菱。"天阔直接道。

梵音抬起头,疑惑地看着天阔,许久道："你哥……不在这里？"

"是,他还在弥天大陆之上。"

"他安全吗？"梵音立刻警机地问道。

"他没事,你放心。他会想办法把我们接回去。照情形,快了。"

"为何我什么都不记得了？"梵音疑惑地看向天阔,现在的她终于清醒了。她在弥天大陆出生,年少失去双亲,后投奔东菱北唐家,效命军政部,至今五年有余。然而不知什么原因,天地扭转,好像刹那工夫间,她来到了地球上,一过就是十七年。如今灵力再起,记忆再回,一切仿佛就在昨天。然而,她到底是如何来到这地球的,却一无所知。

"时空转换让你丧失记忆,如今东菱的事,你还记得多少？今年几何？"天阔道。

"我……我记得,我大约十九岁,还在东菱,"梵音努力回忆着,"过年,除夕,你哥回来了……还有……姬菱霄……"梵音慢慢地回忆着,说到最后声音不觉低了下去。

天阔的面色沉了下去,一个名字在他脑海中徘徊："姬菱霄……"

"天阔,怎么了？"梵音道,"我的状况很差吗？你倒是跟我说说,到底怎么回事啊？后面的事，我一点都不记得。东菱到底出了什么事？北冥呢？他还好吗？"

"东菱没事，有我哥在，东菱能出什么事？要出事，都完了。"天阔半调侃道。

梵音忽然拉下脸来，道："你这叫什么话！什么叫要出事，都已经出事了！北冥到底在哪儿呢？他怎么样了，有没有事？安不安全呢？"

天阔眼睛忽而一转，猫下身来对着梵音道："你倒是担心我哥呢？还是我哥呢？还是我哥呢？"

"我当然担心你哥了！"梵音急道。

"那东菱呢？青山叔呢？我呢？崖雅呢？"天阔窃笑道。

"我……"梵音被质问得愣在一旁。

"哎呀！你别欺负我们家小音！她现在本来脑子就不好使，你还总吓唬她！"崖雅突然道，"好好对她讲话！"

"哦，我不是为了活跃一下气氛吗……你看她一提到我哥，就紧张成这个样子，我不是为了安慰安慰她吗……"天阔委屈道。

"你这哪里是安慰，你这是吓唬她！"崖雅气道。

"好了好了，你们两个先别争了，也不用安慰我，谁能先告诉我这到底是怎么一回事，我们怎么无缘无故跑到地球上来了？"梵音打断二人，冷静道。

"灵魅偷袭了我们，为了躲避追击，时空术士把我们从东菱送到了这个平行世界来。但在这途中时空畸变，我们被卷到时间逆流的旋涡中，变成婴孩，重活了一次。"天阔精简道，用最快的方式让梵音了解事情全部。

梵音一脸蒙圈地看着他，半天憋出一句："时空术士？弥天大陆上当真有时空术士？"

"嗯！"崖雅配合地用力点了点头。

梵音呆了半天，咣当一声靠在墙上，道："难不成我真的傻了，当真什么都不记得了？"

就在梵音慌神时，天阔的眉毛隐隐皱了起来，跟着又慢慢舒展开，梵音不曾察觉。

"这些都不重要，你的记忆随着灵力的增长早晚会回来，先说正事吧。我们必须尽快离开南阳。"天阔突然一脸严肃道。两姐妹回头看向他。

"什么？"梵音诧道。

"噜噜来了，证明时空隧道将被再次打开。目前来看，来的只是一些小喽啰，我们尚能应付，若是对方灵力再胜些，以我们现在的灵力状况，没有胜算。"天阔道。

"天阔，"梵音眼底突然划过一丝锐利，"我在东菱，年龄几何？"

"二十。"天阔道。

这中间发生的事,定不会像天阔说的那样潦草。噜噜为何会无缘无故来到地球,跟踪并攻击梵音。它们与人类素无往来,怎会如此?但眼下梵音知道,崖雅和天阔是不会和盘托出告诉她真相了。他二人,有隐瞒。

"我只最后问你一次,北冥,安否?"梵音低沉道。

"我发誓,哥哥无恙。"天阔道。

"小音,我们不是故意瞒你,只是,你现在……"崖雅欲言又止,"想起这些,身体便已经这般不堪重负,若是再与你多说,强行唤醒,我担心……"崖雅看着梵音早已湿透的衣衫,她方才分明是强撑着与他们对话,只为多找些线索。然而此刻已是瞒不住了,她连呼吸都变得微弱,冷汗满身。崖雅心疼起来。

"丫头,我没事。"梵音拂过崖雅头顶,"时机未到,那就等待。"

天阔看着梵音,帅将之风已然将起。他单手扶在梵音肩膀,灵力尽收,不再影响她,道:"放心,一切定会安然无恙。"梵音轻笑默许。"不过,当务之急不是想别的,而是如何离开南阳。"天阔道。

听到此处,梵音皱起眉来。她的父母还在南阳,让她离开父亲母亲,她如何舍得。但幻兽来袭,为保他们平安,她不得不这样做。

"我以后,还见得到他们吗?"梵音喃喃道。

"我认为可以,你假期回来就好了。"天阔轻松道。

"假期?"梵音道。

"对啊,等大学放假的时候,我们还是可以回来的。只不过现在,我们需要先出去避避风头。"天阔道。

"大学?"梵音道。

"没错,时空隧道一时间不能彻底打开,我们也不能坐以待毙。我们需要先找个安全的地方躲起来,隐藏灵力,不被发现。"天阔兴致勃勃地解释道,"而且,我一早为你量身打造好了计划,既不会让你父母担心,又可保你安全。"

"啊?"梵音纳闷道。

"高考。"天阔轻松道。

"高考?"梵音道。

"对,高考。"天阔乐道。

"高考!"梵音突然大叫道!作为一个合格的高二学生,"高考"二字如雷贯耳,令她如临大敌!梵音狂吸了一口气,仰面倒了过去。

图书在版编目(CIP)数据

弥天记1 / 夜行仙著. —杭州：浙江文艺出版社，2021.9
ISBN 978-7-5339-6585-3

Ⅰ.①弥…　Ⅱ.①夜…　Ⅲ.①长篇小说—中国—当代　Ⅳ.①I247.5

中国版本图书馆CIP数据核字（2021）第142774号

选题策划	柳明晔
责任编辑	张　可　张　雯
营销编辑	宋佳音
装帧设计	仙境 WONDERLAND Book design
版式设计	吕翡翠
责任印制	张丽敏

弥天记1

夜行仙 著

出版	浙江文艺出版社
地址	杭州市体育场路347号
邮编	310006
电话	0571-85176953（总编办）
	0571-85152727（市场部）
制版	浙江新华图文制作有限公司
印刷	浙江超能印业有限公司
开本	710毫米×1000毫米　1/16
字数	328千字
印张	17.25
插页	1
版次	2021年9月第1版
印次	2021年9月第1次印刷
书号	ISBN 978-7-5339-6585-3
定价	49.00元

版权所有　侵权必究
（如有印装质量问题，影响阅读，请与市场部联系调换）